想像一座城市

Imagine a City

A Pilot Sees the World

Mark Vanhoenacker

臉譜書房 FS0171

想像一座城市

詩、河流、夢與記憶中的城市——詩人飛行員鳥瞰世界的抒情觀察

Imagine a City: A Pilot Sees the World

作　　者　馬克・凡霍納克（Mark Vanhoenacker）
譯　　者　呂奕欣
責任編輯　郭淳與
行銷企畫　陳彩玉、林詩玟、李振東

發 行 人　涂玉雲
編輯總監　劉麗真
出　　版　臉譜出版
城邦文化事業股份有限公司
臺北市民生東路二段141號5樓
電話：886-2-25007696 傳真：886-2-25001952
發　　行　英屬蓋曼群島商家庭傳媒股份有限公司城邦分公司
臺北市中山區民生東路二段141號11樓
讀者服務專線：02-25007718；25007719
24小時傳真專線：02-25001990；25001991
服務時間：週一至週五09:30-12:00；13:30-17:00
劃撥帳號：19863813　戶名：書虫股份有限公司
讀者服務信箱：service@readingclub.com.tw
城邦網址：http://www.cite.com.tw
香港發行所　城邦（香港）出版集團有限公司
香港灣仔駱克道193號東超商業中心1樓
電話：852-25086231或25086217　傳真：852-25789337
馬新發行所　城邦（馬新）出版集團
Cite（M）Sdn. Bhd.（458372U）
41-3, Jalan Radin Anum, Bandar Baru Sri Petaling,
57000 Kuala Lumpur, Malaysia.
電話：+6(03)-90563833　傳真：+6(03)-90576622
讀者服務信箱：services@cite.my

一版一刷　2023年9月

ISBN 978-626-315-363-9
EISBN 978-626-315-370-7（EPUB）

售價：499元

圖書館出版品預行編目資料

想像一座城市：詩、河流、夢與記憶中的城市：詩人飛行員鳥瞰世界的抒情觀察／馬克・凡霍納克(Mark Vanhoenacker)作；呂奕欣譯. -- 一版. -- 臺北市：臉譜出版，城邦文化事業股份有限公司出版：英屬蓋曼群島商家庭傳媒股份有限公司城邦分公司發行, 2023.09
面；　公分. --（臉譜書房；FS0171）
譯自：Imagine a city : a pilot sees the world.
ISBN 978-626-315-363-9（平裝）

874.6　　112011380

獻給我的第一座城市

目次

給台灣讀者的信

能夠在此向台灣／繁體中文版的讀者分享我的想法，我感到無比榮幸。

我成長於麻薩諸塞州的一座小雪城，從小便醉心於飛機、地圖和文字之中。隨著時間流逝，我漸漸領悟到，這些我所鍾愛事物的共通之處在於「連結」——以各自獨特的方式，幫助我們跨越各種（不論是實際的或其他意義上的）距離。

在我還是個青少年的時候，透過學校和學生組織的安排，我結交了許多來自世界各地的筆友。我清楚地記得，寫信／寄信給芬蘭、菲律賓、澳洲和香港遠方的朋友，帶給我巨大的喜悅。在寫給這些遠方筆友的信中，我嘗試描繪我小小世界的模樣——家鄉四周的山丘、我的導師、朋友和家人。然後，我封好每一封信，投進街角的藍色郵筒，想像著這些親筆寫下的文字，即將翱翔於藍天之上，飛向另一個半球的遙遠城市，最終抵達某條街道上、或許我永遠無緣目睹的一幢建築。當我收到回信時，激動之情難以抑制；這個世界對我來說突然變得不同了——未必是變得更小，但也許是更加緊密。

對於那些當時認識我的人來說，我長大後成為飛行員和作家並不奇怪。我想，我自己也不感到驚訝，因為這些早年的愛一直陪伴著我走過人生的旅程。

然而，在完成我的第一本書《飛行的奧義》後，我驚訝地得知它將被翻譯成不同的語言，在世界各地出版——包括台灣。那些我用心構築在空白頁上的文字，也許會以某種方式，再次映照在遙遠地方人們的心靈之中。

得知《想像一座城市》也將在台灣出版，我感到十分高興，特別是因為這本書更具個人色彩。它述說了我所屬的小城的故事，以及這座城市如何一直陪伴著我；即便如今身我為飛行員，在構成我們城市與世界的大都會的上空和其間度過了許多時間。

很遺憾，童年時我未曾有過一位來自台灣的筆友。然而，三十年後，我希望這本書的讀者，能像打開一封來自遙遠地方的祝福信一樣，滿懷期待地翻閱它。

請保持聯繫！

馬克・凡霍納克

mark@skyfaring.com

倫敦

二〇二三年八月

序言 記憶城市

匹茲菲與阿布達比

匹茲菲

一九八七年，秋

我十三歲。那天放學後，我坐在房間的書桌前。我看著窗外，視線越過車道望向車庫。晚秋時分，此刻差不多已天黑，窗角結著霜，窗外雪花飄落。

我環顧四周，看見房間另一頭五斗櫃上的發光地球儀。我走過去並撥動電線上的開關，看著黑暗的球體在昏暗的光線中變成藍色，開始發亮，就像在太空中一樣。

我回到書桌旁坐下，左手拿起鉛筆，筆尖按在方格紙上。我熱愛飛機與城市，所以這不是第一次畫簡單的世界地圖。我會畫出一條線，這條線始於一座城市，終於另一座城市。但是，該從那個城市出發？

我放下鉛筆，再度環視房間——望向五斗櫃上、書桌上，還有書櫃上老舊史努比公仔旁的模型飛機。其中一架是綠白相間的洛克希德三星（Lockheed TriStar），另一架是大致為白色的麥道

DC-9（McDonnell Douglas DC- 9）。我最近組裝的是一架灰色的麥道DC-10，但水轉印貼紙似乎黏得不太好。我想，應該可以貼得更好吧！只是水轉印貼紙很麻煩，得先把它泡到一碗水中，等貼紙從膠紙上浮起，再把貼紙對齊機身或機尾貼好。這過程可得小心，切莫弄破貼紙，即使貼紙已乾涸捲起。有時我會自問，我是真心喜歡組裝模型飛機，還是喜歡已經組裝好的飛機？

這些模型飛機的旗艦機種，是一架泛美航空藍白雙色的波音七四七（Boeing 747）。再過二十年，某個十二月夜晚，我就要初次駕駛真正的七四七；但在之前的一個小時，我要先在飛機周圍繞行一圈，執行飛行前檢查。那是從倫敦飛往香港的班機，在檢查時，我仰望如船帆般、六層樓高的尾翼——那時我會想起這個模型、靠窗的書桌，還有從屋裡看到的景象；那時這棟房子將成為別人的家。

我低頭看著紙張。現在，該從哪裡……？

可以從開普敦（Cape Town）出發。顧名思義，開普敦是海岬（cape）上的城市。然而，對於我出生的——美國麻州西北部高地城市——這麼遠的地方而言，開普敦只是一個地名罷了。

或者，我可以從印度的城市出發。新德里（New Delhi）如何？五斗櫃上發光的地球儀以一顆星星，標示著新德里的所在地，提醒我這裡是印度首都。

不然，里約熱內盧（Rio de Janeiro）吧。這個城市的名稱源自於許久以前的新年元旦，探險家在那天發現這個海灣，卻誤以為是一條河。我暫停下來，想想看有沒有記錯這個說法。當我和爸爸說我好喜歡這座城市的名字時，他是不是這麼和我解說它的由來？爸爸曾旅居巴西多年，之後才搬到新英格蘭。他就快下班回到家了。他會小心翼翼地駛過雪地，如此當車子行過我窗下的車道時，就幾乎聽不到聲音。我會等，等著看見那輛灰色雪佛蘭旅行車的紅色煞車燈，之後我會下樓，請他再跟我說一次「一月河之城」（City of the River of January）的故事。

我可以從里約開始；這不是第一次從這裡出發，但今天最棒的事是下雪。所以，今天下午要畫的飛行航線，應該從寒冷的地方出發。或許是波士頓或紐約。

波士頓是離我家最近的大城市，也是麻州的行政中心，爸爸媽媽當年就是在此相遇。要前往波士頓，得從匹茲菲往東開車兩個半小時。我每年會去波士頓一到兩次，和學校或是家人一起，當日來回。可能會參訪科學博物館、水族館，或是我最愛的摩天大樓（藍色的——我最愛的東西大多都是藍色）。從摩天大樓的觀景台往東望去，可以看見波士頓機場；還能在觀景台上調整無線電頻道，聽聽飛行員在機場起降時的說話聲。

那就波士頓吧。我要從波士頓出發。

話說回來，今天的目的地不是真正的城市，而是我從大約七歲起就喜歡想像的城市。這地方的位置與名稱偶爾會改變，但無論把它畫在哪裡或是如何稱呼，對我來說都是同一座城市。

前往這座城市的時機，是我感到悲傷、擔憂，或是在某些時刻，我不願想起那些我不欣賞自己的部分。例如，我不會發「r」的音，導致許多字都唸不好，包括我自己的名字。當我剛開始察覺到自己是同志時，也會前往那座城市。例如，幾個月前，哥哥和我參加的青年團契，在匹茲菲一座教堂的二樓舉辦了一場關於「人類發展」的議程。這次議程要我們在卡片上寫下自己不願大聲提出的問題。帶領人把大家的卡片收集起來，幾分鐘後，向大家宣讀了我的問題：「有沒有辦法不成為同志？」他停頓一下，之後回答道：「我不知道有什麼辦法。」但他說，這和人怎麼接受自己有關。當我意識到他正看著我，以及我多麼害怕他接下來可能說的話時，我把目光移開，轉向我想像中的城市的燈光。

我也會在一些比較平凡的時間點，前往我想像中的城市。舉例來說，可能是我忙著洗碗、耙落葉，做些不喜歡的事的時候；或者是在學校覺得無聊，聽不懂老師在說什麼時；又或者時間已晚，房子靜悄悄、黑幽幽，而我卻睡不著時。我會望向臥室窗外，看見夜晚好藍好藍，而且開始下雪了。當我再度躺回床上，閉上眼，我會看見同樣的雪花落在我的城市的塔樓上。

現在，爸爸的車燈出現在車道上，於車庫門前晃動，這時我又拿起鉛筆。我在地圖上畫了兩個小圈圈，分別在它們旁邊寫下城市的名字，並在中間畫上一條連接曲線。然後，我下樓去。

阿布達比（Abu Dhabi）

有個小姐剛五音不全地唱完葛洛莉雅・蓋諾（Gloria Gaynor）的〈我會活下去〉（I Will Survive），之後把麥克風放回。

幾分鐘後，一位年近五十，留著及肩棕色捲髮的女子拿起麥克風。她是珍。我雖然不擅長K歌，但會熱情加油，因此當她上台時，我拚命鼓掌，盡力大聲喝采。

珍是我今天從倫敦飛來的班機上的一名組員。她在最接近駕駛艙的客艙前區工作。在兩次送餐服務之間的休息時間，她來和我與機長聊天，那時我們正穿越土耳其的黑海海岸，太陽正西下。稍後，她拿著兩杯濃茶回到駕駛艙，此時巴格達朦朧的綠光填滿我右肩旁的長側窗。我們在空中沿著波斯灣航行，穿越一個又一個發光的城市，以及和整座城市差不多大的煉油廠時，珍又回來。最後，在阿布達比機場降落後，珍和我再次交談，討論我們在這座廣袤的沙漠大都會的不同視角。它就像海灘度假時橫亙在海岸的銀河一樣，延伸在沿海地帶。我們在上空緩慢盤旋，然後逆轉方向降落，面朝倫敦。

不過，無論我們聊了什麼，都沒有讓我為她拉開嗓門之後發生的事做好準備。珍的嗓音渾厚，似乎改變了房間裡的空氣。每一桌的朋友與同事紛紛安靜下來，轉身看到她不僅擁有一副美妙的嗓音，而且所有的動作都恰到好處：她扭動著無線麥克風上的纜線；有一刻注視著其中一名聽眾，下一刻又抬頭望向煙霧茫茫的燈光，彷彿她的靈感女神在光束中招手引領她的靈魂。

她唱起第二首歌：約翰．藍儂（John Lennon）的〈想像〉（Imagine）。我拿出手機錄影，傳給在家的先生。欣賞完她的歌唱之後，大家歡呼不斷。珍把麥克風交給下一個人，回到我們桌邊；大夥兒熱烈歡迎，給予不可置信的表情及與有榮焉的驕傲。她微笑解釋，自己年輕時曾在拉斯維加斯當歌舞女郎，後來才回到英國養家育兒。過了幾十年，她決定看看世界的其他地方。

沒多久，我們都回到飯店。我的房間在高樓層，大概是二十五樓。夜已深，但我現在仍過著倫敦的時間，要就寢可不容易。我走到落地窗旁，滑開如連續波浪般的摺簾——我之前一直想搞懂怎麼合攏它。我調暗幾盞燈，讓映在窗外夜景前的床與迷你冰箱倒影暗一些。

我望出去，看到玻璃映影外的夜景時，設法回想多年前究竟是什麼樣的決定與情境，讓我初訪阿布達比。我十六歲時，父母離婚；爸爸於幾年後再婚。高中畢業後，我離開匹茲菲，到距離我家只大約一個小時車程的學校去讀大學，越過東邊的山丘就到了。後來，我搬到英國唸研究所。兩年後，我得前往肯亞，以完成畢業研究的一部分，但在這之前，我先回到匹茲菲探訪母親。（我在英國時，爸爸與繼母已賣了匹茲菲的舊屋，往南搬到北卡羅萊納州的羅里〔Raleigh〕。）在這次見面即將結束時，媽媽帶我到公車站，臉上掛著笑容，與我揮手道別；現在想來，似乎是強顏歡笑，隱藏悲傷。公車啟動，我也踏上初次前往非洲的旅程中最初的幾公尺。隔天晚上深夜，我降落在阿布達比，短暫停留，之後就要前往奈洛比（Nairobi）。

那時，我從沒去過中東，更遑論阿拉伯半島。然而雖然在阿布達比只待了短短幾小時，但我充滿期待地迎接這次經歷，就像一個將大部分生命都用來夢想飛行、夢想遠離家鄉的城市之旅的人一樣熱切。我記得在最後進場時，我把臉貼在飛機窗戶上，看見如雨般的黃色光芒；我在空橋上感覺到未曾感受過的陣陣熱氣；還看見有弧度的天花板上貼的磁磚，顏色是近乎完美的藍。對我來說，最令人驚奇的是步道旁廣告看板上的阿拉伯文字跡。除此之外，我沒有留下其他印象。

我是在就讀研究所時前往肯亞，但在確定自己想成為民航飛行員之後，就中斷學業。我先搬到波士頓，在管理顧問公司任職，為飛行訓練存錢。三年後，我搬到英國牛津附近的基德靈頓（Kidlington），進行飛行員的訓練課程，之後搬到希斯洛機場（Heathrow Airport）附近，和別人一起租屋，展開飛行生涯。那些年，我駕著窄體空中巴士，往歐洲諸城短程飛行。終於，我重新接受波音七四七的訓練，這是我從孩提時代就夢想能駕駛的代表性飛機。在擔任七四七機隊成員的十一年裡，我曾去過許多世上規模名列前茅的大城市，但從沒前往阿布達比。

不久之前，我為了駕駛波音七八七而重新接受培訓。我終於在這較新穎、較小型的飛機駕駛艙內，回到這座城市。現在我已以飛行員的身分，往返這座城市好幾次，旅程通常包括二十四小時的外站休息時間——也就是會在地面上停留，但不是在本站（home）。這段時間足以睡個覺、研究飛行手冊上最新的更新資訊、為下個月的飛行班表提出申請（約翰尼斯堡〔Johannesburg〕？清奈（Chennai）？再飛一次阿布達比？）、一邊運動，一邊聽音樂或是播客（podcast）；或許我會看看這座城市的些許樣貌——可能是獨自一人，或者與同事結伴同行。

我從飯店俯視附近的街道。許多波斯灣周邊的國家都是很久以前，從小型的海岸聚落發展而成；但大型都會全都是新的。

一條寬闊大道緊鄰著飯店，道路兩邊商店林立，周圍則是由大約二十層樓高的公寓與辦公大樓包圍。即使在這深夜時分，這條大道也亮燦燦地宛如雪地。大道旁有條平行的道路，路旁的小街道宛如小魚骨，上頭有許多看似大型的獨棟別墅，從我這個位於高樓的不起眼房間看過去，覺得舒適得不可思議。更遠的地方則是摩天大樓叢林，許多樓頂裝設著飛行警示燈。我的視線依循這些紅點排成的線條前進，那曲折的線條彷彿是城市建造者的簽名。

我打個呵欠，心想是不是該就寢了。但值此之際，阿布達比看起來沒有睡意，路上車水馬龍，這是波灣城市的常見情景——夏日的夜晚比白天更討喜，而在齋戒月[1]（Ramadan）期間，大眾的生活更是自日落之後才開始。看著摩天大樓與工地起重機閃閃發光，彷彿試圖溝通，我想起美國當代作家大衛．李維特[2]（David Leavitt）的《失語起重機》（*The Lost Language of Cranes*），那或許是我看過第一本有同志角色的小說。大約十八歲時，朋友給我這本書，但沒有和我多聊書中的事。我原以為這本書是在談論鳥類[3]或是日本，因為日本人很尊敬鳥類，甚至把鳥繪製到飛機機尾上；不過，這個書名說的其實是一個小孩的故事，他從窗戶看見工地起重機，漸漸把起重機的聲音與動作當作語言。

我查看手機——匹茲菲，天氣晴；先生馬克（我們兩人同名）喜歡我同事唱歌的影片；飛行專用的天氣應用程式報告希斯洛機場吹著強勁的西南風。如果還不想睡，我不妨熨燙襯衫；還將近一天的時間，才要扣上這件襯衫飛回家，但我可以先完成準備工作。我可以小心燙平衣服，掛在衣櫃，將肩章與名牌擺好，原子筆放在前方大口袋旁的小垂直口袋裡——又完成了一次飛行檢查清單。

1 齋戒月（Ramadan）為伊斯蘭曆的第九個月，這個月當中信徒每天自曙光之後開始禁食，直到到日落後才進食。對於穆斯林來說，齋戒不僅是對真主表示虔誠，同時也可以達到淨化身心的效果。（全書隨頁註皆為譯註。）

2 大衛．李維特（David Leavitt），美國當代作家，擅長同志文學（一九六一－）。

3 原文 crane 是起重機，也是「鶴」的意思。

我把會發出嘎吱聲的燙衣板攤開，將支架展開固定。在連接熨斗插座時，窗前書桌的景象讓我愣住了——窗外燈火通明的高樓映襯出桌子的輪廓。這讓我忽然想起了童年臥室裡靠窗的書桌，以及我在那裡構想或繪製的許多版本的想像中的城市。

我走到房間另一頭，在書桌前坐下。我低頭一看，發現有個小小的金屬板，上面有個箭頭指向基卜拉（*qibla*），亦即麥加的方向。從這個標記我可以估計自阿布達比返回倫敦的大圓航線（球體表面上的最短距離）的初始方向；這與從阿布達比飛往匹茲菲的航向沒有太大不同。

坐在書桌前我想起，這許多年來我一直想寫下城市對我而言所蘊含的意義。

我想記下我從家鄉的小城市出發，前往那麼多真正的城市的旅程；每一座真正城市的奇妙之處，遠遠超出我孩提時代的想像。而我在寫這本書時，希望能對自己公開坦誠，即使未必容易。但我知道唯有如此，才能了解我對家鄉深深的愛——那個我曾急於離開的地方。

會寫這本書，還有其他更實際的理由。多數飛行員都熱愛自己的工作，即使到規定的退休時間，往往也不想退役。等到我得結束日日夜夜的飛行生涯時，我希望能盡量記住對城市的所見所聞。此外，雖然距離退休還有好幾年，但我很想把這些城市最令我鍾愛之處分享出去——不光是與親友分享，更要和讀者分享；尤其讀者的旅程或許不像飛行員那麼頻繁、遙遠或奇特。

奇特一詞並不誇張。今日的長途飛行員通常能擁有過去的人未曾有過的城市體驗。我入行二十年，在這個人類文明走向都市化未來的時代，情況似乎經常直接地呈現在我眼前。身為飛行員，我深深著迷於對城市的體驗，這和對飛行的熱愛是不同的。

在單一一趟飛行時，我們可能會越過幾十座城市上方，在天黑之後最令人難忘。在某些航程中，我們底下會有睡眠中的安靜聚落；如果這個聚落沒有設立大型機場，可能就得查看飛行航圖才能知道城市的名字。這些聚落的光芒會讓人想起柯勒律治[4]（Coleridge）筆下的古舟子，「就像黑夜一樣，從一處土地漂至另一處」（like night, from land to land），而來到我們軌道上的觀察者，可能認為這些脆弱孤獨的聚落，只不過是宇宙中的另一個生物發光體。在其他航班上，當我看見夜裡隱隱約約的光線聚集起來，繡進遙遠下方的西伯利亞（Siberian）、奈及利亞（Nigeria）或伊朗地面時，會深深受到感動；那景象散發著溫暖甚至親密感，也許是因為我感到自己正俯視著夜晚，就像在匹茲菲的童年裡所度過的平靜夜晚一樣。

之後，我們的高度開始下降。如果是在日出時分，回歸的日光會讓我們看到荒野、農地、險惡陡峭的地形或數千哩的廣闊海洋如何變成我們的目的地——或許是史上最大的城市之一，曾經長達好幾個世紀的發展，而現在來到最新一天的早晨。在航程的最後二十分鐘，這座城市擴展開來，填滿了飛機機艙的整面擋風玻璃，呈現出一幅宛如地圖的視野，展示著逐漸甦醒的街道。

落地之後，我們有機會重複或深化一連串獨一無二的都市體驗。我們在許許多多的城市停留，時間通常很短暫，但相當頻繁。這些停留時間都經過細心安排，以在遵守法律規定的同時給

4 山繆·泰勒·柯勒律治（Samuel Taylor Coleridge），英國浪漫主義的奠基者（一七七二－一八三四），重要作品包括〈古舟子詠〉、〈忽必烈汗〉等等。

予我們自由及與時間彈性；有時這樣淺嘗則止的旅行經驗已讓我們心生感激，但有時候我們會因為自己的興趣與外站停留時間的長度（長途飛行的停留時間通常是二十四小時，很少超過七十二小時），擁有相當細膩的旅行經驗。

如此日復一日、年復一年地造訪城市，最顯著的影響在於每次都會出現奇妙的熟悉感。這種熟悉感強烈且掩人耳目，以至於我得努力提醒自己：我並不來自這裡，這個城市不屬於我。

舉例來說，小的時候第一個引起我的想像的，就是洛杉磯這個地名；我渴望有天能一親芳澤。後來我接受七四七的飛行訓練，開始定期飛往洛杉磯。經過幾年的中斷，當我再次回到洛杉磯時，我問我自己總共飛到洛杉磯幾次——是十五次嗎？我查了飛行紀錄本，發現是三十九次；現在更已超過五十次了。如果每一趟是停留四十八小時（有時會更久），那麼我在這城市待了超過三個月——夠久了，因此當我在洛杉磯等咖啡或陷入車陣時，很容易以為自己向來都住在這。

之後，我又飛離了這座城市。當我在其他地方遇見來自洛杉磯的人，或許會興奮地與他交談，部分原因是我認為我們一樣待過這個舉世聞名的大都會，接著我才會提醒自己：不對，我對太多城市都有這樣的感覺，因此這種感覺沒有一次能稱得上真實無誤。

聖保羅（São Paulo）是另一個我多次造訪的城市，多到一定得查閱飛行紀錄本，才能知道究竟飛了幾次。我曾在伊比拉布埃拉公園（Ibirapuera Park）漫步、奔跑好幾英里；屢屢到聖保羅人大道（Avenida Paulista）附近的咖啡館與自助餐廳，坐在靠窗座位觀察人來人往；我在家鄉時曾辦事跑腿，把賺得的零用錢省下來，只為了到南美大都會冒險，換一條錶帶；我造訪過大教堂、類似帝國大樓的高樓觀景台，去過滿是陌異蔬果與海鮮的菜市場，還有外觀與命名都令人震撼的盧茲火車站（Estação da Luz）——意思是光之車站。的確，在聖保羅，我經常發現自己在樓梯或擁擠的人行道上從觀光客身邊超前，踩著踏實又帶點煩躁的腳步，就像在自己的家鄉一樣。之後，也許在同一個下午，我就離開了；幾天後，我會發現自己又在另一個城市這樣走路。

第一次在孟買降落時，我只能停留二十四小時；這是我第一次踏上印度。我當然興奮得很，但也驚覺到，我來到這個新城市、新國度的第一天，計畫竟然如此鬆散。我慢慢理解到，原因在於我知道自己會一而再、再而三回到孟買，無論我想或不想。而我可以在每次短暫停留的時光裡自由探索，再決定自己喜不喜歡這座城市，甚至假裝在這裡賓至如歸；或者相反，如果碰上季風雨威脅，或是我感到疲憊，或是得追喜愛的電視節目時——我表現得根本不像人在孟買的樣子。

多年來，我以這種方式體驗城市，於是產生三種獨特的影響——第一是我對於個別城市的熟悉感（雖然靠不住）會漸漸擴張，直到涵蓋世上所有的都會。現在如果有人問我是否曾去過某個城市時，我可能需要片刻時間來排除我似乎去過所有地方的印象。

放下那份印象很重要，因為即使是飛行員也不會走遍天涯海角。二〇一八年，聯合國公布一項統計，列出五百四十八個人口超過百萬的城市。在某些城市，這數字只包括城市內的居民，但有些城市的人口總數則涵蓋更廣的都會區。（為城市選一條最有意義的範圍邊界可不容易，甚至想為城市下個定義也不簡單，無論是從法律或日常語言的角度來看都是如此。北卡羅萊納州的卡瑞鎮〔Town of Cary〕就是一例；那裡距離我父親與繼母退休後居住的地方不遠，面積是麻州匹茲菲市的四倍。在麻州，由市民會議統治的聚落稱為鎮〔town〕，由市議會或市長治理的則稱為城市〔city〕。在英國，城市的名稱則是皇家事務；常有人說，英國的城市一定會有大教堂，但我先生的故鄉南安普頓市〔City of Southampton〕就沒有。）

姑且不論這些問題。在查看聯合國列出的五百四十八個大城市時，我赫然發現，即使將那些我曾經飛抵卻沒有踏出機場的地方，以及我從其他城市順道造訪、甚至是個人旅程的目的地納入計算，我也僅僅去過其中的約四分之一。

我所去過的城市也絕不是一個具有代表性的樣本。那份名單上約有六十個城市位於印度，這是一個在我初次造訪孟買之後，認為自己可能多少有一點了解的國家；然而事實上，我只去過五個印度城市。當我意識到自己並不認識德里久爾（Thrissur）、塞冷（Salem）、蒂魯吉拉帕利（Tiruchirappalli）與其他幾十座城市的名字時，我感到非常震驚。而在那五百四十八個城市中，有超過一百二十個位於中國，而我只去過其中的四個。

這樣的數字凸顯了城市不斷增長的人口優勢——目前世界上有超過半數的人都住在城市，而到了到二〇五〇年，可能會超過三分之二；同時也顯示了城市的異質性和非西方特徵。意識到即使是長程飛機的飛行員對世界的了解也可能如此有限，這令人謙卑，或許也令人欣慰。

然而，對每一位飛行員來說，親自接觸過許多城市，或許仍堪稱奇妙的經驗。因此以只有飛行員做得到的方式與城市接觸，會帶來第二項影響——我不光是以地理來分類城市，而是會依照某些吸引我，或對我有意義的特徵或特性來分類，例如河流、摩天大樓、古牆。

現在，凌晨一點，從這個高樓俯瞰阿布達比，我想起了自從我們落地並開車進入以來的幾個小時裡最難忘的事情。我會說，這座首都是高樓之城，因為我在一座高樓上看到許多其他的高樓；我也可以說，這是夜晚之城，因為我只在天黑時降落或離開阿布達比；又或這是光之城市，因為當我從很遠的地方回想起這裡時，會想到這裡的光芒有多燦爛。

我也會在無意間，開始以這種方式來分類城市。我體認到，我是在飛行多年以後才開始這樣分類，也不確定這樣的直覺從何而來。這或許反映了我小時候完全依賴城市中最明顯的元素與結構來組合出想像中的城市。或者這種分類對於一個在無意間看過許多城市的人來說，只是出於方便或不得不然。或許我沿用（至少在精神上）伊塔羅．卡爾維諾[5]（Italo Calvino）的《看不見的城市》（*Invisible Cities*），這是我最愛的書本之一，書中依照類似的原則（當然也包括數學原則）來排列城市。當然還有一項分類傳統很吸引人——幫城市取個別名。我們今天依然用這些別名來指稱城市：「天使之城」[6]（City of Angels）、「花園之城」[7]（City of Gardens）、「帆之都」[8]（City of Sails），以及「照亮世界的城市」[9]（City That Lit the World）。

---

5 伊塔羅．卡爾維諾（Italo Calvino），名列二十世紀最重要的義大利小說家（一九二三－一九八五），作品具有寓言色彩。

6 指的是美國洛杉磯。

7 指的是巴基斯坦的拉合爾。

8 指的是紐西蘭的奧克蘭。

但我猜想，在以這種方式來描述城市的文字中，最令我難忘的應是在我二十歲出頭時出現，那時我讀了父親的寫作。他是依照橫跨四個大陸的人生中所認識的許多城市來安排這些文章，所以他自傳裡的章節會出現副標題，例如：「有三百六十五座教堂的城市」，以及「單車城市」。

無論起源為何，我認為以這種方式來思考城市不無樂趣。最棒的地方是，我知道爸爸會喜歡；而另一個樂趣在於，這在強調出每座個別城市時，也說明了這些城市的共同點——畢竟高樓之城很多，光之城市也不少。

城市具有共同點的可能性遠遠超出我們最初的想像，我們甚至可以將它們看作是幾乎是由公園、圖書館、十字路口和宗教場所等形式的幾何排列組成的結構。這可能有助於解釋我作為飛行員旅行時的第三個長期影響：隨著年歲增長，我對於世界上的城市（包括一些地球上最大的大都市，以及許多對我來說最陌生的城市）日益增強的力量感到驚訝，它們讓我不斷回想起我在家鄉小鎮的思緒和心情。

我知道自己和匹茲菲的關係一言難盡。我在那裡長大，學會隱藏自己，並夢想能前往光芒四射的遠方——那座想像中的城市好完美，孩子們不必煩惱令我困擾的事；還有許多真正的城市，我認為或許會在那邊找到對的女孩，甚至運用沒有「r」的語言（或是只包含我發得出的那種「r」的語言）和她說話。之後，當我年紀大一點的時候，我夢想能找到一座城市，相信在那邊可毫不費力地做自己（我的意思主要是指身為同志，但也不僅是如此）；宛如我移動時是循著物理學注定的結果，順著一條線前進，那條線從匹茲菲連接到我想像中的他方。

然而在離開匹茲菲之後，我才知道許多問題還是一路尾隨。我也開始理解到，我長久以來就想像著能離開匹茲菲，但這份夢想之所以能夠實現，也是靠著匹茲菲本身。這是仰賴著多半仍留在那裡、對我滿懷關愛的親友與鄰居；那裡的老師、圖書館員、童軍團長；那些幫助我為了在某年夏天到日本暑期寄宿和大學生活而儲蓄的人，例如訂閱送報的鄉親父老，以及餐廳裡大方給小費的顧客，更別提我的家庭允許我保留自己賺來的每一分錢。就連這座城市的基礎建設也幫助了我，例如我第一次上飛行課時使用的跑道，還有保養得很好、通往城市的道路，讓我最終能如願以償，從匹茲菲出發。

如今，雖然我的父母都不在人世，我還是經常回到匹茲菲。許多我愛的人仍在那裡，許多地方對我來說依然重要。我一直夢想，退休後要住在很靠近匹茲菲的地方，這樣馬克與我就能天天造訪城市的圖書館、咖啡館或野生動物保護區，但我也擔心，或許再度住在這座城市的範圍內，會覺得不太對勁。

與家鄉的關係確實一再使我成長——學習兩種相對的事物如何共存。離開家後，我就出櫃了，也結交到好友、找到熱愛的工作以及馬克。現在當我待在匹茲菲時，面對那些我不喜歡或是想要逃避的事物的時候，我偶爾還是能看到當時我的本能是如此地將我的故鄉與我自己混淆在一起；我幾乎不敢相信自己可以在兩者之間自在地往來。而在其他時候，即使已屆中年，並且有丈

9 指的是美國麻州的新貝德福。

夫陪伴在身邊，在這些最熟悉的街道上我仍然對自己感到不確定。若談到討厭的事或是躲避這些事情時，偶爾可看出混淆故鄉與自己是多符合直覺的作法，而我也不認為我對兩者都感到自在。

而且，當我遠離匹茲菲，我也越來越了解自己對其他城市的感知，全都受到匹茲菲的影響。有時候，我覺得匹茲菲就像個鏡頭，其特殊的維度與質性會影響到我如何觀看其他所有的聚落。在其他時候，匹茲菲又更像我攜帶的地圖，每當我到新的地方就會攤開來看——比方說，我在印度的班加羅爾（Bangalore）規畫漫步路線時，發現自己是以童年的家到高中的這段路來評估半英里的距離。又或者當我暫留在紐約地鐵站的樓梯頂端，設法在交叉路口看出方向時，會思索從前在臥房書桌旁看到的景象，找出哪裡是東邊。

但我大部分的時候會認為，匹茲菲在我人生中扮演的角色就像是第一語言；當我設法理解其他地方時，我別無選擇，只能轉向它——就像語言學家在分類與描述世界上的語言時，也會使用特定的語言來做這些事。我認為正是家鄉的這種獨特品質，以及我對自己的複雜感情，解釋了為什麼匹茲菲總是與我同在——身處於與匹茲菲極為不同，或是距離遙遠的城市時尤其如此。

有一天，在吉隆坡降落後，我決定跳上巴士，前往麻六甲市；這是在熙熙攘攘的機場巴士站中，出發時刻表上我唯一認得的城市名稱。我在天黑後不久抵達麻六甲，找了間住房之後就出去散步。我順著一條狹窄的小街道走，這條街後來通到跨越麻六甲河的橋，於是我停下腳步，想看看河川奔流的方向，以及麻六甲海峽與印度洋可能在哪個方位；幾個小時前，我來自倫敦的班機才剛越過這片海洋的東北範圍。

在那個溫暖的夜晚，我站在麻六甲狹窄的河面上方，河面因映照著步道上燦爛的七彩燈火而閃閃發光，彷彿石油在燃燒。這時我開始計算匹茲菲那邊應該是幾點，也想著貫穿城市的豪薩托尼河（Housatonic River）岸，在冬天時會形成宛如玻璃的冰棚。我也思考著大都會（*metropolis*）的詞源「母親城市」，以及家鄉和母語所有的類似之處。於是在麻六甲，我的第一條河流的曲線就如同一個熟悉的措辭，輕而易舉地回到了我心中。

曾聽過有人說，我們離家後，就永遠無法歸鄉。然而我要憑著只有飛行員才能收集到的多年證據，回應這項說法：我們根本無法離開故鄉。義大利愛國人士朱塞佩・加里波底[10]（Giuseppe Garibaldi）決定逃離永恆城市時，向那些與他相伴的人說：我們在哪，羅馬就在哪（*Dovunque saremo, colà sarà Roma*）。我不記得是在哪座城市初次讀到這段話——是古老的，還是現代的城市？那裡有低矮的房子，或高樓林立？我也不記得自己是坐在飯店房間的書桌前、在地鐵列車上，或是在公園樹蔭下的長椅。我只知道現在回想起這些話時，是阿布達比的三更半夜；這時的我也想起了家鄉。

我從書桌前起身，走到玻璃窗旁。我望出背後房間燈光的倒影，望向摩天大樓，再度俯視道路。我拉上窗簾，刷牙洗臉，設定鬧鐘，爬上床。我要趁著熱氣累積之前早早出發。我會喝杯咖啡，然後散步。

10 朱塞佩・加里波底（Giuseppe Garibaldi），義大利統一運動的中心人物（一八〇七－一八八二）。

第一章

起始城市

京都、鹽湖城、米爾頓凱恩斯、開羅與羅馬

我在將近不惑之年時，讀到一首史詩——美國詩人威廉・卡洛斯・威廉斯[1]（William Carlos Williams）的長詩鉅作《帕特森》（*Paterson*）。在引文中，威廉斯說明這首詩的前提：「人本身就是一座城市，在開始、追尋、實現與完成人生的過程中，如果發揮想像力，則許多不同層面都是城市可體現的；任何城市的所有細節，都可以用來表達他最親密的信念。」

這並不表示，我一直意識到自己像座城市。但如果我們確實就像城市，那麼城市也可能像人。這麼一來，我會想要思索一下匹茲菲是誰——那裡的街燈如神經系統般相連，思維則在八月午後馬路上的空氣反射層中悠蕩，記憶慢慢掉落到一月湖面，穿過冰層沉入灰黑色的深處。

如果城市就像人，那我就比較理解為何我們稱城市為母親：麥加與亞松森（Asunción，巴拉圭首都）是城市之母，開普敦則是母城；正如吉卜林[2]（Kipling）在詩作〈獻給孟買城〉（To the City of Bombay）中，憶起他的第一座城市（「我眼中的城市之母／因為我在她的城門裡出生」），並描述人對故鄉的牽絆，就像「孩子拉著母親的衣裳」。

的確，這解釋了為什麼我們會以人類的詞彙來訴說城市的各個層面：城市的精神與靈魂（這

個觀念至少可以追溯自柏拉圖）；城市的心臟、動脈、肺與骨骼；城市的姊妹，甚至伴侶——例如吉達（Jeddah）也稱為紅海新娘；而威尼斯愛水域，水域也愛著她，因此每年威尼斯總督（或現在的市長）會儀式性地把婚戒拋進水域，時至今日依然如此。這也解釋了為何我們能深深愛著一座城市，只要閉上雙眼，就能想像出城市仰望著天空的臉龐，或者嘗試想像在城市的第一天，天空是何種模樣。

匹茲菲

我穿過泥濘操場，從中學的校園走出來。父母有個好友好像養成習慣，總要提起某年感恩節時（那年聚會就是在她家舉辦），我走到她椅子旁，咕噥著：「這是我碰過最爛的感恩節！」她說，那時我三歲。

現在，十二歲的我對自己說：「這是我讀過最爛的中學。」瑞奇要搬到康乃狄克州了，這位朋友曾和我一起搭樹屋、在森林閒逛，把硬幣放在貫穿匹茲菲的貨運列車行駛路徑上，之後再去尋找硬幣殘骸。瑞奇的爸爸對我很好，他有輛跑車，偶爾會帶我去狩獵。他在奇異公司[3]

1 威廉・卡洛斯・威廉斯（William Carlos Williams），美國詩人（一八八三—一九六三）。

2 亞德・吉卜林（Rudyard Kipling），是出生於印度孟買的英國作家（一八六五—一九三六），曾獲諾貝爾文學獎，作品時常提及印度。

（General Electric）上班——匹茲菲最好的工作大多來自這家跨國企業，而最近他獲得晉升，要到公司總部任職。

少了瑞奇，我會很難過。中學生活很嚴苛，但瑞奇很堅強，也比我受歡迎多了。他和我不同，沒有人會叫瑞奇書呆子、怪胎，或說他是同性戀。而就算他有語言障礙，也沒人敢取笑他——只要和瑞奇在一起，就沒有人敢取笑我的語言障礙。沒有小朋友膽敢跟瑞奇講，在某個日期、時間或地點要揍他一頓；不像我，今天就得面對這種事。

最後一堂課下課後，我從儲物櫃拿外套，小心翼翼地往北穿越操場。從昨天開始，我就胃部翻攪。我告訴自己，該來的就是會來。我以前就碰過這種情況，也曾經跟媽媽告狀一次。我要她保證不會打電話到學校之後，她告訴我，起身反抗很重要。

哥哥也告訴我該怎麼辦。從他七、八歲，我五、六歲時以來，我們三不五時就打打鬧鬧，爸媽說這是我們的「日常」。有時候，日常是發生在室內，有時候則在一堆落葉間，或剛在後院蓋好的雪堡上。哥哥總是贏家，因此這會兒我一邊走，一邊努力記住他跟我說的話。我會盡力。

我一腳跟著另一腳，小心踏出步伐。現在我已來到操場中央——正確的時間與地點——可是沒看見那個威脅我的小孩。我還不了解的是，那個人就算說話的當下是認真的，也可能根本不會記得自己講了什麼，即使那些話害我整個星期、整個月都變調。

我經過幾個其他小孩身邊，但我怕的那個人沒有在等我。我知道不要回頭看，也不要跑（一腳跟著另一腳）。我來到操場的北邊，開始走上操場對面一條陡峭的街道。

幾分鐘後，我抵達這條路的頂端。當我俯視平緩的山坡時，呼吸放鬆了些。我回到我家沒上鎖的廚房門口，把門打開，放下書包，用家裡剛裝好的第一台微波爐做了熱巧克力，還裝了一碗多力多滋。我把點心帶到樓上的房間書桌。在我開始寫功課之前，我拿出一張白紙，在最上面以小小的大寫字母，寫上我想像中的城市的名稱。然後我開始畫圖，彷彿是第一次畫似地——從鄉間蜿蜒而出的鐵路、兩條跑道，筆直的新街道線條。

京都

戴夫（Dave）與我躺在相鄰但不完全相連的日式蒲團上，讓煙霧在頭上盤旋。香菸是七星牌的；七是我最愛的數字，原因只是許多飛機上都有這數字。一台隨身聽放在蒲團之間的榻榻米上，我們各自戴著一隻耳機。隨身聽播放著電子樂團「謎」（Enigma）的樂曲，這是我今年夏天才認識的音樂，啟發著我們以香菸在頭頂的黑暗中緩慢繪製八字形；在音樂引導下，煙軌在消逝前再度被餘火重新環繞。

那是在八月，在日本高中的暑期寄宿家庭計畫已近尾聲。我為此存了兩年的錢，在餐廳洗

3 奇異公司（General Electric）為美國的跨國綜合企業，經營產業包括電子工業、能源、運輸工業、航空航天、醫療與金融服務，公司總部位於波士頓。

碗，並在攝氏零度以下的清晨於雪中舉步維艱地送報。但這趟旅程完全值得我每分每秒的付出。

這趟行程大約有十二人參加，大部分是像我這樣的十七歲學生，即將開始讀高中的最後一年。我們在東京待了幾天——在得知這是史上最大城市時我好驚訝——之後在日本西岸的金澤市度過一個月。每個人分別住在一個日本家庭（我的寄宿家庭把他們新來的小狗命名為馬克二號；過了幾年，當我在大學時重訪日本與寄宿家庭，這隻小狗在我一進門就搖搖身子、開心蹦跳，即使我只在牠最小、最可愛的日子見過牠。）平時大家一起上語言課程，而在搭機返家之前，則來一趟短短的京都之旅，參加者只有我們和導護員梅格（Meg）。她是美國的研究所學生，剛在我日誌的最後幾頁，以大大的字母與底線寫下她要我時時記住的事：無論你去哪裡，你就是在那裡。

我喜歡這段話，雖然不確定是不是理解。她的意思是，無論你去哪裡，都應該要完全著重於當下嗎？或者，在我看來似乎還有相反的意義：即使最遙遠的旅程也無法讓你逃避自我？

這天雖然是我第一天來到京都這個城市，但思緒卻越來越集中在遙遠的匹茲菲；過幾天就得回去，別無選擇。爸媽去年離婚，媽媽離開匹茲菲，後來又回來；她買了棟小房子，距離爸爸、哥哥和我仍住著的家只有幾條街。那間公寓所在的街道會往南離開匹茲菲，而我們會在她的小公寓裡一張新的圓形玻璃桌邊，尷尬地吃晚餐。

同時，爸爸正在和一個人約會，我預期他會再婚。爸爸的約會對象待我很好，但我還得再過個幾年，才會對她有一半的客氣。不過，現在她和我至少有個共同點：飛機。她已逝的第一任丈夫是私人飛機駕駛；他在匹茲菲市立機場學習飛行，我也是。她說過自己對飛行的熱愛，還分享了故事；其中一則是說，她的先生曾駕著飛機載她從匹茲菲飛到紐約，並在晚間八點零二分，為單引擎塞斯納一七二（Cessna 172）取得降落許可，在甘迺迪國際機場最長的跑道上落地。

我很高興能聊到任何關於飛機的事，或是聊聊甘迺迪落地費用的時程安排（她說，八點之前是二十五美元，過了八點只要五元）；但這改變不了的事實是，父母離婚，原因不明，讓我也覺得很難受。出走還比較簡單，就像今年夏天這樣，我甚至能暫時忘卻發生過這樣的事。

日本距離遙遠，也讓我更看清楚自己的家鄉。我第一次理解到，一方面有無數的城市像匹茲菲，另一方面，你出生地的名稱永遠固定了——這看起來是小事情，但其實很重要；在其他時代很可能會成為你名字的一部分，並傳給後代子孫。

我也第一次想到，對父母而言，匹茲菲不太像後來會成為家鄉的地方；對爸爸來說尤其如此。他出生在比利時的西法蘭德斯省，並在布魯日（Bruges）接受訓練，成為天主教司鐸[4]。之後他離開比利時，到當時的比屬剛果（Belgian Congo）任職，然後又飄洋過海，在巴西三大城市工作十年。

媽媽到匹茲菲的旅程比較直接，但我看來仍相當不可思議。她出生在賓州無煙煤產區的小鎮上，她的爺爺奶奶、外公外婆都來自立陶宛。雖然母親成長過程中多半是說英語，但一輩子都能輕鬆運用許多立陶宛文。她在青少年時期，成為俄亥俄州辛辛那提郊外的傳教團體成員。團體派

4 教會內部的聖職等級之一。

她去巴黎，並計畫送她到印尼。不過，她決定離開這個組織，搬到波士頓。

一九六八年春天，多年來一直為信仰掙扎的爸爸正從巴西前往比利時，中途停留在波士頓；有個跨種族的普世教會合一組織（interracial ecumenical organisation）邀請他到羅斯伯里（Roxbury）談談社會經濟正義計畫，那是他和司鐸同仁在巴西的城市薩爾瓦多所發起的計畫。媽媽參加了這場演講，並邀請爸爸隔天晚上一同晚餐。他們交換了地址，但爸爸了解到媽媽已有男友（其實是誤解，或許是因為不太擅長美式英語的對話），這又多了一個理由，讓他認為自己繼續返鄉之旅後，兩人就永遠不會再見面。

在比利時，爸爸找上布魯日主教，表明已決定要離開神職（他後來寫道，已找不到理由，「過著不再屬於我的生活」。）。爸爸在筆記中寫道，他的上司在接下來幾個月堅持要再開三個會，並訴諸「聖多瑪斯・阿奎那[5]（St Thomas Aquinas）在十三世紀就已經確立」的主張，確保他相信上帝的存在；不過這些都無法改變他的決定。

爸爸認為，美國允諾新的開始；他在美國的友人也這樣想，包括與他魚雁往返的媽媽。於是他再度越過大西洋，媽媽到洛根機場（Logan Airport）接他。隔年，兩人成婚。他們在波士頓待了幾年，之後搬到佛蒙特州的伯靈頓（Burlington），收養了我哥哥；他出生在巴西的若昂佩索亞（João Pessoa），是爸爸旅居巴西十年期間所待過的大都市之一（他在筆記上留下的標題是：「美洲最東的城市」）。

不久之後，爸爸在匹茲菲找到工作。父母都沒見過這座城市，雖然他們曾到伯克夏一帶的其他地方度蜜月。他們在匹茲菲度過第一個冬天之後的晚春，我誕生於世。

我在日本交換學生時，其他同學是來自亞特蘭大、坦帕（Tampa）、舊金山、芝加哥與紐約這樣的城市。這群新朋友當中，只有一個聽過匹茲菲；我把這個經驗（以及他們之前都不認識我的事實）當成是一種自由。我不必告訴他們我最近才擺脫語言障礙；我相信他們有幾個人懷疑我是同志，但沒有人會以我最常聽到的刻意羞辱來表達；我不必告訴他們我的父母離婚，也不必說出和家鄉朋友來往的簡短歷程——當我向他們聊到與這些朋友的友誼時，聽起來好像是從出生以來就是如此。

我大半輩子都夢想著能與匹茲菲保持距離，但當這個夢想成真時，反倒有個層面完全出乎我的意料——當我從遙遠的太平洋彼岸回顧我的生命時，我發現自己雖然很擔心回家（回到高中、回到離婚的父母身邊、回到我有時會等不及再度離開的城市），然而我愛我的家鄉也是事實。

這種矛盾就呈現在與其他同學聊到匹茲菲時，我會說些善意的玩笑話。事實上，這種關於匹茲菲的善意玩笑成為我那年暑假課程中的「強項」，而我以前從來不擅長這麼做。我說，你需要有通關密碼，才能翻山越嶺，進入匹茲菲，而且需要簽證。一位來自布朗克斯（Bronx）的新朋友笑了，並問我會不會還有特別的握手方式。我告訴她：有喔，還有一種方言，如果我想要的話可以隨時切換，但這樣妳就聽不懂我說話了。（我已能開玩笑，說出自己不被人理解。）

5 聖多瑪斯．阿奎那（St Thomas Aquinas），歐洲中世紀哲學家與神學家（一二二五－一二七四）。

這年夏天我結交的朋友當中，最親近的就是戴夫。戴夫和我一樣喜歡飛機。他很逗趣，我們經常大笑；而每回要兩兩分組進行語言練習，或是在巴士上找位置，或是在客棧裡同住一室，我們都會選上彼此。他跟我說起他的家鄉加州，我則告訴他匹茲菲的事——不光是些俏皮話，而是使盡力氣，想解釋那裡真正的情況：山丘看起來如何、初雪何時飄下、我哥哥惹上什麼麻煩、我那一小群朋友是誰——你不會相信我們做過什麼樣的瘋狂舉動，一下這樣、一下那樣。

這間客棧安安靜靜，房間近乎黑暗。下一首歌曲傳來，於是戴夫和我都點了另一根香菸。這時，我想起匹茲菲的一個同學；我們站在他家廚房吃麗茲餅乾時，他的妹妹告訴媽媽，她認為我是同志。他們的母親一手放在我肩上，要我放心：「噢，別理她。如果我認為她講得沒錯，我怎麼可能還讓你留下來過夜呢？」

忽然間，在這間京都客棧，我察覺到有個感受慢慢接近，於是我明白，自己並沒有離開匹茲菲（無論你去哪裡，你就是在那裡。）我那時還不知道這叫羞恥，但我知道，自己要想點別的事。

如果不去想我的想像城市（我十七歲了，如果想像一座城市是個該放下的幼稚習慣，現在就該放下），那就想想京都吧。在抵達之前，我研究過這座群山環繞的城市地圖，試著理解隨處可見的河道、寺廟與神社。梅格向我們解釋，或許我們覺得「京都」很陌生，但這兩個字在日文中，意義可說是再明確不過：「京師」與「都市」。我也深深迷戀這座城市的歷史感，同時深受另一項事實所吸引：自地球存在以來的大部分時間裡，這裡並不存在城市。京都有第一天嗎？

我往蒲團一靠，而當我抬起頭，旅遊指南中折疊地圖上的簡單草圖，彷彿在我眼前重現。香菸燃燒，煙霧繚繞。有時候，我開始忘記自己在哪裡。之後，戴夫說話了，而我想像著上方是京都地圖，彷彿這座城市在等我回答。

四下一片沉寂，只有我們其中一人吸氣時的劈啪聲；我試著想像，這個房間沒有天花板、客棧沒有屋頂，於是我們的香菸會在日本的星空下盤旋。或者，我也在上面，俯視燈光，俯視我們；這時的我們就躺在蒲團、躺在這擺在低矮榻榻米上的床鋪上。在家鄉，這種高度的床鋪只有鞋子會睡在上面。接著，戴夫談到他的一個朋友，講述關於那個朋友的女友的故事。在這近乎黑暗的環境中，我們可以是任何人，身處任何地方。

鹽湖城

倫敦、北大西洋、格陵蘭與大約三千兩百公里的加拿大在我們後方。再過幾個小時，我們就會在黑暗中抵達洛杉磯。

現在，我們大致跟上黃昏的步伐，劃分大陸的落磯山脈幾乎填滿了我前窗的寬度。懷俄明州就位於下方；幾分鐘前，從駕駛艙右側，我看見黃石公園，然後是大提頓山（Grand Tetons），一系列山脈如此誇張地嶙峋多刺，彷彿是卡通中的畫面。即使從七四七駕駛艙提供的清晰視角來看，依然很難相信它們是真實的。

科羅拉多州也進入了我們的視野，而當我發現自己糟糕地哼起約翰・丹佛[6]（John Denver）

的〈高高落磯山〉（Rocky Mountain High）時，我趕緊停下來檢查耳麥對講機是否已經關閉，以免讓歌聲直接傳到機長耳中——機長與副機長都是飛行員，飛行時數差不多，但機長有額外的管理責任以及最終的法律權威，是飛機與機組成員的指揮官。

在我成長過程中，爸爸在州政府位於匹茲菲的辦公室上班，而州政府總部是在麻州另一邊的波士頓。因此，我對波士頓的理解是，那兒打來的電話會讓爸爸壓力最大；無論距離多遠，州政府總部的權力都不會被削減。而當我不斷詢問，試圖在爸爸準備晚餐時揭開他整天工作的層層面紗，爸爸可能會嘆口氣回答：因為波士頓叫我們這樣做。

波士頓可能有自己的期望，且有能力指揮身處遠方的人。這個想法與我在高中時學到最引起我注意的事實重疊——波士頓這座城市，以及其協助國家鞏固的獨立，都可能和山巔之城（City upon a Hill）相同，也就是清教徒之父約翰．溫斯羅普[7]（John Winthrop）在〈登山寶訓〉[8]（Sermon on the Mount）中發現的意象：

「你們是世上的光。城立在山巔，是不能隱藏的。」[9]身為青少年，我無法相信像波士頓這麼熟悉的城市，會與那些高尚的修辭相連。畢竟爸爸會去波士頓開會、看眼科門診，我自己造訪這座城市的次數之多也已讓它不再特殊。

之後，當我住在波士頓時，發現這座我所愛戴卻又平凡無奇的大都市，與一個看不見或想像中的城市之間存在著某種聯繫時（特別是與一座隱喻或神聖的城市的聯繫，它體現了我們可能相信或希望的所有最終完美），我感到有點沮喪。尤其是當我得知波士頓早期的名稱「三山」

（Trimountain）的由來中，其中兩座在很久以前已剷平，而第三座也已經比過去低許多了（儘管它得天獨厚地被稱為燈塔山（Beacon Hill））。山巔之城的稱號在我幾乎被狂風吹倒時也無法給我多少安慰。這狂風自一個我每天上班都必須穿越的反烏托邦式混凝土廣場呼嘯而過，而我等待已久的那些嘶嘶作響的老舊地鐵車廂從未出現，這也令我沮喪。

現在，在懷俄明西南部的高空，七四七機鼻的右側有一座城市開始出現在視野中。我從來沒有去過鹽湖城，但從高空中見過許多次。我期盼著有一天能造訪這座城市，而在這個夾縫之際，我覺得現在或許可以問一下，對於首次來到此處的人類來說，這座谷地看起來是什麼樣子的呢？也許他們是從西北方來的，而不像是數千年後的摩門教徒從東方前來；也或許他們是從東北方來，就像今晚我乘坐飛機來到這座山谷的天空一樣。

鹽湖城的特別之處在於光線和通往谷地的地形，以及雪會突然消失在眼前。當黑暗甫降臨在猶他州低海拔之處，鹽湖城卻在其中發光。我希望自己能學會輕鬆辨識它紅黃色格線的模式，就

---

6 約翰·丹佛（John Denver），美國鄉村音樂作曲家以及音樂人，被稱為「科羅拉多的桂冠詩人」（一九四三－一九九七）。

7 約翰·溫斯羅普（John Winthrop）英國清教徒律師（一五八八－一六四九）。

8〈登山寶訓〉是記載在《馬太福音》中，一場十分著名的耶穌佈道。

9 出自聖經《馬太福音》第五章，意思是信徒應該成為世界的光明，就像建在山上的城市一樣，不可隱藏自己的美好光輝。

像在導航顯示器上以清楚的冰藍色字母KSLC，標示在這城市機場的圓圈旁。

從全球的角度來看，鹽湖城仍是個新城市。摩門教先驅參照錫安城地圖（Plat of the City of Zion）規畫這座城市，這是約瑟夫・史密斯[10]（Joseph Smith）在距離此地很遠的地方所繪製的都市規畫，他還寫下一些諸如「當這座廣場如此規畫時，另一座也該比照辦理，如此在這最後的末日裡填滿世界。」的指示。這座大都市被稱為新耶路撒冷（New Jerusalem），亦稱為聖徒之城。理察・法蘭西斯・波頓[11]（Richard Francis Burton）的一本著作也以《聖徒之城》（*The City of the Saints*）為書名：波頓是十九世紀的傳奇探險家，他搭乘公共馬車，來到在我們七四七下方發光的聚落，在他所知道的聖城名單中再多加一座（「孟菲斯（Memphis）、瓦拉納西（Benares）、耶路撒冷、羅馬、麥加」）。

今夜，在西邊燦爛的夕陽及機翼下方聚集的燈光之間，我決定這樣稱呼鹽湖城：高處城市、新城市、紅色山峰之城、我見過最美的城。從高處俯瞰，守護著東方通道的山頂有朱紅色的雪；幾分鐘後，當我們在一個輕柔的彎道中向右傾斜，幾乎正好在它照亮的街道的掌紋上方飛行。不難想見，在兩百年、兩千年後，這座城市的孩子還是會學到楊百翰[12]（Brigham Young）第一眼眺望這谷地時所說的話：「這就夠了。這是正確的地方。」此刻，我們噴射機的航行燈，正穿過這座谷地上方漸暗的天空。

米爾頓凱恩斯（Milton Keynes）與開羅

我一直在打瞌睡。我二十多歲，在英國只住了幾個月，當我最後一次從這輛半空的長途巴士醒來時，外頭已天黑。我一頭霧水，因為我們正駛過的這座城市有著筆直的大道、現代化的建築物和相當寬闊的空間；有那麼一刻，我感覺自己好像從未離開美國、遠渡重洋。

這天稍晚，我會和室友提起自己在什麼樣的地方醒來。他會或許有點不近人情地笑出來（我無法分辨是對我或是對這座城市），並解釋我是到了米爾頓凱恩斯，這座和城市一樣的小鎮有約二十五萬人口；而我會得知，這是一九六〇年代晚期才規畫的小鎮。

他會告訴我，這是一座新市鎮——其實是一座新城市。在他說這些話的時候，我會想起班納迪克·安德森[13]（Benedict Anderson）的《想像的共同體》（*Imagined Communities*），一本大學課堂上的指定書籍。這本書曾討論過新城市的命名（我能輕易想起的部分就這樣）：紐約（*New*

---

10 約瑟夫·史密斯（Joseph Smith），美國宗教領袖和摩門教創辦人（一八〇五－一八四四）。

11 理察·法蘭西斯·波頓（Richard Francis Burton），英國人，具有軍官、地理學家與探險家等多種身分，相當博學多聞（一八二一－一八九〇）。

12 楊百翰（Brigham Young），美國宗教界的領袖人物與政治人物（一八〇一－一八七七），率領摩門教友來到鹽湖城定居。

13 班納迪克·安德森（Benedict Anderson），美國研究民族主義與國際關係的著名學者（一九三六－二〇一五）。

York，或其實是新阿姆斯特丹（*Nieuw* Amsterdam））、紐奧良（*New* Orleans或*Nouvelle* Orléans）、新倫敦（*New* London）等等。而當我在書頁上遇到這些熟悉的城市名稱時，才發現我從沒把這些城市名稱分開看。

幾年後，我成了飛行員，常常不由自主地想起室友說的「新城市」——例如當飛機從雲間浮出，底下就是北美西岸廣大的大都會中有編號的平行街道；不到一個星期之前，我才從亞洲古老好幾倍、密集好幾倍的巨型城市回歸，那些巨大城市的最早時光大概猶如神話，或已不可考。

但新城市的概念最讓我覺得強而有力的時刻，是每回我飛過顯然是現代聚落的上方，而這個聚落的附近就是古老聚落——或者是古老聚落的一部分。舉例來說，在晴朗乾燥的冬夜，沿著尼羅河飛行的班機上，我會一邊啜飲熱茶，一邊望向大都會開羅，看看其中發亮的新城市——好像配電線路圖，或是還沒從塑膠支架上拔起的嶄新聖誕燈飾組，正在插電測試。之後，我會搜尋這些城市的名稱——有一個就叫作新開羅（New Cairo），另一個叫做新赫里奧波里斯（New Heliopolis）。有些城市的名稱相當奇特，例如十月六日城（Sixth of October）或五月十五日城（Fifteenth of May），很容易讓人相信那是新的出生日期，而不是紀念歷史事件，因為其街道的模式似乎也是如此嶄新。

羅馬

在二月一個涼爽的早晨，我和先生來到梵蒂岡城（Vatican City），繞著聖彼得廣場（St Peter's Square）的中心漫遊。馬克在拍照，而我在石造的橢圓形標示物之間行走，上頭有風的名字，例如西洛可風（Scirocco）、特拉蒙塔納風（Tramontana）和波南特風（Ponente），這些風從不同方向、不同季節吹來。

這些標記像指南針上的位置一樣排列，形成「風向玫瑰圖」（wind rose）的風格化版本。設計機場的人要仰賴風向玫瑰圖才能設置受惠風向的跑道；飛行員也可以參考風向玫瑰圖來熟悉機場的天氣模式。我在駕駛艙安裝的平板電腦上滑動查看的風向玫瑰圖並未將風擬人化；不像我在羅馬時，會小心踩過或繞過冬天老人那呼呼吹風的臉。風向玫瑰圖是以直線、完整的圓圈與片段圓弧排列構成，結構兼具藝術性與科學性。

馬克和我在繞了好幾圈後停下腳步；我不禁思索著，從這裡來看，匹茲菲會是在哪個方向。就我所知，我的故鄉沒有這樣充滿故事的風；我也想到，身為司鐸的爸爸會告訴我關於這廣場，以及廣場上巴西利卡[14]（basilica）的事——這座巴西利卡會定期向城市與世界（*urbi et orbi*）致上祝福[15]。

14 巴西利卡（basilica）是天主教教堂一種特殊建築形式，設計特點包括高大的拱頂和較大的中殿空間，以容納更多教徒參與儀式。

我的父母已離世好幾年了。儘管如此，馬克和我仍經常回到伯克夏與匹茲菲，主要是因為和我一起成長的家族群體——「伯克夏幫」——的成員都在那裡。伯克夏幫裡與父母同輩的人都像我的叔伯阿姨（「這是我碰過最爛的感恩節！」），他們的孩子也猶如我的手足。這四個家庭中，其中三個很久以前就彼此住在對街或隔壁；而媽媽在與爸爸離婚後的人生最後幾年，健康和財務狀況都亮紅燈，致使她無法繼續獨居，於是就與其中一位阿姨同住。即使到了現在，我已四十好幾，大家還是會在假期與重要的生日相聚。親友相聚總是分外溫暖熟悉，因此我有時會忘記，爸媽並不只是走出房間一下而已。

在伯克夏幫，父母那一輩幾乎人人都在深厚宗教氛圍的環境下長大。事實上，除了我爸爸之外，還有其他好幾個人在信仰改變之前也是司鐸或修女。由於宗教背景雷同、平日敦親睦鄰，加上我們這群孩子又年紀相仿，於是在友誼的基礎下，我們成了大家庭。

我在成長過程中印象深刻的是，即使後來父母已不是教會的一份子，他們和朋友依然會遵守教會的生活；即使他們有時談到羅馬的方式就和爸爸講到他的波士頓上司一樣——他們可能會說，羅馬可不能允許那樣；或者，哎呀，羅馬得知道怎麼兩全其美。就這樣我開始明白，羅馬也可能像一個人一樣行事。

成年後，我離開匹茲菲，當上飛行員，飛往羅馬數十次。我經常很高興地注意到，從領航計算尺（flight computer）來看，這座城市雖然比匹茲菲溫暖得多，但緯度只相差不到一度。在典型的旅程中，我們會從希斯洛機場起飛，轉向東南，在英吉利海峽上空的某處對最後一位英國航管員說再見，然後對旅程中的第一位法國航管員說話，即使我們才正在爬升。之後是一位瑞士航管員，這時我們會在阿爾卑斯山白雪覆蓋的鋸齒狀山峰上喝茶，最後是連續好幾位義大利航管員。這時候，我們會飛過他們國家風景如畫的西海岸，開始下降高度。我們著陸、滑行，完成飛行後關機程序；如果剛好碰上永恆之城[16]吹著微風，那麼引擎冷卻時，銀色葉片會放慢速度，但不會停止轉動。

而我不會離開羅馬機場；事實上，我甚至不會離開座位。入境旅客下機之後，出境旅客就會登機，而我們會從代碼為OST的導航信標飛離，這是對羅馬的古老港口奧斯提亞（Ostia）的高頻率致敬。我們會盡最大努力前往倫敦；如果這趟行程的時間足夠早，我會來得及回家吃晚飯。

直到現在，四十多歲的我才有機會以普通旅客的身分和馬克來到這裡——一個奧維德[17]（Ovid）宣稱與世界接壤的城市。幾天前，來自慕尼黑的夜車動作敏捷，悄悄地把我們送進這明亮燦爛的擁擠早晨，讓我們不知所措。我們走出羅馬的特米尼車站，接下來就觀察當地人，學他們站著喝咖啡；我們不明智地沿著一段得快速通過、路面狹窄又缺乏鋪設的阿庇亞道（Appian Way）行走，差點累癱；我們參加了幾趟有導覽的行程，深怕少了導遊就錯過什麼；我們開玩笑

---

15 *Urbi et Orbi*是拉丁文，意為「致全城與世界」。通常用來指教宗在特殊時刻向羅馬市（*Urbi*）和全世界（*Orbi*）發表祈禱、和平、祝福和希望的訊息。

16 永恆之城（Eternal City），即「羅馬」。

17 奧維德（Ovid），古羅馬詩人（西元前約四三－一八年）。

地說所有東西肯定都是刮去原來內容的羊皮紙重寫本（palimpsest），尤其是我們一再造訪的披薩餐廳裡的那份護貝菜單。

在這趟旅程五花八門的經驗中，我印象最深的是與這座城市的徽章的相遇：金色皇冠放在栗紅色的盾牌上，而盾牌上寫+SPQR，意思是「元老院與羅馬人民」（*Senatus Populusque Romanus*）。於是，我開始到處尋找這個標誌，卻發現這古老的縮寫實在奇妙，會出現在現代城市中許多平凡無奇甚至不討喜的地方——例如巴士與共享自行車的車身，甚至排水溝的格柵上。

只要在羅馬走上一段路，就勢必會看見另一個和+SPQR一樣奇特的圖像：一匹狼和兩個男孩。這則母狼挽救雙胞胎男孩的故事，由李維[18]（Livy）在關於羅馬歷史的巨作《羅馬史》（*Ab Urbe Condita*，或稱為《自建城以來》〔*From the Founding of the City*〕）中重述過，也讓這故事家喻戶曉。

李維訴說的故事中，詭計多端的阿穆留斯（Amulius）奪取哥哥的正統王位，還殺了哥哥的兒子，並讓姪女瑞亞．西爾維亞（Rhea Silvia）成為貞女祭司——這角色本來預期可以防止潛在的王位競爭者誕生。「不過，命運之神心意已決，」李維寫道，「要建立一座偉大城市。」於是西爾維亞生下兩個兒子羅穆盧斯（Romulus）與瑞摩斯（Remus）（據說兩人的父親是戰神）。阿穆留斯下令要把這對雙生兄弟扔進台伯河（Tiber）。由於台伯河氾濫，於是國王的僕人把男孩們放在籃子裡。水退了之後，一匹來喝水的母狼「朝著嬰兒的哭聲前去，把乳頭讓他們輕輕吸吮。」

兄弟倆活了下來。後來，這對兄弟關係並不和睦，加上鳥占的詮釋結果，這座永恆之城就誕生了：

> 羅穆盧斯與瑞摩斯都想在他們被拋在路邊與得到養育的地方建立一座城市……由於這對兄弟是雙胞胎，無法憑著他們的年齡做出任何決定，因此交由守護這地區的神祉，透過鳥占來得到結果，決定誰能給予城市新名稱，以及建立之後由誰治理。羅穆盧斯選擇在帕拉丁（Palatine）進行鳥占，而瑞摩斯則選擇阿文丁（Aventine）。
>
> 據說，瑞摩斯先收到鳥占，總共有六隻鳥禽飛來。不過，等他報告鳥占結果時，羅穆盧斯這邊則是出現兩倍的鳥，因此雙方各自有支持者稱其為王；一方說先得到鳥占的應該為王，另一方則說應參考數量。之後，雙方言語交戰，然而憤怒挑釁演變為流血衝突，在衝突中，瑞摩斯遭到殺害……
>
> 因此，羅穆盧斯獨霸大權，而所建立的城市就以建城者為名。

匹茲菲

三月的某一天，我站在一座墓園裡。這座墓園很老舊，連像樣的停車場都沒有，我只好停在

18 蒂托．李維（Titus Livius），古羅馬歷史學家（前六四年或前五九年–一七年）。

大門外的草地。這樣似乎不妥，尤其我想像著這輛租來的日產汽車停的地方曾經停著馬車，還有古裝劇中的葬禮場景（馬呼出鼻息、女人全身穿著黑衣、表情哀戚的男人拿著高帽子）。不過，沒有別的地方可以停車了，冰凍的車輪壓痕也表明我並非第一個在此停車的駕駛。

墓園略呈正方形，周圍以石牆圍起，有些地方已坍塌；從一些塞在縫隙中的啤酒瓶判斷，可能有人故意破壞牆體。在墓園西邊，有兩棵樹形成牆體的一部分，彷彿建造者選擇借用樹木的力量，或者想省點建材；而這麼多年過去了，我的眼睛滿足地追隨著這最具新英格蘭風格的詩句：石頭、粗糙樹皮、又是石頭。

在北邊圍牆及更大的墓碑陰影深處都有積雪，但很快會融化。我在開車來這裡的路上聽著廣播，天氣預報結束之後，是幾位伯克夏農人的訪談。他們說，在夜晚結霜、白天融化的氣候條件下，最適合在楓樹插上採集器——隨著季節展開，楓樹液會改變，精煉成色深味濃的楓糖漿；有一種後期才出現的深色等級很少見，因為美式鬆餅愛好者很少吃這種楓糖漿。我明知自己記不住這些關於楓糖漿的新知，但在聽這些農人說話時，會感覺到世界安好無事。

墓園位於威廉斯街（Williams Street），算是我在世上最熟悉的街道。即使匹茲菲人口減少，這條街卻比我小時候騎單車經過時繁忙多了。墓園再過去就是已傳承四代的火雞農場，我們會在感恩節前夕拜訪此處。不過，我們也不只在這時才造訪這一帶；在墓園東邊的那座山上，聖誕樹農場還在，你可以在雪地間蹣跚前進，搖搖晃晃地砍下自己想要的樹。

威廉斯街有兩個斑駁的綠色路標，代表測量一英里的起點和終點；我曾認為，這好像代表匹茲菲有自己的單位。其中一個路標旁的小街上，曾是強森女士的居住地，她是我高中最後一年的英文老師。在墓碑間走著，我的淚水湧上眼眶，想起她沒戴眼鏡時，會讓眼鏡掛在頸鍊上。有一天，她突然從黑板轉過身，因為她聽到了我沒聽見的話，並厲聲說道：我的班上不准有人恐同。

對我來說，威廉斯街之所以難忘的原因，還包括鄰近獨木舟草原（Canoe Meadows）；這塊自然保護區的土地原本是留給原住民當作墓地。即使歐洲人在此形成聚落，莫希干人（Mohicans）還是會來到這裡，把他們以樺木打造的獨木舟從河中拉上來，這也啟發了這個地方的英文名稱。幾十年後的現在，當我慢跑、滑雪或開車經過獨木舟草原，我有時會想，當我和哥哥決定把爸爸的一部分骨灰撒在那條河裡，然後兩年後又把媽媽的一些骨灰撒在同樣的地方，我們或許保留了這個故事的某些片段。

伯克夏郡位於麻州很西部的地方，匹茲菲則是在伯克夏郡北部接近中部之處。只有一座小鎮位於匹茲菲與紐約州州界之間：漢考克（Hancock）——這裡過去曾是震教徒[19]（Shaker）的聚落，因此也曾稱為和平之城（巴格達及拉巴斯〔La Paz〕也曾有此別稱）；這裡也曾稱為耶利哥[20]（Jericho），因為伯克夏的山丘被認為與遙遠的耶利哥有相似之處。

我的第一座城市位於山谷，海拔大約三百公尺。我依照飛行員的慣例，查看世界城市的高度

---

19 震教徒（Shaker）為基督教的一個教派，信奉獨身、共同生活，平等主義與和平主義。

20 赫曼・梅爾維爾（Herman Melville），美國小說家、散文家及詩人（一八一九－一八九一）。

表，發現這裡的機場比布吉納法索的瓦加杜古（Ouagadougou）略高，比日內瓦略低。匹茲菲周圍的山區有湖泊、農場與許多更小的聚落星羅棋布。除此之外，森林就不斷蔓延到天際——儘管我後來發現，這裡的森林不如我想像中的那麼古老；十九世紀，原始森林幾乎都變成牧草原，或變成木炭，供應此郡的鋼鐵與玻璃工業所需，因為一般木頭在燃燒時無法達到所需的溫度。後來，人們又重新種植森林。我經常忘記，從生態的觀點來看，這片森林依然年輕。

匹茲菲的人口在一九六〇年代達到巔峰，有將近六萬人。在我的小時候大約是五萬人，現在則是朝四萬人邁進——也就是一九二〇年代的人口數。

匹茲菲或許是個被流放到波士頓最外圍的小城市，雖然這裡有許多波士頓紅襪棒球隊的死忠球迷。不過，匹茲菲還是有理由感到自豪。一七九一年，這裡實行一項宗旨為「為了保護新禮拜堂的窗戶」的地方法，這是美國首次對全民娛樂活動的已知記載。而既然棒球的起源地尚不清楚，不那麼講究的市民就大可宣稱自己的家鄉就是這項運動的發源地。一八一一年，匹茲菲舉辦美國第一次農業展；一八五〇年代初期，赫曼．梅爾維爾[21]（Herman Melville）在匹茲菲的自家農場住宅寫下《白鯨記》（*Moby Dick*）；一八五九年，這小鎮主辦了美國第一場學院校際棒球賽。

十九世紀末，匹茲菲也是使實用電力變壓器（practical electrical transformer）更趨完善的地方。一八九三年，這裡曾打造出一座四千千瓦的機型，據說曾是世上最大的機器；一九二一年，還打造出百萬伏特的人造閃電。此外，擅長電力、積雪經常深及大腿的匹茲菲，在一九三六年的夜晚推動世界最早的夜間滑雪，斜坡上方早期是一處水貂養殖場。布斯凱特山（Bousquet Mountain）曾催生不少奧運選手，原因並不在於這裡難度較高，而是因為容易抵達，就在城市的範圍內，且價格不貴。在每年冬天的下午或晚間，許多匹茲菲的孩子都在那裡滑雪。

由於氣候嚴苛，歐洲人較晚到日後成為我故鄉的地方定居（有個早期的荷蘭地圖繪製者不吉祥地寫道，冬山〔*Win-ter-berg-e*〕穿越了他地圖上原本空白的區域），也延遲了麻州與紐約的界線爭議，還有那些我的高中歷史課本上寫過的衝突——即使到了一九九〇年初期，那些衝突者還是會被稱為「紅人」（red men）、「異教徒」（heathen）與「塗彩人」（painted）。無論如何，在一七四〇年代早期，有三名歐裔男子取得了土地所有權，他們的姓氏是李文斯頓（Livingston）、斯多德爾（Stoddard）與溫德爾（Wendell），這些姓氏分別出現在我家的第一間房子、我和哥哥去看的小兒科診所，以及公共圖書館所在的街道上。之後，城市也會在這些地方發展起來。

一七五二年，最初一批移民準備好小木屋，讓最早的家庭入住。隔年，麻薩諸塞州議會（General Court of Massachusetts）頒布「龐圖蘇克鎮（Poontoosuck，莫希干文名，意為『冬鹿出沒』）定居地所有權」，這樣就能擁有重要的課稅權。一七六一年，這座城鎮以威廉．皮特（William Pitt）的名字成立（我們現在稱他為「長者」），這位英國官員「在對法抗戰中的勇敢行為，成為新英格蘭各方的崇敬對象。」

過了十三年，這裡的人口增加到大約一萬七千人，匹茲菲的人民同意放棄過去由鎮民大會治理的新英格蘭政府形式，於是成為城市。

一八九一年一月五日破曉時降下的雪，被視為「來自上方的祝福」。幾小時之後，詹姆斯・巴克法官（Judge James M. Barker）向聚集的民眾發表演說。開頭的那幾句話讓人想起羅馬血腥的成立過程所進行的鳥占觀察：「我們在家鄉。我們在幸福的吉兆下相見。」

的確，巴克法官未提及這天的意義，然而沒什麼人會批評：「舊秩序即將結束，新城市的腳步聲傳來，她將來到指定的位置並承擔分配到的工作！」在冠冕堂皇的演說之後，音樂學院（Academy of Music）舉行舞會。八百名賓客展現極佳的「母性尊嚴」與「陽剛穩重」；他們聆聽二十五位音樂家演奏小夜曲，並由四十二展燈構成的星星，以及「一千盞燭光」的燈光照亮。晚餐在午夜之後到來，舞會持續到凌晨四點過後。

我深受每一則匹茲菲故事吸引，有時也熱中於估量這些慶祝場合的意義（匹茲菲維持了多久世界最新城市的名聲？一天？一週？）我尤其喜歡想像結束的時刻——新奇的黃色燈光從學院大門流瀉而出，為離開舞會的市民投射出影子，他們就這樣搖搖擺擺，來到外頭的雪地；酷寒令他們打起哆嗦，冒出淚水，而他們就這麼步行或搭乘馬車進入周圍的黑暗中。在遙遠的東方，新城市的第一道曙光從海洋升起，穿越鱈魚角（Cape Cod）海岬半島的前臂，映照到波士頓的圓頂。

只是，這些故事中沒有什麼神祕虛無之處，令我有點失望。或許是細節記錄得太多了，也或許是時間還不夠久，無法融入傳說之中。畢竟正如李維寫道：「古老的優勢在於，能把神聖之事與人類混合，因此讓城市的起始點有了尊嚴。」

不過，談到神話起源，創造新神話永不嫌遲。

對匹茲菲來說，這裡是由知名的優美山丘環繞而成，但更具寓言色彩的建城故事，或許是在城市的背景中形成。巴克法官在關於匹茲菲成立的演說中說道：「羅馬坐在美麗的寶座上。這個事實在多大的程度上幫助她統治世界，我們不得而知。」從這座永恆之城，他畫了一條幾乎是朝向正西方的線，連接到眼前這剛誕生的城市：「美好的情境、優美的風景、健康有活力的氣候至今如何幫助我們，以及未來這些因素該如何協助激發思想與生命，使之高尚，沒人說得準。」在山丘、湖泊與水域如何排列的神話裡，會強調出匹茲菲絕佳的天然背景；這也會提醒我們，所有的城市都是先由大自然塑造，之後人類才能發揮影響——經常是沿著河流興建，或者在天選之地的天然港灣，或者隨地勢之便而形成的道路與鐵路交叉點。

匹茲菲的創生神話也可能和羅馬一樣，涉及到狼群。在我的故鄉剛建城的時候，新英格蘭的這一帶，狼的現身依然令人懼怕；狼的頭皮可以換取賞金。早期聚落裡一位晚年以高雅姿態及「優雅昂然的身型」聞名的女族長，當她還是個年輕人妻時，曾聽到家中的綿羊「瘋狂衝撞」小木屋的門。她一開門，發現一匹「巨大、削瘦的餓狼，飢渴地追逐羊群，」於是把狼射死。

想為匹茲菲編造神話的人，或許能從莎拉．戴明（Sarah Deming）的故事中取得靈感。她在一七五二年來到這裡，當時的她二十六歲，坐在先生所羅門的一匹馬的後鞍上。莎拉經歷過戰爭、犧牲、城鎮甚至國家的誕生（她的兒子諾亞迪亞〔Noadiah〕是匹茲菲的革命服務記錄中，列出的三名戴明家人之一。）而當她在一八一八年以九十二歲嵩壽去世時，是匹茲菲最年長的女性，也是開墾者當中最後一位離世的人。

我在如此寒冷的三月天來到這座墓園，走向一座標示著她墳墓的四面白色紀念碑前。當我顫抖著把手塞進口袋，玩弄著租賃汽車沉甸甸的鑰匙，我想起我曾在戴明公園玩耍，以及做為一名高中生，每個平日裡至少會穿過戴明街兩次。但當時我對她的故事一無所知，部分原因是我從未停下來閱讀她的墓誌銘，即使哥哥和我曾騎著單車，從這裡經過數百次；即使那就在我眼前的方尖碑上，依然清晰可讀——**革命之母、以色列的母親**。

我回到冰冷的車上，發動車子並向左駛入威廉斯街；我試著想像**匹茲菲之母**以與其他頭銜相同的字體雕刻在大理石上。然而，我無法根據已知的少數事實想像出莎拉．戴明生平的傳奇，也無法猜測她是如何講述她自己的故事——或者大部分發生在她的墳墓以西、這座城市的成長故事。

或者，我們可能會想出許多神話來解釋匹茲菲的起點，然後讓時間從其間進行選擇。當朝著我最喜歡的市區咖啡館前進，我再度經過獨木舟草原；附近未解凍的水域讓我想起自己約莫七歲時的一個冬夜。哥哥和我穿著兒童雪衣，在後院進行我們的「日常」；這時他把我追到我們稱為金魚池塘的地方，儘管我們從來沒有養過金魚。那個地方在夏天是沼澤，冬天變成堅硬的冰——至少我本來是這樣想的。直到那天，我掉進池塘。

回想起來，那座池塘的水深也只約莫四十五公分，但已足以令我魂飛魄散。在寒冷且突然降低的姿勢中，我以為自己死定了，或陷入嚴重的麻煩——或者某種程度上兩者皆然。我向前爬行，衝破一大塊又一大塊的冰面，直到哥哥抓住我，把我拉出來。往回跑時，我渾身發抖，外套與衣服都很重，後院在近乎黑暗的環境中呈現出藍白色，我們的房子看起來似乎僅僅由光構成。

那天傍晚的事件發生在我剛開始大量思考關於城市之事的年紀。因此，讓我試著說說這個城市的起源神話吧，或許是匹茲菲的，又或者屬於我在接下來的歲月中，經常想像的城市：

在一個清朗的冬夜，早該上床睡覺的兩兄弟卻跑到外頭的池塘。雖然沒有狼，卻有某種鳥占——一隻北美紅雀飛越冰面；在這近乎黑暗的四周，哥哥勉強注意到了那抹朱紅色，而弟弟看見前方有某個東西在閃耀。他走得更靠近些，卻發現那只是月亮的倒影——明白此事的瞬間，他跌入冰裡。哥哥把他拉起來、帶回屋裡，兩人在厚厚的棉被下睡得比平常更深沉，由擔憂與火光映照的臉龐看顧著。在這漫漫長夜的睡眠開始後不久，新的城市形成了。在兄弟倆之間閃爍著的空氣中，以及他們共享的夢境之中，最初的幾個世紀展開了。

至於這兩個兄弟間，誰會被當成是城市的創造者，讓大家記住呢？嗯，這麼說吧，他倆經常為此事還有其他事情爭吵，兄弟不都是這麼回事嗎？

第二章

夢想城市

利物浦與巴西利亞

許多年前，當我二十多歲的時候，早在我見到關於達拉斯（Dallas）的任何事物之前，我就連續好幾個晚上夢見它。夢裡我正沿著一條繁忙、車流湍急的道路邊緣行走，燈光照亮柏油路面上的標示；道路彎曲並微微向上傾斜，通往一座摩天大樓森林。隨著夢境與道路延伸，眼前的摩天大樓越來越巨大。走路時，我抬頭看見一個打著背光的標誌，上面寫著這條交通要道的名字：**北達拉斯收費公路（NORTH DALLS TOLLWAY）**。

就我對理想的、閃亮的城市的想像而言，這些夢境幾乎沒有什麼含蓄隱微之處（事實上，我不曾意識到自己曾返回過去的夢境之中。）然而，多年來我沒有再想起這個夢，直到我擔任飛行員，初次飛往達拉斯。我們著陸、通過入境與海關檢查後，機組員巴士駛離航站，前往一條條寬闊大路。這時我看見前方一塊標誌，上頭不是寫北達拉斯收費公路，而是達拉斯北部收費公路（Dallas North Tollway），我才想起這個夢。我們轉彎駛上這條道路，往飯店的方向前進。

後來，我告訴一位來自達拉斯的朋友，我曾不只一次夢到這條高速公路，但不知道達拉斯果然有這條路。我們笑談夢中路名與真實名稱的相似度；我們猜測，我一定是在哪裡見過這條真正

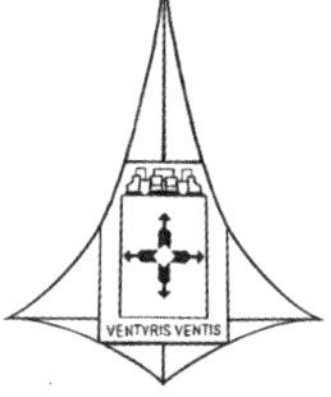

的高速公路，也許是在報紙上、電視新聞，或甚至是連續劇《朱門恩怨》（*Dallas*），只不過早已遺忘。基於某些原因，這條高速公路就這麼停留在我心中，並由盡責的神經系統以錯綜複雜的形式編碼；而或許隨著時光流逝，神經電壓稍微衰退，甚至不太確定當初的編碼意義，直到我飛抵達拉斯的這一夜，遇上了真實的道路。

匹茲菲

中學時期，我的數學老師看著寂靜的教室，沒有人舉手回答問題。我在內心斥責自己：我想我知道正確答案——九十度（90 degrees）——只是我不想說出口，因為「度數」（degrees）單詞裡有個「r」，而「r」這個音我還是發不出來。

我以前不光是不會發「r」的音，連「s」也不會。「s」的問題在幾年前解決了，大概是我十歲的時候吧；媽媽是語言治療師，於是和我一起努力解決。但「r」對我來說一直相當困難，我不想和媽媽一起解決，因為我們嘗試過好幾次但總是失敗，現在我甚至不想談論這件事。

「r」的問題讓我擔憂不已。我常常得提起自己的名字，但大家卻聽不懂，尤其是每學年一開始，或是有新的代課老師來的時候，以及五花八門的日常情境。大家會猜，梅克（Mack）？麥克（Mike）？他們當然不知道每回這種時刻發生時，我總會湧現一股反胃感。

有時候，我得重複自己的名字。有時候，如果我很緊張，我會把它寫下來，或提前找個理由這麼做。（如果你需要得到不認識你的代課老師的許可才能去上廁所，那麼這裡有個小祕訣：走到老師桌前，留下一張事先寫好的字條，這樣就不用說出你的名字了。他們說不定還會感謝你這麼幫忙。）

唸出自己名字的場合對我來說難度最高，因為沒有其他字可以取代。然而，我最擔心的仍是和那些並非從小就認識我的人對話，因此有時候我會預先準備好句子，這樣才能選擇比較少有「r」的字，更能避開「r」開頭的短字詞。

每當這個擔憂消除後，我就開始理解這在多大程度上左右了我的思想。去年夏天運動營的第一天，第一個和我打招呼的輔導員自我介紹，說他叫做馬克。因此當他問起我的名字時，我可以很輕鬆隨意地回答：和你一樣。輔導員一聽就笑了，我也是，我短暫地自由了。（在大約十七年之後，我會回想起這一刻；那是在倫敦的晚春，我未來的丈夫首度向我介紹他自己。）

有些孩子說，他們聽不太懂我爸爸說話，尤其是他們打電話到我家，由我爸爸接聽時。相比之下，我根本聽不太出他所謂的濃厚佛拉蒙口音。由此來看，我也懂為何哥哥沒有察覺我的「r」發音不正常或是沒發出來，而我感激他的原因之一就是跟他說話時，可以想說什麼就說什麼。

我的語言障礙讓我更黏哥哥，也更常宅在家，因為這是我說話最舒服的地方；而這也是我想去遠離匹茲菲的地方的原因之一。我對外語的熱情迅速提升，很大程度上是因為我或多或少能唸出其他語言的「r」，西班牙語就是一例。在西語中，「r」的發音和美式英語完全不同。爸爸解釋說，有些語言的「r」甚至會以我聽起來像「h」的音代替——例如巴西葡萄牙語。里約

（Rio）聽起來像是「西約」（hee-o），而爸爸待在巴西的時期裡十分熟悉的「勒西菲」（Recife）聽起來就像「海西菲」。所以我想，我一長大就要趕快去某些地方；在那些城市中，說話和生活將會變得毫不費力。

但現在，在我中學的教室裡，那個我原以為仁慈善良的老師再度要求我們回答。我責怪自己更深了——快點，馬克——於是我終於舉起手。老師叫了我的名字，我以自己的方式給出了正確答案。九ㄙ度（ninety deg-leees）？他笑著重複我那無法捲舌的發音，很快說道：好吧，我想我知道你的意思。我低頭看著繪圖紙，手撐額頭以遮住眼睛，然後做起白日夢，彷彿身在他方。

利物浦（Liverpool）

二〇〇二年一個下雨的夜晚，飛行教練、一名受訓的同學和我，從位於牛津北邊的小型訓練機場起飛，並往右傾斜轉彎，朝利物浦飛去。

前一年秋天，我和實習飛行員同學在亞利桑那州展開目視飛行訓練，那時九一一事件[1]剛發生幾週。幾個月後，剛進入二〇〇二年幾個星期，我們完成訓練，回到英國，學習在雲間以儀器飛行；由於此時會看不到地表及地表提供的導向線索，因此最適合今天這樣幽暗的夜晚進行練

1 二〇〇一年九月十一日發生在美國本土的一系列自殺式恐怖襲擊事件。

習。從基德靈頓溼漉漉的跑道起飛後不久，世界就被缺乏紋理的黑暗取代——這片黑暗只有在被飛機的光芒穿透時，才會呈現出棉質的灰色。

教練就坐在我旁邊，是個早已退休、非常老派的七四七飛行員。他通常雙手抱胸，除非開飛機的是他本人。有一回我為了找話題，就問他在高尚的七四七駕駛艙飛了那麼多年，回來開這種不起眼的輕型飛機有樂趣嗎？他繃著臉，嘆了口氣。終於，他指著在我後座的實習夥伴，並對我們說：好吧，馬克，我本可以待在新加坡的泳池旁，周圍全是聽我說笑話就笑的人；或者我也可以在寒冷的夜晚，和你與你那朋友在這裡飛行。

另一個夜晚，在我們進行一個棘手的著陸訓練時，我以最慎重、尋找解決辦法的口吻對他說：我需要你停止對我大喊大叫，這樣我才能拿出我最好的表現。他怒氣沖沖，以傑克·尼克遜[2]（Jack Nicholson）那「你承受不起真相」式的咆哮：你最好的表現？最好的表現？或許你最好的表現還不夠好！

不過，我和一同受訓的同學都懷疑，教練大概是在演戲，畢竟他讓我們每個人都通過考試。最後一堂考試後（也就是再過幾個月），母親會從匹茲菲寄一封信到牛津給我。她經常寄卡片、信件、剪報或她喜歡的宣道主題給我。（最後一封信送到牛津時，我已離開飛行學校，因此朋友會從我的信箱幫我取出這封信，只是忘記把它交給我。這封信最後會和她的飛行日誌一起收到箱子裡，直到十多年後才被發現；那時，母親早已離世。屆時，朋友會把這依然密封的信交給我，我會把這封信放在飛行公事包裡隨身攜帶好幾年。在期待更多來自母親的話時，這封信會讓我感到慰藉——我有時會想，或許歷史上沒有一封信曾旅行得這麼遠——直到我抵不過好奇，終於決定打開這封信，讀到她祝賀我成為一名有執照的飛行員。）

最近，媽媽對於卡爾．榮格[3]（Carl Jung）深感興趣，而她大老遠透過通信，試著讓我欣賞榮格的寫作，以及他對於原型與夢境的詮釋。如果她告訴我，理想城市的意象就是原型的好例子（許多人、社會與環境都思索過理想城市的意象），如此可能順利引起我的興趣；如果她告訴我榮格夢到關於一座從未見過的城市，那當然會如她所願，讓我更想了解榮格：

那是晚上，正值冬季，陰暗有雨。我在利物浦。我和幾個瑞士人（大約五六個）穿過黑暗的街道。我有一種感覺，我們是從港灣來到這，而真正的城市位在懸崖上方……當我們接近高原時，發現一座由街燈照明的昏暗大廣場，許多條街道匯聚於此。這座城市的諸多區域都以這座廣場為中心向外放射狀分布。廣場中央是圓形池子，而池子中央則是個小島。

2 傑克．尼克遜（Jack Nicholson），美國知名演員（一九三七－）。曾在《軍官與魔鬼》（*A Few Good Men*）中飾演海軍陸戰隊上校，因不當管教造成一等兵死亡而遭起訴，卻一再否認罪行，並於法庭上大吼文中提到的『你承受不起真相』。

3 卡爾．古斯塔夫．榮格（Carl Gustav Jung），瑞士心理學家、精神科醫師，分析心理學的創始人（一八七五－一九六一）。

此刻在駕駛艙，教練露出雷電雲般的嚴厲眼神，我在黑夜中展開前往利物浦的第一趟旅程。我就像按照點點相連的順序，從一個導航信標延伸到下一個，因而拉出隱形的長線。這條線是通往利物浦的諸多放射狀線條的其中一條，而我就順著這條線，穿過英國的陰暗夜晚。不久之後，我們來到最後的著陸階段；我把襟翼與起落架放下，以便在剛以約翰．藍儂重新命名的機場向西降落；機場內還有藍儂的雕像，以及寫著〈想像〉歌詞的牌匾——我們上方只有天空。

但今夜我沒有時間去尋找那些話語，也無暇欣賞未來的某一天將停放黃色潛水艇的機場航廈，或是這座城市的其他景象。我只能留意，在終於穿過低矮雲層後，琥珀色燈光排列成的傾斜星狀場地。穿過雲層後，教練提醒我們觸地重飛。我引導這架小小的雙引擎螺旋槳飛機，駛上機場的唯一跑道。機身減速之前，我打開油門；引擎發出吼聲，螺旋槳重新咬住空氣，飛機搖搖晃晃。我把操縱桿往回拉，跑道上流轉的燈光從視野中消失，我收起起落架。當我們又爬升到雲霧中，世界再度陷入黑暗。

巴西利亞（Brasília）

一塊陌生的土地從飛機窗戶前流過——在熱帶陽光下呈現深綠色，甫被切割的新鮮土地露出深橘紅色斑塊。近乎完美筆直的道路擴散成圓環，之後重新連接，穿越大草原。這片土地近乎平坦，所以看起來不應該顯得高聳，但確實是如此：這座城市所在的高原海拔高度有一千多公尺。

從很久以前，我就醉心於巴西利亞這座遙遠的城市。第一個原因是，這是我哥哥出生的國家的首都（每當身為原住民的他在新英格蘭吃了種族主義之苦，就會望向這塊土地）。此外，爸爸也曾在這座城市的興建期間造訪此處，被所見所聞深深打動。這座城市還有更吸引我的理由——巴西利亞的形狀像一個十字架、一隻面向東方的鳥，或是一架飛機。這裡不光是一座經過規畫的城市，還是一座夢想的城市；它出現在一位神職人員的幻視中，距離它最終興建的時間和地點數十年和數千公里之遙。

哥哥和我上高中的時候，爸爸參加了繪畫課程；有一天他心血來潮，決定為我們家族在美國的分支設計一個家徽。他選擇了「*Tanto Faz*」作為家徽上的格言，這是一種巴西的表達方式，爸爸將它翻譯為「無所謂」，而他是這樣解釋的：

> 這並不表示我會對重要的事情漠不關心。但大家不必如此擔心一些不如己願的小事。

爸爸在這枚家徽的核心放了幾個象徵標誌——一個他比利時家徽的縮小版；一隻北美紅雀（比利時沒有這種鳥的蹤影，但在匹茲菲的冬季很常見，在白雪茫茫的後院中，其紅色的羽毛往往是唯一亮眼的顏色）；還有側邊向內彎曲、形似鑽石的菱形圖樣。他在畫布背面的文字註解上描述這個菱形「大致是晨曦宮（Palácio da Alvorada）柱子的形狀」，也是巴西利亞的象徵。

晨曦宮是巴西總統官邸，也是我抵達巴西利亞的第一站——在一次格外漫長、以飛行員身分飛往聖保羅的長途航程之後，我以觀光客的身分飛到巴西利亞。著陸後的幾小時，一輛小巴士把我送到晨曦宮外。這座低矮的長型建築物可以說是由玻璃、鋼鐵與混凝土打造的宮殿，矗立於市中心外蒼翠遼闊的湖濱區。一塊標示牌上寫著，這棟建築物於一九五八年完工，是巴西利亞第一棟永久性建築；如今，它只是建築師奧斯卡・尼邁耶[4]（Oscar Niemeyer）在這座城市所設計的眾多現代主義傑作之一。

我朝著鐵絲圍籬走去。圍籬沿途有金屬牌子裝飾，每塊牌子上都被切成了我在匹茲菲爸爸的畫架上見過的大鑽石形狀。透過圍籬，我可以看見遠處宮殿立面包覆著同樣形狀的大理石柱。爸爸深受這種形狀吸引，但是對我來說，這座宮殿的名字更吸引人——晨曦宮。我以英文和葡萄牙文對自己重複唸誦一遍。

看來今天似乎不能進入宮殿，只能在外頭閒逛。當我這麼做時，我感覺到一陣我稱之為「地差」（place lag）的感覺——對自己所處之地的迷惘與驚奇感受，彷彿不僅我們對時間的感知需要調整，在歷經飛機高速的旅程之後，我們對地方的深刻感受也需要適應一段時間；與時差一樣，地差也會隨著在一個地方逗留而逐漸減緩。但在我成年之後，四處遊歷的人生讓我不免懷疑，我的地差感受只有在匹茲菲才能真正消融——然而當它不存在時，反倒令人覺得不安。

一隻鶆鶊（類似鴕鳥的南美州鳥類）在遠處一場傾盆大雨附近形成的彩虹下漫步。我再次意識到，在造訪如此眾多熱帶城市後，一個我沒有理由感到驚訝的事實是——我可以觀察歲月更迭，卻永遠無法看到所有樹葉落盡，或者雪花停歇在光禿樹枝上；在大多數時候，我對空氣的感覺就和現在一樣。

和匹茲菲不同，巴西利亞是一座很容易取得水果的城市，甚至有應用程式可以告訴你，哪裡不用花錢就能吃到想吃的水果，或把你找到的東西通報給大家分享——包括酪梨（*abacate*）與芒果（*manga*），這兩種樹如果少了果子，我恐怕認不出來。還有其他幾種是就算看了果實還是陌生，例如印加樹（*ingá*，又稱冰淇淋樹）、波羅蜜（*jaca*）、閻浮樹（*jamelão*）與馬拉巴栗（*monguba*）。

年輕男女一邊笑鬧，一邊搖動芭樂樹（*goiabeira*）。他們當中有個人喊了我，給了我一顆芭樂。我知道我應該入境隨俗，在來到新城市的第一天就做個稱職旅人——有素不相識的人從樹上摘水果遞給我時，我不該猶豫。但我不確定該怎麼吃，或者該不該拿，加上我很疲憊；我知道爸爸會拿，但我還是謝過這名男子並婉拒了。

我睡了長長的一覺，早餐是豐富的酥皮點心與幾杯美味的巴西咖啡。沒有芭樂。這是我在這

4 奧斯卡·尼邁耶（Oscar Niemeyer），巴西建築師，曾獲普利茲克獎的現代主義建築師（一九〇七－二〇一二）。

座城市的第一個全天，我站在巴西利亞大教堂（Cathedral of Brasília）外頭。這座教堂的正式名稱是阿帕雷西達聖母大都會教堂（Metropolitan Cathedral of Our Lady of Aparecida，指的是巴西的主保聖人，也是指一七一七年，三名漁夫在巴西利亞河中發現的黑色聖母像）。我把手機轉來轉去，舉起並對齊地平線，看起來肯定像是在拍新照片，而不是在思索一張半個世紀前的照片。

許多年前，在父親去世後不久，我發現一張他在一九五〇年代於倫敦特拉法加廣場（Trafalgar Square）拍的照片，那是他第一次前往這座城市；直到我在下個世紀初搬到那裡，他才會再訪。那張照片中有鴿子、紅色巴士、群眾，看起來好似電影場景；當我在他過世之後穿過這廣場，尋找他當年在廣場西邊的拍照點時，四周似乎沒什麼改變。除了照片，我也繼承了他在非洲與巴西的歲月裡所拍攝的好幾盒幻燈片。我珍惜這些幻燈片乘載的心思，但很少真的拿出來欣賞，因為我沒有幻燈片投影機——每次拿出幻燈片都很煩人，需要一張張地取出來，然後擠眉弄眼地把那微縮版本的世界角落放在窗戶或明亮的牆壁前觀看。

後來，在幾年前的聖誕節早晨，我打開禮物：是一本書，裡頭是爸爸從非洲與巴西拍的幻燈片。馬克花了幾個月的時間悄悄掃描，還把爸爸在幻燈片邊框中以古老的佛拉蒙書法寫下的文字謄寫下來，再以線上工具翻譯出來。

第一張已嚴重刮花的照片中，爸爸的相機向東指向巴西利亞的巴西國民議會。這或許是城市中最好辨認的雄偉建築之作，其特色是雙棟白色塔樓，中間以空橋相連；塔樓高出兩個白色半球形結構，分別是一個正放的碗和一個倒置的碗，代表巴西立法機構的眾議院與參議院。

在爸爸拍攝的幻燈片中，右側有個以沙漏狀排列的彎曲白色拱肋，當時他還可以透視這座建築，但後來成為我剛走出的大教堂。這又是尼邁耶的另一項大作；經常有人拿這座教堂與利物浦的大都會教堂（Metropolitan Cathedral）比較。巴西利亞大教堂內有以鋼索吊起的天使，裡頭的量體是由拱肋與玻璃界定出來，上面有著宛如波浪的藍綠色圖案。天使下方的地板上所放置的東西也十分打動我，那是曲線美麗的淺色木結構。我曾片刻聯想，這可能出現在高檔家具型錄中——後來才明白，這個空間是現代主義的懺悔室。在大教堂外，亦即我現在位置的上方，是西班牙送來的贈禮——安裝在高高金屬架上的四口鐘；其中三個以哥倫布的船來命名，第四口鐘則是榮耀著聖柱聖母（Our Lady of the Pillar）的皮拉瑞卡（Pilarica）。一些人相信在西元四十年時，聖母在西班牙初次顯現，即使那時她還在地中海另一端的人間活著。

巴西作家克拉麗賽．利斯佩克托[5]（Clarice Lispector）曾寫過，這座城市是以「為雲朵計算過的空間」而興建。飛行員或許還會補充，任何飛機形狀的城市就應該如此。巴西利亞看起來非常善用其空間——鐘的後方，暴風雨正在醞釀，湧現的巨大雲層層疊疊，散發不祥之氣；其複雜、令人目不暇給的變化速度，遠超過我在匹茲菲或倫敦等較涼爽的天空中所看過的景象。當我試著估算起飛爬升方向，以求繞過雲層的最安全路線時，內心出現一股在地面時罕見的慶幸之

5 克拉麗賽．利斯佩克托（Clarice Lispector），出生於烏克蘭，在巴西長大的猶太裔作家，擅長意識流寫作（一九二〇－一九七七）。

感。

在這個國度裡，聚落與主要大都會沿著海岸，呈新月狀發展擴張，內陸則空曠得多；因此在距離大西洋九百六十六公里處建立巴西利亞這座城市，說是大膽之舉絕不為過。這就好像在二十世紀中期，美國把首都從華府往西遷到幾百里外肯塔基州的人煙稀少處。

在巴西內陸成立新首都的理想，最早是在十八世紀提出；後來，巴西獨立運動的大將若澤．博尼法西奧．德．安德拉達[6]（José Bonifácio de Andrada e Silva）在一八二〇年代初期提出了這個令人滿意的名字。新首都的想法固然數度獲得憲法上的允許，但一直要到一九五〇年代，儒塞利諾．庫比契克（Juscelino Kubitschek）總統才把建立新首都當作競選承諾。巴西利亞僅用了短短四十一個月即竣工，其設計目的既是為了開闢新的前沿，也要成為這個幅員遼闊的國度更統一的中央經濟成長中心；「透過內陸化來整合，」庫比契克說。人類學家凱洛琳．托克瑟斯（Caroline S. Tauxe）曾寫道，這位總統的建城功績，會和彼得大帝、法老阿肯那頓與羅穆盧斯相題並論。

詹姆斯．霍斯頓（James Holston）是《現代主義城市》（*The Modernist City*）的作者，這是關於巴西利亞的精彩著作，把這座城市描述為現代建築與規畫「最完整的範例」，亦呼應柯比意[7]（Le Corbusier）的理想城市概念。這座城市的主規畫師為盧西奧．科斯塔[8]（Lúcio Costa），而城市最知名的地標主要是白色的混凝土聖殿，皆由現代主義大師尼邁耶打造。

巴西利亞是由兩條軸線來界定。想像一下，一條南北向的弧形軸線是弓，而較為筆直的東西軸線為箭。這條東西向的大道稱為紀念軸（Eixo Monumental），許多人在這裡人工作——有二十八個區域是專門供巴西的國家政府機構使用；不過，從這城市的總體規畫規則來看，這片區域不是供人居住的。沿著軸線的中央綠帶，美國人應會無法自拔地聯想到華府的國家廣場——繁忙的道路（最初的設計是沒有紅綠燈，以免妨礙車流）和各種政府部門、紀念碑、廣場、政府辦公室以及我現在所站的大教堂沿街而立。

另一條軸線是公路軸（Eixo Rodoviário），有時也稱為住宅軸。這裡以大型街區（*superquadras*）為主，每個街區約有十棟公寓建築，以及幾千個居民，當然還設有學校、公園與商店。這兩條軸線的交叉點，是一處交通樞紐。

與多數城市（即使是格網狀的城市）相比，這位設計大師的手筆在這裡更加明顯。有些人在城市的形狀中看見一隻鳥；當我在夜間飛過巴西利亞時，它確實有點像一隻剛剛完成自焚的鳳凰，其骨架般的道路線條依然在灰燼中發光。

城市主規畫師科斯塔說，他的城市形狀是個十字架；但在許多人眼中，這座城市是一架飛

---

6 若澤・博尼法西奧・德・安德拉達（José Bonifácio de Andrada e Silva），巴西政治家、博物學家、詩人（一七六三－一八三八），支持公共教育與廢除奴隸。

7 柯比意（Le Corbusier），法國建築師，為二十世紀最重要的現代主義建築大師之一，對都市規畫也有很深的影響（一八八七－一九六五）。

8 盧西奥・科斯塔（Lúcio Costa），巴西建築師和城市規畫師（一九〇二－一九九八）。

機。如果想請尼邁耶定奪，看看巴西利亞究竟是十字架或者飛機，恐怕沒什麼用——他是個無神論者，雖然喜愛雲，將雲描述為「聖修伯里的大教堂」，但他害怕飛行。十字架或飛機？爸爸的人生，以及我的大部分生活，都是由這兩者塑造的。

在我看來，毋庸置疑，巴西利亞的早期圖紙與飛機工程圖非常類似。但接下來，飛行員還能看到什麼呢？尤其科斯塔為這座城市所繪製的藍圖上，有飛行員計畫（*Plano Piloto*）這麼明顯的航空指涉；公路軸線的兩個半邊，有「機翼」（*asas*）這個詞；而巴西利亞的箴言是「迎向吹來的風」（*Venturis ventis*），還有哪個城市的箴言更美妙？

當我聯繫霍斯頓，請他幫忙詮釋一張爸爸所拍攝、如今已磨損嚴重的幻燈片時，他問我爸爸在拍攝這個畫面時是否是在飛機上，因為他的視角是在這座新城市的上方。這也不無可能；一九六五年，當爸爸來到巴西的第一個首都薩爾瓦多任職時，曾雇用飛行員幫他調查非正式且經濟處於不利地位的社區，他之後會在這裡工作。霍斯頓告訴我，在巴西利亞這城市尚未完成之前，就已經與飛行有相當引人的密切關係：飛行滿足了「現代化的理想，包括新科技，以及最重要的——速度，」他寫道，這很能搭配上國家的社會經濟企圖心：「跳過緩慢發展的階段，抵達理想中燦爛的新未來。」

一九六一年，在南半球的冬天，第一位進入太空的人類尤里·加加林[9]（Yuri Gagarin）來到巴西，接受巴西授予外國人的最高榮譽——南十字勳章（National Order of the Southern Cross）。當看見巴西利亞，他感覺到自己「正登陸到不同的行星，而不是在地球上。」對於任何一個曾經想像過不存在的城市的人，巴西利亞令人屏息，同時也令人困惑。這代表某一夜既宏大又細膩的夢在此時變得具體，並留在這裡，讓我們醒來時於光明中好好照料；又或者在提到城市時，夢與現實之間從來不是涇渭分明。

在地窖裏，我讓到一邊，讓幾名年長女性通過。她們向我點頭示意，並在接近這座城市最珍貴的文物時比劃十字——若望．鮑思高（Giovanni Melchiorre Bosco）的右臂碎片。這位義大利聖人在巴西的名字是喬．鮑思高（João Bosco），或是鮑思高大人（Dom Bosco）。這份遺骨收藏在骨甕中，放在以他命名的聖殿（*santuário*）。

鮑思高在一八一五年出生於義大利杜林（Turin）附近，致力於照護孩童；一八五九年成立慈幼會（Society of Saint Francis de Sales），在經濟動盪的時期扶弱濟貧，協助流離失所的兒童。他發現魔術是與孩子們建立聯繫的有效方式。（二〇〇二年，一名慈幼會的神父將魔杖獻給教宗若望保祿二世，請求讓鮑思高成為魔術師的守護聖人。）

鮑思高從未去過巴西，這一事實使他在一八八三年八月三十日晚上，夢見自己在天使嚮導的

9 尤里．加加林（Yuri Gagarin），蘇聯紅軍上校飛行員（一九三四－一九六八），於一九六一年四月進入太空。

伴隨下，穿過巴西中央高原的旅程更顯得迷人：

我看見山林與平原深處……我看見許多貴重金屬的礦場……在緯度十五度與二十度之間，有一塊又長又廣的土地，從湖泊形成的地方升起。之後，有個聲音重複出現……這裡會出現應許之地，流著奶與蜜，成為難以想像的富饒之地。

一八八八年，鮑思高去世。他不知道自己的預言多精準，包括巴西利亞的位置（位於南緯十五與十六度之間），以及興建日期（他在夢中預言道，會在三個世代之內成真，果然在七十五年後實現。）他甚至連湖泊都說對了——帕拉諾阿湖（Paranoá Lake）是巴西利亞這座城市的重要地點（不過，這是座人造湖，而創造這座湖的人顯然很清楚鮑思高的預言。）一九五七年，鮑思高的聖殿成為這座新首都的第一座砌築結構體；一九六二年，聖母阿芭蕾西妲（Our Lady of Aparecida）與鮑思高（一九三四年封聖）成為城市的守護聖人與共同守護聖人；到了一九七一年，我現在所在的聖殿落成了。

曾預言這座城市將興起的聖人，其遺骨會令我深深感動，或許並不意外。即便如此，我認為聖殿本身就散發著喜悅。我離開他的遺骨，登上樓梯，回到大致上是個大型立方體的地方，周圍薄薄的柳葉窗從地面升起，並收攏在五層樓高的天花板哥德點。這些窗戶是由玻璃小方塊組成的圖案所構成，有白色與十二種深淺不同的藍色調，是由在聖保羅的比利時玻璃工人所打造；有些圖案讓人想起傍晚的天空，有些則讓人想起星羅棋布的夜空。

我找了張椅子坐下來，看著觀光客與禮拜者來來去去。這不是我到過最藍的室內空間，卻算得上我待過最寧靜的地方，於是我在此停留了一個小時。我在這座城市的最後一天要回來參與彌撒。

現在，我不需要閉上眼睛去想像另一座城市，一座像巴西利亞理想中的無暇城市。當然，這座城市並不是每扇窗都是藍色的，但這麼說吧，大約有八十年的時間，只有最新發明的奇妙亮藍色玻璃，獲准裝在新教堂的窗戶上。這是一份禮物，獻給喜愛藍色的人，也給教堂建築的學生——他們三兩下就能辨識出當代的作品。

雖然E. T.的表情是固定的，但是看到這座綠意盎然的公園，以及從樹冠上篩下的陽光，想必也會開心。此時的我正快速踩著踏板，呼喚來了一陣清涼微風。

這個好萊塢知名外星人填充娃娃是屬於薇薇安的；她純粹出於樂趣，帶著這個娃娃到處走。我已多年未曾想起這部電影，這下子又想起孩提時代有多熱愛這部片，尤其是當我們停下來拍照時——拍E. T.、腳踏車籃子、棕櫚樹——宛如新版電影的海報，熱帶驕陽如滿月一般高掛。

我很幸運，在常飛的美國城市有幾個朋友，在幾個歐洲城市也有親友，甚至在更遠的地方也有——雪梨有個認識已久的筆友、在開普頓有親戚，還有從小就認識的朋友在新加坡。如果因為工作得飛往世界的遠方，那麼能和認識的人見個面，一起散步或吃晚餐，當然是值得開心的事；因此，每當客房服務的菜單或枕頭誘惑我取消計畫時，我總會想到，若不是擔任飛行員，或許此生沒機會再見到其中的許多人了。

我在巴西利亞沒有認識任何人。不過，爸爸那群出生於比利時的神職人員夥伴多半留在巴西——他們辭去神職，與巴西人成婚；而對我和出生於巴西的哥哥來說，他們的孩子就像是堂表親網絡。和爸爸一起在巴西工作的比利時人當中，艾杜瓦多（Eduardo）是最後一位還在世的，也是安排過我哥哥的收養行動的人；現在他九十歲了，住在距離巴西利亞東北方一千一百多公里的薩爾瓦多。艾杜瓦多寫給我和哥哥的便條，與我們所收到的其他便條都不同——他敦促哥哥要記住自己在巴西的根源；而寄給我的生日祝福上，全部的文字就是：「感謝上帝賜予你生命。」在最近一封電郵中，他給了我一些前往巴西利亞的建議，也追憶他和爸爸當年從比利時來到這裡時始終難以忘懷的驚訝感：「從寒冷朦朧的大陸，來到這樣燦爛明亮的熱帶世界」。最後要感謝艾杜瓦多，我一位堂兄弟很快就讓我聯繫了他的大學朋友薇薇安，薇薇安寫信說很樂意為我提供一些關於巴西利亞的建議，還會帶我參觀一下。

昨夜，薇薇安帶我到帕拉諾阿湖畔的餐廳區，她有時會在這座湖划船，一旁還有水豚游泳。她談起這城市的藝術景觀中她最愛的元素（音樂、塗鴉、戲劇、馬戲團），以及在這個已相當多元的國家，巴西利亞特有的多樣性——來自四面八方的許多巴西人，協助打造出這座「希望的首都」，但之後他們就沒有離開過。新來的人絡繹不絕地來到這個世上人口最多的國家之一的權力中心。在我們聊天的同時，我觀察著從棕櫚樹下經過我們身邊的人：有情侶、朋友，以及在這麼晚的時間還一起外出的幾代同堂大家庭，這在英國或美國是看不到的；他們以手機聊天傳訊，城市的光芒就映在預言中提到的湖面。

隔天早上，薇薇安、E. T. 和我騎著單車，穿過城市公園（Parque da Cidade）。這同樣是尼邁耶的設計，面積和紐約中央公園差不多，往城市西邊延伸，並與城市南翼平行。這裡和我見過的美麗公園一樣，內有湖泊，平緩彎曲的小徑讓人慢跑與騎單車，還有各式各樣的設施，幾乎每一種戶外運動都包括在內。

我愛這座公園，但是在炎熱氣候的驕陽下騎腳踏車著實吃力，高係數的黏膩防曬霜令我眨眼時很難受。如果是在電影裡，我很難不去想 E．T．會發現我現在多麼氣惱，於是他會宛如祝福般，施展能力幫助我們推進。我也餓了，這就是我碰上時差問題時很常發生的情況——時間晚了，但精力充沛。因此我很高興薇薇安建議在食物攤（*barraquinha*）前停下來，吃個美味的黃金餃（*pastéis*）——一種油炸的方形麵點，還有甘蔗汁（*caldo de cana*）。一位大概六十多歲、滿臉風霜的男子榨汁時，給了我一段充滿纖維的甘蔗嚐嚐看；這位先生問薇薇安我從哪裡來的，然後給我這份迎賓禮。他把這清涼的果汁以及油炸的麵點交給我們，於是我們到附近的桌子旁享用。

坐在攤子前，薇薇安告訴我更多關於巴西利亞的資訊。整個大都會區人口中，只有一小部分住在原本規畫的大都會區，後來的其他人都住在都會區周圍。她也談到這座城市各種宗教儀式的力量，而我告訴她巴西在我爸爸那個年代的故事，以及他的觀察。爸爸曾穿著便服，來到薩爾瓦多稱為「下城」的地方，觀察到一種會讓人出神的康多布雷（Candomblé）宗教儀式。康多布雷是源自於巴西的宗教，融合由奴隸帶來的西非傳統與羅馬天主教的元素。薇薇安告訴我，巴西利亞以天空聞名，尤其是日出日落，但平時也非常棒，因為這塊土地相當平坦，而城市就這樣延伸出去。至於城市上方的天空，她對我說：你看得比較多。

薇薇安和我吃完點心，又騎上腳踏車。我們經過愛德瓦多與莫妮卡廣場（Praça Eduardo e Mônica）；薇薇安告訴我，廣場的名稱來自巴西搖滾樂團都市軍團（Legião Urbana）的歌曲〈愛德瓦多與莫妮卡〉（Eduardo e Mônica）。我認為這個樂團名字很棒。薇薇安告訴我，他們是巴西有史以來最紅的樂團之一；主唱雷納托．魯索（Renato Russo）在一九九六年因為愛滋病併發症去世，他的歌詞與訴說故事的能力可媲美巴布．狄倫（Bob Dylan）。

〈愛德瓦多與莫妮卡〉描述了一對在這座公園初次約會的情侶。儘管存在許多差異，他們依然愛上彼此；如果以歌詞中的巴西用語來訴說，就像豆子和米。薇薇安說，歌曲中的愛侶是現實生活中的人，是魯索的朋友，只是在歌詞中改了名字——她相信他們依然還在一起。

薇薇安和我騎單車回到她的公寓，我對自己重複說著她的城市的名字。我喜歡每個音節融入到下一個音節的方式，至少巴西人是這樣發音的。再說，一個喜歡旋轉地球儀的孩子可能會問：每個國家的首都不是都應該有個名字，是以自己國家的語言唸出來的嗎？我們在等紅綠燈時，薇薇安問我還會不會口渴，因此過了馬路之後，停下來向路邊攤販買椰子水。這個揮舞著水果刀的攤販也問薇薇安我從哪裡來，並比手畫腳地問我要用塑膠杯，還是用吸管直接從他一刀劈除頂部的椰子裡喝。我要吸管。

回到薇薇安住的大樓，我們把腳踏車鎖在停車架，然後走向她的公寓。她想到了一家餐廳，而考慮到天氣炎熱，她提醒我要帶替換的衣物，這樣騎車之後可以更換。她在客廳沙發上等，而我到浴室沖澡。我把門關上，小心翼翼地把她方才交給我的摺疊毛巾放到水槽上方，很訝異昨天才認識的人竟然如此友善，以及她和我爸爸只相隔幾度人際關係[10]，而爸爸當年就看過我們身邊的城市是如何建立的。我站到蓮蓬頭下，打開水龍頭。首都的水流過我的身體，防曬霜融化在我的眼睛裡，閉上眼睛後的半秒鐘疼痛——彷彿我從來沒有在其他地方生活過一樣。

10 這裡談到的「度」，應是起源於「六度分隔理論」；意思是，世上任何互不相識的人，可以透過中間人建立起聯繫，而每一個中間人就是一「度」，平均六度就可以把任何不認識的人連接起來。後來微軟與臉書也做過研究，探索人與人之間的平均分離度。

第三章 路標城市

洛杉磯、紐奧良、波士頓與基勒

想像一下，傍晚時分，在世界人口稠密的居住區域上方，低軌道衛星攝影機上會看到何種景象。這個視角會如何讓我們觀察到發光城市所構成的網——每一座城市都是平坦的，和電路一樣細密蝕刻，隨著這個地球本身的靜謐必然地轉向我們。

這番景象總令我想起，芸芸眾生在任何一座城市中可能過的生活，以及我們可能在平凡的時刻，和朋友一起吃完飯後散步回家，並停下來買麵包牛奶。之後，當我們轉動家門鑰匙，放下食物，開燈，這時我們也和平常一樣，總是忘記我們是一層光明的一份子，這層光明是介於城市下方無生命的岩石，以及上方無空氣的真空之間。

從水平方向來看，每座城市的周圍相對較暗，這些地方有較小的聚落、農場與荒野——所有這些地方，在夜間從上方看去，即使不完全漆黑，也顯得更加暗淡。我喜歡思索穿過這些土地的道路，以及沿著道路豎立的標誌；這些標誌上寫著城市的名字，但在深夜可能會幾個小時都沒有人讀，或許根本沒有燈照亮，除非汽車的車燈從旁飛馳而過。

每條河流都有流域，雨水和融雪會往下流到這些區域；城市也有類似的情況。每座城市都會

在一塊區域中的腹地與省份，樹立起自己的路標。流域在地形圖上會繪製得相當清楚，我們或許可依據流域的概念，想像「城域」（city's name- shed）——在地圖上標示每一個指向某大都會的路標，然後把這些路標連成一串粗略的光環，就像等高線那樣，如漣漪般擴散出去。同時也繪製出城市的重力場，能看出來到這區的旅客，最可能會自然而然被往哪個方向拉。

匹茲菲，距離洛杉磯四千五百九十公里

這天是秋天午後，或許是我高中的最後一年。放學後，我沿著東街，走向匹茲菲的公共圖書館。

圖書館的正式名稱是伯克夏圖書館（Berkshire Athenaeum）。多年來，我理所當然認為圖書館（*athenaeum*）這個字為匹茲菲所獨有，卻沒發現這個字裡包含著女神雅典娜（Athena）的名字，或者她守護的遙遠城市名稱——雖然圖書館紅磚立面上的標誌上，就以清清楚楚的黑色金屬大寫拼出這個字。

我對圖書館名稱根源地無知將一直持續到我二十多歲，直到看到有人提起另一間源自古羅馬的圖書館。那時我會驚訝地發現，羅馬的這間圖書館就是雅典娜神廟（athenaeum），是由羅馬帝國皇帝哈德良[1]（Hadria）建立的學院與知識寶庫，而哈德良也是為雅典城重新賦予活力的人。不過，目前我只知道匹茲菲的圖書館（拉丁文格言：為世世代代，保留歷代精華〔*Optima seculorum in secula servare*〕），事實上，這是我在世上最熟悉的建築物之一。

我們的圖書館有兩個入口，分別在兩條平行的街道，會通到不同的樓層。其中一個入口會通往低樓層與兒童閱覽區。這裡接近圖書館的還書通道；小的時候我把書投入裡面，之後會傳來咚的一聲，聽起來既令人滿意又有點憂心——畢竟大人教我們要小心對待這些書籍。一進到圖書館，經過噴泉之後，就是流通櫃台，這是就我印象所及，少數幾個媽媽會變成我兩倍高的地方。

圖書館還有另一個出入口是在西側的鄰街，會通往樓上與成人閱覽區。如果我在午休時間來到這裡，通常會坐在北側的窗戶。這裡隨著季節不同，有時會看見綠意盎然的樹枝，有時則會看白雪皚皚的街道。我在冬天讀書時不會脫下外套，因為即使暖氣裝置就在附近，陣陣寒風還是會像瀑布一樣從高窗灌入，往我身上吹。許多年後，這種感覺又會回來；那時我正在接受飛行員培訓，上氣象學的課程，而教官要我們別把空氣視為連續的混合物，而是該把空氣想成塊狀，會與其他氣塊產生相對移動。

這些年，我已開始夢想成為飛行員，因此平日造訪圖書館時，常填寫最新一期的《航空週刊》（*Aviation Week*）閱讀申請單。然而今天，我帶了一大本地圖集來到一張桌邊。我坐下來，隨手翻到一頁，同時輕輕靠往圖書館的簡單木椅背上。突然間，我畏縮了一下，因為我想起另一張曾擺在我家餐桌邊的木椅；即使過了幾十年，我往後靠木椅背的時刻依然如此。

我常在餐桌上寫功課，也經常往椅背一靠；那桌椅是父母珍愛的家具。媽媽總是警告我別這樣——事實證明她說得沒錯，因為有天放學後，我往椅背一靠，結果椅子的兩根後腳斷了，椅背裂開，我摔倒在地。

我跑去找哥哥。

他鎮定地說，好吧。（多年後當我第一次在《黑色追緝令》〔*Pulp Fiction*〕這部電影中看到處理棄屍的場景時，我會想起這充滿壓力的一刻）他指出，椅子總共有六張，但我們家只有四個人，除非父母邀請兩個以上的賓客來晚餐（這情況不太常發生），否則多的椅子都收在地下室的不同角落。這樣的話，沒有人會立刻發現少一張，或者等他們發現時，也已經錯過責怪我的時機。他推測，只要把這張我弄壞的椅子扔掉就行了。於是我們把椅子的殘骸搬到閣樓，他在斜頂天花板掛著的無燈罩電燈泡下，把報紙鋪在地板上承接木屑，之後再把椅子殘骸放上去。我緊緊抓著大塊的殘骸，哥哥則快速以爸爸紅色手柄的弓鋸行動，之後我們把它包進塑膠袋，扔到街上垃圾桶。沒過多久，父母就到家了。完美犯罪。六個月後，父母到處搜找，差點把整間房子翻過來，還花了幾個小時打電話給可能跟我們借一張椅子的朋友與鄰居。我望著哥哥瞇起的眼睛，無聲說出「抱歉」，然後從實招來。

在我把餐廳變成犯罪現場之前，我家餐廳對我來說很特別。我年紀更小的時候，爸爸和我常一起在桌上看供家庭收藏的地圖集。那時，一座城市幾乎就只是一個名字，別無他意；而我對某些地名的鍾愛程度，遠超過其他地名。首爾（Seoul）輕鬆省一個音，就會變成靈魂（soul）。拉

---

1 哈德良（Hadrian），羅馬帝國安敦寧王朝第三任皇帝（七六－一三八），一一七年至一三八年在位。

斯維加斯（Las Vegas）像是明亮織女星（Vega）的複數，而不是西班牙文的草原，這使得本來就悅耳的名字更加美妙。幾十年後，當我發現自己走在拉斯維加斯，準備理個頭髮或吃墨西哥捲餅；我停下腳步等待交通號誌轉換，低頭看著四十多歲的飛行員穿的鞋子在焦黃的沙堆間畫著地面時，我會明白，我某部分的靈魂正站在另一個拉斯維加斯——一個因為錯誤翻譯的名字而產生的星光璀璨的地方。

在這間圖書館的桌前，我斗膽往後一靠時，其他城市的名字浮現在我腦海：里斯本（葡萄牙語為：*Lisboa*）、奈洛比、日內瓦（Geneva）——爸爸告訴我，法文叫 *Genève*、德文稱為 *Genf*。東京是東邊的京城，北京則是北邊的京城。

現在我閉上眼，於是我彷彿不在圖書館了，而是坐在家中的餐廳桌邊。時光倒流回幾年前，我們把地圖集攤開；我並未往椅背靠，因為爸爸坐在我旁邊。我們認為，利雅德（Riyadh）是個宜人的名字，我喜歡這個「r」，即使我不太會唸。多倫多（Toronto）唸起來好有節奏感，有三個短短的「o」，但中間的那個發音不同。雖然我有語言障礙，但是多倫多中間的「r」倒是沒問題；我很確定，就算我唸不出這城市的名字，但因為有前後文，別人也會幫我補上我唸不出來的聲音。爸爸解釋，荷蘭海牙（Den Haag）的英文是The Hague，也就是樹籬（The Hedge）。下一次我要幫想像中的城市更換名稱時，我會記得：如果你可以將一座城市稱為樹籬，那麼你就可以為一座城市取任何你喜歡的名字。

當然還有洛杉磯。在爸爸和我翻過的頁面上，所有城市的名稱當中，洛杉磯不僅是我的最愛，而令我印象深刻的是，它的位置透露出美國幅員多麼遼闊——這座城市好遠，就和歐洲一樣遠，爸爸媽媽都沒見過。

莫哈維（Mojave）沙漠上空三萬六千英呎、距離洛杉磯三百〇六公里

拉斯維加斯已經在我們後方，此時我望向駕駛艙前窗右側，西邊的夕陽已近乎完全落下。我取下墨鏡，放進飛行包的前袋，拉上拉鍊。

出生於西班牙巴賽隆納的軍事工程師米格爾・科斯坦索[2]（Miguel Costansó）曾加入遠征隊，行經洛杉磯在不久之後即將崛起之處。他在一七七〇年說道，南加州的山峰「提供我們確定的點與地方，可當成地標，確認位置。」今日七四七的電腦會自動對準附近的導航信標，我們只需要看著前方，望著覆蓋白雪的岩石與森林；這景色宛如舞台簾幕，而出於莊重或刻意吊人胃口，簾幕就在一座曾被稱為「天使之后聖母瑪利亞之城鎮」（El Pueblo de Nuestra Señora la Reina de los Ángeles）的城市附近被拉起。

洛杉磯在一七八一年建城。當代作家大衛・基朋（David Kipen）在一本關於他出生的大都

2 米格爾・科斯坦索（Miguel Costansó），西班牙加泰隆尼亞工程師、製圖師與宇宙學家（一七四一—一八一四）。

會的文章選集《親愛的洛杉磯》（*Dear Los Angeles*）中，記錄了十九世紀末的一位旅人曾把這座城市的空氣與「古埃及」相比，並驚奇於他從未在其他地方見過「向南加州這樣的陽光、透明與明亮的氛圍。」今日的空氣固然不再那麼純淨，但城市內與城市上方的光線中仍存在著金黃色的溫柔。然後，當夜幕低垂，這份溫柔會轉變為燦爛如雕花玻璃的清澈透明。在黃昏時分抵達時（今天就是如此），我很容易這樣想：這就是我們的閃亮城市；此時大陸邊緣映入眼簾、太陽在眼前落下。

洛杉磯確實會發光。這座城市擁有龐大的物理實體；曾有一段時間，洛杉磯是世上面積最大的城市。洛杉磯也是個揮霍照明的城市，即便在沙漠、山脈與陰暗海洋的環抱下，依然相當顯眼。在日落之後搭機來此的乘客，降落過程中會對著在機翼下展開、如地圖般的一片光亮區域，喀喳喀喳按下相機。然而這些乘客或許會訝異，這令人難忘的景象歷史悠久。比方說，一九四六年，愛蓮娜．羅斯福[3]（Eleanor Roosevelt）在前往帕薩迪納（Pasadena）探望孫子時就曾寫道：「飛往洛杉磯最精彩的時間是夜晚，這時華燈初上，下方的城市宛如七彩珠寶堆。」

現在，望著遙遠之處，我看著燈火集結在陸地與白日的盡頭。從目前的高度與距離來看，那些燈火似乎是連續的，甚至是一體的；我想起我曾與來自加州的人聊到我對洛杉磯的熱愛。看到來自新英格蘭的人像我這樣對洛杉磯心蕩神迷，他完全不意外。他倒是說，但別忘了，你對洛杉磯的說法中，正確的部分其實很少。我問他這是什麼意思。他回答：嗯，只有從空中看，才會覺得洛杉磯是完整的地方。

航管員指示我們使用下一個頻率「聯絡洛杉磯中心」。我與下一位航管員打招呼，他回答：「準備好之後，透過ANJLL進場降落，」這是一個具有當地色彩的標準終端到場航路（STAR，Standard Terminal Arrival Route）名稱——ANJLL是天使（angel）——許多飛機會循著這航路從東北進入洛杉磯。

飛機緩緩傾斜轉彎，我幾乎直接看到下方莫哈維國家保護區碳黑色的地面。建築史學家雷納．班南姆[4]（Reyner Banham）曾寫道，舊金山是由一波波從海上抵達的移民潮所打造，而洛杉磯的移民則多半來自陸地。的確，洛杉磯位於距離海洋大約二十三公里的內陸，在缺乏港口、巴士或汽車的情況下，無法讓你快速抵達浪花拍岸之地，因此你未必能稱這裡為沿海地區。在二十世紀初期，雖然洛杉磯出現許多發展，但一份紐約報紙還是會在報導中指出洛杉磯「距離海洋太遠，永遠不可能成為大型商業中心。」

在結束轉彎之前，我望著右邊的十五號州際公路；這條公路的車道與我們西南向的航班路徑大略平行。今夜，這裡似乎比我見過的任何道路還要豔紅，我花了一會兒才明白，現在是週日晚上——在時間緊迫的工作中，要記住這麼平凡的事實可不容易。我和坐在飛機右舷的乘客能看到的不光是高公路上汽車的尾燈，還有成千上萬在週末返回洛杉磯的駕車者的剎車燈，當然還有一

3 愛蓮娜．羅斯福（Eleanor Roosevelt），美國總統小羅斯福的夫人（一八八四－一九六二）。

4 雷納．班南姆（Reyner Banham），二十世紀英國重要的建築史評論家（一九二二－一九八八）。

些即將加入洛杉磯行列的新來的人。在下降中的七四七下方是遼闊的沙漠，他們踩著煞車，放慢速度或停下來，形成塞車燈之河，穿過夜晚蜿蜒到前方的城市。

紐奧良，距離洛杉磯三千〇四十八公里

我和一位朋友在紐奧良一間擁擠的餐館裡喝飲料，這裡距離直通洛杉磯市區的州際公路不到三公里。他眼神發亮，描述幾年前在加州海岸看到的兩個路標，當時他從英國搬到加州不久。他獨自開車，想著自己在美國有多大程度上仍是陌生人，這時他發現，這條路及這塊大陸已到了盡頭。其中一個路標往左指向洛杉磯，另一個往右前往舊金山。就這樣，他笑道；沒別的了。

作為回報，我告訴他我在開車時，遇見的第一個往洛杉磯的路標。大學時（距離我初次造訪洛杉磯還早得很），我交了一個來自這座城市的朋友莉亞，我們幾乎無話不談。她母親是美洲原住民，因此莉亞的歷史與文化觀點常能和我哥哥的相呼應。我也很慶幸地發現，對她來說，我是個同志這件事，在這個世界上根本不值得大驚小怪。

莉亞和我越來越熟，有時我會跟她聊些匹茲菲的事。在認識我之前，她根本沒聽過這個地名，即使她穿越大半個大陸就讀大學——而只要從匹茲菲越過一座山，就可以抵達那所大學。不過，我比較喜歡聊她的家鄉。她會告訴我關於洛杉磯的天氣、交通，山脈似乎在許多條道路的盡頭昂然聳立，有時山頂白雪皚皚。她證實了確實可以在同一天衝浪與滑雪，但她懷疑是否真的有

人這樣做過。身為十幾歲的少女，莉亞熱愛唱歌與彈吉他，放學後會獨自或與朋友坐在城市的碼頭與海灘上。這些事情在我聽來，都像是電影裡的場景。

大學畢業之後幾年，我初次造訪洛杉磯，那次我住在莉亞與她母親的家。那時，她母親已搬到聖費爾南多谷（San Fernando Valley）；她們解釋，雖然已搬到聖莫尼卡山（Santa Monica Mountains）的另一邊（這座山彷彿天然疆界），但仍在城市的界線內。

我在洛杉磯第一次過夜、即將就寢之時，莉亞的母親問，我想睡在屋裡或外頭。我驚訝極了，因為這個問題若是在麻州西部出現，只會被當成冷笑話——依據季節不同，看是會遭蚊子叮、遇到熊，或是冷得發抖。我回答，室外。於是她在後院搭起四柱床，而我在洛杉磯度過的第一夜，就在星空下睡覺。月光照耀著健身器材，那些器材擺在室外的高起平台上精心挑選的位置；此刻沒在運作的突出零件，於草坪投下長長的影子。

隔天早上，在早餐之後，莉亞出門辦事。她身為心理治療師的母親跟我說：哎呀，你看起來想開車。以前從來沒有人這樣跟我說過，但我心想，說不定這在洛杉磯是很常見的診斷。我笑著告訴她，她說的沒錯，還說她一定很擅長這項工作。她告訴我哪裡可以喝到很棒的咖啡，以及一條在附近山區穿梭的道路，我應該會喜歡。她有兩台車讓我選擇，車牌挺浮誇的，一個是「MTHR ERTH」，另一個是「FTHR TIME」[5]。我走出門，進入安靜的社區，上了其中一台車

5 mthr erth 意為大地之母；fthr time 意為時間之父。

（或許是FTHR TIME），並小心開車上路。

無論在世界的哪個角落，那些指向城市，卻未提到城市名稱的路標總是深深吸引著我；在這種路標屹立處，大家不會想到別的城市。多倫多國際機場有個簡單的標誌，是一個箭頭旁邊寫著：**往市區列車**。幾年前，在離開印度機場的巴士上，透過窗簾的縫隙，有個標誌讓我留下深刻的印象，這標誌上只有「城市」二字；而在開普敦也有類似的路標，上頭以南非語和英語寫下「城市」（Stad/City）。這樣的路標會讓我想起，我那正值青少年階段的哥哥、他朋友與其他匹茲菲愛耍酷的孩子會聊到「城市」——他們的意思不是奧巴尼（Albany）、哈特福（Hartford）或我們的州首府波士頓，而是紐約；雖然它是這幾座城市中最遠的。

然而，洛杉磯的名字這麼美，我想看看它被拼寫出來。在離開莉亞家幾分鐘之後，我於高速公路入口的紅燈停下；我發現這是我生平第一次幾乎就在指向洛杉磯的路標下方。我抬眼仰望；我最愛的城市名字經常發出的咒語又上升到新的強度，讓我無法動彈，直到我後面有人看見燈號變了。他們不斷按喇叭。我揮手表示道歉，把咖啡放到杯架上，然後進入早晨。

波士頓，距離洛杉磯四千七百九十六公里

在落地一小時之後，我們來到後灣站（Back Bay station）附近的外站飯店。身為飛行員，我最喜歡的一些行程就是前往我曾住過的城市。因此在沖個澡、匆匆打開行李之後，我邁著熟悉的

輕快步伐離開飯店，前往達特茅斯街（Dartmouth Street）一間熟知的咖啡店吃鬆餅。

我會在途中繞個路，經過當年在波士頓住的第一間公寓。我第一次當上班族時，就住在那邊，後來搬到英國成為飛行員。那間公寓位於四樓，共有五人同住，距離爸媽在婚前各自的公寓只有幾個街區的距離。我在選擇公寓時並不知道這件事，但我喜歡這樣的因緣巧合，也喜歡走在這些街道時能想起此事。

我在達特茅斯街與杭亭頓大道（Huntington Avenue）路口等紅綠燈時，面朝公共圖書館，望向那散發出敬意的銘字——

波士頓市公共圖書館．由人民興建，致力於促進學習，西元一八八八年

——牆上還掛著黑色燭台，讓人想起中世紀的武器或皇冠。

我愛波士頓嗎？在這座城市時（城市箴言：上帝與我們同在，正如與我們的父執輩同在〔*Sicut Patribus Sit Deus Nobis*〕），我經常想起父母在此的新開始，以及他們在附近的生活；我在青少年時期也很熟悉那一帶。

先不提「山丘城市」；我並未受到波士頓的別名打動（「美國雅典」聽起來不夠謙虛，也缺乏自信，而「宇宙樞紐」這種名稱的主要問題則在於，似乎是無稽之談）。然而，當我住在這裡的時候，很快就對這座我不確定是否會離開的城市感到驕傲：例如當我坐在科普利廣場（Copley

Square）老教堂外的長椅，看著教堂的石造建築映在漢考克大樓閃亮的玻璃外牆上；又如我試著原諒地鐵故障，因為地鐵員工好善良，再說，這畢竟是美國最早的地鐵；或者當我走過大眾公園（Public Garden）時，想起一九六〇年代晚期，媽媽在這裡拍的黑白照。那張照片就足以讓我深愛這座城市——提醒我媽媽曾在這裡揮灑青春年華，而在那個夏日，她洋溢著笑容，在垂柳下擺姿勢照相。

待在這裡的時候，我忍不住想起影集《歡樂酒店》（*Cheers*）中我最愛的橋段。小時候在匹茲菲時，這個節目固定於星期四晚上播映；對哥哥與我來說，可是一整週的重頭戲。我當然覺得這部片很好笑，也喜歡酒吧樓上的海鮮餐廳取名為「梅爾維爾」（想必是因為這位作者能讓人想起海洋與匹茲菲），也因為在某一集，精神科醫師費瑟・克雷（Frasier Crane）鼓勵幾個焦慮的搭機乘客想想他們會快樂的地方，而這地方就是伯克夏。對我來說，這部影集與主題曲也代表我認為大城市能給予的溫暖與接納。而當我看這部影集時（尤其是有一集當中，描述著這群人對於前紅襪隊同志球員來到店裡的反應），我從未想過這可能是發生在其他城市，而不是我家鄉附近最大道路盡頭的那座城市。

事實上，在這座城市的步行區，人們很容易忘記通往匹茲菲的麻州收費公路（Massachusetts Turnpike）或九十號州際公路就在我們腳下的地下隧道。當紅綠燈一變，我往左看、開始穿越科普利廣場時，幾乎同樣容易錯過單向的下坡道，那條坡道就通往穿過下方隧道的繁忙公路。

在這下坡道的上方，有個往下指的箭頭與一座城市的名稱：**紐約**。我一定經過這座路標幾百次了，但還是覺得很有趣；畢竟要到紐約，得走上超過三百六十公里的路程，離九十號州際公路一點也不近。這條州際公路是往麻州第二大城伍斯特（Worcester）、以及第三大城春田市（Springfield）前進，之後會經過匹茲菲附近，再前往奧巴尼、克里夫蘭（Cleveland）、芝加哥與西雅圖。的確，由於波士頓的位置接近美國東北角，這裡會有通往每個美國城市的路標是很合理的。或許這個路標說明了大蘋果對想像力產生了不成比例的引力效應，連波士頓人也躲不過；或者某項交通流量研究的結論是，紐約是波士頓人出城的最常見理由。

無論情況究竟為何，當我初次看到「控制城市」（control city）一詞時，就會想到波士頓這個指向紐約的有趣路標；這個詞是指運輸工程師在打造路標時，會在路標上標明的城市，藉此指出路標的方向。在一條長長的道路上，控制城市就會隨著你沿線前進而出現變化，過程會延續到道路終點——可能是與另一條路的交叉口，或者是你抵達了最後一座控制城市。

從匹茲菲附近進入九十號州際公路時，可以看到往西的車道上有前往奧巴尼的路標，往東車道的路標則是標示著前往波士頓。機組人員降落之後搭的通勤巴士，在靠窗位置有時會有更吸引人的例子。離開哈立德國王國際機場（King Khalid International Airport）時，當然會有很大的路標寫著前往利雅德；但在某個點，我們會來到一處交叉點，路標會引導我們前往東北的達曼（Dammam），或是西南的麥加。這樣，利雅德就成了控制城市，引導我們從機場往東南前進；達曼與麥加則是在途中會遇到的控制城市。

一條路的控制城市，也會出現在寫著還有多少距離要走的路標當中。我小的時候，家人會開車從伯克夏前往波士頓，這時我喜歡看距離波士頓還有幾英里路的路標（我曾記得所有的數字），而高速公路會變得越來越寬，車流越來越多。（在讀到山姆．安德森〔Sam Anderson〕的《新興城市》〔*Boom Town*〕時，想起當年的那些旅程，以及斷奏般出現的倒數讓我格外興奮。我也從那本書上得知，在奧克拉荷馬市最初的幾十年，一位熱心的領袖用心良苦，不僅在城市的名字裡加入會帶來好兆頭的「市」，且在遠遠的道路上就立上剩下幾英里路的路標，期盼透過他在大地上架構出的期待，營造出城市的壯麗之感。）

我小時候從沒問過，這些距離究竟是從波士頓的哪裡開始測量的。但後來我在城市到處漫步時，會來到如城市肚臍般的〇英里起點，於是想起家人沿著付費公路往東的車程。那些起點會出現的地方包括普魯塔克[6]（Plutarch）筆下的羅馬金色里程碑（Milliarium Aureum）；東京的日本橋；或者倫敦查令十字車站西邊所樹立的最後一個十字架符號，標示著十三世紀艾莉諾皇后（Queen Eleanor）送葬行列的路線。

同時，在所有道路的上方，飛行員都會與更貼近「控制城市」字面的概念共鳴，亦即我們在穿越世界空域時所畫出的航空交通區。這些區域通常以大城市命名，所以，舉例而言，航管員可能會引導飛行員「現在與亞特蘭大中心聯絡」；接下來，往西的航班可能會依序遇到孟非斯、沃思堡（Fort Worth）、阿布奎基（Albuquerque），最後來到洛杉磯中心。

基勒（Keeler），距離洛杉磯三百三十三公里

我在簡單的租屋處裡早早醒來。這間房子的家具陳設、水 槽上的蕾絲窗簾，還有廚房中央可供一兩人坐的小餐桌，都讓我想起了童年時期，外婆在賓州的家。

我打開燈。我煮了了咖啡，站著喝了第一杯。我試著想像自己上了年紀，這成了我在家的例行公事；每天早上我會在天亮前就起床（冬天勢必如此），並沿著鋪著地毯的走廊從臥室走到廚房，把平底鍋放到爐架上。

這是我第一次，也是最後一次在這張廚房桌邊，滑著手機看新聞。早餐後，我清洗咖啡杯，放在水槽旁邊的瀝水架上晾乾。我帶著包包出門，走下台階，關上大門，門上還有「**非請勿入**」的牌子。

天空在夜裡變得清澈，我可以看到這裡與死亡谷之間的第一道山脈。山稜線在附近的樹木輪廓與星空之間延伸，約略形成連續的弧線。黎明將至，弧線邊緣覆著一層閃電藍。我的車子被凍住了，但我沒有除雪剷——我在後座擱腳空間摸索了一番，卻一無所獲，這才想到在長灘（Long Beach）租的車子沒這種標準配備。我得等車子變暖並自行融冰。

6 普魯塔克（Plutarch），羅馬時代的希臘作家（四六－一二五），作品影響深遠，莎士比亞的戲劇亦曾取材於他的作品。

我關上車門，轉動鑰匙，汽車引擎粗暴地發動。我想起當年在匹茲菲的早晨，我坐在覆蓋著雪的車子後座，四下的灰暗光芒中瀰漫著詭異的沉默；爸爸或媽媽在車外踩著重重的腳步，刷去車上的雪，彷彿要畫出這天的開端。現在我把空調轉到最右邊的紅色區。漸漸地，通風口的空氣在擋風玻璃上吹出一塊越來越大的透明區塊，然後我打開雨刷，讓雨刷把溼溼的殘冰刷到車道上。

幾天前，我飛到洛杉磯。我剛開始飛洛杉磯時，會深度探索這座城市——我會探索任何對我而言仍算新奇的城市。久而久之，我開始會偶爾離開城市，探索周遭區域。有時候，我會帶著一整個廂型車的同事，到州立或國家公園的健行地點。若是獨自一人，我可能會開車到達蓋特（Daggett），在六十六號公路（也就是史坦貝克[7]〔Steinbeck〕說的「母親之路」）的其中一段散步，飽受巨大得彷彿有臉部表情的蜘蛛驚嚇，或許還會露出只有飛行員才有的眼神，盯著一根柱子上指向底特律、東京與香港的箭頭。我或許會繼續開車，經過一個叫做巴格達（Bagdad）的聚落，前往安波伊（Amboy）——「尚未消亡的鬼城」——在這座小鎮的咖啡館看著窗外的輕型飛機滑行到附近的跑道；或者思考著沙土之間，為何有個金字塔般的混凝土塊，上頭貼著看起來很正式、沒有腔調的貼紙，以法文寫著「外籍軍團」（LEGION ETRANGERE）。

這一次工作旅程的時間比平常長，因此我決定要在市中心以外過夜。在死亡谷停下來徒步幾次之後，我往西行駛過地球上最熱地區之一上方拔地而起的山脈，也經過鏟雪機與警告用路人在大雪中使用雪鏈的標誌。下午，我來到歐文斯谷（Owens Valley）東側，並前往基勒（二〇一〇年有六十六人居住在此），以及這棟小房子。

基勒原本是一座設有碼頭的湖畔小鎮，但湖泊早已不復存在。昨夜睡前我曾在鎮上走走，引來狗兒一隻接著一隻狂吠。街道鋪著裂開的柏油路、泥土與碎石，路邊乾燥的金黃色草在從未停歇的風中低語。鎮上有些屋子似乎已遭遺棄，附近有生鏽的車輛，裡頭雜草叢生；我經過一座裡頭只有沙的泳池。然而，在其他住家裡，我可以聽見電視聲，聞到柴火的味道。我和一名女子在幾乎碰到山脈雪線的雲層下聊天，她告訴我，這裡原本是鬼城，但已逐漸恢復生氣。

現在，四下近乎黑暗，車子的頭燈在這條還算筆直平坦的道路上照得很遠，並從結霜的路面散射出去。我正沿著谷地的邊緣往東南前進，但很快會往西南邊穿過谷地，前往奧蘭查鎮（Olancha）。道路兩邊，頭燈邊緣的光芒照到濱藜灌木叢與乾燥的風滾草，厚重如幽靈般的霜導致這些植物結塊，如同灰燼一樣呈現黑色。我以為自己了解什麼是霜，卻沒看過這樣的霜。後來有朋友告訴我，這是一種冰霧，美洲原住民稱之為「*pogonip*」。

我接近谷地的西邊，來到三九五公路的交叉點；這條路沿著內華達山脈（Sierra Nevadas）東緣延伸，有時被稱為山脈公路（El Camino Sierra，或稱 Sierra Highway，Sierra 就是山的意思）。我在交叉口前進時，看見兩個洛杉磯的路標。第一個就在交叉口前不遠，第二個則樹立在比較遠

7 約翰・史坦貝克（John Steinbeck）為二十世紀的美國作家，一九六二年度的諾貝爾文學獎得主（一九〇二－一九六八）。

的地方。

一八六〇年，一位「駐紮在洛杉磯」的植物學家寫道：「要讓這裡成為天堂，缺乏的自然是水、更多的水。」到了十九世紀末，這座城市基本上已乾涸，要不是有位貝爾法斯特出生的威廉·穆赫蘭[8]（William Mulholland）出現，今日人口或許也不會比當時的二十萬人再多上多少。穆赫蘭在十四歲時成為水手，二十出頭來到洛杉磯，在這座城市展開了溝渠維護的工作；後來，他開通水道的才華會被和古羅馬的工程師相提並論。

一九〇四年，穆赫蘭與洛杉磯前市長弗雷德里克·伊頓（Fred Eaton）沿著一條四輪馬車行駛的道路，往北前進好幾百公里，沿途經過不幸旅人的墳墓及馬的白骨，來到這座谷地——原住民派尤特人（Paiute）的東莫諾部落（Eastern Mono）；他們原本以這谷地為家園。到十九世紀結束時，農夫已懂得引入內華達山脈的融雪，建立起欣欣向榮的農業。穆赫蘭途經奧蘭查（也就是我現在抵達的小鎮），不久之後，這裡出現的明亮水域使他目眩神迷，而他發現這片水域的地區，就是洛杉磯出生的歷史學家雷米·納多[9]（Remi Nadeau）於《洛杉磯：從宣教到現代城市》（*Los Angeles: From Mission to Modern City*）一書中所稱，「就像在出走埃及之後，發現的奶與蜜之地。」

在那乾淨的水域中，穆赫蘭看見他所移居的大都會需要的東西——「如果你現在不取得水，就永遠不需要了，」他如此警告洛杉磯人——而且他也看出，在那麼高的地方不需要動用水泵；光是利用地心引力以及他的輝煌說詞（讓洛杉磯這段歷史顯得具有傳奇色彩）就能把水帶下來。

於是洛杉磯引水渠（Los Angeles Aqueduct）就這樣被打造出來，是當時世上最長的引水渠，動用了約五千名工人，並由其將要改造的城市選民所批准的數百萬美元債券提供資金。洛杉磯人在引水渠正式啟用時，帶著喝水的錫杯來到這兒，當水開始流動時，穆赫蘭歡呼道：「來囉，拿去吧！」

洛杉磯使用引水渠後，城市爆炸性地成長——事實上，這座城市的規模成了笑話；居民會在遙遠的地方，樹立起「現在進入洛杉磯市區界線」的路標，並在一旁為自己照相。就如大衛・基潘[10]（David Kipen）所說：「就算你長途跋涉到喜馬拉雅山區，還是躲不掉。」

這條引水道卻為後來的水戰埋下伏筆；都會與鄉村的怒氣引發武裝對峙，以及把城市建築設施炸毀並扔進河裡的事件。不必多說，洛杉磯贏了，一舉躍升為全國第二大都市，而歐文斯湖（Owens Lake）的乾涸湖底則成為美國最大的顆粒物污染源。因此，歷史學家納杜（Nadeau）在描述歐文斯谷時，使用的言辭會以讓人想起羅馬腹地：「原本協助成立都市，後來成為其附屬地」；作家華勒斯・史達格納（Wallace Stegner）會以水文學的詞彙來說洛杉磯的特色：「在空無一物之處的懸臂」；而原本負責養護溝渠的穆赫蘭，會獲頒加州大學柏克萊分校的榮譽學位，證書上的提詞寫著：他打破岩石，將河流帶到乾涸的土地（*Percussit saxa et duxit flumina ad terram*

---

8 威廉・穆赫蘭（William Mulholland），一名自學的愛爾蘭裔土木工程師（一八五五－一九三五）。

9 雷米・納多（Remi Nadeau），美國歷史學家（一九二〇－二〇一六）。

10 大衛・基潘（David Kipen），一九六三年生於南加州的美國作家。

sitientum）。

在第一個洛杉磯路標前，我把車停到路邊，將引擎熄火並拔出車鑰匙，以免音樂繼續播放。四下忽然陷入寂靜，我望向北邊，幾片霧氣滯留在布滿沙塵的湖底；之後我望向南方，視線順著山邊的道路前進。在飛過世界各地的上空之後，我已習慣看見公路、水道與鐵路穿越沙漠或耕地，這些道路通常會通往古老的城市，也是從古老城市輻射而出。在這樣的時刻，我常會想起物理課，以及老師以蹦床上的保齡球意象，來說明質量如何扭曲時空；在生物課上也是，我會想，要更恰當地描述城市對周遭環境的影響，是不是就像血管對腫瘤，或者根對樹木的作用那樣。

車子引擎在冷卻時，開始發出喀啦聲。我離開基勒的小屋時，從租賃汽車的數位顯示螢幕來看，溫度是攝氏零下二度。而在奧蘭查——大約穿過山谷二十五公里，位於三九五公路的交叉口，也接近凜冽的冷氣團從內華達山脈頂峰滑落、可能第一次觸地的地方——氣溫則是零下八度。我下車活動筋骨，等待日出。

腳踩在結凍的土地上，碎裂聲傳來；我朝著交叉口與上方山脈的方向前進。我停下腳步，望向北方，弗里氏楊樹（Fremont cottonwoods）穿上冬天的金色衣裳，在寧靜的天空下聞風不動。路旁的原野上，牛在帶刺鐵絲網後方低鳴，而我好像以媽媽的聲音在想著牠們冷不冷。再過去，洛杉磯佔領的湖床上覆蓋著一層薄霧。這條路上除了我的車子之外，沒有其他車輛的蹤影。在與這條路交會的三九五州際公路上，卡車的聲音聽起來像遠處的戰鬥機，直到它們終於緩緩駛入視野；這之間的間隔足夠長，足以讓我停下來自問（即使我到了這年紀還是會問）——別人可能會如何看待我？我甚至沒有一根點燃的香菸，幫忙解釋我為何獨自站在路邊。

在卡爾維諾《看不見的城市》中，我們或許會讀到馬可波羅對忽必烈提到，當他走過荒野，朝著塔馬拉（Tamara）這座城市前進時，「很少突然看見什麼值得注意的東西，除非認出那是另一個東西的標誌。」

卡爾維諾說，十三世紀的威尼斯旅人或許能以這種方式引導蒙古皇帝的想像。如今，引導美國駕駛的指標原則以未必是更平淡的方式，寫在聯邦《道路交通管理標誌統一守則》（*Manual on Uniform Traffic Control Devices*）這份文件上。

舉例來說，在1A.02節的〈交通控制裝置原則〉當中，我們會學到：

若要有效，交通控制裝置必須符合五項基本要求：

A. 滿足一項需求；
B. 要求注意；
C. 傳達清楚、簡單的意義；
D. 要求用路人尊重；以及
E. 給予充分時間，得到適當回應。

我朝著兩個洛杉磯路標之中的第一個走去，然後停下腳步。我喜歡路標，因為其力量很間接，卻很強大，對比相當強烈。即使是最新、照明最佳的路標，也一直都是代表其他的事與地；而這樣已是拐彎抹角的目的，現在又顯得更加迷人與不真實，尤其許多樹立的標誌上都還存在的地名與箭頭，在GPS導航上已不復見。

然而，我從來沒如此靠近地站在大型路標下，路標的細節令我印象深刻。我發現，這宛如賽馬跑道般的圓型角落其實是貼著白色、略為突出的反光條，而不是讓尖銳金屬角裸露。指向洛杉磯的白色箭頭繪製得比我預料中更溫和——形成三角形箭頭的三個點已磨平，連結上下頂點與箭桿的線條也略往內彎。而寫著道路數字的黑邊白底符號，在設計上相當類似大片盾牌，彷彿讓身材壯碩的駕駛使用，盾牌上還納入代表眼前道路的大型三、九、五。

同時，標誌正面有好些螺栓，會穿透到背面的支撐托架上，而路標背面則是沒有上漆、呈現螺旋狀的紋路，並安裝到兩根粗粗的方形木柱上；那木柱就像是附近活生生樹木的金色樹幹。從這麼近的距離看，這些螺栓就像是路標表面的毀損區，但和路標角落的視覺陷阱一樣，對於任何行經此地的駕駛來說毫不重要；路標已經盡了路標的本分。

我也看得出來，路標的堅固性當然是來自重量。在我們的想像裡或是夢境中，路標只需要二維平面。然而聳立在我上方的並不只是一個平面而已，而是一個量體，邊緣的厚度足以讓霜的長結晶體在形成時交錯。有那麼一刻，這個路標似乎足夠堅固，好像放到溝渠上也能承載我的重量；但我眨眨眼，它又是平的，只不過是個通往其他地方的指示。它就這樣孤立著，或許也沒有什麼自我的感覺。

我後退一步，想找個距離，讓這兩個層面能夠找到平衡。世界上這麼多城市，到底有多少平凡無奇的路標？有人設計路標，有人裁切與油漆；有人把它載到這裡，樹立在濱藜上，敲入加州的土地中。

在引導路標上，用來指示指定道路或目的地方向的箭頭，應該以適當的角度，清楚傳達該採取的方向。有那麼多種知識、那麼多種工作，填滿那麼多種不同的生活。頃刻間我瞠目結舌，並不是訝異真實世界及其城市能多容易更臻完善，而是因為，實用的東西都可以被打造出來。

我前方的T字路口樹立著另一個路標，指出距離洛杉磯還有多遠。城市名稱的字母佔據路標寬度的大部分，距離垂直邊緣的留白，基本上應與最大字母的高度一樣。我瞇起眼，試著想像在和今天一樣靜止的冬天早晨，遇到這座路標時的感覺：先是迷失，然後首度讀到這座城市的名字。

我從路標旁走過，抬頭望向弗里氏楊樹光禿的樹枝，以及最近的內華達山脈冰雪覆蓋的山峰。缺乏獨立照明的指示路標，皆應有反光背景。兩輛疾駛卡車之間沉靜的間隙像一道光，照耀在我所站的地方。一時間，洛杉磯的溫暖好像春天一樣不可思議。

在這裡，天使之后大教堂以北約三百六十公里處，那位祝聖的樞機主教談到「我們是許多城市中的大城市」，談到移動的家庭、卡車司機，以及孤單者可能聽得見的鐘聲。我發現自己在發抖，而且沒有攜帶足夠的衣物。我想，我早該知道的，來自新英格蘭的旅人都應該知道。我回到車上，發動引擎，調高暖氣與音樂。我駛上車道，然後向左轉彎。

第四章

前景城市

雪南多亞、蘇黎世、香港與匹茲堡

想像一座沿海城市，三面環山，還有通往此城市最重要的一條道路。這條路蜿蜒曲折，沿著斜坡上升，但坡度和緩；如此寬闊的道路勢必如此。隨著路面攀升，數位路標提醒駕駛要檢查煞車，也提醒在海拔較高處可能會有冰或雪。冬季風雪最嚴重時，公路可能會關閉幾個小時，把駕駛引導到較低或較長道路上的車陣中。

當山的坡度終於超出工程技術的極限，即使是這樣一條精心設計的公路也無法攀登時，這條雙向各為五、六線道的道路就會鑽進隧道。這條隧道下向彎曲傾斜，通過這座山的核心。隧道經過細心維護，車道線永遠不會因為積雪而看不清楚；除了入口的幾公尺外，各車道都以與路面齊平的小型燈泡照亮，延伸到黑暗中，就像在早期電動遊戲中一樣。

拍攝這條隧道的鏡頭會搭配小調音樂，經常出現在以這條道路通往的城市為背景的電影中：比方說，一對男女從宴會離開，開車返家，而彎路上的燈光閃過他們的臉龐，兩人持續沉默不語。於是我們就能明白，雖然隧道開鑿與照明科技會改變，但我們不會。

當公路終於從城市這一側浮現，海拔或許在一百公尺左右——眼前建築林立的山坡讓人想起

半山區，亦即香港可搭乘電扶梯抵達的陡峭山坡社區，許多香港的摩天大樓就矗立在此，看了令人心驚。在山谷頂端，公路延伸到斜張橋上，而橋下的山谷仍暫時繼續陡然下降。

這一刻，旅人會忽然看見兩處不同的摩天大樓叢林，景象令人難忘——就像從遠方來看，曼哈頓的中城和下城似乎是不同的城市——而第三種景象則在照亮港口的諸橋遠端，在慢慢變化的渡輪燈光集結之外。這景象很美，於是隧道最後四百公尺的速限下降，禁止變換車道，還有標示警告駕駛：**注意路況！**別只顧著欣賞城市。

匹茲菲

我從高中校園的階梯走下來，暫停腳步，做個決定。要左轉到東街去圖書館嗎？還是直接到同一條街的對面，爸爸上班的州政府大樓？

我十六歲，是高三生。在匹茲菲高級中學（Pittsfield High School），三、四年級生可以離校吃午餐。我們通常去唐恩甜甜圈店（Dunkin' Donuts）（我的最愛）、熱狗堡餐廳（我在離開匹茲菲之後才發現，這種餐廳在匹茲菲特別熱門），或披薩或漢堡店。這些餐廳和菜色千篇一律的校園食堂不同，可以提供美味的選擇。

即使我已從家裡帶了午餐，有時還是會離開學校吃。如果要去圖書館，趁著午餐時間閱讀，那我就在路上吃。但今天，我決定到爸爸的辦公室，和他一起午餐。我穿過東街和停車場；在今年底的某個下午，下了天氣預報沒提到的五公分積雪時，我會在這考駕照。我經過一樓的車輛監理所（Registry of Motor Vehicles）標示，從側門進入，搭電梯到爸爸的樓層。

爸爸大致上是個快樂的人，每當我走進來，他會從辦公桌抬起頭，帶著輕鬆的微笑，表明他格外歡迎我讓他放下手邊的任何工作，也表示他根本不會問我為何沒和其他的孩子在一起。我坐在他辦公桌的訪客座位這邊，我們父子倆常開玩笑說，好像要開正經八百的會議；隨後一起打開今早在廚房流理台一塊兒做的三明治。

由於要納入往返學校的路程時間，因此我們只有二十分鐘左右能在一起。當我不在爸爸的辦公室時，他到底在忙什麼，實在是神祕莫測。我知道他在為州政府的心理醫療照護方案規畫服務，但不了解實際上要做哪些事。待辦公室的人，每一分鐘究竟在做些什麼？

有時候，他會聊到一些組織或社區服務之家，裡頭會有幾個人共同居住，且有人看顧。我對這些事略知一二，因為其中一間就在我的第一條送報路線上，那裡總有一個人會在門口等著和我打招呼（爸爸解釋，那是夜班助手），這在清晨六點可是很稀奇的，尤其是在冬季的黑暗中；那裡還有間大房間總是燈火通明，相當奇特，我後來才知道那和一般家庭的普通客廳不同，但也不完全是走廊。

我喜歡爸爸辦公室裡的兩件事。第一個是他的印度榕（rubber plant），這棵樹長得很高，所以放到角落，就在天花板的一個洞下；那個洞是沒完成的保養工作所留下的，後來這棵樹就這麼長到樓上的辦公室。過了幾十年，爸爸的工作因為組織重整而結束，他也已離世，但每當我開車經過這棟大樓時，仍喜歡想像這株植物還在生長，樹枝呈現奇怪的角度，讓尋找陽光的葉子能在灰塵堆積的窗戶玻璃前開枝散葉；根部則穿破石膏，與電路糾結，甚至導致短路，讓遠方的網路短暫故障。或許就像兒童故事中，總談到大自然的威力難以阻擋；又或者是關於注重規則的大人在偶爾打破陳規、善加發揮時，可能發現趣味橫生。

爸爸辦公室裡另一個讓我傾心的，就是位於高樓。吃完三明治後，我會站到朝南的窗邊一下，每一次來都會。我會往右看，在光禿的樹頂再過去一些，就是十四層樓高的市區飯店；那是匹茲菲最高的大樓，再過去就是山。之後，我吸了口氣，俯視對街，看看我高中的校門入口。當我看到其他同學不是走路而是開始跑向台階，走向沉重大門時，我就知道是時候該離開了。

雪南多亞（Shenandoah）

那時我大概十歲，和大約十二歲的哥哥坐在後座。媽媽載著我們從匹茲菲出發，再過幾英里，就要抵達她的故鄉雪南多亞，也就是賓州生產無煙煤的鄉間。這附近是我見過地勢最綿延起伏的鄉間，而雪南多亞就位於其中的凹處，乾淨如缽。

身為成年人，每當我聽到〈雪南多亞〉這首歌的新錄音時，唯一會想到的地方就是母親的娘家——雖然只是同名，但令我療癒。更準確地說，這座小鎮是個人口數大約五千的自治市鎮，規模不大，人口卻出奇密集；有些住宅之間的縫隙夠窄，可讓小孩嘗試以大字型在中間攀爬，有些住宅之間甚至完全沒有空隙。這裡和我見過的其他市鎮不同，也讓我更感覺到，雖然爸爸是在國外出生，但媽媽卻來自更不一樣的地方。

今晚如同以往，我期盼著能看到奇特的景觀——從匹茲菲出發的旅程接近尾聲，來到最後一座山丘頂端時，這座小鎮的黃色光芒會突然填滿整個擋風玻璃。這是一個令人驚嘆的視角，就和我想像中的城市在夜間豁然敞開的關鍵模樣緊密結合。等我更年長之後，我會想到，這樣的聯想並不合理，因為雪南多亞很小；然後我會想起，除了匹茲菲，我還沒有在夜晚從空中俯瞰一個地方這麼多次。

過了幾分鐘，我們就要到外婆家了。外婆就是從這裡寄卡片給「馬克機師」，她的字跡工整到彷彿篆刻，而非以墨水書寫。她家就像這個採礦之鄉一樣奇特，我不知道還有哪個地方和這裡相同。在樓下，煤炭會直接透過房子正面一扇通往地下室的專用矮門，掉落到波浪狀的銀色洗衣板附近。這旁邊則有以手柄控制的衣服絞乾機，我和哥哥會彼此挑戰，看誰敢把手指更靠近一點。

在樓上，煤炭為廚房爐子提供燃料，以烹煮食物——通常是被稱作「pierogies」的波蘭餃子（由外婆手作，或是買雪南多亞當地的品牌「T太太」（Mrs T））以及波蘭香腸（kielbasa）；所有這些我們都用車載回匹茲菲。煤炭當然也用來讓房子變暖；媽媽跟我們說，從十月到隔年四月，爐子會一直處於燃燒狀態。

餐廳裡有一座擦亮的深色櫥櫃，裡頭的餐盤放著小條的綜合水果口味瑟茨（Certs）薄荷糖，哥哥與我有時會偷來吃；我們推論，一次偷一整條不僅可以多吃一點，也比較不會被發現。過了幾年，櫥櫃會出現一個淋了厚厚糖霜的蛋糕，或許是表姐婚禮要用的，而我從餐廳的一角看見外婆把手指畫過蛋糕邊緣，舉起沾了糖霜的手指，抬起眼睛看著我，做出「噓……」的姿勢，然後眨眨眼走開；我就這麼唯一一次，見到她寵愛自己的行為。

我一直要到長大才慢慢理解，這個小鎮就是媽媽的匹茲菲；而她的某個部分也一直住在這小房子中。因此我想起在伯克夏氣溫低於零度的早晨，她會開啟普通的電烤箱，並把門打開幾公分，這樣她準備早餐時，廚房會比屋子裡的其他空間更舒適。

現在，車子離雪南多亞不遠。我們從燈光下經過（我總認為，這裡整年都在過聖誕節），這排燈光沿著路面上方的煤輸送帶分布。再過幾秒鐘，我們就會攀過最後一座山，於是我往前座靠，靠近媽媽握著方向盤的地方，以免錯過雪南多亞盆地的燈光朝我們敞開的那一幕。我盡力別眨眼，因為這景象只會維持一下下。之後我放鬆，往座位靠；引擎的聲音變了，車子開始下坡。雪南多亞的光芒變成一條條街道，最後終於成為媽媽娘家的那條街。她輕鬆停車時，我抬眼一看，原來外婆就站在門廊，雙手扶在黑色金屬欄杆上；她臉色繃緊地俯視我們，好像擔心我們這一整晚得走漫漫長路。她又走出來怪天色怎麼這麼黑，讓我們得在黑暗中開車。

蘇黎世

我和機組員搭乘的德製廂型車在明亮的下午轟隆駛過，從機場進入大約一公里半的米希布克隧道（Milchbuck Tunnel），這條隧道往南延伸，在山坡下進入城市。

我第一次穿過這個隧道時，是在第一年從倫敦執飛短程歐洲航線，初次來到蘇黎世。後來我告訴朋友，這條隧道顯得多麼完美無瑕，彷彿是倉庫或工廠的走道；我也和同事們一起說笑，認為這條隧道與其說是車輛轟隆駛過的公路，更像龐德電影中反派角色會興建的通道，裡頭還掛著水晶吊燈。

無論如何看待，米希布克隧道都是很好的公共建設。不過，當我們接近隧道出口時，我準備好面對離開隧道時將發生的熟悉的失落感，因為屆時我們已在蘇黎世的市中心。我渴望的，是孩提時代常有的想像：一座在群山保護下隱藏的城市忽然出現；但當然了，此番景色最容易出現在山腰或山頂，而當初會興建這麼了不起的隧道，就是為了避免爬山。

匹茲菲

我踩下煞車，車燈掃過路彎外側鬼影般的白樺樹幹。我和黛絲瑞一起開車，她家距離我家幾個街區。

這條通往匹茲菲東南邊山丘城鎮的路很有趣，一開始多半是彎路。這條路也給了我們離開家鄉的機會。在即將離家前的最後幾個月，我們對這經驗可是躍躍欲試。那時是晚上九點或十點；不過這時已是我們高中的最後一年，父母不再太過擔心我們上哪去，或者是什麼時候去。

黛絲瑞家就在我的送報路徑上，我沒辦法送報時，她就會代班——例如去年夏天我在日本的時候。我們長久的友誼延續到成年；三十年後，身為飛行員的我初次飛抵伊斯蘭馬巴德（Islamabad）時，她就在那座城市工作。在某個寧靜的夜晚，我們會在那城市一張不平坦的桌子兩邊看著彼此，並搖頭微笑：兩個來自伯克夏的老友，就在她的小公寓裡吃雞肉飯當晚餐。那裡是新成立的首都，就在喜馬拉雅山脈的山腳下。

我們開車上山，離開匹茲菲；我們點了根菸，彼此互遞，因此即使外面很冷，我還是將爸爸車子的前窗打開，再把音樂的音量調高，好讓那首歌的聲音蓋過風聲——歌曲內容是來自倫敦地區的男孩遇見來自另一個地區的女孩。我們都不知道當個西區（West End）女孩的意思是什麼，但還是篤定地相信，黛絲瑞就是匹茲菲版的西區女孩。另一首歌曲〈這是罪〉（It's a Sin）開始了[1]。我懷疑「這」是指身為同志，但沒有問黛絲瑞是否也這樣想；相反地，我和平常一樣，不停說笑話。

1〈西區女孩〉與〈這是罪〉都是英國電音雙人組「寵物店男孩」的歌曲。

之後也和平常一樣，我把爸爸的車迴轉，開始滑下山——就是這種感覺；從幾乎沒有中心的山城延伸出來的道路非常陡峭——我們都等待某一點出現，那時將會看到匹茲菲的燈光在陰暗的光禿樹枝間篩過。當然，燈光不多，加上還有森林、道路又斜又彎，意味著這景象也總是不完整的；但我們依然很喜歡。

現在，就在我們預期的地方出現了。夜晚的匹茲菲並非突然出現，也沒有人會誤以為那是波士頓鬧區，更別提曼哈頓。不過，有那麼一刻，在這個夠高夠遠的地方，時間也夠晚，所以能看到我們城市的某部分沐浴在光芒中。我把音樂調得更大聲，第二根香菸的火光飛出窗外，乘著滑流與螺旋型氣流，沒入後方的漆黑中。黛絲瑞歡呼，伸手從方向盤拿走我手上的香菸，而等到匹茲菲的所有光芒都消失在樹冠下時，我知道我們快到家了。

香港

夕陽西下時，我們來到歐洲航班靠近香港時最常遵循的進場航線，並開始下降高度。

我第一次當七四七飛行員時，第一座飛抵的城市就是香港；而後來的每一回進場，都會是那趟旅程的愉快迴響，會讓我想起人生中最興奮的一次航程。我們的當地導航圖上顯示著無線電信標台，而即使到了現在，經過這麼多趟旅程，東龍、龍鼓洲、小磨刀等信標的名稱，仍凸顯出我離家有多遠。不過，有個地名倒是出乎意料，對我來說很熟悉——長洲。我年少時曾與一名筆友莉莉通信，她就是來自長洲島。莉莉與我早已失去聯絡，但我還是記得她家的街道名，甚至門牌號碼，以及我定時會用薄如衛生紙的淺藍色航空書簡，寄送到我今晚要抵達的地方。

莉莉現在一定和我一樣步入中年。我想，或許她仍住在香港，甚至就在長洲；而這時七四七導航電腦上，信標名稱就是她故鄉的島嶼，並自動把信標台發送的摩斯電碼標識符予以解碼。

今天晚上潮溼溫暖；莉莉或許在我們剛開始通信、彼此描述自己的家鄉時，寫過這是典型的香港氣候。雲朵模糊了城市的大部分景色，但烏雲密度之高，看起來是純黑，而不是灰色，這是因為在沒有霧氣的地方就一定有光，對照之下更是如此。

小時候，我會依照城市的天際線，衡量這座城市有多大；這樣相當簡單明瞭，彷彿世界的高樓就是圖表上的長條。直到我長大成人，初次前往幾個歐洲城市時，卻覺得疑惑，因為相較之下，摩天大樓少得多；我從來沒想過，有哪個城市的居民會接受這樣的缺點。

無論喜不喜歡，若從遠處來看，天際線是城市最明顯的特色（在城市內，通常是在高樓的觀景台視野最好，最能欣賞其他高樓形成的景色）。即使到了今天，我坐在計程車或機組人員的交通車後座，尤其在進入沒去過的城市時，我會感覺到肌肉記憶在抽動，要我在座位放低身子，就像和父母開車前往波士頓或紐約時那樣；這麼一來，我才能在水泥叢林間，更看清楚四周的高樓。

哪個城市的天際線最好看？當然，我最愛的摩天大樓在波士頓，之前稱為約翰·漢考克大廈（John Hancock Tower）。這棟大樓是由亨利·考伯（Henry Cobb）設計，他是貝聿銘建築師事務所的合夥人，而這棟新英格蘭最高的大樓，理想上在白天能映照出藍天白雲，到夜晚則恰恰相反；大樓裡開著燈與陰暗無光的辦公室會形成高聳的光之拼圖。小時候，爸媽常帶我和哥哥到觀景台——那是我最常要求的波士頓行程。後來，當我在波士頓找到了一份公司的工作，在實際上開始工作的幾個星期前，我的第一個聖誕節辦公室派對就在這棟大樓的頂端舉行。那次派對相當奢華，有以賭城為主題的外燴活動，而我得專注，別管我們下方即將降落機場的班機；我試著記住我遇到的每個人的名字，並努力讓自己在新的深藍西裝下看起來輕鬆自如。這套西裝是我從匹茲菲市中心的一家老式男裝店購買的。

擔任飛行員之後，我看過的天際線之多遠超想像，也有機會看到天際線變化。杜拜的天際線似乎每個月都變得更有氣勢，而邁阿密的天際線總會讓駕駛艙的我感動不已；我曾經以為，只有在從城市東面的跑道起飛後，我們才能特別清楚地看到海濱的高樓大廈，但在最近一趟旅程中，我驚訝地發現，自上次見到以來，邁阿密已經增長這麼多。幾年前，在一趟前往芝加哥的旅程中，我和一對來自法國的夫婦在商店聊天；他們身為建築師，來到這座城市只為了看看這裡的摩天大樓。他們讓我了解到，從專業或歷史的觀點來看，芝加哥天際線或許是世上最有趣的天際線。

之後，是香港。

這座城市中，有幾個世上人口密度數一數二的都會空間，這裡成群的高樓在夜間更是令人屏息，旁邊就是城市陡峭山嶺的沉睡陰影，還有傳說中的港灣，只見水面起伏，波光交織。

衡量天際線的一個方法是「天際線密集度」（skylinearity），這是一個不太流暢的術語——計算一百五十公尺以上的建築物數量（相當於大約三十五層樓、天花板不低矮壓迫人的現代辦公大樓，或相當於艾菲爾鐵塔的一半高）。根據世界高層建築與都市人居學會（Council on Tall Buildings and Urban Habitat）的調查，二〇二一年四月，香港有四百八十二棟這樣的高樓，傲視群倫。與香港比鄰的深圳則排名第二，有兩百九十七棟；紐約排名第三，有兩百九十棟。名單上排名前二十名的城市當中，有九座城市位於中國，而只有四座不在東亞：紐約、杜拜、芝加哥與多倫多。

今晚，再過幾分鐘就要於香港落地。七四七往左轉彎兩次，現在不會再轉彎了——我們已對齊還看不到的跑道。

沒過多久，一片霧黑輪廓的雲出現，其邊緣清晰得宛若蝸牛；我們和目的地之間，就只剩下這片幾乎完全擋住城市的雲。我們輕掠雲頂，下降到模糊一切的雲霧中心，過了一會兒，彷彿電燈開關突然打開，我們衝出了雲底。任誰看到這世上最繁茂和最高的電力森林在左機翼下擴張，都會斷言世上沒有更美的景色，這個說法並不誇張；而在駕駛艙裡，幾乎沒有時間欣賞，城市景觀就融入了周圍波光粼粼的水域中。我們看著必須看的地方，筆直向前，越過波浪，對齊燈光排成的線條，引導我們往西進入機場所在的島嶼。

匹茲堡

我們經過新英格蘭西部高地的森林，大約是在匹茲堡東北方六百四十公里處。這時機長想起我們聊過的話，於是問我究竟來自哪裡：就在這附近，對吧？

我低頭看導航顯示器，然後指著駕駛艙的另一頭，也就是他左邊的窗戶，指向我們看不到的被卷雲覆蓋的城市的方向。我說，那邊；還強調了我故鄉的第二個音節：我來自匹茲菲，大約在那個方向五十公里處。

我以前從未去過匹茲堡，但總覺得與之有連結。這並不是因為媽媽來自賓州（她娘家靠近賓州的另一邊），而是因為這個地名和我的故鄉類似，因而感覺到似有親緣，也覺得混淆。這兩個地名都是為了紀念英國政治人物威廉．皮特[2]（William Pitt），城市箴言都是神聖恩典（Benigno Numine，或上帝恩惠），城市的官方公章也都受到皮特家族的紋章啟發。

當然，這親緣並不對稱；匹茲堡都會區的人口大約是匹茲菲的五十倍。匹茲堡赫赫有名，匹茲菲卻沒沒無聞，因此爸爸在比利時的幾個親戚曾以為我們住在匹茲堡。有個堂哥在十幾歲時，曾到我們家過暑假；我們到紐約甘迺迪機場接他，帶他來到匹茲菲，然而這城市規模之小，讓他的失望之情溢於言表。當我開始旅行，告訴別人我來自何處時，才發現幾乎沒有人聽過匹茲菲；有些人以為我說的是匹茲堡，而如果我們的互動可能很短暫，我又懶得解釋的話，倒也挺樂意想像自己其實是來自比匹茲菲更大規模的堂兄弟城市。

幾分鐘後，該是開始下降的時候了。我們在匹茲堡著陸，停妥，完成文書作業，然後開始在航站內尋找前往我們的巴士的路——這通常是初次飛到某個城市時最令人一頭霧水的部分；我們有時會開玩笑說，這應該和很多事情一樣，事先在模擬器上練習一下。我找了個靠近前座的位置，看著司機載我們經過寫著三七六、七九等數字的路標，這些州際公路對我來說還十分陌生。我們離開機場時是傍晚，在進場與降落的過程中，這座以工業聞名的城市充滿綠意的環境令我震驚，目之所及多是森林；從這方面來看，接近匹茲堡的經驗和接近匹茲菲很像。

幾週以來我一直對能夠造訪匹茲堡感到興奮，所以一直在研究關於這座城市的事。我很驚訝地發現，匹茲堡位於三條河流的發源地：俄亥俄河、亞利加尼河（Allegheny）與莫農加希拉河（Monongahela），可以說是擁有相當利於發展的地利基礎。

生於如此水源豐富之地，被稱為橋梁城市似乎也是不可避免的事。匹茲堡有二十九個以上的渡河口，還有四百五十座各式橋梁（提供一些數字供比較：紐約與漢堡各自聲稱有超過兩千座橋梁，威尼斯據說有大約四百處的運河渡口）。匹茲堡也有大型山丘，而由於這裡的坡度太陡，傳統鐵道列車無法通行，於是十九世紀中期就興建纜車道（incline），運送貨運、煤炭與通勤者上下山。

2 威廉・皮特（William Pitt），英國政治家，於一七六六年至一七六八年間擔任英國首相（一七〇八－一七七八）。

當巴士駛過我在匹茲堡的第一個夜晚時，我為明天安排計畫：我要搭乘目前仍在運作的山頂纜車到太平山，眺望那座依山傍水的遙遠城市，就像我第一天到香港時那樣。我會走下山到金三角（Golden Triangle）；這裡是匹茲堡市中心的核心區，城市的兩條河流會在這裡與第三條相會。然後再傍晚，我會加入全體機組員的行列，一起去看棒球，由匹茲堡海盜（Pittsburgh Pirates）出戰芝加哥小熊隊（Chicago Cubs），屆時逐漸緊張的我會想起那天稍早時，曾在教堂停下腳步觀看的指示：「為我們以及這座鋼鐵之都祈禱。」

但在巴士持續深入城市、周圍的開發程度越來越高之際，沒有任何跡象顯示明天要看的主場球隊會以十八比五的成績大勝。這裡沒有棒球公園、沒有摩天大樓，連一條河流都沒見到，更遑論三條。當森林景象在窗外快速流動時，我再次想起比利時堂哥前往匹茲菲的途中，對於在旅程的最後階段看到這麼多樹木感到困惑。

日光快速流逝的此刻，我看見前方的山丘。我還來不及思考這條路會如何繞過皮特堡隧道（Fort Pitt Tunnel），就已經進入裡頭。隧道入口旁的山坡森林綿延不斷，我猜想，出了隧道盡頭後還有幾英里路，才會進入匹茲堡中心；或者這條隧道會直接進入城市本身，不會看到開發的過渡區——就直接從地下出來，進入完全發展的大都會。

不到一分鐘之後，我看見隧道盡頭在接近。很難理解遠方的光明究竟是什麼，後來才明白，那是摩天大樓的燈光；且我看到的不是低樓層，而是中間或高樓層的燈光。

我從青少年時期就喜歡想像，城市如何對於接近它的人瞬間展現出自己最迷人的樣貌。現在，當我突然意識到這樣的時刻時，我已經來不及啟動手機的相機，因為匹茲堡的高樓大廈閃爍著，傾斜著，迅速地靠近；我讓手機掉到座位上，而我們就這樣航向城市光線映照下的黃昏，越過樹梢，駛上一座黃色大橋的上層橋面，穿過三條河之一的上方，之後緩緩下降，最後終於必然來到下方的街道上。

匹茲菲

馬克和我停下來，買了三個三明治和兩袋蘋果汁甜甜圈。然後我們開車到布斯凱特山的山腳下，接近匹茲菲機場的冬季滑雪區。現在是九月初，伯克夏夏日的高溫已離去。這天是個晴朗、乾燥、多風的日子，周遭山區較高的地方已出現秋天最早的火花。

除非我們兄弟倆相約，否則哥哥很少回來匹茲菲。今天他會獨自前來——第二袋蘋果汁甜甜圈是要給嫂嫂的，她今天要幫學生上籃球課——哥哥能來，我們已經很慶幸。他在單車店工作，而在較溫暖的那幾個月，人人都想要新腳踏車，或者修理舊腳踏車。

馬克和我下了車，在停車場走走。我口袋裡有一部帶有麻州西部區號的手機，是我在離開這裡很久之後才找到的，還有一張匹茲菲當地銀行帳戶的卡，我從六七歲起就一直開著這個帳戶；由於爆米花小販把他的紅色老派貨車停在外面，這家銀行是匹茲菲地區最年輕的儲戶中迄今為止最有名的一家。我的口袋裡還有一張可以打開倫敦機場停車場大門的卡，以及來自三大洲國家的一些硬幣。我們在等哥哥的時候又聊了起來，半認真地說，等上了年紀要住到伯克夏，而我和平常一樣，明白自己受到三股熟悉的慾望拉扯：生活在我的第一座城市匹茲菲；住在附近，但不是真的在這裡面；在世界最遙遠的一邊，於巨型城市保護下，當個沒人認識的人，回望匹茲菲。

哥哥到了，在停車時揚起一片夏末的沙塵。我從後窗中看到輪輻、輪子，還有明亮的銀色輪框。這趟徒步之行是我整個禮拜的運動高峰，但對他來說，這根本算不上運動；之後，他會騎上一段很長的路，環繞大半個伯克夏郡。他熱愛單車，就像我熱愛飛機（我們會開玩笑說，我們就像萊特兄弟）。不過，他也發生過挺嚇人的單車事故——煞車線刺穿手掌、從山邊小徑滾下來，傷口見骨——每次要與他見面時，我總覺得擔憂。

不過，他下車時，看起來還不錯。我們擁抱一下，之後給他一罐驅蟲劑；蚊子老是出來盤旋繞圈。現在還沒有嚴霜——但在匹茲菲山丘及讓附近飛行員辨識高度的警示燈塔下，我感覺到一絲秋意，於是我塞了件連帽運動衫在背包，以備不時之需。

我們三人開始從漂流者步道（Drifter）往上走，這是此區最輕鬆的路徑。我小時候會滑雪，但從來不像那些穿上特殊滑雪隊服，或是穿高中滑雪校隊外套的孩子們滑得那麼好，甚至不及哥哥的一半程度。我對這座山的記憶大多是其他孩子從旁邊飛馳而過，或是哥哥放慢速度，在面罩與護目鏡底下大聲喊叫指導，這些面罩和護目鏡保護我們免受匹茲菲苦寒夜晚的影響。

我們離開滑雪道，循著剛畫好的淺藍色矩形標記，踏上剛闢出的步道，走進森林。直射日光消失，步道變得陡峭，風透過樹冠嘆息，我們來到第一道不平滑的石造階梯。石梯鑿入山坡鋪設，否則步道的坡度會太陡峭。我們登上階梯，繼續前進，穿過楓樹、橡樹、糙皮山胡桃樹與山毛櫸樹林，還經過一些小樹下方；那些小樹在近期的暴風雨後半倒，現在斜立在步道上方，卡在其他樹木彈弓形的凹處，角度既賞心悅目，也讓人擔心。

我們來到一處山坡空地，旁邊有兩個接近錐形的石堆。我們穿過空地，從對面蜿蜒而上，前往能面對南邊的眺望臺。那裡雖不是伯克夏最壯觀的景致，但構圖甚佳——前景有樹木，下方土地的輪廓有如波浪起伏。

在伯克夏圓弧天空另一邊，可看到紀念碑山（Monument Mountain）；一八五〇年八月，梅爾維爾就和納撒尼爾·霍桑[3]（Nathaniel Hawthorne）在那裡躲避雷雨。一個月後，梅爾維爾在匹茲菲買下一座農場，那裡有巨大的壁爐，他把魚叉改造成的撥火棍靠在一旁。再過去一點，紀念碑山右邊是埃弗勒特山（Mount Everett）；我小時候，有一回聽到父母規畫要到那座山健行或野餐，而我把這座山的名字與埃弗勒斯峰（Mount Everest）混淆。越過那座山再往前，就會是紐約的摩天大樓，而在我們上方與右邊，被山脈擋住的，就是哥哥與我有時在走另一條步道時會站上的森林火警瞭望塔。當我們還是小孩時，不僅能爬到瞭望塔底下，還能一路爬上去，從短暫屬於我們的內陸燈塔眺望四下。

3 納撒尼爾·霍桑（Nathaniel Hawthorne），出生於麻州的美國小說家（一八〇四—一八六四），知名作品包括《紅字》（*The Scarlet Letter: A Romance*）。

這裡景色優美，但我們自認應該知道風景更好的地方。我們回到空地上方的森林，沿著山稜朝向滑雪坡道之頂前去，途中經過一座電信塔。我有一部分飛行訓練是在亞利桑那州的鳳凰城完成的，而在某些航程中，我得在南山（South Mountain）上空的天線杆叢林上方附近駕駛。我會喜歡那邊，是因為那座山與匹茲菲一座相距不遠的山同名。鳳凰城山峰的廣播發射器信號很強，因此商業電台的音樂有時會蓋過航空頻率；就像山稜與電塔出現在小飛機的前窗那樣，及時提醒你該回頭了。

我們經過一棟曾用來堆放救援受傷滑雪者的擔架的小棚屋、滑雪巡邏隊的暖房，以及一個老纜車山頂滾輪和終點站小屋的廢墟。我們繼續往更北的地方前進，梅爾維爾稱為格雷洛克山（Mount Greylock）「最完美的雄偉之處」就聳立於此；再走幾十公尺，匹茲菲本身就浮現在格雷洛克山的山巒與我們所在的山丘之間的低處。大約就是在這裡，剛從登山吊椅下來的滑雪者會開始加速；我猛吸一口氣，回想起另一個季節的風刺痛感，以及我臉上暴露部分的麻木感。

我們來到一張粗糙的木製野餐桌，坐在那歷經風霜的桌面上，以躲避草叢中的小蟲子，視野也會更好。我把三明治傳給大家。桌子靠城市的那一側，地上有一小堆木炭與灰燼。肯定有人在某個晚上在此生火，坐在火光與匹茲菲的燈光旁，我們也該找個晚上比照辦理。我看向哥哥，他正俯視市區；我看向馬克，他遠離自己同童年時位於港口城市南安普頓的家鄉；而在匹茲菲的另一邊，一架小小的銀色飛機正穿越綠地，前往在我們下方視野外的機場；我高中時就是在那裡開始上飛行課。

從這裡，就像從上空飛過的飛機駕駛艙一樣，匹茲菲城市景觀中最突出的特色是奇異公司的第一百號建築（Building 100）。那龐大、米白色的長方形結構，是變壓器組裝與測試之處，現在是顯眼的紀念碑，紀念這座城市悠久的工業製造史。我順著它望向一條看不見的街道；我忘記這條街道的名字，但那條街就在市區尖塔與高聳飯店的西邊，離我高中不遠，我的畢業舞會就在那裡舉行。

我試過，卻無法看到豪薩托尼河（Housatonic）支流形成的線條，馬克與我最近曾在這條河上划獨木舟。這裡的環境復育仍是《伯克夏鷹報》（*Berkshire Eagle*）常見的文章主題。《伯克夏鷹報》是我曾遞送的報紙，現在我還是訂戶，只不過改成線上版；如此當我無論在清奈、北京或馬斯喀特的外站飯店的漆黑房間中失眠，我就會在手機鍵入幾個字，讓來自家鄉的新聞照亮我枕頭的一角。

我朝北方望去，一家馬克與我漸漸愛上的咖啡館，還有好些古怪的商店，都體現了這座城市的復興；其中包括一家鐘錶修理店，其過時的招牌（以及灰塵飛揚的布穀鳥鐘架）就像是一場令人困惑的夢境。不遠處有一家酒館提供最美味的薯條，還有一個蓬勃發展的劇院公司，在它的後面則是紅磚與混凝土打造的醫院；那是我出生的地方，也是媽媽離世的地方。

我拿出一個甜甜圈——用一點來自山脊遠處果園的蘋果酒製成，再加上一點來自更遠地方的糖和肉桂——然後把袋子遞給馬克和哥哥。哥哥和我曾開玩笑，沒人能只吃四個。或者這樣說吧：這些東西正是我回鄉的理由。

我再度眺望遠方，對綠色之海眨眨眼。我知道這些樹木的把戲：它們有本事在我目之所及的角度，把下方的東西都隱藏起來（在這季節尤其如此）。樹木上方的樹枝會隱藏許多匹茲菲的小建築物，包括多數的住家，於是造成一種錯覺，讓人以為城市比實際上還小。我明知這一點，但還是忍不住想：真是綠意盎然！這裡實在綠得不得了，不難想見如果多一點點雨、多一點點直射日照，或是更多一點適當的礦物質，會有什麼樣的結果：我們可能會爬上山，再度看見更完整的森林。

在健行的過程中，身體會溫暖起來，但此刻我待在原地不動，又暴露在從山頂吹下來的風中，我感覺到幾個月來的第一次寒意。我開始想像初雪，想像其所帶來的靜默，以及雪降下之後，會如何隱藏這座城市。

我放開馬克的手，開始收拾行囊。他和我哥哥笑談兩人都愛看的節目裡的場景，而當他們爬下野餐桌，開始走路時，我伸手拿取塞在背包裡的運動衫。我花了好一會兒找袖子，在風中要穿上這件衣服有點吃力。穿好後，我睜開眼，這座城市短暫地變得如此明亮，我得以手遮擋。之後，我快速離開被陽光曬得暖暖的桌子，四處尋找我的先生和哥哥在哪裡。我慢跑穿越野草間，追上他們，一起下山。

第五章 大門城市

倫敦、舊金山與吉達

想像一座大城市，僅存幾座還保留著的舊城門。其中保留得最完好的已被納入更大、更新的建築中，所以在火車站的大廳、一座高樓玻璃鋼結構的中庭下，透過其中的玻璃環頂，你可以看到摩天大樓的燈光一直升起，直到消失在雲霧中。你可能會發現一座古老的石拱門和一座塔樓，旁邊有一個銘牌解釋它們的身分，並解釋它們在影響該城市故事的圍城事件中所扮演的角色。通勤者與旅人發現，這些永遠不會再接觸到風吹雨打的遺跡，變成喧擾車站中方便的會面地點，孩子們也喜歡在嵌入式的燈光旁奔跑。燈光顯示出的是城牆的舊通道，它會從城門與高塔蜿蜒而出，來到現在車站大堂中人來人往、夜間擦亮的大理石地板，這畫面彷彿是把城市箴言通電，化為真實——換言之，我喜歡想像這箴言就類似馬德里箴言中最激動人心的片段：我的城牆以火打造（*Mis muros de fuego son*）。

我們也可說，在很久以前，城門在夜晚會關閉。重度防守的城門才會例外，久了以後就會稱為午夜之門（Midnight Gate）。午夜之門在上個世紀初隨著城牆拆除，卻仍存在於地鐵車站名，或在年輕人尋找公寓時成為炙手可熱的地段名稱。城門固然已經消失，然而舊址的周圍環境卻比

以往更有名。這是拜城門名稱之賜，因為城門的名稱很好用，可寫入詩歌、小說與歌謠，也可出現在電視節目與電影，讓人想起現代大都會的全天候活力，也讓人憶起過去在城門中恐懼失眠的夜晚。但無論如何，沒有多少列車乘客在聽到「下一站：午夜之門，右側門開啟」時，會想起這個名稱的由來。

與此同時，如果你是車輛駕駛，靠著智慧型手機的螢幕導航進城，你或許會聽到「通過午夜之門」，之後是「繼續行駛……」以及會帶你進入城市的路名。當你接近時，早已消失的城門畫面會出現，變得越來越大、越來越大，直到當你經過仍然以其名字命名的點時，它飛向螢幕的左側、右側和頂部。然後，你螢幕上的道路顏色會改變，從灰色變成綠色，指出這裡是舊城區，也就是最早的城市；而如果城牆還在的話，你現在就在裡頭，安全無虞。

匹茲菲

我在匹茲菲外的一條道路上跑步，這條路近乎筆直地登上蓊鬱的山丘。一頭鹿跑了，一家子火雞往最後一個住家的草坪前進，還有一道暗影（浣熊？還是豪豬？）與我的路徑平行，沙沙穿過去年剩下的落葉。

時值盛夏，我渾身汗溼。我繼續往上跑。在穿越柏油路斷斷續續變成沙土小徑的交界後不久，我終於登頂，那裡有兩道大門。左邊這道門禁止車輛通行到一條通往水庫的路，但沿著這條小路走下去並不難（有時這條括弧形狀的小路又被稱為微笑小徑），他人的腳步已清楚踩出路線；右邊那道門跨越一條原本崎嶇不平的道路，多年來，那條路由於缺乏養護，變得幾乎與其他伯克夏的森林步道差不多。

我把手放在右邊那道門上。想必過不了多久，幾隻蚊子就會發現我。我不會停留太久，但能夠在涼爽的金屬欄杆上休息的感覺很好。手指按在金屬桿上時，可以感受到脈搏跳動。這裡和我最近派飛到吉達時所看到的城門宛如天壤之別，然而同樣的名詞卻能涵蓋兩者。我開始估算沙烏地阿拉伯西海岸現在是幾點，想起那兒比這更炎熱難耐，即使在深夜也一樣。我也想到這條小徑會通往野生動物保護區，還想到高中生物老師奧爾西先生（Mr Oltsch）曾教我們，生命多麼仰賴細胞膜或細胞壁來維繫最重要的功能：阻擋熵增加與入侵者；也要調節原料、能量與信號的進出。

我往清涼的大門靠過去，探看把這道門鎖住、使其能橫跨這條路的螺栓。如果得挑出最愛的三道城門名稱，我大概會從吉達、倫敦與哥本哈根選擇：麥加之門（Mecca Gate）、沼澤門（Moorgate）與北門（Nørreport）。與此同時，我想，眼前這道門肯定是沒有名字的。這道門已幫我的手降溫，我放開橫桿，抹抹額頭，然後轉身。從這裡看，大部分的樹木都在我下方，我眨了眨眼，將它們全部變成了高樓大廈，然後開始往下奔跑。

倫敦

我在搭乘地鐵北線（Northern Line）前往國王十字車站（King's Cross）的途中，一度把行囊夾在雙腿間，才能空出雙手，將手指塞進耳朵——列車在行駛過康登鎮（Camden Town）與尤斯頓車站（Euston）之間的隧道時，會發出兩次極度刺耳的嘎嘰聲，此時第一聲即將逼近。

我閉上眼，開始想像一座城市，那裡的列車不會發出這種聲音。我又睜開雙眼，看著車廂中在我對面的北線路線圖，以及上頭的兩個站名。那兩個悅耳的站名能轉移我的注意力：高門（Highgate）與沼澤門。

我年紀很小時，曾為想像中的城市繪製地圖，那時筆下的城市邊緣往往粗略而模糊。等我長大一些，邊界會更清楚顯眼，或許是因為我得知城牆的存在，及城牆在歷史上的重要性。也或許因為，在我毫無顧慮地繼續把希望寄託在遙遠的城市，期盼在那裡能更輕鬆做自己時，我也開始體認到，能提供此等保護的地方，本身也需要保護。

在《看不見的城市》中，卡爾維諾寫道：「什麼線條可以分開內與外，以及輪子的轟隆聲與狼的呼嚎？」城牆與城門一定是為了因應基本壓力才出現，就像驅動細胞演進的基本壓力。但隨著城市成長，或多或少靠著壁壘而生存下來之後，來到圍城與入侵的疑慮都逐漸消退的時期，城市往往也會拆毀城牆。石材或許會運用到其他結構，而城牆拆除後，其通道常變成道路，尤其是環狀道路。

如今多數城市的城門或城牆已成為支離破碎的人工製品，或完全消失，但自古以來待在城市界線內的安全承諾或許仍在，而且和我們一樣有多種風貌。門的概念是很典型的，因此即使沒有多少城門的範例仍存在，甚至連城門都未必曾興建，但城門的概念依然影響我們。（舉例來說，許多美國城市並沒有城牆，但他們的市長可能會致贈鑰匙給那些他們想感謝或讚揚的人，即使這鑰匙什麼也開不了。）對我來說，城門召喚出的雄偉與保護能力依然迷人，因此每當我看見一座城市的地圖，尤其是歐亞那些夠古老、可能需要城牆的城市，我的視線總會先被名稱中有「門」的城市吸引；不僅在英文中是如此，在其他語言中，我也會因為地名中有我認得的「門」而受吸引：*porte*（法語）、*puerta*（西班牙語）、*tor*（德語）；或是簡體中文的「门」、日文的「門」——門是象形字。

在許多城市，城門會以這種方式存在於社區、街道、教堂與車站的名稱中，代表一處現已不存在的入口——或許會通往今天某大都會中的古老小區域，或是其中一座城堡或宮殿。不過，我想倫敦的城門名稱未必生而平等。此時車廂搖搖晃晃，發出尖聲，我想像車輪與鐵軌之間摩擦出的碎裂火花飛起來，沒入被我們這班車擾亂的黑暗中。沼澤門尤其令人印象深刻，因為會讓我聯想到和沼澤有關的詭異景象——這要拜夏洛克·福爾摩斯（Sherlock Holmes）之賜；當然，也和「倫敦牆」（London Wall）這個動人直白的街道名稱有關，這條街道和沼澤門車站很近。盧德門（Ludgate）也是很好的倫敦城門名稱，還有雅德門（Aldersgate）與克里波門（Cripplegate）；旅人如果來到同樣有堡壘意味的巴比肯（Barbican），就會碰到這兩個地名。

倫敦曾有新門（Newgate），新堡（Newcastle）也是；而突尼斯、開羅與耶路撒冷至今還有這樣的地名。除了沼澤門之外，我最喜歡的倫敦地名是主教門（Bishopsgate），部分原因是這名稱散發出宗教的莊嚴感，但主要是因為這也是今日主要幹道的名稱，於是會出現「主教門七十八號」（78 Bishopsgate）這種現代地址；這就像是皮卡地里（Piccadilly）、白廳（Whitehall）或河岸（Strand）一帶的地址，對我來說，這些沒有「街」（street）或大道（avenue）跟在後面的路名更加氣宇不凡。還有一種倫敦的城門名稱更討喜，也就是和「without」一起出現，這個字在以前是表示「外頭」之意，例如主教門外的聖伯托爾夫（St Botolph-without-Bishopsgate）；這是一座以徒步旅行者的守護聖人命名的教堂，也是通往首都的古老城門名稱。

我在國王十字車站下車，等待環線（Circle Line）的列車。這條線有三個站名提到了門：沼澤門、阿爾德門（Aldgate）與諾丁丘門站（Notting Hill Gate）；這幾個地方和高門一樣，是依照收費口來命名，而不是指以前進出倫敦城牆的通道。

我初次在匹茲菲聽到國王十字這個地名時，著實感到驚訝不已，那時我聽到寵物店男孩（Pet Shop Boys）的一首歌，描述這座車站及其附近的社區。在這個樂團的另一首歌當中，我也聽到另一個車站名稱——芬蘭車站（Finland Station），我得知這車站不在芬蘭，而是在聖彼得堡——於是在我腦海中留下更深刻的印象。我挺喜歡某地方以另一個地方來命名的概念，也想起紐約的賓州車站（Pennsylvania Station）曾讓我滿心問號，也覺得好奇妙，因為那所指涉的地點和我們進入的城市迥然不同。

說到城門名稱，沿用其他地方的名字來為地方命名的做法由來已久，十分常見。印度的「城門城市」奧蘭加巴德（Aurangabad）據說曾有五十二道城門，而其中一道仍聳立的城門是以德里來命名，那是距離奧蘭加巴德相當遙遠的城市。德里與拉哈爾（Lahore）都有以喀什米爾（Kashmir）為名的城門，且開口就朝著喀什米爾這個區域；耶路撒冷有大馬士革門（Damascus Gate）與雅法門（Jaffa Gate）。有時候，兩座城市的城門會彼此呼應；在漢堡的地鐵路線圖上，這座城市的柏林大門（Berlin Gate）車站位置總引我遐思——柏林也有曾有漢堡大門（Hamburg Gate）。根特（Ghent）曾有布魯日門（Bruges Gate），而在我父親求學的城市布魯日，根特大門仍矗立。

傳統上，許多城市會在夜裡關上大門，這種謹慎舉動說明了為何當初需要興築城牆，以及後方的黑暗所代表的意義。舉例來說，哥本哈根的北門曾是唯一在午夜後仍開放的門，旅人得付錢給看守者，才能進入城市。在某些時代，吉達的城門在日落時就會關閉；海關門（Customs Gate）會晚一個小時才關，麥加之門則會晚兩個小時；然而在齋戒月期間，白天許多活動會受限，因此這兩道門都會開啟到午夜。首爾的城門（其中有六道門仍屹立，許多城牆也還在，還有一座精彩的博物館正是以此城牆為主題[1]在宵禁時會關閉；城門開啟與關閉會敲鐘宣布，而現在在跨年夜

1 此處指的是漢陽都城。

也會鳴鐘，代表開啟新的一年。

我的環線列車靠近帕丁頓車站，幾乎人人都拖著重重的行李，準備下車。我把行李拉到樓上，前往第七月台。我踏進前往希斯洛機場的列車時，暫停一下腳步，轉身仰望我最熟悉的倫敦入口天窗。這裡氣宇軒昂，實在不該稱為「火車棚」，而其上方區域早已不再煙霧茫茫，老式柴油列車多半也不見蹤影。不過在起霧的早晨，或在晚上瞇起眼，或許仍足以輕易憶起當年的景象。

車廂門發出嗶嗶嗶的警示聲，旋即開始關閉。我放好行李，找個列車右邊的靠窗座位。除了商務人士與年輕背包客，我瞥見一位身穿和我相同制服的人。雖不相識，但我仍回應他幾乎難以察覺的點頭招呼。然後我轉過身，朝向窗戶，清楚的映影令我吃了一驚，我趕緊趁機拉直領帶，而列車也駛出城市。

舊金山

我往西北，朝著金門公園（Golden Gate Park）前去。我還有幾張傳單，因此每隔幾個街區，只要經過一群在公園或在長椅周圍聊天的遊民，就會停下來與他們說說話，並給他們一張傳單。

探險家約翰．弗里蒙特[2]（John C. Frémont）曾稱這通往舊金山灣的海峽為克里沙弗雷（Chrysopylae），意思是「金門」，這樣能讓人想起「克里索色拉斯」（Chrysoceras），意為「金角灣」，是希臘人為拜占庭核心水道所取的名字。（或許他也知道君士坦丁堡的金門，這道門位於通往羅馬的埃格納提亞大道〔Via Egnatia〕上。）

在部分早期地圖與文件中，弗里蒙特為克里沙弗雷翻譯的英文，似乎只是輔助性質的附加說明，彷彿他希望我們以後稱這渡口為克里沙弗雷大橋（Chrysopylae Bridge）。無論是在希臘文或是英文裡，「金門」這個名字都很難超越。而在昨天，我們的七四七在金門海峽的沙紅色高塔上方傾斜轉彎時，看見強烈西風掀起的白色浪頭與冷冽的海水分離，沙紅色的高塔就從中升起；我們的導航電腦得計算這股風，才能在幾個連續的航點中推算出航向，引導我們前進。這時，我再度想到，或許世界上沒有哪個城市有這麼好的天然入口。

我年少時，曾在心裡把其他孩子分成快樂的，或者悲傷的；雖然外向與內向或許更能精準表達我的意思。亨利家距離我家幾條街，青少年時期的他和伯克夏幫很親近，是個快樂外向的人，笑聲很有感染力，而他在傳單上的笑容也能明顯看出是個溫和的人。他在高中玩得挺愉快，這表示他三不五時會惹麻煩，但每個人都會同意他是好孩子，就連有時被他惹惱的學校師長也這樣想。上了大學之後，亨利愛上一位年輕女人，於是搬到舊金山，從事電腦相關工作。

但在幾年後，他的人生開始分崩離析，部分原因是藥物濫用。他丟了工作，失去家當，關係也告終。不久之後，他流落街頭。在此同時，亨利的母親與哥哥試著引導他，讓他有地方可住與

2 約翰．弗里蒙特（John C. Frémont），美國冒險家、軍官、政治家（一八一三—一八九〇）。

接受治療，但他就是不接受。

我父親向來特別疼愛亨利；在二〇〇四年的聖誕節前幾天，他飛到舊金山尋找亨利。這是爸爸唯一一次使用折扣的候補機票，那時我是新進公司的飛行員，能給他的僅止於此。七十三歲的爸爸一到舊金山，就花了大約一個禮拜的時間，在庇護所與社區中心尋找亨利的蹤影；他也到公園與街頭尋找，尤其是亨利經常出沒的卡斯楚區（Castro）。後來，爸爸終於在提供免費膳食服務的大都會社區教會（Metropolitan Community Church）找到他。接下來幾天，他們去吃焙果、去一家中國餐館，也去公共圖書館。夜裡，亨利睡在爸爸汽車旅館房間的行軍床，那間汽車旅館靠近都勒教會（Mission Dolores）的邊界。爸爸在日記中，寫下他們最後一次一起用餐的情景：

晚餐時，他選擇了市場大街兩千兩百一十七號（2217 Market Street）的孟買印度餐廳（Bombay Indian Restaurant）。服務生幫我倆多拍兩張照片，而我們多次擁抱，說了好多次謝謝，之後彼此道別。

那是寒冷的夜晚。我們看到商家擺出空紙箱。他會在自己的睡眠裝備下多墊幾層瓦愣紙，抵擋地面的逼人寒氣。他已沒有睡袋或帳篷，但軍用圓柱袋中有毯子和更多保暖衣物。我告訴他，別忘了他前一天把一只黑色袋子藏在樹叢，裡頭裝著可換錢的空汽水罐。他很清楚自己放在哪裡。我朝著汽車旅館走去，而他也消失在反方向。

三個月後，身體向來硬朗的七十四歲老爸，在進行例行的支架置放手術時中風，離開人世。在他離世兩年後，我開始駕駛七四七飛機，定期造訪舊金山；那時我還不熟悉這座城市，但這座城市的承諾深深吸引我，尤其是對同志的承諾。然而這麼多年來，亨利的人生一直提醒我，若是你迷失在遠離出生地的城市當中，可能蘊含著什麼意義；而我經常在班機落地後，與同事準備前往餐廳用餐、談天說笑時，我會很震撼地理解到，我多輕易就忘記檢視從身邊經過的年輕街友臉龐。在其他旅程中，我會張貼傳單，或在庇護所、公園或街道上尋找亨利，但我實在不像爸爸那麼善於此道，因此得過好幾年才能找到他。

吉達

我放下手上那杯茶，切換接收器。晚安，雅典，我回答；接下來就是這條航路上最後一位希臘航管員給予的新頻率。我把新頻率敲入鍵盤，再次說話：開羅、開羅，晚安。

我從倫敦到吉達的班機向來是過夜航班，再加上幾杯茶、看不見的空域界限，以及午夜往返等因素，因此我常會忘記這是倫敦廣體客機飛行員可能執飛的最短航程之一。才剛離開克里特島，希臘航管員就會交接給埃及航管員，之後，亞歷山大港外的船隻燈光就差不多快映入眼簾；在駕駛艙內，這些文明就這樣一個個緊密出現，因此我們在談到埃及古文物時，仰賴的全是希臘術語——莎草紙（*papyrus*）、象形文字（*hieroglyph*）、石棺（*sarcophagus*），甚至金字塔

（*pyramid*）——我也不再覺得驚訝。

埃及終於進入視線中。往北流的尼羅河沖刷出廣闊的三角洲，在凌晨一、兩點時，聚落星星點點的燈光在土地上分布，漫流成一片扇形。我們飛過亞歷山大港，繼續往南逆流而上飛行，錐形的燈光分布隨著水域收攏，直到開羅的強烈光明在黑暗中湧現，四處擴散。離開首都之後，生命會更緊緊依附著看不見的尼羅河，而在空中觀察的人，很容易把下方明亮群落的曲線誤認為是河流。

不久之後，我們通過盧克索（Luxor）附近——原稱為底比斯（Thebes），或像荷馬那樣，稱之為百門底比斯（Hundred-Gated Thebes），與希臘本土的七門底比斯（Thebes of the Seven Gates）區別。之後，飛機更大幅度往東轉彎，朝埃及的紅海岸前進。現在雖然還在埃及領空，但我們已開始朝吉達下降高度。東方天空的邊緣透露出細細一絲明亮，然而我們正上方仍滿天星斗，還沒有一絲即將到來的日光。朝著慢慢浮現色彩的地平線，我們飛越過水面；有時候，在一個無雲的夜晚，我們只需要如此簡單地駛向遙遠彼岸的光線。

歷史學家與《吉達：一座阿拉伯城市的畫像》（*Jiddah: Portrait of an Arabian City*）作者安傑羅·佩西（Angelo Pesce）指出，一九三八年，載著麥加朝聖者前往吉達的客機首度著陸。那架飛機叫「布拉克」（*Buraq*，閃電之意），是依照把穆罕默德快速送到耶路撒冷的飛馬命名。我們這架無名的飛機越過紅海，在依然靜謐的街道上空往北轉彎。這裡的跑道不僅和風向對齊，也與海岸線一致，而我們下降時，城市的濱海區從駕駛艙的左側窗戶流過。我們右邊是麥加及阿拉伯的其他地方，還有太陽即將從山脈升起的地點。

吉達約有四百萬居民，是沙烏地阿拉伯的第二大城，為沙國的商業中心，據說能展現出外向的海岸世界主義，與一本正經的首都利雅德形成對比——利雅德在距離吉達八百公里的內陸，相當於底特律與紐約之間的距離。

幾個世紀以來，吉達的名稱有五花八門的羅馬拼音型態：Jeddha、Jiddah, Jedda、Gidá、Gedda、Jidda、Djeddah、Djuddah、Juddah、Djudda或Zida。有時候會拼成Dsjidda或Judá，甚至Guida、Grida或Zidem。這些拼法千變萬化，會讓人留意到吉達歷史悠久，且舉足輕重：外邦人長久以來都有理由要說出這座城市的名字，且試著寫下。

經常有人說，吉達的名稱是源自於阿拉伯文的「祖母」，這個詞源和吉達與夏娃之間的關聯交織，至少可以追溯到十世紀，且主要焦點位於城市東北的墳墓；據說那就是夏娃的安息之處。不過，關於吉達的城市名稱尚有其他解釋。在十一世紀，阿拉伯地理學家巴克利（al-Bakri）曾寫道，「海或河的『朱達』（*juddah*）就是陸地與水相鄰的部分」；佩西則收集歷代其他旅人所記錄下的可能含義，包括「途徑、道路，這座城市是通往上帝之家的道路」，上帝之家就是麥加。這城市也可能代表「富有」、「需要水的平原」、「海岸」；這在現代造訪者聽來都很正確，只不過不那麼能喚起情感。

吉達的早期歷史已佚失，雖然在最初幾百年（無論究竟是何時），人口只有區區幾百人——佩西說：「頂多是漁人的小村莊」。到了西元二世紀，托勒密（Ptolemy）並未提到吉達，但他確實寫下有兩個聚落，其中之一位於吉達東邊約八十公里，也就是今天所稱的麥加；以及位於北邊四百公里的麥地那（Medina，意思就只是「城市」，但事實上是「光明城市」的簡稱。）

最早幫吉達興建城牆的人，據信是六世紀來自波斯的移居者，他們也打造出最早的城門。斯曼・賓・阿凡（Uthman ibn Affan）是穆罕默德的女婿，在穆罕默德於六三二年逝世後，擔任起第三任哈里發，並設法為麥加找個更安全的港口，而不是沿用當時在吉達南方的登陸港口，以免再受海盜侵擾。他在這裡泡泡海水，相當享受，還邀請「他的追隨者加入行列」，之後他就指定這座新興城市作為麥加的正式港口。自此之後，吉達就成為轉運站，讓那些必須搭船才能前往麥加的人使用；而隨著穆斯林世界擴張，這樣的朝聖者越來越多，加上商路欣欣向榮，因此吉達進一步擴大，也讓長程朝聖成為可行的主張。

十六世紀初期，拜非洲南部新開啟的航路之賜，葡萄牙在印度洋的軍事與商業力量崛起；這不僅威脅到吉達的貿易利益，也威脅到城市本身。因此，吉達有理由重建城牆；但興建後不久，在一五一七年四月，葡萄牙就首度嘗試掠奪這都市。在同一時期，吉達就如埃及與紅海諸多地區一樣，都落入鄂圖曼帝國的正式掌控（這樣的控制會以不同型態延續到二十世紀阿拉伯的勞倫斯時代，以及現代沙國成立）。十七世紀，荷蘭與英國接連崛起，成為海上霸權，更進一步削弱吉達的貿易財富。無論如何，在吉達城牆嚴重崩壞（在某些地方甚至可以騎在馬上越過）的十八世紀，英屬東印度公司在此維護一間倉庫；從十九世紀該公司寫給員工的指南來看，這裡的商品包括小荳蔻、薑黃、麝香、水銀、檀香與硝酸鉀。

對現代訪客來說，吉達依然提供許多有價值的東西。這座城市有許多戶外雕塑，包括穆斯塔法・桑貝爾（Mustafa Senbel）、亨利・摩爾（Henry Moore）與胡安・米羅（Joan Miró）的作品。這裡有世上最高的噴泉，能朝天空噴出三百公尺高的水，速度高達每小時數百英里，在夜裡會形成燦爛的燈光羽翎，飄過黑暗，再翻滾回海中。

在巨大噴泉下方，這座城市以摩天大樓裝飾的長長雙臂，沿著紅海海岸張開。吉達的濱海道路（Corniche）——這個詞通常是指在懸崖邊鑿出的濱海道路，但許多波灣城市會以這個詞描述濱海步道——是我在阿拉伯半島上最愛的地方之一。這裡最風光明媚的部分也設有單車道；高聳的白色遮陽棚就像機場的朝覲航廈，讓人想起成排的船帆與沙漠帳篷；在慷慨灌溉的綠地邊緣有許多飲食攤販，許多幾代同堂的大家族來到綠地，在日落之後野餐。

吉達的別稱除了「紅海新娘」，也稱為「領事城鎮」或「領事館城鎮」，這是指涉外國人越來越注意到這座城市與區域，及他們有時在此可享有的特權；即使對外來者來說，阿拉伯半島的大部分地區依然難以穿越。

然而就我看來，吉達最知名也最獨特的暱稱是：「通往麥加之門」。

首先，少有個城市如此坦然，為自己賦予另一座城市的神聖與獨特性。更平凡的說法是，吉達位於兩處天然通道上。紅海海岸的諸多區段有很長的崎嶇礁石排列，這些礁石很容易劃破船身。以前這裡也有強盜土匪，會搶奪或殺害好不容易逃到岸上的船難生存者。不過，有個開口可通過這些礁石，來到吉達港的安全地帶，只是需要當地領航員帶領，否則很難找到或導航。伊本・朱貝爾（Ibn Jubayr）是瓦倫西亞出生的穆斯林，他在一一八〇年代前往麥加的途中，曾在吉達外被暴風雨困住，於是寫下他多麼欽羨與感激那些水手，「能進入並通過狹窄的水道，宛如一名騎士控制了缺乏韁繩、難以駕馭的馬匹。」

第二道門在陸地上：幾千年來，屹立於東方的山脈在數千年的侵蝕作用下，刻畫出從麥加通往海邊的道路。一座城市似乎注定會在山海兩座大門的交會處崛起；而興建這座城市的石頭，就是來自那些相同礁石的祖先。

舊金山

當我開著加州車牌的租用汽車，往北穿過金門大橋時，我喜孜孜地想著，其他駕駛應該認為我是本地人吧；他們或許以為，我是穿過這座橋不下千次的加州人，因此和他們一樣，毫不驚訝地發現雲霧籠罩著較靠近我的索塔，而另一座索塔則在晴朗天空下。

昨天我又駕著七四七，展開最新一趟的舊金山執飛之旅。今天早上，我要前往探望亨利；我得知他現在住在城市北部的精神療養院。他母親提醒我，今天是他生日，因此我領車之後，到超市烘焙坊買了兩個裝飾鮮豔的超大杯子蛋糕。

當我從薄霧中駛出，早上的陽光呈現金絲雀黃，氣溫是十幾二十度。我在醫院停好車時，溫度已超過三十度了。我報上名字，伸手從皮夾裡取出駕照，此時瞥見一張護貝小卡上方有個電話號碼；身為飛行員，我可以從地球上的任何城市免費撥打這支電話，與醫生交談——這項禮遇在全世界都有效，包括優質醫療服務對許多居民來說都難以取得的地方。這項禮遇不僅更令人安心，也比其他福利更具效果。我曾在三更半夜的墨西哥城撥打這個電話，過了差不多一個多小時，一位在醫學院擔任學術職位的專科醫師敲敲我飯店的住房。他穿著整套的深色西裝，提著老派的醫藥包，一本正經地遞張名片給我。

我向警衛出示駕照，他記下上頭的細節就離開，但回來時卻說，亨利不想見我。我告訴警衛，我從很遠的地方來，並問問他，照他的經驗來看，值不值等一下，之後再問問亨利。警衛聳聳肩說，那得看他的意思。警衛好像在說：不然得由誰決定？我好想哭，好久以來沒有如此強烈地希望爸爸也在這。爸爸會知道接下來該說什麼、該做什麼。

過了一會兒，我問警衛，我可不可以把蛋糕留下，麻煩他交給亨利。他說，院方不准許。我低頭一看，這超大的杯子蛋糕好端端地在堅硬且乾淨透明的塑膠盒裡。我問警衛，他想不想要這些蛋糕。他突然身體坐得更挺直地說，我沒辦法接收這些蛋糕。因此我把蛋糕拿回來，暴露在這天的炎熱之下。我把杯子蛋糕放在乘客的座位，之後開車回高速公路、大橋與城市。

吉達

我手機鬧鐘的鈴聲大作，響遍飯店房間。我關掉鬧鐘，拔出耳塞。日光從窗簾底部的摺份透進，照亮地毯的一部分。

我拉開窗簾，盯著玻璃窗，還有通往小陽台的玻璃門。這裡溼答答的，一時半刻間，我眨眨眼想著：下雨了嗎？吉達這裡會下雨？不過，那不是雨，而是凝結的水珠——飯店經過強力冷卻，外頭的空氣又很潮溼，於是建築物就產生凝結的水珠，就像夏日午後從冰箱拿出的汽水罐。水珠變成越來越粗的水流滑下，最後，等水珠來到較低樓層時，從窗戶看起來就像下雨。

地球面臨緊急的氣候危機，因此很多人或許不太記得，某些地方雖然越來越熱，但那些地方本來就「非常熱」——旅人馬奎迪西（al-Maqdisi）在十世紀就是這樣描述吉達。吉達的盛夏熱氣讓我想起紐約的八月，有時從人行道旁龐大建築的空調出口通過時，你會皺起眉頭，或把手舉起來遮臉；只是在吉達，似乎整個大都會都被像吹風機的狂風掃過。

除了熱氣之外，另一個讓我今天留在室內的原因在於，目前正值齋戒月，因此若想在這城市外食，吃點想吃的，得等到日落之後才有著落。我到健身房，赫然發現旁邊跑步機上的人連水都不喝，於是我回到房間閱讀，寫寫東西。過了一會兒，我起身伸展，走到狹窄的陽台。

我的房間面東，並未面向海濱及沿著海邊林立的高樓，那些高樓多半是其他飯店。眼前的景色主要是白色、米白色與鐵銹色的低層建築，還有呼拜塔、電波塔、購物中心與金棕色的山脈。如果稍微瞇眼，不理會潮溼與所有呼拜塔，這裡就可能是鳳凰城。

書桌上指向麥加的標誌，讓我想起在飛機的飛航管理電腦上，有個叫做伊斯蘭（ISLAM）的航點。若有乘客詢問客艙組員該往哪個方向祈禱，我們就可以在地球的另一端，於飛航管理電腦上鍵入這個航點。今天我在吉達，算是來到與麥加最近的距離。再過不久就是黃昏，而在介於吉達與麥加之間的山峰映出玫瑰朱紅之際，我下樓去，走到街上。

文藝復興時期的學者庫薩的尼古拉（Nicholas of Cusa）曾對感知與創造的性質進行過各種假想實驗，描述我們能如何完全憑著自己的想像力建立一個世界，只要運用憑五感收集到的資訊即可。他把五感比喻為城門：「宇宙誌學家乃是具備感知與智慧的完美之人，其內在城市有五道門，即五感。全世界的傳訊者會進入這些門，傳達這個世界的配置情況。」

五感、五道門。一〇五〇年，波斯作家與旅人納希爾・霍斯魯[3]（Nasir Khusraw）提到，吉達有兩道門，「一道門通往東邊與麥加，另一道通往西邊與大海」。不過，這是這座替內陸聖城提供服務的港口中，關於門的數量最少的描述。十三世紀，大馬士革出生的地理學家伊本・穆佳威（Ibn al-Mujawir）算出有四道門；到十六世紀，一位身為葡萄牙人奴隸的非洲人記錄有三道門；一八五一年，鄂圖曼地圖上則是七道門。而沙烏地阿拉伯小說家萊拉・朱哈尼（Laila al-Juhani）近年則寫道九扇門：麥加、葉門、新門，另外還有六道門通往大海——她在小說《荒蕪天堂》（*Barren Paradise*）中寫道：

> 你已知道，我們喜愛的東西會具備更強的能力來迷惑我們；但是疑慮會刺激我們遠

3 納希爾・霍斯魯（Nasir Khusraw），波斯詩人，哲學家（一〇〇四－一〇七〇之後）。

> 走，有時候奔跑，而你跑過吉達的巷弄，來到喜愛的地點。現在，你就來到海的邊緣……往外游，稍微遠離海灘，從吉達與她的九道門離開，每一道門都有兩個哨兵守衛，要求每個前來的人給予通行密碼。每一道門都有通行密碼；大海啊，打開你的海浪、雲朵，打開你的眼睛。吉達，打開你的門。

我來到吉達老城區的外圍時已夜幕低垂。此刻空氣沁涼，呼拜聲迴盪；在等紅綠燈時，帶著笑容的男孩與年輕男子會跑到汽車邊，遞出只稍微綁起的透明塑膠袋，裡頭裝的椰棗和水是傳統開齋禮。我或許是顯眼的訪客，因此得到的禮物更多，多得快拿不動，加上在跑步後飢腸轆轆，遂大啖起黏黏的椰棗，訝異為何天然的食物可以這麼甜。

在一間清真寺外，幾百名男子坐在地上吃東西、喝水與談笑。不久之後，我沿著繁忙的多線道馬路，來到一道門邊。這是一座看起來令人畏懼的石造碉堡，就我看來宛如城堡的幕牆。這是由兩個圓形的稜堡構成，上面有設置槍眼的雉堞，兩邊則是大約七公尺高的尖拱入口。我走進這道門，穿過這條路，來到一座大型安全島上泥土覆蓋的部分；而吉達城牆的重建部分，屹立在棕櫚樹與燦爛燈光之間。我請路人幫我拍張照片，之後向他道謝，繼續前進。

我現在來到的區域，每一百個吉達居民中只有一個住在這裡——此處稱為舊吉達，英文稱為舊城區，而阿拉伯文就只稱為城鎮（*Al Balad*）。在現代高速公路構成的大都會中，這裡散發著令人瞠目的時代錯置感，好像某個年代捧著雙手，不確定該如何處理另一個年代的殘骸。的確，這裡如迷宮般的配置仍依循著至少是六世紀的模式，這模式或許最明顯反映出吉達的嚴苛氣候。許多街道像吉達機場的跑道一樣，與盛行的西北風平行，且足夠狹窄，讓居民不必飽受日曬之苦；高樓房的上層能吹到微風，加上各樓層的溫差，據信可在屋內營造出舒適的通風。

吉達的莎菲清真寺（al-Shafi'i Mosque）呼拜塔，據估計有九百年歷史，城市中最古老的建築據說是十三世紀的倉庫。然而，舊城區最知名的建築物，是幾百棟十九世紀有雕花窗（*roshan*）的樓房；雕花窗是這座城市獨特的凸窗作法，在中東很常見。這些裝飾華美的結構以進口的硬木雕刻而成（這裡的木材都是進口的，能適應溼度、熱度與蟲害），會延伸到街道上方，擴大住宅內的起居與睡眠空間；一方面促進通風，同時又保持隱私。在吉達，一層樓的雕花窗可能和下一層樓相連，構成類似全新立面的東西，這立面是以白色塗料或者粉彩油漆而成，而凸顯出的雕刻可反映出，由世世代代的商人（當然還有朝聖者）所引進的亞洲傳統。

我穿過大門，商店在晚上開始營業，但燈光並未照到陰暗的建築物。於是我自問，當財富與規畫的浪潮蓋過許多波灣國家的歷史時，為何舊吉達能生存下來。如今在這個區域，許多同為波灣國家的城市費盡心力，展現出石油時代來臨前僅存的遺跡，不過吉達老城的許多部分看起來樸實無華，沒有仕紳化。販賣食品雜貨與便宜餐具的商店和攤子，與清真寺、傳統咖啡館，還有看似搖搖欲墜的住宅緊緊相依比鄰。我轉進一條燈光昏暗的巷子，這裡很狹窄，車子開不進來，貓咪彼此追逐，穿過似是廢棄工地的陰影間。之後，我來到一條稍微明亮的擁擠街道，這條街會帶我通往霓虹燈與一串串七彩的旗幟，並經過一連串雕刻華美的天藍色柚木大門。吉達的原始城牆或許已消失，但這座古老城鎮仍感覺像是獨立的世界。

無論我來到舊吉達的哪個地方，似乎都是無意間碰上的；這會兒，我意外來到吉達舊城區的西緣及港口大門（*Bab al-Furda*）。雖然稱為港口大門，但這裡並不靠海（這座現代城市大規模往西填海與擴張），而是以珠寶、手錶與香水店及幾座購物中心為主的地區。這道門像是有四條腿的垂直石造長方體，中間有半圓形的拱門切出。它被高雅的聚光燈照亮，還有一條人行道穿越通過，因此彷彿是儀式性的地點，而非軍事設施；其設計只是要營造出邊界的雄偉，亦即其前身想要召喚的感受。這道門前面的標示和我在麻州上百條行人穿越道看過的標誌有些雷同——以嚴肅的英文（但不是阿拉伯文）寫著：本省法律[4]（state law）要求車輛停下來禮讓行人。

我寄了幾張城門的照片給馬克。他在英國南安普敦長大——溫斯羅普和清教徒就是從南安普敦出發、穿過海洋，要成為「山巔之城」——城牆與城門的觀念在他的童年家鄉到處散布。馬克和他哥哥小時候從南安普敦市中心搭公車回家時，是從靠近城牆遺跡的站牌出發，那裡可以看到十二世紀的古城門（Bargate）。馬克的母親珍總會區別「上城門」與「下城門」；前者是指一條街，她最愛的店家都在那條街上，後者則是指城門以南的區域，是舊城牆通道之內，可通往這座港口城市的水門遺跡。

我從吉達的港門離開，回到舊城。亨利．魯克（Henry Rooke）是十八世紀末的英國少校，他曾寫過吉達的咖啡館「總是客滿」，也描述「老百姓會一起在那邊喝咖啡，就像我們的人民會在酒館暢飲啤酒。」我在咖啡館點了杯卡拉克茶（karak tea），這裡的做法是以煉乳、小荳蔻、肉桂與丁香調製而成。有人在賣滲滲泉水（*Zamzam*），這是從麥加的井所汲取的泉水，是朝聖者會帶回家的傳統禮物。櫃檯後的人堅持要送我一瓶當禮物，於是我們聊了起來。

他和許多住在舊城的人一樣，並非在沙烏地阿拉伯出生，而是很久以前從埃及南部的努比亞移民過來。我不知道他是否是為了朝聖而前來此處，爾後定居下來，總之他不會是第一個這麼做的人；一項估計顯示，吉達多數居民都是朝聖者或商人的後代，那些人來到這裡之後，就不願離開。他問我為何會在吉達？我告訴他，我是飛行員，從倫敦飛來的，途中曾穿越他在埃及的故鄉，就是前一夜的事呢。不過，他不想討論飛機或努比亞。他假定我是英國人，而且是運動粉絲，因此想聊板球和曼聯。

我端著茶到咖啡館的座位區，找張桌子，把包包擱在桌上，再走到房間前面。我讀著一篇加框的文章，那是一九二六年法國雜誌的報導複本；作者描述吉達（*la Ville de la Grand'Mere*，祖母之城）優美細膩的建築物沒有被現代或歐洲建築物玷污，但也因為沒有宏偉的公共建築而令人惋惜，例如開羅或大馬士革的榮耀（*qui sont la gloire du Caire ou de Damas*）——噴泉。牆上的玻璃櫃裝著古老的電話、油燈，以及據說有六百年歷史的可蘭經。我向攤販買了幾張明信片，因為這是我來沙烏地阿拉伯的幾十次裡，唯一見到在販售的明信片。

離座位區較遠的牆上有張附有註解的黑白空拍照，大約是在一九四〇年代拍攝，也是吉達城

4 在美國就是「州法」。吉達屬於阿拉伯沙烏地的麥加省。

牆最後的屹立時光。那張圖也看得到麥地那門（Medina Gate）、幾座清真寺、監獄、海水冷凝器、埃及公使館、英國公使館，以及二十世紀初興建的新城門（Bab al-Jadid），車輛於是能首度進入城市——是的，在這座城市裡至少能看見一輛車。

在這張照片中（即使有車，視角又只有飛機才能提供），吉達仍看起來相當古老，和村子差不多；或者說，有鑒於主導景色的是座城牆，因此吉達可說是一座城堡，保護居民不受海上敵人與荒蕪沙漠的傷害。其實不難把這畫面與這座城市已知最早的畫作搭配起來，那是十六世紀的葡萄牙掮客畫的；這位葡萄牙人伴隨著打算摧毀這座城市的人。在這張作品中，明顯的城牆包圍著精實的半圓結構，整個聚落就是由這個結構所構成。畫的左上方寫著葡萄牙艦隊（*Judá*）；艦隊集結在岸邊，有的是帆船，也有的船靠人划槳。這幅畫描寫的是非常基本的原型，它的意思可能和卡爾維諾一樣，指出那裡就是曾有一座城市存在，無論在今天的現實生活中我們如何稱呼那座城市、知道那座城市有什麼建構；那幅畫也意味著如此受到仰賴的堡壘必定曾承擔起困難，就像那位葡萄牙航海人在五百年前所記錄的一樣：這支艦隊來到此處，要摧毀這座城市；這座城市的城牆上方城垛，有旗幟在風中飄揚。

我離開咖啡館，往舊城中心的廣場前進，這裡的主要特色有一棵樹、一個葡萄牙大砲戰利品（上頭還有隻貓在睡覺），還有吉達最知名的建築物：納席夫住宅（Nassif House）。這棟七層樓的房子在一八八一年落成，而在一九七〇年代之前，是這座城市最高的建築物，據說裡頭的樓梯間夠寬，可讓駱駝背著貨物，直抵四樓廚房。

廣場上的樹木是印度苦楝樹，和桃花心木同為楝科植物。這棵樹據說是在十九世紀末種植，是吉達最老的一棵樹；的確，從某些資料敘述來看，這棵樹在一九二〇年以前是吉達唯一的樹。今天，這座城市在道路與海濱沿途都有無數的棕櫚樹，深深仰賴灌溉所打造出的景觀很常見，也所費不貲。但是這座城市位於阿拉伯半島沙地邊緣，其所蘊含的荒涼特質和「沙漠」一詞似乎扯不上邊，畢竟沙漠最讓人熟悉的印象，會是在亞利桑那州或加州那些矮樹與仙人掌零星分布的土地。在十一世紀，這座城市的造訪者曾寫道，「完全沒有植被」；十六世紀的另一位造訪者記錄：「這塊土地根本鳥不生蛋，無法產出任何東西。」

今晚，我坐在印度苦楝樹下聆聽，樹幹彷彿隨著成千上萬尚未休息的鳥所發出的聲音顫動。這時，我想起有幾個吉達人（Jeddawis，指吉達的居民）曾告訴我一件事。有個從摩洛哥經過吉達，要前往麥加的朝聖者，想表達對附近住宅屋主的感謝，因為那位屋主給了他食物與禮物。這位朝聖者並不知道地址，於是他把信件寄到「吉達，靠近樹的房子」。在那時代，這樣就夠了——在只有一棵樹的城市裡，這封信不可能寄到別人家。

幾個月後，在家中的我期盼這樣寫的地址依然足夠清楚，於是，我會寄一封信，地址以英文書寫，並在他人協助下再增加阿拉伯文，寄送到「沙烏地阿拉伯，吉達，樹旁的房子，」並標註是那間有一百零六個房間的博物館。幾個月後，我的信會被原封不動地退回；現在吉達太多樹了。

我起身，從廣場及還在打瞌睡的貓身邊離開。我經過舊城區的東側，來到麥加之門（Mecca

Gate）——中央有大型拱圈，兩邊則是較小的拱圈，門的一邊是墓園，另一邊是老麥加路；門所在的廣場上有磨光的石板，能映照出周圍商家的俗麗燈光，地上鑲嵌著暗紅色的八角星，這是由兩個同心正方形所構成，兩個正方形以相差四十五度的角度疊放，是伊斯蘭藝術與設計常有的元素。

這並不是原本的麥加之門，也不是它的原始位置；在城市現代化的過程中，它被移到了東邊並重新修建。城市最後一堵牆於一九四七年拆除，並以環狀道路延續原本的通道，開啟了這座城市的瘋狂擴張，其嚴格的邊界在前四個世紀幾乎沒有改變過。

麥加之門的原址附近有座市場，是朝聖者會停下來為麥加之旅採買必需品的地方，曾一度因為人潮洶湧、四海一家的氣氛馳名。今晚每隔幾分鐘，就會有一小群說說笑笑的年輕男子，提著塑膠購物袋，穿過這道門——我在這裡鮮少看到女性行走，但近期開始看到有些女人在開車。有短暫片刻，整座廣場只有我自己。於是我走過一道拱圈，再從另一道走出來。我告訴自己，我來到吉達之內，我來到吉達之外，這時有明亮頭燈的大型汽車快速繞過廣場，朝著市郊或麥加疾駛，離開我能想像得到的時間與空間。

我又走回來穿過這道門，前往貝克雞（Albaik），這家以炸雞為主的連鎖速食餐廳是在吉達創立的。貝克雞和我去過的所有速食餐廳很像，卻比大部分都美味，且男女會分開排隊。我去排我的隊伍，並盯著英文菜單與熟悉的數字，雖然這些數字被稱為阿拉伯數字，卻和沙烏地阿拉伯所使用的不同。輪到我時，我點了辣味雞三明治與汽水，這樣是十沙烏地里亞爾。我從皮夾笨拙地翻找鈔票，找出一張我能認識的「十」。我知道後面還有人在排隊，遂向收銀員道歉，但他帶著笑容搖頭，以英文跟我說：「歡迎，請別擔心。」

舊金山

幾個月前，亨利打電話給他弟弟，並留下簡短的語音留言。他說，他是跟社工借電話。接下來一個月，我們打了二十多通電話，卻都無人接聽。我們試過任何想得到的方式，但沒有機構或相關單位願意透露亨利不想讓我們知道的資訊。

我駕駛七四七的時間所剩不多，之後就要開始為新的機種受訓——七八七。這一次很可能是最後一趟執飛舊金山，因為從倫敦到舊金山的航線，目前不以七八七執飛。這種可能性相當惱人，提醒著我在體驗城市時，一種令人難受的弔詭情況：夠頻繁，能偶爾尋找像亨利這樣的人，但不足以對他的人生或是他必定在此生活的城市，展開有意義或持續性的投入。

因此，為了這一趟（或許也是最後一趟）差旅，朋友和我又製作最後一回傳單，而我再度來到金門公園附近時，手上只剩下幾張。在進入公園之前，我停下來，和一群年輕街友聊天。

在國外，我常對一種情況感到印象深刻。舉例來說，我在公車上聽到年輕人以我不懂的語言，聊著在某人手機上播放的影片；或者，我會盯著廣告看板或電視廣告，因為我甚至完全不了解產品究竟是什麼。在這些時刻，我會茫然地察覺到，每個特定的國家甚至每座特定的城市，會構築出自己的完整世界。我願意為這個整體奉獻餘生，居住在那裡，學習相關事宜；然而，我或許永遠無法真正感覺到歸屬感。

我喜歡想像，讓這些世界更好地相互連結很重要，而這些世界的連結程度確實越來越高：因為歷史與故事、移民與旅人，因為透過電腦，還有飛機——但願這樣說不算太往臉上貼金。我常會想到，在亨利的一段年輕歲月中，舊金山這座城市體現了他夢想正在展開的現實：有女友、有公寓、有工作。然而，在舊金山，我可能會有兩個不太樂觀的想法：即使在一座城市，也有許多小世界；或許亨利在舊金山，卻不在我能看到的舊金山。

無論如何，我拿著傳單與膠帶到處走時，明白這裡的多數人都想伸出援手。之後，我或許會因為可能聯絡得上，以及一種體會而感到安心。我日後會在作家珍．莫里斯（Jan Morris）的話語中，認出這種體會：「幾乎任何國家的任何地方，每排房子裡都有體面的人在生活，他們只等著笑、哭與表現仁慈。」

這些年來，和我交談過的街友幾乎都是善良仁慈。他們細看亨利的照片好一會兒，重複唸出他的名字，似乎是要確定這名字無誤，或是要看清楚手上傳單的小字體時有困難。他們把傳單給附近的人看，或建議我和他們一起到這條街較遠的那一端，找他們認為可能會有幫助的人。他們或許會多拿一張傳單，有些會張貼到我想都沒想過的地方，例如在多洛瑞斯教會公園（Mission Dolores Park）西北角的公廁門口附近。我重新看到傳單時，會盯著一兩秒，心想這怎麼會貼到這裡來。

在我們快聊完時，他們通常會提到可能在哪裡見過亨利，雖然老實說，他們也無法確定。有時我會擔心他們太想提供幫助，至少要給我一個名字以及大致的方向供尋找，否則不讓我走，但這樣反而可能讓我迷路。然後我想起，上一個來自匹茲菲的人發現亨利，已是多年前的往事，我才明白如果不聽從他們的指示，是多愚蠢的事情。

今天，這群街友當中，有個和我說過話的人——他瘦瘦的金髮，很像二十多歲的亨利——從其他人身邊走出來。他從我最後剩下的傳單中拿了一張，仔細端詳這照片。之後，他直視我的眼睛，發誓他會找到亨利，而找到之後也會打電話給我。我無法像他那麼斬釘截鐵，但還是覺得安慰。

我再度提醒他，亨利這張畫質不好的照片，是很久以前拍的。之後我謝謝他，就前往公園。過了一個月，我已最後一次待在七四七駕駛艙，離開舊金山——在我們滑下兩條西向的跑道中的南端那一條，迎著舊金山灣區獨特的（逐漸減弱而不是增強）的逆風爬升，之後轉彎到金門大橋上方，進入我們為倫敦設定的路線時——他會傳簡訊給我，但只有幾次，直到這條新的線路也沉寂：別擔心，他會寫道，我在找，我在找。

第六章

詩之城市

法哥、威尼斯、倫敦與德里

德里暮光

就我看來，世上歡愉不過是塵埃。
除了血，還有什麼流過心腸？

翅膀過度消耗力氣，如今化為塵埃，
連風都能將之吹散。

是誰帶著天堂的臉龐，朝著我們前來，
路徑撒著玫瑰，不是塵埃？

我該善待自己，即使她不是如此。

我何苦浪費氣息，又一無所獲！
光是想到春天，就能讓他們醉茫茫；
與酒館的門牆何干？

我自身的愛所蘊含的暴力，令我羞愧。
在這毀敗的房子，多希望自己是建築師！

今天，阿薩德，我們的詩歌僅是閒暇娛樂。
那麼，誇耀我們的才華有什麼用途？

——印度詩人米爾扎·阿薩杜拉·汗·迦利布（Mirza Asadullah Khan Ghalib，一七九七～一八六九）

（英譯：拉賈格波·帕塔薩拉蒂〔R. Parthasarathy〕）

匹茲菲

媽媽駕駛旅行車穿過市區，向坐在副駕駛座的來訪親戚解釋，雖然多數美國市區都有主街（Main Street），但匹茲菲的主街其實稱為「北街」（North Street）；這時，我坐在後座聆聽。

她停好車，我們三人下車，走進一間位於匹茲菲市區的豪華百貨公司：安格倫兄弟（England Brothers）。媽媽在一樓辦點事，完成後，我們就搭電梯到四樓看玩具。電梯上有個半圓圈，像是時鐘的上半個鐘面，會指出車廂的位置。指針會往左伸，而鈴鐺響起時，穿著制服的操作員會把折疊隔柵門打開，示意我們進入。

有好幾個世代的當地人，會稱安格倫兄弟為「安格倫百貨」；那是一八五七年由巴伐利亞後裔的兄弟摩西斯與路易斯．安格倫（Moses and Louis England）創立，伯克夏第一間設有電梯的商店；而明信片會稱安格倫百貨是「『大』城市百貨公司，位於伯克夏的中心」。這間百貨當年的宣傳口號是：「少了安格倫兄弟，北街就不是北街」，呼應著學童時代這間百貨公司對我來說的重要性；尤其是拜訪聖誕老人，與一隻名叫羅伯的馴鹿聊天（他們說的話是來自隱身的員工），還有挑選聖誕禮物。

在一九八〇年代初期的這天，我年紀太小，沒看出媽媽肯定看在眼裡的事：這間商店一直和心臟跳動一樣活躍穩定，現在卻已開始走下坡。終於在一九八八年、爸爸五十七歲生日時，安格倫兄弟會歇業，這對匹茲菲市區來說是一記痛擊。

這一帶第一間市區外的購物中心，會在七個月後開幕（秋天的某個放學後，我會搭新的公車路線前往這間購物中心，到裡頭的商店走走。那些商店就林立在神奇的室內街道兩邊——那是一條沒有車的幹道，永遠不需要鏟雪或撒沙）。十年後，安格倫兄弟的舊建築會被拆除，但那間百貨獨特的天空藍紙盒，還有以三個串在一起的燈所構成的標誌，三不五時會在我的生活中浮現，延續到下一個世紀，直到最後一個紙盒的角落破損（裡頭裝著由父親製作，母親以白色衛生紙包好的聖誕裝飾），於是我把剩下的東西扔掉，才為這段關係劃下句點。

安格倫兄弟是我童年的一部分，因此當我發現我唯一知道的店址（北街八十九號）並非最初的店址，而是在一八九一年才遷移至此時，簡直不敢置信。那年剛好是匹茲菲正式成為城市的一年，而摩西斯·安格倫一定在城市誕生宣言，或是報紙的頭版上讀過一首詩。這首詩出自西點軍校畢業、南北戰爭的老將與歷史學家莫里斯·夏夫將軍（General Morris Schaff）之手，他對這世上最新的城市懷抱著期盼，同時也提到永恆城市的命運，當作警示：

給匹茲菲的話

論從城鎮變為市政府

驕傲的市鎮！妳在光芒中誕生躍起

在慵懶和平與戰爭的紅色火焰中至高無上
這無暇名字多麼光輝燦爛。
那光彩奪目的寶石曾由女王般的羅馬配戴
直到民心思變；後來——看哪！聽到她悲悼
從凱圖（Cato）墳墓中——其光芒就此黯淡……

伊恩把車子停好，但我們都沒開車門。我們在唐恩甜甜圈店買了咖啡（我剛開始喝咖啡），帶到湖邊。

伊恩將福斯汽車的引擎熄火，我們在大片玻璃車窗內沉默不語；這時我想起來，我其實不太認識他。我十六歲，伊恩十九歲，已上大學。我們一起就讀匹茲菲高中時沒有同班過，只在走廊上見過彼此。畢業後，他寫信給我，於是我們就這麼突如其來地開始通信，並促成今天的見面。

我以為自己知道什麼是尷尬，但今天才發現尷尬的新高度。我啜飲一口咖啡，視線從伊恩身上別開，望向松樹林與沙灘；我年紀較小的時候，家人會一起來這湖畔烤肉和游泳。伊恩的車顯然是最安全的話題，所以我決定聊聊接下來幾個月就可以學開車了，實在興奮。他問我，想不想先試試看。他彷彿重新考慮自己的提議，說道：我們別太誇張，別開到街上去就好。

我甚至連學員許可證都沒有，而我們交換位子時，我想像我們會從船的斜坡掉近湖裡，還想像著我再也無法活著遞送的報紙上，寫著難堪的標題。我發動引擎，倒車，慢慢在停車場上開他的車。還不錯，應該挺有意思的。我停車，將引擎熄火。

我們下車，往湖畔前進。我告訴伊恩，我熱愛游泳，會在眼前的小湖畔游，也會到基督教青年會（YMCA）的夏季運動設施游，就在湖出口對面的一條小路上，從這邊可以看得到。有幾年，爸媽買了整個暑假的會員證，讓我們可以自由進出；而由於許多家庭無法負擔這筆費用，如果你的兄弟姐妹在游泳館櫃檯的點陣列印會員名冊上（每天接待員會幫前來的會員打勾），但是沒有跟來，你就可以偷偷帶個同學或鄰居入場，這情況很常見。有天，大人開車送哥哥和我來到場館，與幾個朋友一起游泳。我們向職員報上姓名，而職員看了看我們之後嘲笑道：別鬧了，你們兩個怎麼可能是一家人。這是我多年後會想起的一系列插曲之一，在那些年裡，我和哥哥會更加坦誠地談論我們的童年，尤其在我們的雙親離世後。我們會因為兩種看似矛盾的領悟而更加親近：在同樣一個小小的地方——根本是相鄰的房間——為了深深缺乏歸屬感而奮力掙扎；然而，匹茲菲對我們兩人來說，又是非常不同的城市。

湖水如玻璃般靜止，後方格雷洛克山聳立。伊恩和我還不知道，在接下來的幾年我們會一同爬這座山多少次，過程培養出的不光是友誼。這時，我們或許聊到，有多少英文老師告訴過我們，這座經常冰雪覆蓋的山，不僅讓梅爾維爾的傑作《白鯨記》中的鯨魚有了身形，也有了顏色。

梅爾維爾在海上度過幾年，其他時間則是在匹茲菲安靜度日。幾次學校旅行時，導遊帶我們走過會發出嘎吱聲的低矮房間，梅爾維爾就是在這樣的房間寫下：「我在這鄉間有航海之感，因為地面都鋪滿了雪。」但他對大城市並不陌生。他出生在紐約，也在紐約離世，一生中旅行過的範圍十分廣闊，因此能輕鬆寫就關於利物浦、羅馬的故事，還有開羅通往麥加的朝聖者之門，以及「帕德嫩神殿昂然聳立在岩石上，挑戰雅典來訪者之視野。」

就我所知，梅爾維爾未曾在詩歌中提過匹茲菲。不過，他倒是寫過一首關於湖泊的詩；伊恩和我現在就停在那座湖的岸邊，望向遠方。或許〈龐圖蘇克〉（Pontoosuc）這首詩（「在絕壁之頂，下方有湖泊波光粼粼／如柱子般的松樹整齊排列屹立」）算是提到了匹茲菲，因為詩的標題不僅提到這座湖的名稱，還提到「龐圖蘇克鎮」，這是匹茲菲最早成立時的名稱。

伊恩和我從湖畔離開，在松樹下找張野餐桌，那些松樹依然在龐圖蘇克上方的山邊當支柱。我們打開話匣子，喝著咖啡。後來，我們起身，走回湖畔，穿過沙灘，走上一條短步道，進入湖岸的樹林間。我告訴他關於我父母，以及他們分離的事，還有我希望明年夏天可以去日本。我告訴他，對我來說，遠走高飛會比較輕鬆，因為我當時並沒有女友，而且無論如何，我迫不及待要永遠離開匹茲菲。他比出手勢——我不確定他是指整個匹茲菲，或只有湖畔的樹林——並告訴我，離開不是一切，而且他很高興我們在這裡。

皮爾斯先生從幾年前就擔任我的英文老師；他宣布：我們去圓頂那邊吧，現在已是學年尾聲，而對你們來說，也確實是結束了。

他說的沒錯，再過幾個星期，我們就要從高中畢業。「圓頂下的家」是我學校的校訓，也很恰當：我小時候並不明白，我們城市裡那壯觀的市區高中和華府的國會山莊不同；而且不只有我承認自己不懂。

我們一行五、六個人跟著皮爾斯先生穿過走廊，來到學校向來不准我們進入的門前；他有鑰匙，但也可能是和看門人那裡借來的。當我們爬上樓梯，校規失效的感覺令我好振奮，一想到能從上方眺望城市，我興奮不已。

我們從灰塵堆積的陰暗樓梯間走出來，進入有風吹拂、氣溫更寒涼的區域，這裡是由柱子的刺眼白色主導。我把手放在欄杆上，望向爸爸在對街的辦公室。我很開心地想，如果他正好從辦公桌上抬起頭，就會看到我。我俯視街道，望向公共圖書館，以及公園廣場周圍林立的華麗老宅。我望向東南邊，試著從樹林間尋找我家。

皮爾斯先生問，誰要離開匹茲菲，之後想要去哪裡。他帶著笑容談起我們城市的文學名望，不像在說笑的樣子；彷彿當大家一起站在匹茲菲的高處時，他有可能說服更多人留下。

他沒有提到詩人伊莉莎白．畢曉普[1]（Elizabeth Bishop），她曾幾度來到匹茲菲拜訪男友——在這裡土生土長的巴布．席佛（Bob Seaver）。（或許是因為皮爾斯先生知道，一九三六年，席佛

---

1 伊莉莎白．畢曉普（Elizabeth Bishop），曾是美國桂冠詩人與普立茲獎得主（一九一一－一九七九）。

向畢曉普求婚遭拒，之後他就寫張卡片，要紐約的切爾西飯店〔Hotel Chelsea〕轉交——「下地獄吧，伊莉莎白」——之後他就舉槍自盡。）皮爾斯先生也沒提到老奧利弗．溫德爾．霍姆斯[2]（Oliver Wendell Holmes, Sr.），他之前的房屋仍佇立在霍姆斯路（Holmes Road）；他在一八五〇年曾於匹茲菲的新墓園落成時唸了一首詩（或許因為皮爾斯先生考量到這首詩的調性——「死亡天使！拓展你沉默的統治吧！」——並不適合年輕人，尤其是距離畢業只有幾個星期的晴朗春日。）

不過，皮爾斯先生確實告訴我們一則關於亨利．華茲華斯．朗費羅[3]（Henry Wadsworth Longfello）的故事；一八三七年，他於瑞士認識法蘭西絲．伊莉莎白．艾波頓（Frances Elizabeth Appleton），他們會在榆樹丘（Elm Knoll）度過一段蜜月時光，這座落於匹茲菲的房子是屬於他妻子的祖父母。在朗費羅初次造訪匹茲菲數一數二的豪宅時，一座時鐘啟發他寫下〈樓梯上的老爺鐘〉（The Old Clock on the Stairs）：

……成群的快樂兒童在那兒玩耍
年輕的男女在那兒做夢逗留；
喔，珍貴時間！喔，金色年華，
還有豐富的愛與時光！
即使像個數黃金的守財奴，

這老爺鐘說那些時光——
「永遠——從來沒有！
從來沒有——永遠！」

皮爾斯先生告訴我們，榆樹丘於一七九〇年興建。但他又說明，一九二九年，這棟房子拆除了，讓我們這所有圓頂的學校在這個位址成立。

法哥（Fargo）與威尼斯

奇蓉和我在短短的夏夜，徹夜開車一路往西。來到北達科他州與法哥市時，後照鏡裡的天空漸漸明亮。在大學進入最後一年之前，我們一直在芝加哥工作。這是個更了解這座城市的機會，也可以探看三十八層樓高的摩天大樓——匹茲菲大樓（這棟大樓也被稱為馬歇爾．菲爾德庄園〔the estate of Marshall Field〕，馬歇爾．菲爾德是芝加哥百貨公司創辦人，出生於麻州西部；他的第一份工作是在匹茲菲北街的一家乾貨店，當時他年僅十七歲。）在開學前，我們有幾天的空閒

2 老奧利弗．溫德爾．霍姆斯（Oliver Wendell Holmes, Sr.），美國醫師與知名詩人（一八〇九－一八九四）。
3 亨利．華茲華斯．朗費羅（Henry Wadsworth Longfellow），美國知名詩人（一八〇七－一八八二）。

時間，因此昨天在勉強趕在風城（Windy City〔芝加哥的別稱〕）的晚間交通尖峰之前，我們借到一輛輕型貨車，駛上高速公路。

來自麻州的人大概都自認為很熟悉九十號州際公路。然而這條路長得很，是美國最長的州際公路，因此中西部的路段對我而言全然陌生。我們在威斯康辛州的托馬（Tomah）郊區離開九十號，轉上九十四號州際公路，往西北前進，來到明尼亞波利斯（Minneapolis），以及北達科他州的最大城。天快亮了，又餓又累的我們下了高速公路，不多久，就在法哥住宅區迷路。那時大約是早上五點半，我們停在郊區的街道，周圍是打理得很好的中產階級住家。

我們將引擎熄火，把窗戶打開。先前經過芝加哥高樓大廈，又在黑暗的高速公路上疾駛幾個小時，此刻我們都感到恍惚，在這有如靜物畫的街道上靜止不動。又是嶄新的一天，但我們都沒睡；這是陌生城市，但除了車道上的汽車牌照之外，沒什麼能讓我分辨這條大道和匹茲菲幾十條類似的道路有何不同。我的視線順著人行道看向一間間的法哥住宅，那睡意十足、彷彿潛水的節奏，對於曾在下大雪的昏暗早晨送報的人來說或許很熟悉。屋子樓上窗戶的窗簾依然拉上，沒有人走路、騎單車或開車；沒有車庫大門開著，露出工作台或掛在釘子上的園藝工具；沒有吹葉機呼呼作響；沒有孩子一邊踢罐子，一邊大聲尖叫。

我和奇蓉的長年友誼，是在剛進大學的某一晚萌芽，日後靠著像今天這樣的偶爾出遊來加溫。當時，我們參加一場派對，氣氛相當喧鬧擾攘，於是兩人離開現場，到外頭聊天比較不費力。由於屋子的窗戶開著，還是聽得到音樂與說話聲。過了一兩個星期，我從我的寢室沿著同一條走廊轉個彎，到她宿舍寢室找她，然後出櫃。我很少告訴其他人，因此這次對話對我而言壓力很大，但後來知道大可不必憂心，因為她早就猜到了。

在法哥時，我不知道再過十年，媽媽嚥下最後一口氣時，隨侍在側的會是奇蓉而不是我。媽媽在匹茲菲醫院的病房中，我會和聚集於此的親友說：我去找點吃的，馬上回來。之後馬克與我會離開，沒幾分鐘，媽媽就溘然長逝。等我們回來時，護理師會告訴我，或許媽媽聽到我要出去了。這種情況很常發生，要他們放手很不容易。

那時，奇蓉已是卓越的詩人，但還不知道自己會一輩子投入寫詩。我想當飛行員，只是還不知道怎麼實踐。我在高中時曾參加飛行課程，但價格不斐，無法再上更多課。同時，奇蓉教我一些關於詩歌的事。這年夏天，她介紹安妮・塞克斯頓[4]（Anne Sexton）的作品給我，首先是談到伊卡洛斯（Icarus）與飛行的詩〈給一位功成名就的朋友〉（To a Friend Whose Work Has Come to Triumph）。當我唸到「比船帆更大，於平靜海洋上空／飛過霧與疾風，往上離去」，我心想，奇蓉很了解我。

我也喜歡塞克斯頓的詩〈悲憫街四十五號〉（45 Mercy Street）（以及彼特・蓋伯瑞〔Peter Gabriel〕受這首詩啟發而寫下的歌曲，歌詞曾寫著「夢想都變成現實」。）這首詩大致上的意義相當陰暗，且恐怕超出我的理解範圍，但我喜歡的是，在我拿到的塞克斯頓詩作版本中，這首詩

4 安妮・塞克斯頓（Anne Sexton），美國詩人（一九二八－一九七四）。

後面有段引言解釋道，「出走」（*hegira*）也是重要的旅程。這首詩也引介了一個概念：詩人或許和城市緊緊相連——在這個例子中是波士頓，雖然當時我尚未在此居住，但在我父母相遇、早年一同生活的故事中，有好多明亮燦爛的敘述。而當我讀到詩中寫著，拿著火柴照亮路標，雖然「這條街道是找不到的／一輩子都遍尋不著」，這時我認出了自己熟悉的渴望，亦即在城市中尋找什麼，無論我對搜尋的目標定義多不明確。

我們發動車子，找間小餐館吃早餐。過幾天，當我們離開這餐館、法哥與北達科他州時，我會告訴奇蓉我所想像的城市，也就是我童年時創造的城市。和她說這件事比出櫃還難，但說完之後，我就會想：好，就這樣了；我沒有別的祕密了。

幾個星期後，她會給我一本我沒看過的書：《看不見的城市》，作者是伊塔諾．卡爾維諾。她會在書的前面寫個備註，指出我們對於城市有共同的夢想，無論是真實或想像；她還用好幾個迴紋針，將一張卡紙蓋住封底，隱藏那本書的文宣。（我不會取下那張卡紙，因此沒辦法說她不想要我讀到什麼）。

這本小說中，描寫馬可波羅向忽必烈描述五十五座想像的城市；忽必烈是蒙古皇帝，也是成吉思汗的孫子。或者，馬可波羅只描述一座城市，一座真正的城市，也就是威尼斯；他在這座城市誕生，也在這座城市離世。但不重要，因為這本書太美了。

在《看不見的城市中》，最美妙的概念就是提出，我們可能都夢想著同一座城市，雖然這座城市在我們眼中各不相同，導致它的現實狀況模糊不清，相當誘人。對於曾和孩子一樣想像著不同地方或世界，卻沒想過別人也曾有相同想像的人來說，這本書肯定能引起特殊的共鳴——讓人激動，也給予撫慰。（曾有人訪問卡爾維諾，他是否會覺得無聊。他回答：「會，小時候會。不過要指出，童年的無聊是一種特殊的無聊，這種無聊充滿著夢想，是進入另一個地方、另一種現實的投射。」）

當然，把城市當作隱喻與寓言框架的作家與學者，不只有卡爾維諾。我們或許會先想到柏拉圖《理想國》（*The Republic*）當中的理想城市，或是湯瑪斯．摩爾（Thomas More）在《烏托邦》（*Utopia*）裡，那座擁有五十四座城市（比卡爾維諾少一座）的島嶼；但最重要的是，或許卡爾維諾的想像提醒我，聖奧古斯丁（Saint Augustine）區分了世俗城市與神聖城市。的確，卡爾維諾的城市與話語強化了我的信念（或者是奇蓉強化的，因為是她把卡爾維諾的書當作贈禮）：所有真實城市背後都有原型，雖然我們對城市的理想就和對自己一樣，有瑕疵且模糊。他的城市與話語提醒我一個觀念，亦即所有宗教都是在追求真理，只是會從不同的出發點，走不同的途徑——媽媽的後半生都深受這份信念吸引，而對我來說也比較有共鳴，因為其前提非常像一張地圖。

倫敦

媽媽在二〇〇一年退休，那年我展開飛行訓練。她沒有足夠的存款保住房子，哥哥和我賺的錢也不足以幫助她，於是她搬去和我的阿姨蘇同住，她是我們伯克夏家族的一員。

五年後，二〇〇六年十一月初，媽媽住院了。她一直有肝炎的問題，那是一九七〇年代輸血感染的，一九九〇年代晚期雖然已治療成功，但藥物也導致神經病變，讓她難以保持平衡與行走。接下來幾年，林林總總的健康問題似乎彼此火上添油，連醫師也很訝異她惡化得這麼快。醫師以為她應仍可回家過感恩節，因此伯克夏幫的傳統晚餐搬到蘇的家舉行，這麼一來，若母親屆時已出院，要參加也比較方便。不過，她沒能回家。她在聖誕節前十一天去世，年僅六十九歲。

現在是二〇〇七年一月，我回到家——家？我思索著——在倫敦，這季節應該是下雨而不是降雪。幾天前，幾箱東西從匹茲菲寄到倫敦。在航空公司工作有一項挺有意思的福利：除了航班享有折扣之外，貨運也是。這項優惠是以重量來分配：每年三百公斤。

但我只需要配額中的一小部分。爸爸和繼母決定出售我們在匹茲菲的舊家、搬到北卡羅萊納州時，我就把童年的東西丟棄一大半，剩下的一丁點東西則放在媽媽新買的小屋閣樓。等到母親退休，搬去和蘇一起住，我又再淘汰一大部分，只保留日記、些許蒐集來的岩石與硬幣，還有一些繪畫與學校報告。

母親過世之後，哥哥與我得決定想保留哪些她擁有的個人物品。我選的是幾本她曾寫下著註記的書、幾張CD，還有她的高中畢業紀念冊（她的頁面上寫著「聖母會級長乃是令克里斯得意的職位」，還有看起來不那麼神祕難解的「無論在何方，開心愉快皆相隨。」）

這些東西連帶著幾項其他物品，以及我最後幾樣童年物品，上個禮拜就免費搭機，飄洋過海，但我得自行前往希斯洛機場的貨運倉庫領取。我開車前往機場一處我並不熟悉的地帶，到了那邊，我在文件上簽名。那裡的人指著一區覆蓋塑膠布的箱子，我剛剛已在海關的表格上，證明放在那區的箱子沒有什麼價值。我很輕鬆就把幾個箱子放進小車，沿著北環路（North Circular，倫敦環狀道路的北邊弧線）把東西載回家。

現在我坐在地上，把東西拿出來整理。我拿出媽媽小心收藏在透明夾鏈袋裡的護照，檢視她兩次造訪倫敦的戳印。她最後一回來到這裡時，行動已相當不便，無法搭乘大眾運輸工具——我之前從未注意過，一趟普通的地鐵行程得走多少樓梯——因此有一天我開車載她，讓她來趟倫敦市中心的短暫之旅。這是我第一次在繁忙的午後開車通過市中心；媽媽很興奮，當然也和我一樣，沒料到第一次這樣的行程會是她坐在副駕駛座。我們停在白金漢宮前，打亮車子的警示燈，同時幫她下車拍照。後來別的車也在附近停下，駕駛開始下車拍照，直到有個詫異不已的警察跑過來，催促我們快點開車離開。

接著，我開始讀媽媽的書，那是我從匹茲菲帶來回來的。數量不太多，約莫十來本。有一本是厚厚的莎翁作品，應是她大學時代留下的。書緣的筆記字跡看起來好熟悉、好細心，但我也想起有個從比利時來拜訪的親戚，說看不懂她端正且美式的手寫字跡。翻頁時，我忽然想到或許只有媽媽與我碰過這些頁面；從已不可考的時光，她待在波士頓的某間房間翻閱這些書頁之後，至今應該沒有人再碰過，因此大部分書頁已有半個世紀不見天日。

這天，在倫敦的我打開了這本書。我嘆口氣，闔上這本精裝書。我想，這些感受都不重要了。我發現，即使是這般沉重之物、即使我看不見的過往有重量，也終將有輕如鴻毛的新局。

我放下這本書，拿起另一本——是溫德爾．貝瑞[5]（Wendell Berry）的詩集。媽媽喜歡貝瑞的寫作，並在我二十多歲時給我幾本他的書。貝瑞日後會寫一些長篇作品，大力抨擊「城市生活是重要且現代的體驗，但鄉村小鎮、農場、荒野之地的生活與我們的時代無關，已經過時」的觀念。我喜歡他的詩，原因就和我喜愛伯克夏的鄉村一樣，但由於就是在這樣的環境長大，我倒是夢想著山丘後方鋼造與玻璃建築。

我把貝瑞作品集放回書堆，看看媽媽幫我保留的老舊學校報告。孩童時代的我對詩歌沒興趣，也不記得曾寫過詩。但這下我發現，我還真的以笨拙的扁扁字跡，在學校發的灰色稿紙上寫下過詩句，上頭還有行距甚寬的藍色線條：

今晚是昏暗可怕的灰。
馬匹說著別、別、別。
蝙蝠咬著人頸
船隻冒著遇難的風險。
人類鼾聲響亮
無人成群聚集
盜賊在靜靜的黑夜匍匐前進

鳥類不若平時飛行。

我笑了，或許是媽媽逝世後第一次笑。我把這張沒有撇號的一頁放到地上。我想，至少媽媽一定是喜歡這首詩，所以好好保存了這麼久。我又想到（或許媽媽也注意到了），至少這首詩最後是以飛行完結。

德里

在成為飛行員之前，身為乘客的我就已愛上飛機的靠窗座位視野。下方世界看似綿延不斷的景色深深打動我。現在，我看著前方的暗色大地上，一道有燈光的線條穿過，那是巴基斯坦與印度的交界。我彷彿又回到童年，在臥室轉動地球儀，那個地球儀在四周暗下來之後，每一條國界都會發光。

我們距離拉哈爾不遠，下方的當地時間約莫午夜。奇蓉的父親英德就是在這裡長大。一九四七年，英屬印度分裂成巴基斯坦與印度，而在印巴分治引爆的騷動下，他和家人前往德里。我和英德坐在奇蓉位於麻州的家，冬風掃過屋外結冰的河，拍打著她位於樓上的窗玻璃，而我告訴

5 溫德爾・貝瑞（Wendell Berry），美國作家，也是環保人士（一九三四－）。

他，我飛過巴基斯坦上空時所看到的城市光芒——在喀拉蚩（Karachi），燈光比城市景觀的界線還廣，港口城市時時瀰漫的海洋霧氣，會讓燈光變得更綠；在內陸的拉哈爾，光線比較白而清澈；至於首府伊斯蘭馬巴德的燈光，則像後方巍峨山巒的融雪，在山腳下匯聚成池。

我也告訴他，我在其他地方沒看過像巴基斯坦與印度疆界那樣的光芒；當初那條線一畫出來，他就和家人馬上穿越。印巴分治所帶來的苦難，大得難以理解，常有人稱之為史上最大的大規模遷移。若只從視覺來看，也很難理解這發光的邊界：從遠處看，這條光帶路徑宛如山的斜坡，而從不同觀看角度接近，或者因為這些山坡在你眼前升起或下降，可能讓這條光帶變短。唯有在月光照亮這邊緣地帶的三維特性時，才能讓人理解這奇特的之字形究竟是怎麼回事。

現在，隨著這條線越來越近，該是準備朝德里下降的時候了。我們看看平板電腦，看著英迪拉·甘地國際機場（Indira Gandhi International Airport）各種進場航圖旁的註記：

All ACFT entering Delhi TMA, except ACFT navigating under conditions of RNAV STARs, shall follow IAS as per following, unless otherwise instructed by ATC. . . .

（除了在區域導航〔RNAV〕標準儀表進場〔STAR〕的條件下，所有進入德里終端管制空域〔TMA〕的航空器應依照以下指示空速〔IAS〕進行操作，除非航管員另有指示……）

這些註記的目的是要傳達此機場和其他機場有何不同，且必須以清楚的方式傳達，因為世上客機飛行員的母語種類繁多，並非只有英語。這資訊簡潔實用，當然沒有空間提及歷史或文學，也不可能在德里的資訊中讓人想起詩人米爾．塔吉．米爾（Mir Taqi Mir，一七二三～一八一〇）所寫的：「德里的街道猶如繪製的頁面／目之所及皆如畫。」

> Turbojet ACFT use Continuous Descent Arrival (CDA) between 1630-0030.
>
> （在下午四點半到凌晨十二點半，噴射機使用持續下降操作〔CDA〕）

我們從空中到德里進場的技術指南，並不會提到阿米爾．庫斯洛（Amir Khusrau，一二五三～一三二五），這位詩人也和德里這座城市有關，因此常在名字中加入「德里的」（Dehlvī）。他說德里是「純淨天堂的孿生手足／是大地捲軸上天堂寶座的原型。」

> MNM taxi speed 15KT on the straight portion of TWYs and between 8-12KT during turning manoeuvres.
>
> （在筆直滑行跑道上的最低操控滑行速度是十五節，轉彎操控則是八到十二節。）

這裡也不會提到《摩訶婆羅多》（*Mahabharata*），有人認為這篇梵文史詩是史上最長的詩歌，其中描述了因陀羅普拉斯塔（Indraprastha），也就是充滿神話色彩的德里前身：

> 奎師那（Krishna）停頓一下，「讓堪達瓦帕爾斯塔（Khandavaprastha）依照你的名字，命名為因陀羅普拉斯塔。噢，提婆（Deva）：你必須再度提升這座城市，讓它比以往更為光彩。」……在毘首羯磨（Viswakarman）的碰觸下，乾燥的池塘充滿清澈的水，白蓮之間映著星斗，還有朱紅與紫蓮，以及成群的水鳥將頭部縮在羽翼下睡眠。街道兩旁是芬芳的果園與花園，深深的護城河充滿最乾淨的水，環繞在無法攻破的外牆。那些牆就像是迦樓羅（Garuda）的翅膀那樣展開。

Birds in vicinity of AD.

（機場附近有鳥類）

德里位於亞穆納河（Yamuna River）河畔，是印度教中僅次於恆河的神聖之河，也是恆河的支流。學者烏平德．辛格（Upinder Singh）曾寫過這兩條河的關係：「在許多古印度的寺廟中，亞穆納女神和恆河女神常常在雕像中一同出現，通常會在入口兩側。恆河女神白皙如月，站在魚（*matsya*）或鱷魚（*makara*）上。亞穆納則是黑暗女神，站在陸龜上（*kachchhapa*）。」

對我來說，亞穆納很適合當黑暗女神，因為我很強烈地把德里和黑夜聯想在一起。我經常在黑夜抵達德里，因此無法想像這座城市在其他時間的樣貌，至少在上空時如此。在德里，朝著沉睡中的大城降落時，原本特殊的感覺會更顯詭異，因為德里會起霧；尤其在一月，這時煙霧累積起來，彷彿粗布覆蓋地面。穿過這層煙霧後，我們要進場時，數千萬家家戶戶往上投射的燈光朦朧朧。

我發送訊息：早安，德里塔台。這趟行程中，第一位印度航管員報出她城市的名字，正如她夜復一夜持續重複的事。如同我們航圖上的註記，雙方所使用的語言必須簡短，且是國際間標準化的語言，因此她的回答不會有莎綠琴尼・奈都[6]（Sarojini Naidu）所描述的德里特色（甘地曾稱這位詩人與行動人士為「印度的南丁格爾〔Bharat Kokila〕」）：「帝國城市！承襲著統治的優雅……在你的寺廟前，死亡的咒語都無效。」

航管員也沒有歡迎我們接近這城市的空域，印度首任總理賈瓦哈拉爾・尼赫魯（Jawaharlal Nehru）曾這樣描述這座城市：「一顆多面的寶石，在歲月洗禮下，有些面燦爛，有些面陰暗……是諸多帝國之墳，亦是共和國的苗圃。她的故事多麼精彩！」

相對地，她是說：你好（*Namaskar*）。你們開始下降。

幾分鐘後，我們切換到另一個印度航管員，然後再換一個，又換一個。我說：德里塔台，我

6 莎綠琴尼・奈都（Sarojini Naidu），又稱奈督夫人，印度政治家、女權倡導者與詩人（一八七九—一九四九）。

們還有十英里。我們放下襟翼與起落架，速度降低到最後進場速度，然後下降到最厚、最低的一層薄霧中。塔台航管員發出落地許可，我們告知收到，然後著陸。

時間已晚，濃霧導致航站大樓的輪廓到最後一刻才清楚顯現，讓人無從得知自己究竟是在哪個年代降落於德里，即使有引擎運轉聲傳來，還有駕駛艙內大批電腦螢幕的光。待我們停好飛機，走出機艙，來到航站時，商店仍為了深夜入境的人而燈火通明，持續營業。機場的廣播聲傳來，我拉著飛行包從打著背光的銀行廣告前經過，並看見行李輸送帶啟動時搖搖晃晃，我想這無疑是現代，各地都差不多。

只是我來到這時，和往常一樣，想尋找奇蓉。這並不是因為她能更直接的聯繫起匹茲菲與德里——她偶爾會住在這個她父親稱為故鄉的首都，並寄長信給我；真正的原因，是她曾寫下抵達機場的詩。我喜歡把這首詩想像成是為了引導朋友而寫的詩——寫給不太了解詩，也不太了解德里的飛行員，讓他能跨過這兩者的門檻。

抵達，新德里

煙。赭色悶燒物。藍色
火花。飛機的
穩定弧線之下，霓虹燈是

灰燼。在城市的中央環路上方
有光芒閃爍、傾斜的銀色
機翼。越過迪斯可舞廳、神寺
舞者腳踝的鈴鐺上方。越過販售
橘子，把腳放到
公共噴泉冷卻的男孩上。越過在垃圾堆
休息的大牛隻上。越過有陡峭圓頂的
賈瑪清真寺上，越過如漢堡的大理石
蒙兀兒宮殿上。之後，

輪胎撞上柏油。
熱，耳中有火爐。
門打開，血液猛擊
四肢，訴說當地語言。
聞到灰燼。男人。爬上圍欄的
茉莉花。計程車司機
包著如火焰之舌的頭巾

說：姐妹，我可以載妳到市區。姐妹，要不要我載你回家？

§

我第一次飛到德里時，讀了奇蓉的詩，不久之後，我走出相同的機場大門，那時約是冬天的凌晨三點。那一夜，德里比倫敦還冷，巴士嘈雜顛簸地行駛在近乎陰暗的單調色彩中，於是在我看來，街上的塵土猶如白雪。

在這趟初次造訪中，奇蓉建議我去看看城市中最知名的景點，例如洛迪花園（Lodhi Gardens）、印度門（India Gate）、可汗市場（Khan Market）；她也提起她從小就知道的地方，以及一家咖啡館。她在大學時的某年夏天，曾受僱於這座城市的雜誌社，當時就帶著筆電到這間咖啡館工作。在初次來到德里之後的幾年，我依然會偶爾飛到德里，每一趟造訪都是個機會，能更進一步探索她從遙遠之處為我描繪的都市。我會到她說在童年曾住過，並把照片寄給我的地方，再拍些照片寄回；也會提起她尚未見識到的城市重大改變，包括快速且穩定擴張的新地鐵——我們會笑著說，這是我的熱情所在。後來，飛行班表突然變了，我就沒再飛到德里。

幾年後，班表又出現更動，於是今晚，我很高興自己能回來。這些年來，我從奇蓉和他爸爸那裡得知更多關於德里的三兩事、這裡悠久的詩歌傳統，以及這座大都會為何會有「詩人之城」與「詩歌之城」的別稱。也因此，幾個星期前，我請奇蓉選另一首她會聯想到這座城市的詩：一首我會讀，但不是在拖著緩慢腳步，停在機場電動步道，快速滑手機時會讀的詩；而是在睡了一覺，補充咖啡因，到城裡逛逛時可讀的詩。我把她以電郵寄給我的詩列印出來，小心折好，以免先讀到。我把這首詩放在手提箱上蓋內側的網袋中，打算今天在德里的某個地方讀這首詩。

抵達機場附近的飯店時是凌晨三點半，我算了一下，那是英國的晚上十點——印度標準時間與世界協調時間有五個半小時的時差，這就是個奇妙的好理由，讓飛行員再三確認，才向乘客宣布抵達時間——而身在麻州的奇蓉則是傍晚五點。我到房間，拉起窗簾。我要盡量得到相當於一整個夜晚的睡眠，之後在大約中午時前往市區。

作家與政治人物庫什萬特．辛格[7]（Khushwant Singh）在《不可思議的城市》（*City Improbable*）中，曾如此描述德里：「比其他大都會擁有更悠久的歷史、更多歷史紀念碑。」這結論雖不易驗證，但可以確定的是，德里一帶數千年來持續有人居住；而在當今的巨型城市中，德里的深遠過往肯定是睥睨群雄。早在成為世界人口最多的民主國家首都之前——不久之後，可望成為世界人口最多的國家——旅行家伊本．巴圖塔（Ibn Battuta）已在十四世紀稱德里是「遼闊壯觀的城市，結合力與美」；後來，成吉思汗的後代征服此地，德里也孕育出反抗大英國帝國主義的勢力，塑造歷史。

7 庫什萬特．辛格（Khushwant Singh），印度作家、律師、外交官、記者和政治家（一九一五－二〇一四）。

電影《春風化雨》（*Dead Poets Society*）談到一位反傳統的英文老師，在一間保守古板的新英格蘭學校任職，這部電影是在我十五歲時上映的。這位教師是由羅賓．威廉斯（Robin Williams）飾演，他揶揄一種估算詩歌多偉大的方式（我承認，當時對我來說是相當有理的），也就是把一首詩主題的藝術性和重要性在 x 與 y 軸上表示，計算出這首詩的價值。

這當然不是我該從這一幕學到的事情，但我在衡量偉大城市無法估計的奇妙程度之時，卻會挪用這種方法，甚至雙倍下注。如果加上 z 軸，或許就可以從三個量度來計算一座城市的光榮體積：城市的歷史年齡、目前人口，以及影響或統治其他人口與地點的程度。經過估算，能與德里匹敵的恐怕只有北京；我甚至懷疑根本沒有城市能超越德里。

無論如何，若德里是史上最了不起的城市之一，我在求學期間卻沒學到任何關於德里的事，只知道新德里是印度首都。比方說，我從來沒有學過，如果以帝國的大都會來看，德里大可與君士坦丁堡媲美；而從四處可見的嘈雜過往陳跡來看，德里又與雅典不相上下，「其有紀念性、崩潰破碎的歷史」，分散在「搖搖欲墜、波濤洶湧的現狀中」。也沒有人說德里是「印度的羅馬」，這種修辭恐怕得倒過來說才正確；畢竟，正如英國歷史學家珀西瓦爾．斯皮爾（Percival Spear）寫道：「德里可顯示出和羅馬這座『永恆』城市一樣變化多端的歷史，甚至更加古老；早在亞歷山大的時代之前，德里已是知名首都，也度過時間與命運的滄海桑田。」

正如羅馬有七座山丘，德里據說也包含著七個版本。這七個過往的德里光是城市名稱本身就有差異，英文拼音更不相同，但通常包括：拉勒柯特（Lal Kot）、錫利（Siri）、塔格拉瓜巴德

（Tughlaqabad）、迦罕帕納（Jahanpanah）、費如查巴德（Firozabad）、丁帕納（Dinpanah），而第七個名稱也最有名——沙賈漢阿巴德（Shahjahanabad），興建者是蒙兀兒帝國的沙賈漢[8]（Shah Jahan），亦即曾為愛妻興建泰姬瑪哈陵（Taj Mahal）的皇帝。（他在十七世紀興建的德里大約與今天的舊德里範圍差不多，只是這座城市的歷史相當深遠，因此到了一九〇二年，沙賈漢建立的城市仍被稱為「現代德里」〔Modern Dehli〕。）這些名稱並不包括因陀羅普拉斯塔，亦即傳說中所有後續城市的老祖宗，也沒提到二十世紀的首都新德里。

地理與時間的交織堆疊，可解釋德里為何會有個脫俗又名符其實的別稱——「城中之城」。的確，後來演變為今天「德里」的城市數量可能有十個、十一個、十五甚至十七個——數量之多，無怪乎我有個德里朋友得用一招來讓這些名稱更清楚（新新德里、舊新德里、新舊德里……），也證明作家與評論家帕特旺特・辛格（Patwant Singh）簡明扼要的結論：「世上沒有一座首都像德里這樣，是建立在許多傳說中的古城位址上。」

印度現今的首都新德里是外來帝國強加的——第一塊基石是由喬治五世放下，第二塊則是由聯合王國王后兼印度皇后瑪麗（Mary）置放；而這座城市的設計，大致上是由出生於倫敦的建築師埃德溫・魯琴斯[9]（Edwin Lutyens）主導，他童年時曾「夢想著興築紀念碑式的建築」，長

8 沙賈漢（Shah Jahan），在波斯語中的意思是「世界的統治者」（一五九二－一六六六）。在位期間是一六二八到一六五八年。

9 埃德溫・魯琴斯（Edwin Lutyens），是英國建築史上最重要的建築師之一（一八六九－一九四四）。

大成人後，彷彿是寓言故事重演，被賦予諸多建築責任。然而，選擇這個場址絕非任意之舉。總督在為這座城市奠基時說，德里依舊是「有魔法般」的名字，另一名官員說得更直接：新德里「必須像羅馬一樣，為永恆而建。」

德里這個名字確實和羅馬一樣，出現在許多日常用語和表達上——想想看「條條大路通羅馬」，或是「在羅馬的時候……」[10]——但德里頻繁出現的程度或許更勝羅馬。*Dilli dilwalon ki*，德里屬於慷慨的人：意思是「要勇敢」。*Kaun jaaye, par Dilli ki galiyan chhod kar*，誰能忍受離開，留下德里的巷弄：意思是「你無法擺脫你所愛」（這句話改編自德里的大詩人穆罕默德．易卜拉欣．佐克〔Mohammad Ibrahim Zauq〕，蒙兀兒皇帝在一八三七年稱他為「詩人之王」，亦即桂冠詩人。）*Aas-paas barse, Dilli pani tarse*，四處傾盆大雨，但德里乾涸：意思是「周圍豐盛，但此處貧困」。曾有個海德拉巴的女子笑著以英文告訴我，你可以嫁給魚，但別嫁給德里男孩；意思是首都的富家子弟高傲得目中無人。

或許最知名的，是這個印地語句子：*Dilli abhi door hai*，德里還很遠。這句話背後的故事通常是這麼說的：一三二〇年，吉亞斯．丁．圖格魯克（Ghiyāth al-Dīn Tughluq）成為德里蘇丹（並在一三二一年讓德里第三度成為城市）。幾年後，他將在軍事遠征後返國，此時他懷疑蘇非派聖人穆罕默德．尼札姆丁．奧里耶（Muhammad Nizamuddin Auliya）有意挑戰他的權威，遂下令尼札姆丁在他抵達這座城市就先離開。詩人阿米爾．庫斯洛（Amir Khusrau）是尼札姆丁的學生，他向老師表達自己有多麼洩氣。尼札姆丁倒是不擔心，以波斯文回答*Hunuz Dilli door ast*，德里還很遠。果然，圖格魯克沒能回來；他們在途中搭起慶祝用的大帳篷，卻在暴風雨中坍塌，導致圖格魯克跌落死亡。尼札姆丁的話語最後進入了日常話語中。

德里依然很遠，仍有很多事情可能發生，你可能還有事情要面對，直到你不用再面對了：奇蓉的父親英德曾告訴我，他彷彿還能聽到十幾歲時，在印巴分治後初抵印度時所聽到的歌曲，那首歌詞從擴音器中傳出來——*Ab toh Dilli dur nahi*，德里不再遙遠——流傳了六個世紀的慣用語，就這樣即興發揮。

我小時候在想像城市時，幾乎都是想著我認為最吸引人的明顯細節：摩天大樓、明燦燈光、寬敞道路、繁忙港口、一座（或三座）機場。我從未想過，詩人與詩歌也可能是城市壯麗的一部分。其中一個障礙是，當我想像我的城市時，都是從上方的視角想像，就像地圖製圖者或抵達某地的飛行員。詩歌和摩天大樓或地鐵網路不同，那不是我能想像到在下方的城市景觀中會出現的東西；我不可能指出某個點，然後想，我喜歡這邊這些詩歌段落，好像那是許多新的鐵軌路線似的。

後來到了青少年時期，加上拜奇蓉之賜，德里成為我心中世上唯一的詩歌城市。話雖如此，

10 即「在羅馬的時候，要像羅馬人那樣做。」意思是入境隨俗。

我後來也真的沒聽過有哪個當代城市，會因為這麼高的詩歌成就而屢獲讚賞。

當代印度作家與學者拉克珊達・賈利爾（Rakhshanda Jalil）說，德里的詩人「主導這城市的文化與智慧景觀」；同時，庫什萬特・辛格寫道，「德里人（Dilliwalas）以彬彬有禮的言語，還有對詩歌的興趣而馳名……他們以詩人為榮。」在許多時期，周圍城市的年輕詩人會來這大都市拜師，也想靠著文采賺取財富。這些財富可能很可觀。每組對句就可能得到六枚金幣當作報償，甚至一整座村莊，或是得到與詩人等重的貴重金屬或寶石當作回報。

德里的蒙兀兒皇帝不僅培養詩人，自己也經常寫詩。不過，詩不僅限於菁英階級；賽夫・馬茂德（Saif Mahmood）著有《摯愛德里：一座蒙兀兒城市與她最偉大的詩人》（*Beloved Delhi: A Mughal City and Her Greatest Poets*），他在書中寫道：「烏爾都詩歌多半是靠著口頭文字進行，因此不需要精通文學，就能成為詩人或愛上烏爾都詩。」他還引用學者沙姆蘇・拉赫曼・法魯奇（Shamsur Rahman Faruqi）的話：「德里的詩歌和文學無關，『而是生活本身』。」馬茂德寫道，即使到了今天，德里的古典烏爾都詩人「仍舊是這語言中最常被引用的詩人。」

阿克希爾・卡提雅（Akhil Katyal）是德里的酷兒作家，他曾在報紙訪談上開玩笑，說要向家人出櫃，比坦承自己是個詩人還容易。他也談到他從德里這座城市充滿詩意的過往所得到的靈感，以及在城市現況中所找到的自由：他出生於勒克瑙（Lucknow），年輕時來到德里，發現「這個地方是你可以逃脫，以你的方式來生活的地方」；德里「允許我踏出自己的局限。」他說，德里可能「對某些人很無情，」雖然有這些挑戰，這座城市依然是他的繆思女神，這裡的居民是他的靈感來源。「你在德里遇到的不同的人，會引導你寫詩。」

我不在城裡，無法參加卡提雅帶領的詩歌工作坊。參加者會利用德里地圖，幫助他們找出一個地點，把對這裡的回憶變成詩歌（這個創作過程在一篇部落格貼文中，精簡扼要地以一個問題來表示：「是城市造就詩人，或者詩人造就城市？」）不過，我們後來彼此通信。在一封電郵中，他寫下德里最知名的詩人米爾扎．阿薩杜拉．汗．迦利布（Mirza Asadullah Khan Ghalib）的作品如何「投射出長長的影子，到南亞電影、音樂與大眾文化。」沒錯，奇蓉寄給我的詩就是他寫的，也就是我旅館房間椅子上那條牛仔褲口袋裡的詩，我今天會在她與迦利布的城市打開這首詩。

在奇蓉把她選的詩寄來的那封電郵中，她解釋了迦利布和德里無比密切的連結。他在一七九七年出生於今天的亞格拉（Agra），七歲時初次造訪德里，然後於青少年初期搬到這座城市；之後他會寫下：「世界是個身體，德里則是它的靈魂。」我很喜歡迦利布的提議，他說若要寄信給他，只用他的名字就好，後面加上他的城市名稱：「阿薩杜拉．汗．迦利布，德里」，這個連結可以從一篇二〇一六年談論他遺澤的文章標題看出：「迦利布就是德里，德里就是迦利布。」

迦利布曾進入蒙兀兒宮廷，經歷王朝日薄西山的時光，體驗過其古老與充滿詩歌的傳統。在他所愛的大都會中，藝術生活多半就是由詩歌所構成。一八五四年（距離一八五七年的印度叛變、德里遭嚴重摧毀，以及英屬印度興起前不久），他寫道：「在堡壘中，幾個王公相聚，朗誦詩歌。我三不五時會參與這樣的聚會。當代社會即將消失。誰知道這些詩人下次何時能再聚？或永遠無法再相見？」

一八六九年，迦利布於德里離世，長眠之地就在尼札姆丁（即宣稱德里尚遠的蘇非派聖人）的陵墓附近；在舊德里，迦利布的連排豪宅（*haveli*，雖然「連排屋」這個字無法正確展現出他的古老豪宅所蘊含的文化與建築資產），有解說牌寫他「堪稱是最優秀的印度詩人」；還列出了他最愛的食物，包括烤羊肉與索罕哈瓦（sohan halwa）；後者是一種傳統甜點，在德里仍很受歡迎。解說牌還記錄他的興趣，例如放風箏、下棋，以及運用圓形紙牌來玩的甘吉法（Ganjifa）紙牌遊戲。迦利布的許多對句也掛在牆上：「我思索著，有沒有哪片荒野比此地更荒涼！／隨後想起另一塊荒地——我離開的家。」

§

我把飯店房間的窗簾拉開，看見天光已出現。看來是無法入睡；無妨，想必今晚會睡得更好。我沖個澡，穿上牛仔褲、白T恤和法蘭絨襯衫。我在包包裡放了水、穀麥棒和一頂帽子。我檢查牛仔褲口袋兩次，確認帶著那折好的詩。我走出飯店，經過一位穿著制服的服務生，他要幫我叫計程車，但我拒絕了，令他露出夾雜著煩惱與憐憫的表情。我繼續走到街上。

在某些冬日，德里夜晚完全沒有消散的河岸霧氣會與之前的霧氣累積疊加。不過，今晨只剩些許薄霧，而氣溫雖然夠冷，卻不至於寒氣逼人。我走路的時候，太陽就高掛在成群朝我湧來的通勤者上方。表面上，現在是晴空無雲的白天，煙與霧靄卻令人不安。人們能很容易地直視太陽，無論太陽是像現在這樣接近地平線的血紅色，或爬上更高的位置，變成類似月亮的白色。

我來到德里航空城（Delhi Aerocity）地鐵站，站名相當悅耳。我買票，走下月台，剛好看見閃閃發光的列車減速，輕輕停下。我上車，找個靠窗的位置。不久，我們就快速駛過德里山脊（Delhi Ridge），那是機場與市中心之間一處森林蓊鬱的高地。這裡和亞穆納河一樣，是首都地區最顯眼的地貌特徵。這裡在德里的諸多爭奪中扮演關鍵角色，後來英國官員在此種滿樹木種子。如今，德里山脊成了德里急需的綠地，以及愛侶們的熱門地點。我拿出口袋裡的手機，讀了一點關於某個家族的故事；據說某支具有古代皇室血統的後裔，在一九八〇年代中期開始佔用這山脊上一間破舊的中世紀狩獵小屋，那裡如今已是雜草蔓生。之後，我想到奇蓉，以及她說過一則關於她父親、迦利布與一位計程車司機的故事。

她孩提時代，曾有一次在半睡半醒間，聽見爸爸和計程車司機聊天，那時他們在繞行圓環的車陣中緩緩前進。這條街道會通往舊德里，於是司機提到曾住在這一帶的詩人。司機發現父親會聽，因此兩人開始聊起一些瑣事，不久之後，車子裡的烏爾都對句就連珠炮似地發射。奇蓉睡意漸濃，直到爸爸的手肘用力撞到她，才讓她再度醒來——爸爸嘶聲說，他搞錯了。在引用迦利布時，這笨蛋引用到米爾。才不是，計程車司機一邊搶黃燈，一邊在前座反駁，說這對句「正經是」迦利布的（奇蓉向我解釋，就「正宗」的意思。）她爸爸很不高興，所以回話都沒好氣，回到家之後，還翻書來證明自己的看法。奇蓉告訴我，其實父親這麼多年來，三不五時就扯進和迦利布有關的爭議。她說，如果迦利布是德里最常被引用的詩人，那麼也是最常被誤用的人。

我聽著車站的印地語廣播，把一些聲音錄起來，準備一回家就播給馬克聽。當我們接近新德里站，也就是機場線的最後一站時，我設法以印地語重複唸一次新德里（Nayi Dilli）。我下車，走向黃線月台，在候車時瀏覽路線系統圖上的名稱：提克里邊境（Tikri Border）、新亞肖克納加（New Ashok Nagar）與市民線（Civil Line）；德里門（Delhi Gate）、喀什米爾門（Kashmere Gate）與歡迎（Welcome）；大名鼎鼎的因陀羅普拉斯塔與信心滿滿的模範城（Model Town）。當我在思索這個由地名構成的世界，以及如神經般在此具體運行的路線時，我自問，就算幫我自認為最熟悉的匹茲菲或倫敦畫張粗糙的地圖，我可以在心中畫出與標示幾條街道呢？想必不會超過三十條？五十條？

黃線帶我往北，前往稱為月光市集（*Chandni Chowk*，或稱為月光廣場）的車站與道路。出生在德里的詩人阿加．夏希德．阿里（Agha Shahid Ali）曾寫道，在這條舊德里的大道上散布著好多茉莉花，以及來自伊斯法罕（Isfahan）、喀布爾（Kabul）與亞格拉的商品沿街販售。今天，月光市集的中央圍起施工，黃色的板子把人力車、日本休旅車、牛車等交通車流推往更靠近人行道的地方，甚至經常推上人行道。而即使現在時間很早，人行道上已滿是乞丐、擦鞋童、叫賣小販，以及一位專業寫信人；寫信人坐在一塊布上，眼前擺個打字機，總有一個個身段敏捷的孩子會靈巧地踏上這塊布，或繞過旁邊。

地差感和各式各樣的招牌讓我目不暇給，有德里婚紗（DELHI WEDDING）、皇家攝影公司

（IMPERIAL PHOTO STORES）、蛋白質世界（PROTEIN WORLD）、維爾馬吉攝影沖印（VERMA JI PHOTOSTAT PRINTOUT）……這些閃過我身邊的招牌，就像是洗撲克牌一樣。我在人行道上被碎石絆了一下，汽車的喇叭在離我太近的地方響起，一輛單車把手擦過我的袖子。我壓低身子以免撞上頭上幾公分處粗而糾結的電線叢林，躲進一家商店的凹處尋求庇護。

我拿起水瓶喝一口，從口袋拿出手機，拍一段影片要給在地球另一端睡覺的馬克，讓他看看在世界這端剛起床的德里；然後我找出奇蓉的詩歌。我確定詩還在，而依照她的想法，我走回月光市集，讓那裡的人流帶領，前往紅堡（Red Fort）。

紅堡在蒙兀兒帝國時期是德里的中心，也是現代印度的國家象徵，是沙賈漢在十七世紀中期興建。作家威廉・達爾林普爾（William Dalrymple）曾說，紅堡之於德里的重要性，就像衛城之於雅典，或者競技場與羅馬的關係。蘇巴斯・錢德拉・鮑斯[11]（Subhas Chandra Bose）是重要的印度國家主義者，也被稱為敬愛的領袖（Netaji）；一九四三年，他曾以「前進德里」的口號，尋求「在印度大都會的古老紅色堡壘內，展開勝利閱兵」。一九四七年，前印度總理尼赫魯（Nehra）在紅堡上方舉起印度旗幟說：「我們在歷史性的場合，聚集於這座古堡，贏回原本就屬於我們的東西。」之後的每一年，這裡都是獨立日慶祝活動的焦點所在。

我來到月光市集的東邊，等著穿越蘇巴斯領袖大道（Netaji Subhash Marg），這條又寬又擠的

11 蘇巴斯・錢德拉・鮑斯（Subhas Chandra Bose），印度獨立運動的重要人物（一八九七－一九四五）。

大道會與紅堡前方的路交叉。我初次來到這個交叉路口時，是和一位同為飛行員的友人站在這裡，他比我晚幾個小時駕著七四七，降落在德里。在德里，紅綠燈通常沒人遵守，我們在原地苦等十到十五分鐘，就是無法過馬路。我們還討論要不要乾脆招一輛機動三輪車載我們過馬路就好，或甚至放棄，並開始想像這種情況：過幾天後，我們在夜裡到倫敦酒館，告訴朋友我們離蒙兀兒帝國的所在地僅僅幾公尺，但沒辦法更靠近。幸好有一家人看我們可憐，所以小心護送我們過馬路，一次越過一條繁忙的車道。

這次要穿越這條路時簡單多了，而我來到拉合爾門的外堡，亦即紅堡的主要入口時，有個標誌說明我站的地方，以及自己約略來到了什麼時期：**是第七個德里城的堡壘**。

我進入大門，走過一條壯觀的迴廊。這裡舉辦著市集，蒙兀兒的公主嬪妃曾在這裡購物，今天則滿是印度人與外國人在攤販前經過，那些人販賣著珠寶、服裝、手提包以及給觀光客的小玩意兒。再過去，堡壘通往一處類似古代大學封閉校園的地方，這裡集結著各種蒙兀兒建築：皇家澡堂、花園、庭閣、廳堂、一座清真寺、彩宮與鼓樓（後方就只有王公可騎馬進入）；這些建築正處於不同的修復階段，還有英國增建的建築，及幾棟不同的現代建築。

離開主要的行人步道之後，我看見一間平房似乎被遺棄在一排樹木間，周圍是缺乏整理的原野。這是充滿說服力的鄉間生活畫面，我甚至一時間忘了自己置身於世上最偉大城市的中央堡壘。我頭上有大如暴風雨雲的大型深色鳥類在盤旋。我從來沒在一座大都會上方看過這麼多鳥；我一定要記得問問奇蓉或她父親，這到底是怎麼回事。

接著，我來到一座拱橋，步道兩旁的牆上有箭痕且部分破碎；這座橋會通往薩林加爾古堡（Salimgarh）的南門。薩林加爾古堡是另一座堡壘，曾屹立在亞穆納河中的島嶼上，據說紅堡興建期間，沙賈漢就住在這裡。現在這裡沒有水了，而是德里內環線介於兩座古堡間的逆時針車道——路標上還指示著喀什米爾門的方向。遠一點有座供行人使用的土紅色橋，欄杆上有蒙兀兒式的裝飾，會通往一條把薩林加爾古堡一分為二的鐵道；這條鐵道來自德里交叉口（Delhi Junction），是這座城市的第一座車站，位於加濟阿巴德（Ghaziabad）東邊。

我在過橋的半途中停下腳步。到處都是樹，一時間，除了鳥鳴與遠處的喇叭聲，什麼都沒有，直到一列火車在我下方停下來，數以百計的老老少少從車廂跳出到一旁的軌道，開始步行旅程中的最後一段路，走向一．二公里外的車站。

幾十個孩子揮揮手，呼喚著我。我記得奇蓉喜歡的一道警告——「一列火車可能隱藏另一列火車」；這是肯尼斯．科赫[12]（Kenneth Koch）作品的標題。這句話在我腦海中閃現，我擔心其中一個孩子會分心，不慎遭撞。於是我繼續走，但我會在另一趟前往德里的另一個蒙兀兒紀念碑旅行時，想起他們揮手的模樣。那一次是到十六世紀的皇帝胡馬雍（Humayun）的陵墓，詩人奧克塔維奧．帕斯（Octavio Paz）曾將那裡描述為「玫瑰的高大火焰」。那時遇到一群衣著體面的學童跑過來，詢問我從哪裡來、我的職業、薪水與名字。我在許多城市都如蜻蜓點水般短暫停

12 肯尼斯．科赫（Kenneth Koch），美國詩人（一九二五－二〇〇二）。

留，神出鬼沒，在德里也不例外，但是過了半小時，我聽到許多人嚷著「馬克！馬克！」於是我抬起頭，看到他們從那座陵墓壯觀的基座平台上，全都對我微笑揮手。

我來到薩林加爾古堡的範圍內，走在丘陵草坪，經過已無人使用的監獄、水井、砲台遺跡、孤零零的路燈燈柱，以及幾隻到陰影下方打盹的流浪狗身邊。這裡沒有別的觀光客，只有幾個軍人坐在有百葉窗的展覽廳旁聊天。這裡的其他人都是軍人，大概不是我該來的地方，但是我經過時，他們沒注意到我。

據說，迦利布會來這裡和皇帝一起放風箏。現在，如果我有風箏，該去哪放呢？我走到一處會發出沙沙聲，沒人修剪的乾燥草坪，來到堡壘的制高點；此處可俯瞰薩林加爾古堡的城牆，也能看到亞穆納河，望向舊鐵橋（Old Iron Bridge）——我過了一會兒才明白，那就是我幾分鐘前站在上面的那條鐵路延伸過去的。沿著河流有一條路，兩旁有廣告看板、商店與非正式的聚落，還有機車、機動三輪車與各種各樣的車輛。據說這條河的狀況不好，但我在這邊看不出來，只看到有許多人往河邊移動，河上方還有許多鳥禽。

我從河邊轉身，走向座位處已缺了一角的紅色石長椅。我坐下來，發現自己好渴。我也感覺有點涼，在德里感覺到涼意依然會讓我意外。我扣上襯衫最上面的扣子。路面的喇叭混合聲有如蟬鳴傳了過來，飄到草坪上；成群的鳥飛起，另一班列車轟隆過橋。我喝了半瓶水，停了一下，再把剩下的喝完。我拿出手機，看看奇蓉寫了什麼關於迦利布的資訊，以及她所選的詩：

我寄給你的，是他很受歡迎的一首加扎勒（ghazal），想必你知道加扎勒，

——我不知道——

是對句構成的。每一組對句是獨立自主的——不是要成為整體敘述的一部分，像西方詩歌的段落那樣。相反地，加扎勒是由形式與整體氣氛相連。

我想著奇蓉，想著麻州現在幾點，也想著她的父親，他深深了解這座城市及這城市的語言。他年屆九十，但這時我尚不知他再不到一年就會離開人間，於是我就和平常一樣，想到下次他回德里時，我一定要盡力安排班表飛過來，和他共度在這裡的時光。我把手伸進口袋，拿出他女兒寄來的詩，現在頁面已有大腿的形狀，且有點潮溼，雖然從德里的角度來看，今天是寒冷的一天。

我傾聽著一個不屬於我的城市，也想起初次告訴奇蓉，我對自己的城市有什麼樣的想像。雖然我們不曾一同來過德里，但現在卻比以往更容易感受到她就與我同在，在這條神聖河流上方的堡壘，或在匹茲菲的某個地方。我們是坐在樹下破舊長椅上的兩個朋友；我們會聊聊詩或我們的父親；我們的聲音會蓋過附近道路的車流，而頭上盤旋的鳥如烏雲，甚至形成尖塔。我展開頁面，開始讀詩。

第七章

河流城市

麻六甲、倫敦、首爾與卡加利

四十歲生日後不久，我打開一本媽媽幫我做的剪貼簿，那是多年來第一次翻閱。裡頭有座頭鯨的照片，那是我們到波士頓市區搭賞鯨船時，在甲板上拍攝的。我也看到一份調查表，那是她後來和我一起撰寫的，並分發給我們這條街上的每個人。我請鄰居「在你偏好的選項打勾勾」：「我願意挽救鯨魚」或「我不願意挽救鯨魚」。（媽媽也幫我把這些全體願意的回應寄到某個地方，應該是白宮吧；我記得對方回覆了一封制式信函，我們就把這回函以磁鐵固定在冰箱上。）剪貼簿裡還有成績單，以及一張在紐約世貿中心頂樓拍的照片，而在同一頁則有我們在匹茲菲拍的照片，她在旁邊寫：「城市與鄉間！」

我翻閱剪貼簿到一半時，看見一張想像城市的地圖。我可能是在七年級時畫了這張地圖，描繪的是鄉下老鼠睜大眼睛的夢想：有單軌鐵路的車站、幾座教堂，每間都有藍色十字架，還有一架飛機，在「星系際機場」（Intergalactal Airport）各跑道的交會點等候。在城市的西邊有個東西我藏不太起來，那上頭的白色修正液已有細細的裂紋，就像油畫上的雲朵。

教堂後方高度發展的交通基礎建設，以及我畫錯的地方，都在城市的河流岸邊。事實上，這條河似乎是這個大都會的主要特色；可惜的是，在這安靜的午後，我以食指來回撫摸這將近三十年前畫下的藍色墨汁時，已想不起來這條河的名稱，或流向何方。

匹茲菲

在初次見面後的十七年，馬克與我正在一處公園，沿著一片狹長的土地，來到近在眼前的終點。我們沒有獨木舟，無法繼續前進。樹上沒有葉子，河上也沒有多少冰，而看著越來越小的灰棕色土地，我們問彼此，能如何分辨現在是三月，而不是十一月。

左邊是豪薩托尼河的東支流；這是莫希干語名稱，意思是「山後方的河流」，荷蘭人的記錄稱之為韋斯滕胡克（Westenhook），少校約翰．塔爾科特[1]（John Talcott）的時代則稱之為歐索頓努（Ausotunnoog）。塔爾科特是第一個看見這條河流行經伯克夏流域的英國人，據說他在一六七六年夏天，曾在河岸屠殺二十五名美洲原住民。

初次聽聞有人提到莫希干人是「從不靜止的水之民族」時，我以為這裡的水是指豪薩托尼河。後來，我和海瑟．伯魯蓋爾（Heather Bruegl）談到這件事。伯魯蓋爾是斯托克布里奇——

1 約翰．塔爾科特（John Talcott），殖民時代在康乃狄克區域的政治人物與軍隊領袖（一六三〇－一六八八）。

門西莫希干印地安部落（Stockbridge-Munsee Band of Mohican Indians）的文化事務總監，她告訴我這句話是*Muhheconneok*的翻譯，莫希干人（Mohican）這個詞即是這樣衍生而來；這水域就是*Mahicannituck*，亦即雙向流動的河，也稱為（有潮汐的）哈德遜河。

位於莫希干人家園東邊的豪薩托尼河，約與流過家園西邊的哈德遜河平行。伯魯蓋爾向我解釋，雖然豪薩托尼河在傳統上是部落的第二條河，但仍相當重要——匹茲菲就是靠著這條河的運輸而興起。這條河為經過的土地帶來沃土，也為無數的世代帶來水與食物，是一條有生命、會呼吸的河。

我和伯魯蓋爾說話時，她大約在匹茲菲往西一千兩百八十七公里遠的地方，也就是她部落今天位於威斯康辛州的土地。她談到祖先們在美國革命的餘波中，被迫從伯克夏遷移；先是遷到紐約州中部，之後到印第安納州，最後在威斯康辛州的幾個地方落腳——那路線彷彿淚痕。在我們對話前幾個月，她曾前往伯克夏，造訪幾處莫希干人的聚落舊址，向保育團體演講，也到豪薩托尼河一段時間。她告訴我，如果對大自然保持開放態度，那麼白然就會跟我們說話。今日，讓年輕人返回祖先的故鄉，了解這裡的水域尤其重要。

我們的右邊是這條河流的西支流。馬克與我停下腳步，正前方的路徑是從堤岸延伸到約只有半公尺高的泥堆，雖然不知怎地，這土堆的規模看起來遠不只如此——它的頂峰彎彎曲曲，高山山脊的細節一應俱全。再過去，則是匹茲菲河的兩條支流交會之處。

我認為匹茲菲是水的城市。這裡有兩座不算小的湖泊，伯克夏幫會在此野餐、游泳與溜冰。

我的中學校離河邊僅有幾步之遙，高中時，每天上學都要穿越另一條河。森林中或許還有五、六個地點，那是我和哥哥或是瑞奇玩耍的地方——瑞奇是我初中最苦的時代搬走的朋友。我以為那些地點是在不同河流的河邊或附近。我們會停下腳踏車，腳踩過水，在詭異潮溼的小橋下逗留到心裡發毛，或者坐在有日照的泥濘河岸，盯著無視於人、在我們眼前划水的河狸，也尋找熊的蹤影；我從未見過熊游泳，雖然其他人有時會目睹。我一直到了成年才知道，原來我以為在匹茲菲的九、十條河流或小溪，其實是同一條河流的支流，有時甚至是隸屬於同一條支流。

我不記得童年時有這座公園，雖然離我的舊家不到一英里。這裡曾因為奇異電子造成河川污染，引發法律爭端；作為法律解決方案的一部分，此處於二〇〇〇年代初期曾進行復育。奇異在匹茲菲設立過很大的工業廠房，現早已拆除，但在一九四三年的全盛時期，有超過一萬三千六百名員工在廠區任職，相當於城市人口的四分之一。在我小時候，那些廠區仍有數以千計的員工，許多同學的父母也都在那邊上班。我彷彿自出生就知道「奇異」是什麼意思，當聽到鄰居提到「奇異」或「奇異公司」時，從不覺得鴨子聽雷。

匹茲菲與奇異的關係相當複雜，這家公司提供幾個世代絕佳的中產階級工作，但也在裁員風潮全球化時代重創匹茲菲。而即使公司早已不再幫助居民養家糊口，對環境的衝擊卻很深遠。此外，這層關係牽涉的範圍或許更廣，因為以美國人的角度來說，匹茲菲的情況代表美國的原型：這城市是七月四日慶祝活動的發源地；多年來，「家鄉美國大遊行」（Your Hometown America Parade）是會在全國的電視上播映的活動。盧．蓋里格[2]（Lou Gehrig）曾在這把一記全壘打揮入豪薩托尼河，老奧利弗・溫德爾・霍姆斯曾稱「沒有任何補藥像是豪薩托尼河。」然而這些事跡都無法保護這條河不受污染，及其所流過的城市禁受的經濟環境變化，即使那樣的變化是起源於很遠的地方，比豪薩托尼河的源頭還遠得多。

就算在這個陰沉的下午，這兩條支流依然波光閃閃。河水看起來很清澈，但在我小時候也是如此，當時工廠附近的排水還要很久之後才會展開清潔，並緩緩往南進展到我們站的地方。我試著觀察、卻沒能看見這兩條清澈的河流如何在眼前融合，不過，我心中浮現了卡莉・賽門（Carly Simon）歌曲的歌詞，談論夢想家、一座稱為新耶路撒冷的城市，還有一條應該繼續流動的河。

我希望匹茲菲的土地、空氣與水能夠永遠乾乾淨淨，就像現在的樣子。我也希望匹茲菲能夠強壯健康。我希望每個在匹茲菲的人能安全，期盼這座城市的中產階級規模與穩定性能獲得推崇，讓遠方的經濟學家與政治人物都能取經。我希望匹茲菲有世上數一數二的新工廠，以及類似大學的機構，容納研究人員與綠色科技，就像爸爸愛讀的科學雜誌頁面上所提及的那樣。

你能為家鄉做的，實在少之又少吧？我想到自己開始寫作時，不光是寫在日記本，也曾經付梓，而我多開心有篇關於匹茲菲的文章能夠刊登出來，刊在世界各地管理高層的會議室中獲得廣泛閱讀的倫敦報紙上，重現匹茲菲市區的光彩。研究過程，我還連絡父母的前同事。之後，我也盡力嘗試把匹茲菲納入任何文章中。

但我又捫心自問，究竟能為家鄉做些什麼？我記得很清楚，高中時，常在走廊上看到一個孩子，他長大後與別人共同創辦大型網路公司──他的父親是退休的奇異工程師，在網路公司草創初期曾鼎力相助──不久前，他完成我常幻想中了樂透就能做的事：在匹茲菲中心一座屹立於豪薩托尼河西部支流的時鐘工廠與造紙廠原址，創造出數以百計的工作機會。

起風了，我把帽子往耳朵拉。馬克和我都認為會很冷，該是喝杯咖啡的時候了。我告訴馬克，聽說今天會下雪，但雪勢不會很大；匹茲菲的冬天和以前不同，而我知道，部分原因得歸咎於汽車，例如我們今天開來這裡的車子；還有我夢想能駕駛的飛機，以及遺棄我家鄉的工業。我把手放進口袋取暖，而在離開之前，我往南看最後一眼，這時初雪的雪花在上方出現，隨著氣流轉呀轉，最後消失在飄落之處。

麻六甲

我在吉隆坡國際機場找到一輛客運，上了車，但願沒搭錯車。這班客運並未滿座，很容易找到靠窗位置。我們加入晚間車潮，慢慢從馬來西亞首都離開，沿著無瑕疵的高速公路前行，兩旁林木茂盛得令人讚嘆；我忍不住猜想，這些樹木勢必得經常修剪，以免叢林再度佔領路面。方才落地時的大雨總算停歇，我低頭看高速公路邊緣精心規畫的排水道，試著想想吉隆坡哪天沒

2 盧・蓋里格（Lou Gehrig），美國職棒大聯盟史上數一數二的優秀球員（一九〇三－一九四一）。

下雨。

車流緩慢，我研究起路標上的地名，並以手機查起其中幾個。我戴上耳機，睡了一下，玩幾個遊戲，並聽聽音樂。等我們加速前往麻六甲州以及同名首府之際，我又打盹，醒來時，看到路邊有個路標寫著：

MELAKA BERWIBAWA

——卓越麻六甲——還有

SELAMAT DATANG MELAKA

——歡迎來到麻六甲

我們來到這座城市的客運站，這裡人口約五十萬人。外頭已經天黑，我感到疲憊，一時間突然希望自己沒有離開吉隆坡，這樣的話，現在就能和同事一起用餐。我找了間住房，上樓去，放下昨天在倫敦打包好的行李。之後，我就出門逛逛。

河上有風景如畫的行人通行橋，在橋上，一對夫妻請我幫忙拍照——但不是幫他們照，而是和他們一起拍，於是這對來自中國城市的夫妻和匹茲菲的人際分隔又少了一度。我在一名街道攤販前停下來，吃點雞柳和喝啤酒。我和廚師聊天時訝異發現，原來他的攤子並非剛到這裡幾小時的我所想的那樣，和麻六甲的一切一樣存在已久。他說，他是幾天前才嘗試做這個生意。他買了小烤架、一些雞肉——他的計畫就這樣而已。這雞肉吃起來不錯，生意似乎相當興隆，看來他做得挺好的。他問起為什麼我會來麻六甲，不敢相信我是飛行員，今天下午才剛在吉隆坡降落。當我吃完晚餐小吃，沿著河邊回到住宿房間時，我自己也不太敢相信。

Hier Leyt Begraven Hendrik Schenkenbergh, in sÿn leven Opper- Coopman en Tweede Persoon der Stad en Fortresse Malacca, overleden den 29en Juny 1671

亨德里克．申肯伯格（Hendrik Schenkenbergh）在此安息。他一生中曾擔任首席商人，以及麻六甲這座城市與堡壘的副指揮官。一六一七年六月二十九日逝世。

我睡了沉沉一覺，醒來時神清氣爽，但從河岸走上來之後覺得氣喘吁吁，於是在明亮的熱帶日光下暫停腳步，閱讀墓碑上的古荷蘭文，並抬頭看看聖保羅教堂（church of Saint Paul）的屋頂在哪裡。這間教堂曾短暫收留聖方濟．沙勿略[3]（Saint Francis Xavier）的遺骨，也比其他教堂更有理由缺乏屋頂——畢竟是興建於一五二一年，有個告示牌上寫著這是東南亞最古老的教堂。

麻六甲的起源及後來的財富與顯赫地位，與其位置密不可分。麻六甲位於馬來半島上的山脈南邊，不受颱風侵擾，也是等待季風季節性反轉的好地方，因此幾個世紀以來，許多亞洲的商業活動都會在此進行。或許最幸運的是，以這個聚落命名的麻六甲海峽，是非洲、歐洲、中東與次大陸通往東亞最短的海上航路。

托梅・皮雷斯[4]（Tomé Pires）是葡萄牙藥劑師，一五一二年來到麻六甲，他把這海峽描述為「食道」，並驚訝地發現「目前沒有商港和麻六甲一樣大」，而他也明白香料及麻六甲與遠方城市的聯繫所帶來的財富，因此還說「無論誰是麻六甲的主人，都已把手放上威尼斯的咽喉。」今天全球或許有三分之一的海運貿易會通過這道海峽，包括許多從波斯灣來的石油，會經過這裡送到中國與其他東亞繁榮經濟體；通過這淺水海域的最大船隻，也冠上這道海峽與城市的名號：麻六甲極限型（Malaccamax）。（合格的船隻通常吃水深度不到二十三公尺。）

不難想見，麻六甲河入海口向來都有聚落存在，但這座城市的歷史通常會追溯到大約十五世紀初，一位名叫拜里迷蘇剌[5]（Parameswara）的蘇門答臘王子抵達此處。他登陸時，有個小型的海峽居民（Orang Selat）群體住在河口附近。拜里迷蘇剌在海峽南邊建立起家園，並在兩岸之間修築一座木造橋。

於是，滿剌加蘇丹國誕生，在整個十五世紀掌握大權，並與中國明朝建立起商業與政治聯繫。這個過程中最明顯的案例，就是中國的鄭和造訪；鄭和率領的艦隊曾遠達東非。據說在麻六甲的黃金時代，這裡可以聽得到八十種語言，港口能容納超過兩千艘船隻。

以我的經驗來說，我初次待在此城的第一個整天，就聽到身邊有各種語言；光是要辨識其中一小部分就耗盡力氣，可見麻六甲的訪客仍來自四海八方。麻六甲也是有豐富文物的城市：有間博物館收藏著十四世紀馬來半島的貨幣，其形狀是小小的立體錫製動物，例如鱷魚、螃蟹和魚；另外，我在一間傳統麻六甲住屋看到一台布滿灰塵、已經卡住的打字機，上面放的紙張上印有**大英帝國（BRITISH EMPIRE）**的記號，就像今天商務人士的筆電上會出現某跨國企業的標誌一樣。麻六甲也是花朵的城市，有的種在懸掛的花盆中、有的是野生、有的畫在長椅的磁磚上，也有的是描繪在街燈玻璃面板上；名字也變化多端，會以馬來文（以羅馬字母書寫，或是以阿拉伯文衍生的爪夷文）、中文、荷蘭文或英文刻在墓碑上。

但我已經知道，我對麻六甲最深的印象會是這裡的河流。我在咖啡館問了一位在麻六甲出生的人，今天這條河流還有什麼重要性。他回答：我們今天不會仰賴這條河了，那或多或少是給觀光客的。

因此，在這座城市的第二天，我來到該來的地方，也就是在麻六甲河（Sungai Melaka）的碼頭等待夕陽——等到夜幕降臨城市之後，時差帶給我的困擾會大幅縮小，這時太陽不會在天空移

3 聖方濟．沙勿略（Saint Francis Xavier），耶穌會創辦人之一（一五〇六－一五五二）。

4 托梅．皮雷斯（Tomé Pires），葡萄牙藥劑師、作家、水手和財政大臣，是中國明朝以來，首位進入中國的西方使者（一四六八－一五二四或一五四〇）。

5 拜里迷蘇剌（Parameswara），麻六甲蘇丹國開國君主（一三四四－一四一四）。

動，堅持透露真實時間的訊息——也等著搭船，屆時船會帶領一群人前往上游，進入城市核心與後方。

我拍了張河流的照片，寄給英國友人希塔（Seeta），她的印度籍外祖父曾在麻六甲任職，先後擔任英國與日本官員的法庭口譯員。希塔的母親是在麻六甲的醫院誕生，曾回憶起在一九四〇年代的童年聽到空襲警報，而他們位於河岸不遠的高架木屋下，常有蛇與母雞出沒。

後來，呼拜聲傳遍整座城市；我試著讓今天稍早在博物館看到的繪畫與老照片，和眼前這條河搭配起來。有張沒有署名的現代繪畫描繪著這條河把某個聚落一分為二，這個小聚落頂多和村莊一樣小（這張繪畫是依據十五世紀初期馬歡所寫下的文字而來。馬歡是翻譯者，曾隨著鄭和下西洋，也寫到麻六甲的老虎會化身成人，在街上行走）。馬歡稱為宮殿的結構屹立在東南岸，長方形的區域以垂直樹幹柵欄圍起。一名守衛站在唯一看得見的入口，附近還有木橋通往西北岸。

我今天也看到一張照片，是一九〇一年在河邊拍攝的。照片中，東南岸有電線桿與幾盞路燈，還有遮陽棚為通往水域的部分階梯遮蔭。一台腳踏車靠在石造堤岸上，掛著斜帆的三艘小船在附近漂游。另一張一九六〇年代的照片（一樣是黑白照）拍攝到河上的些許船隻，有些有船桅，但有些已沒有船桅。汽車時代已降臨到這座海岸：六輛停好的車子取代腳踏車，後方則有一個穿著淺色衣服的成人身影，孤獨地往鏡頭反方向遠離，顯然沒有察覺到攝影師。無論那是誰，現在肯定年事已高，或甚至已經不在人間。

宣禮員結束呼拜，而我望向身邊，看見一對年輕的荷蘭夫婦、幾個包著頭巾的馬來西亞女子，還有十幾個中國遊客在碼頭等船。另有一對看起來像是來自英國的老夫老妻，說不定是幾天前的夜裡，由我載著從倫敦飛來吉隆坡。他們有一種特質吸引我注意。我固然對他們一無所知，不知道他們的確切年紀、困境或健康狀況，然而他倆看起來似乎非常幸運：兩人有說有笑，一同踏上如此漫長的旅途，來到世界遙遠彼端的美妙城市。

時間到了。我們登上小船，馬達發動之後出發。

一會兒之後，我們經過一座橋；它和許多橋一樣，以模仿水的彩色燈光打上橋身，彷彿燈光就像熱帶降雨一樣會流下來。橋底下的桁格與凹處也以明亮鮮豔的光打亮，不像許多城市那樣盡是鳥巢、蛛網與塗鴉。

更多聲光流入河面，那是來自在岸邊等人雇用人力三輪車。有一台是會發出刺耳樂音的凱蒂貓（Hello Kitty）款式——顯然看也不是，不看也不是——這輛車有一圈圈心型的白色與紫色燈光脈動，還有這位戴著蝴蝶結的知名日本卡通人物絨毛玩偶包覆。這人力車是吃角子老虎、自動點唱機、大小輪自行車與一人樂團的綜合體，比一般車輛更具聲光刺激，其所產生的效果簡直是迷幻色彩，至少對一個有時差的內向者來說是如此。

我們的小船在河邊駛過，上方是河濱咖啡館、攤販、觀光客人群與三輪車駕駛招攬生意的喧鬧聲；河水映照出的豔麗燈光，讓人忘記我們並未置身其中。這條河流在如同拉斯維加斯賭城的閃亮人造物之間蜿蜒，很難不替這些樹木感到些許抱歉，它們在夜裡恐怕不得安寧。有些樹木由下方發射到樹幹的繽紛光點照亮；有些則包覆著密密的白燈，不僅樹幹，連樹枝也無法倖免，還有更多白色燈串如藤蔓垂下，彷彿是另一個星球的森林，樹木會在白天吸收日光，到了夜晚再發光。

在河流的某些範圍，建築物緊鄰河岸聚集，但它們原本可能散發出的中世紀光環，在這狹窄繁忙的河面片段上被分散，因為河面捕捉、重複與扭曲的，是河岸旁鮮豔的紅、綠、藍、黃色燈管畫面。更往內陸一點，在船隻返航之前，岸邊的建築物似乎更洋溢著住宅色彩。然而即使到了這裡，欄杆仍滿是多彩的燈光線條，這些線條在匹茲菲是白色的，只在聖誕節使用，目的是模仿冰柱。

我想，或許是因為河道狹窄，因而燈光更顯集中。在倫敦，若是天黑後穿越泰晤士河，會不時看見閃爍的映影，但我最常得到的印象是這地帶對多數人來說仍是致命的；它與明亮城市具體呈現的希望，以及自古以來人群聚集所帶來的安全承諾相牴觸，至少在夜晚是如此。

船回到碼頭。我依依不捨下船，不確定該往哪兒去。簡單來說，我感到有點孤單。我不知道如何以馬來語向導遊道謝。我沒有和船上的其他人聯繫或對話；離開時，也沒有和任何人點頭或眼神接觸。我試著想像每個人回到家中的房間，也許是在英國、荷蘭、或中國，之後把行李箱放到不同的表面上，再打開來，脫掉今晚穿的衣服，扔進待洗衣物堆；而我印象深刻的是，在這歷史悠久的世故城市，我們絕不是第一批來自這些地方，並齊聚在河畔的旅人。

我回去找一間在船上就注意到的餐廳，並坐在搖搖晃晃的餐桌邊，距離堤岸的垂直邊緣只有幾呎之遙。我剛得知，河岸的黃色燈管是為了近期的觀光整修計畫而裝設；燈光映在起伏水面上彎彎曲曲的畫面，猶如老派電影中的倒敘回憶，隨著漣漪盪漾，直到一艘船經過，尾波劃破映影。我拍了張河面的近距離特寫，寄給馬克。他所在的地方是正午，肯定也不知道我把鏡頭對準哪兒；有朝一日，我會在家中沙發滑手機看這些照片，而當下次這個畫面再次引起我的注意時，我也得提醒自己：我那時在麻六甲，這是夜間燈光照在河上的景象。

倫敦

馬克與我的第五次約會即將結束。我們在倫敦塔橋附近的披薩連鎖餐廳吃完晚餐，現在沿著泰晤士河南岸的步道散步。我們行經首都的新市政廳；我在希斯洛著陸之前，最後一次大轉彎多半就是在這上空。之後我們走到一個地點，不久之後，會有個魔術師讓自己待在懸於半空的玻璃箱中，像是廣播公司的標誌，那畫面將會存在於許多關於這個時期與這段河畔的記憶中。

這趟漫步時，我並未抬頭看飛機。即使聽到飛機就在正上方，甚至聽得出那是七四七，我都不會抬頭；因為我們一路上，笑談之前去市場買草莓時發生的趣事，並往下游前進，尋找一張長椅。

首爾

這個路標提醒我，我不在匹茲菲：**身穿韓服者免費進場**。

幾年前曾有朋友問：你沒去過的城市中，最大的是哪個？我不知道，也很訝異自己從來沒好奇過這個問題。後來發現，當時的答案應該是首爾。

因此，我第一天來到首爾就早早起床，從飯店附近的車站花二十分鐘搭車，造訪從地圖上看起來最適合的起點：首爾車站。之後，我往北走，喝杯咖啡，在超現代的首爾特別市廳舍逛逛。這座市政廳宛如一道玻璃海浪，出現在原有的石造市政廳上方，下方還有一塊擁擠的綠地，有工作人員正在為音樂會做準備。不久之後，我抵達景福宮的售票口，加入漫步進入城門的群眾行列，從穿著紅袍的守門將面前經過，看見他們握著閃亮、飾有流蘇的長柄武器。

景福宮最初是在十四世紀末，由高麗王朝的開國君高麗太祖所成立，他會選擇首爾，部分原因是這裡是四山環繞的山谷，若依據傳統風水來看乃是福地。在山峰上，這築有城牆的皇宮設有五百棟建築物與七千五百個房間，本身幾乎就是一座城市。한글是諺文[6]，為韓國人使用的書寫系統，是十五世紀在集賢殿創造出來。我覺得這種文字迷人極了，也有人告訴我這比成千上萬的中文與日文字更容易學，於是南韓會在每年十月九日的韓文日，放假慶祝這個成就；北韓則是把朝鮮文日訂在每年的一月十五日。

今天剩下的時間，我打算走到漢江。漢江在流經城市時，河道出奇遼闊，在部分河段，河岸兩邊甚至距離超過一公里。整體而言，漢江東西向的河道蜿蜒流過首都的中心，對於一個有時差的旅人來說，追溯其流向或許會讓人想起遠遠沒那麼寬的倫敦泰晤士河，某些彎曲處尤其類似。因此當我在地圖上查看漢江上的橋梁時，以為會看到滑鐵盧橋（Waterloo Bridge）而不是東湖大橋（Dongho）；聖水洞（Seongsu）所在地則變成黑衣修士區（Blackfriars）。

在前往漢江的河岸途中，我等著穿越一條遼闊的大道。這條大道樹木林立，部分是行人專用；我看到一間冰淇淋店，還有野餐桌，並聽到流水聲。我來到道路的中央地帶，看見從水池傾瀉而下的瀑布，還有可通往中間水道的階梯，那水道彷彿從首爾的混凝土外殼中突然冒出。

這就是清溪川（Cheonggyecheon），西向東的流向從風水角度來看是有道理的，以平衡漢江東向西的流向。幾個世紀以來，首爾的孩子會在這裡玩耍，母親則在這裡取水，或在附近洗衣；在某些時期，這裡則是下水道。在二次大戰之後，都市化與工業化為這條溪流造成現代污染，河岸則有破敗的棚屋區。一九五〇年代，這條河流上方加蓋，到了一九七〇年代，如同許多城市，這條暢通無阻的水道深深吸引交通運輸規畫者的眼光，於是沿河興建起高架道路。這條河流的名稱為人熟知，部分原因是〈清溪川八街〉這首歌曲；這是南韓在一九九〇年代相當知名的抗議歌曲。二〇〇〇年代初期，高架道路拆除，讓這條河重見天日，重新修復。

今天，清溪川在比周圍城市更低的地方流動，因此你必須靠斜坡、樓梯或電扶梯，才能走到

6 現稱為「韓字」。

它旁邊的步道。一旦抵達，就可以順著看起來充滿自然風情，但實際上是經過高度規畫過的廊道前進；周圍有綠色植物、公共藝術，還有標示著火焰與數字的標示，說明你已燃燒多少卡路里。這裡也有夠大的傘，可與人一起躲雨，也意味著這座城市有時會降下驟雨，即使在這清冷的秋日早晨。難以想像，但雨勢可能很大；所幸時間夠短，可以和一群陌生人等雨停。

我走路走得最遠的時機，就是剛抵達新城市的那幾天，首爾也不例外。我走過車站到景德宮的蜿蜒道路，現在又沿著這條溪流多走了好幾公里路。我想，流水聲在有時差的人耳裡聽來，必定有療癒之感——這條經過整治的溪流常被描述為「奇蹟」或「綠洲」，安藤忠雄等世界首屈一指的建築師也對此地讚譽有加——不過，如果說這條河的力量來自大自然並不準確，因為這條現代溪流很難自行流動。清溪川並不像芝加哥河那樣，以工程逆轉流向，但為了打造出都會的便利設施，這裡的河水仍舊是從漢江打上來的，而不久之後清溪川又會透過漢江支流，匯流回江中。

的確，許多人說清溪川並非真正的復育系統；有批評者甚至指出，這裡或許該稱為水平噴泉，牧師與環保行動人士崔秉成（Byung-sung Choi，音譯）就說這裡是「巨大的混凝土魚缸」。或許，只有和周圍的大都市帶發展相比，大自然在這裡才顯得蓬勃發展。步道上有淺溪與小沼澤；有原生柳樹、白楊、荻叢沿著溪流生長；研究顯示，這條溪流附近的溫度會比幾個街區外的道路低幾度。自從這條溪流整治之後，魚類與鳥類物種的數量增加，有些物種代表吉兆，例如韓人認為代表幸運的鯉魚（일반 잉어，讀作 *lban ing-eo*），以及代表百年好合的鴛鴦（원앙，*wonang*）；經常有人會以木頭刻出成對的鴛鴦，當作傳統的結婚贈禮。清溪川的水很清澈，而我

影子下成群的銀色魚鱔讓我想起，夏天時曾和父兄在匹茲菲的堤道拋出釣魚線；我也想到，今天在豪薩托尼河的伯克夏河段旁會樹立警告標誌，要你別吃抓到的魚，警示語還以英文與西班牙文的大寫字母書寫，搭配鴨、魚、龜、蛙四個圖示，圖示兩旁都擺著刀叉，並以斜槓畫過，表示：禁止。

這條首爾的河流傳達出城市能如何有力地結合自然與人工，也讓人比較新與舊。我一而再、再而三停下來看著那破舊的T型柱，那不僅紀念著舊時代的都市規畫，也紀念著其所支撐的高架道路上必定發生的塞車路程。我也喜歡歷史標示，說明那些顯眼的碎石堆，是更古老的基礎建設所留下來的遺跡：「這是孝經橋原址。亦稱為永豐橋（Yeongpunggyo），或稱為盲橋（Maenggyo或Sogyeongdari，意指供盲人使用的橋），因為這一帶曾有許多盲人居住。這座橋最初於何時興建無法確知。」最吸引人的，莫過於一八二〇年代的首爾地圖，就裝在河邊的磁磚上。這是複製木刻的首善全圖，很容易看出這座城市的完整度，以及完善的城牆與層層高山環抱著首都，有如神話再現。

首爾的地鐵站月台上擺著櫃子，透明門板後收藏著防毒面具（我飯店房間內也有幾個，還有緊急用手電筒與逃生繩索）。因此清溪川沿途都把公共安全視為首要考量，並不令人意外。在局限的空間內還設有警示牌，說洪水可能造成受困，因此步道每隔一段固定距離就會有逃生梯，橋下的灰色石牆上也有可推開的門板——一旁的警告標誌寫著：**下大雨時此處將打開水閘，為了您的安全，下雨時請遠離河岸**——讓我想起每一則提及城堡和祕密門道的童話故事。

在幾個地方，民眾可踩著河床上的踏腳石到對岸；這些踏腳石並非只為了增加更多讓人行走的橋而隨意放置，而是更有趣味的設計。想必一定有人和我一樣，記得小時候在光滑岩石上跳躍，有時腳下的岩石還會滾動。在首爾市中心，踩著河流中的踏腳石也有相同祕訣：速度快一點比較容易。今天有幾個孩子學會這一點，還有個飛行員想起了這件事。在世上最大的大都會之一，我就這樣度過第一天：這條修整過的支流並不是靠著地球引力流動，而是靠著看不見的馬達運作。這條河著實賞心悅目，讓我沒能前去真正的那條河。

卡加利（Calgary）

我提醒自己，現在才九月，但陰涼的天氣讓我無法忘記這座城市位於北美的內陸深處，而在加拿大的大城市中，這顯然是最高的一座。卡加利機場的高度是一千零九十九公尺，比格雷洛克山略高，那是我在伯克夏的參考點。在格雷洛克山上，可把五個州的景色收進眼底，樹木也在狂風吹拂下長不高，變得像盆栽。因此對我來說，要能體會到卡加利的高度，就要想像這裡即使不是天空之城，高樓也是蓋在比白雪皚皚的格雷洛克山山頂還高的地方，郊區與鄉間都在陡峭山坡擴展開來。

透過高樓飯店的厚窗，我看得到外頭開始下雨，卻聽不見雨聲。我想跑步，但這樣寒冷潮溼的天氣，讓我很難下定決心。我告訴自己，只有一開始會感覺到涼意，或者只有停在路邊和行人一起等待紅綠燈號誌的期間，才會又感到寒冷。不久之後，我就會到河邊，到時候不會有紅綠燈，也不會有車。

每回讀到「活在當下」是保持心情平靜與幸福的關鍵，我就會想起自己毫不明白正念和想像這個行為有什麼關聯——想像是指有能力前往某個地方，一個並非自己實體存在的地方。我年輕時，為了同志身分、語言障礙和當時任何顯得嚴重的問題而掙扎時，會覺得若能到想像的城市，或想像自己在真實世界中夠遠的地方旅行，都像抓到救命浮木。時至今日，我已是心滿意足的成年人，仍覺得能輕鬆前往他方往往是美事一樁，或至少可以利用想像的方式，更容易接受洗碗、牙科手術或延遲（例如車流緩慢、大眾運輸誤點或睡不著）等問題。

想像也可以讓運動簡單一點，至少像今天這種沒什麼心情運動的日子。我知道自己該試著到外頭跑步，而不是在飯店氣候受控的環境中踩跑步機。在外頭，我會足夠活在當下，看看這座城市與世界的情況；也會足夠留意當下，讓老實的加拿大雨水朝我身上打，並向其他跑者點頭致意，得到鼓勵。相反地，在飯店健身房裡，我不會淋溼，甚至連一秒都不會覺得冷。我可能不會和任何人說話；我會戴上耳機，聽自己喜歡的音樂快跑，並想想任何我喜歡的事、喜歡的地方。我還告訴自己，說不定這間飯店有新型跑步機，可以虛擬跑道，假裝自己穿過森林或登山步道，或是我最愛的——在一座宜人卻不知名的城市沿著濱海大道跑；雖然只是虛擬，但我一次又一次在六大洲通常無窗的飯店健身房，想像這樣的跑道。

我換上短褲，坐在地上綁運動鞋鞋帶。風想必更強勁了，我看著雨滴默默打在窗玻璃上。待在室內，還是戶外？我責怪自己猶豫不決，也對正念的想法感到些許不悅。不過，這一次清教徒的自責心態（但仍可能帶有正念）勝出。我把打好結的白色耳機放在客房服務菜單旁，之後可以用這份菜單來犒賞自己；然後就往大廳走去。一對年長夫妻站在門廊邊，吃力地處理溼漉漉的傘，並盯著穿運動短褲的我，好像我是個傻瓜。我想告訴他們，對，我同意，這樣很蠢，但我答應自己之後可以喝熱巧克力，還有吃碗義大利麵。我經過他們身邊，對他們點頭打招呼，便跑向卡加利的冰冷細雨中，我打了寒顫——但只有短暫一會兒，指責心態盡責地記錄——就開始朝河邊前進。

弓河（Bow River）的源頭是弓湖（Bow Lake），位於班夫國家公園（Banff National Park）的弓冰河（Bow Glacier）下方。在卡加利，弓河會與肘河（Elbow River）交會——弓、肘，這名稱很難記清楚，而這座城市的自來水均勻適當將兩條河的河水混合起來——再一起流向經常結冰、沒有特色且遼闊的哈德遜灣；許多來自歐洲的航班會在大圓航線上於此交錯，再飛往像鳳凰城這樣熱得出名的地方。弓河大部分的水是來自落磯山脈的融雪，在某些季節，乳白色的河水很容易讓人想起山上冰川的碎裂顆粒從眼前飄過。在其他時候，河水相當清澈，或綠如翡翠，例如像今天這樣灰濛濛的天氣，河水依然保持些許翠綠。

來自匹茲菲與深受匹茲菲影響的我推測，現在才剛入秋，然而在這位於加拿大內陸的高海拔城市，黃色落葉已在路邊堆起。我跑過齋浦爾橋（Jaipur Bridge）——上頭寫著：**肯定印度齋浦爾與加拿大卡加利這兩座城市的友誼與善意**——然後繞回，朝東南邊的河濱步道前進。

我曾走路或跑步到許多城市的水岸，但卡加利的尤其美：河流在繞過小島嶼時，水聲汩汩作響；這裡有自然步道，養護甚佳，標示清楚，還有行人專用橋與藝術裝置；這裡是整個國度的縮影，人民友善，空間不擁擠。如果我帶著相機，天氣又更晴朗些，我就可在高階跑步機上建立自己的數位跑道，甚至向對我招手的跑者揮手打招呼，不過，恐怕很難想出更缺乏正念的點子了。

我穿過橋下，經過以公共藝術來裝飾的混凝土橋墩，上頭有卡加利人戴著混凝紙漿面具的照片；其中有個人戴著藍眉毛與紅唇面具，我後來得知，那位參與者叫做唐恩。他解釋，他選擇那張面具是因為它看起來很像自己的鄰居。我在另一座橋下稍作休息，一旁的測量儀會追蹤這條河實時變化的深度：有季節性差異，有時會出現對城市造成危害的洪水，有些則是衡量弓河在氣候變遷下加速融化的情況。之後我繼續往前，只有在行經資訊告示牌時，才會暫停下來，在原地慢跑。

其中一個告示牌上寫著：**卡加利人向來理解河谷的美與公共價值**。

另一個告示牌則寫著：**我們尚在選擇，決定該建立什麼樣的城市**。

由於雨水夾雜著汗水，現在的我渾身溼透，而等到跑者愉悅感出現時，我瘋狂愛上了卡加利：此時此刻，這是最終極的城市。我以前想像的城市又突然栩栩如生，這情況很常出現，而這座城市在我想像中也會改變，以順應與反映周遭真實環境中，令人感到愉快的新事實。

我看見貨運列車，其緩緩前進的速度並不比我跑得快多少。我想對駕駛揮揮手——也許是出於親切感，因為我在匹茲菲時，隔壁鄰居是從奧爾巴尼到紐約的火車列車長。也或許是因為，所有在工作時透過大型交通工具前窗觀察四周的人，都讓我感到親切。我繼續跑，之後在接近弓河與肘河交會處暫停，卡加利堡（Fort Calgary）屹立於此，這是一八七五年由新成立的西北騎警（North-West Mounted Police）設立，他們是皇家騎警隊的前身。河流交會、堡壘屹立，一座未來城市有了名字。

我在閱讀資訊看板時，雨停了：**若當初規畫的一切都確實建立，卡加利就會和芝加哥一樣大**。我慢跑通過肘河上一座風格獨具的行人橋，這座橋有彎曲的鋼造欄杆、木長椅、光滑的灰色圓柱，裡面裝設著燈；我也俯視一條和這綠色通道平行的街道。只有幾輛車停在屋外。我想，大部分的人都去上班了，早上開車出門，晚上才會回來。對飛行員來說，要記得這樣的節奏並不容易，恐怕也記不太得卡加利居民今晚大概都會回家，刷牙後上床睡覺；而我會在停靠於這城市機場的飛機上，於發光的駕駛艙裡啜飲熱茶，小心設定穿越極圈的航線——一條帶我離開的航線。

我繼續跑，經過一個防熊垃圾桶，上頭還以花朵照片覆蓋，之後再沿著河往前跑一小段。然後我終於決定，該是折返的時候了。沒多久，我在一座騎警與馬匹的銅像下方暫停下來，重新綁緊左腳運動鞋溼透的鞋帶。在這灰色混凝土台基上，繞著一圈深色的金屬字，以斜斜的手寫字體寫著：站在遼闊開放的草原中間，想像一座城市，感覺如何？

於是我站起來，閉上眼想想看：不只是一片草原，而是這片草原；不是任何一條河，而是這兩條河；直到——我穿著T恤，雨又開始下了，而這是九月底的卡加利——我開始發抖，於是我睜開眼睛，繼續往前跑。

第八章

空氣城市

哥本哈根、奈洛比、彼得羅波利斯與科威特

小時候在想像自己的城市時，從未思考過那些城市可能有什麼樣的氣味。我沒想過某個季節或下個季節，會有什麼樣的風降臨那座城市——這種風可能在數千年前初獲命名，染上神話色彩，被後來城市的磨坊與船隻善加利用；候鳥因為這風而更順利或更緩慢地在城市公園的湖泊著陸，或降落到整治過的運河上，那些運河總令人憶起過往的城市工業時代。

我從來沒有思考過，我們日日夜夜都在呼吸；也沒有想過構成大都會的眾生，每分每秒胸膛都必須有起伏。問題是，當你只想像一個地方，尤其是獨自想像的時候，沒有人會指出這麼單純的遺漏之處；沒有會伸出援手的朋友，或嚴格的視察者拍拍你的肩膀提醒道：你的城市沒有空氣。

匹茲菲

我十六歲，此時是我長這麼大以來最興奮的一刻。我多次和父母來到家鄉的市立機場看飛機，但從來沒來這上過飛行課。

教練說，他有些文件要填，等他填完再到他的飛機上。他在填寫一張表格的各個欄位，而從他的速度來看，他已熟能生巧。他問了我的體重，之後又看向一個測量儀；我明白那是外面的氣溫，而不是在匹茲菲飛機停靠的停機坪旁，這棟低矮建築裡的室內氣溫。

他一邊工作一邊說：這裡的空氣通常不是問題；我們不會飛那麼高，不會碰到西邊的狀況，再說，今天也不熱。他打開線圈裝訂的手冊，手指滑過線條細密的圖表，同時補充道：但如果每次都計算起飛性能，那麼無論你在世界的哪個角落，都絕不會出問題。

哥本哈根

從倫敦起飛之後，我們飛過北海、日德蘭半島，穿越西蘭島（Sjælland），朝松德海峽（Øresund）前進，哥本哈根就在這繁忙的海峽旁。我們短暫越過海峽彼端，進入瑞典領空，這會兒則開始一連串迴轉，朝向丹麥與其首都前進。

我二十九歲，剛拿到空中巴士飛行員的資格，這是我第一次飛到哥本哈根。西風很強勁，對地速度大約是三十節，因此，我俯視著從海灣的陰暗表面上碎裂的白浪銀河，預期最後進場會很顛簸。

然而出乎意料的是，這趟飛行的最後幾分鐘相當平順。我們落地之後，老鳥同事告訴我，在哥本哈根附近的空域，強風與風的均勻度並不罕見，因為這裡沒有明顯的山丘，所以不會減緩在大氣層較低處快速流動的空氣流，也不會引進亂流。我感謝他提供關於這座城市與此間空氣的事實，並把這些資訊加入筆記中；有人建議過我，飛行員（尤其是剛進這一行的）應該要記下剛認識的每一座城市在氣象學上的千變萬化。

奈洛比

我們飛過蘇丹時，夜幕甫降臨，那裡靠近藍尼羅河與白尼羅河的交會點，也是喀土穆（Khartoum）出現之處。現在，在清晰的星斗與看不見的衣索比亞高原之間，我們完成進場準備工作，要在奈洛比降落。

諸如約翰尼斯堡、溫荷克（Windhoek）、坎帕拉（Kampala）、路沙卡（Lusaka）與嘉伯隆里（Gaborone），還有距離目前位置東北方不遠的阿迪斯阿貝巴（Addis Ababa），以及前方的奈洛比都有共同點：皆坐落於海拔較高的地方（這七座城市中，高度最低的嘉伯隆里機場是海拔一千公尺，而最高的阿迪斯阿貝巴海拔則是大約兩千三百公尺。）溫度會隨著海拔高度而下降，位於高處會讓氣候較類似溫帶，與炎熱的大陸內陸城市常見的情況不同。不過，這些城市還是比標準大氣科學模型所估算的要暖得多，尤其在夏天；於是飛行員會將它們以及類似位置或高度的城市描述為「高溫高海拔」（hot and high），例如墨西哥城、德黑蘭與丹佛。

標準大氣模型對飛行員來說很重要，因為它可以讓我們計算偏離標準時會如何影響飛行——

最明顯的，就是和高溫高海拔城市有關。越高或越熱的地方，空氣就越稀薄，這表示引擎能吸入的空氣更少。在空氣比較稀薄的地方需要飛快一點，才能從機翼得到相同升力。在接近高溫高海拔城市時，由於我們的速度比較快，因此也會轉更大的彎，增加一半的所需哩程數，才能降低到落地速度。最後在降落之後，我們也會需要比較長的跑道才能慢下來，如此一來，我們又會向煞車系統傳送更多熱能。

今晚奈洛比的空氣剛好可當高溫高海拔環境的教科書範例——機場標高的官方數字為一千六百二十五公尺，亦即比一英里多一點點，氣溫大約是二十五度左右（媽媽晚年不喜歡新英格蘭的寒冬，也不喜歡潮溼的炎炎夏日，曾略微惱火地問我那行遍天下的爸爸，世上有沒有哪個地方的空氣是溫和的，讓她能整年毫不在乎氣溫。爸爸和藹地建議，要接近赤道，但是要夠高，讓氣候足以接近溫帶，例如奈洛比或基多。於是他沒動用任何飛航術語，就指出了「高溫高海拔」的環境。）事實上，雖然今晚奈洛比的氣溫似乎十分宜人，卻和標準大氣模型有著很極端的差異，因為根據這個模型，這高度的城市溫度應該只有四度左右。

我們收到最終降落許可，往西南前進；經過城市上空，之後轉到東北，對準跑道。飛機靠近設置在山稜線恩岡（Ngong）的導航信標時，就會張開機翼的減速板（speed brake），減速板伸到快速流動的空氣中時會產生獨特的低沉嗡聲；而我們比平常更早放下起落架。雖然做了這麼多減速的努力，但現在發生的一切——最後下降、城市外圍聚落的燈光快速流過——卻比平常快，並且是在更高的海拔高度上發生，這樣我們只會更強烈地感覺到我們彷彿在空中，接近一座靜止的大都會。

我們過了跑道入口，將推力桿拉到最低，引導兩百五十公噸重的七四七經過毫無生氣的風向袋。機輪一觸地，我們就把引擎調整到最大的反向設定——要減少煞車器的負擔就只能這樣做——而在經過長時間的往前推動之後，引擎盡力收集好幾公噸奈洛比稀薄的空氣，並把空氣推到我們前方。我們離開閃閃發光的跑道，轉向孤寂的陰暗滑行道，而在進入非洲的夜色時，整個奈洛比、甚至整個地球，似乎只剩我們這架飛機是唯一仍在移動的交通工具。飛機停好之後，我小心關閉四個引擎，一次一個，從右到左。引擎的隆隆聲依序消退，發出長長的金屬嘆息聲，而我看著測量儀表上的指針慢慢往下轉動，直到每個引擎的葉片都靜止。

彼得羅波利斯（Petropolis）

要接觸到彼得羅波利斯這城市涼爽芬芳的空氣，必須離開大西洋與里約熱內盧，上高速公路，往北開往內陸。

從所有明信片來看，里約是座山中城市。彼得羅波利斯就在里約附近，但是在巴西以外；恐怕沒有多少人聽過這座城市的大名。不過，若向每個要前往里約的飛行員描述這座城市的位置，他們都會知道你的意思，因為彼得羅波利斯周圍的山比里約的要高，在航圖中會以較有警示能力的顏色模式來顯示。詩人畢曉普在最後一次到匹茲菲找男友之後，過了很久，就與一位名叫洛塔

（Lota）的女子一同住在彼得羅波利斯；她曾說「雲飄進又飄出臥室」——或許這就是飛行員夢寐以求的城市空氣——而當畢曉普描述彼得羅波利斯周圍的山時，說「高得不切實際」，好像先想到的是飛行員得小心在山丘之間穿梭，才能降落在里約。

在陸地上反向進行這趟旅程時，這條從炎熱的里約往上延伸的道路彷彿知道不可能直達，因此在重巒疊嶂間畫上大大的弧線，攀上這座以「不斷追尋更高境界」（*Altiora semper petens*）為箴言的城市。我從隆隆駛過的巴士上，眺望陡峭的山谷與V字型的巴西天空，想一探這條路上更遠的路段；我實在想不出該如何轉彎與攀登，才能從這裡登上那城市。

終於，我們進入了城市。入口寫著：**皇家之城**（CIDADE IMPERIAL）與**彼得城市**（PETRÓPOLIS），指的是巴西末代皇帝佩德羅二世（Pedro II，一八二五～一八九一），他愛上這座城市涼爽清新的空氣，於是在這裡建造夏宮。在統治巴西五十八年之後，他遭到罷黜，家族朝代終止，共和國成立。不過，佩德羅二世的命運仍是康士坦丁之後每一位帝王所夢寐以求的——葬在以自己為名的城市。

和許多飛行員一樣，我是在一位有另類色彩且懂得航空的皇族吸引之下，來到這座城市。亞伯托・桑托斯・杜蒙[1]（Alberto Santos-Dumont）就住在這，他是許多巴西人心目中真正的飛機之父。在懷錶尉為主流的年代，杜蒙就曾和路易・卡地亞（Louis Cartier）設計了第一隻真正的腕錶，這樣查看時間時，手就不必從飛行器的操縱桿上移開。他過世後，依照法國國王所留下的傳統，把心臟從身體中取出，裝在由長著翅膀的角色捧著的金色小圓球裡，置放在玻璃箱，收藏在里約某博物館裡的台座上。他還有許多物品，都在彼得羅波利斯小小的住家中。

我初次來到這趟城市的旅程中，和兩名同事開心探索這位偉大飛行員的住宅，但我也會愛上另一個地方：水晶宮（Palácio de Cristal），這座溫室般的建築物就位於一座綠意盎然的小公園。

水晶宮在一八八四年啟用，是以簡單的鑄鐵及長長的垂直玻璃板構成。主要牆面皆有三個玻璃板那麼高。水晶宮沒有太多裝飾，但有些玻璃板前有卷旋曲線，地板的棕色地磚皆有沙色的百合花飾，建築物角落還運用柱狀裝飾，呼應著外頭的樹幹。

這座水晶宮的靈感是來自倫敦的水晶宮，其構件是在法國製造，之後送到這位於巴西的高地；一八八四年還曾舉辦大型舞會，慶祝組裝完成。一八八八年的復活節星期日，約有一百名彼得羅波利斯的奴隸在水晶宮獲得解放，而這次皇家慶典預示著整個國家的廢奴運動。

這棟建築物也曾當作農業展示館、溜冰場，以及城市夏季社交群體舉辦優雅舞會的場所。今天，水晶宮的水晶吊燈——在城市空中，高掛在這寂靜易碎的箱子裡，而距離最後一次玻璃反射著巴西宮廷的樂音與說話聲，已過了漫長時光——在厚重的熱帶日照中看起來沒有顏色，宛如骨骼，外頭有個牌匾寫著：這棟建築物是個地標，表彰彼得羅波利斯靈魂中最崇高的層面（*um marco que honra os mais elevados aspectos da alma petropolitana*）。

1 亞伯托・桑托斯・杜蒙（Alberto Santos-Dumont），巴西籍航空先驅，其職業生涯主要在法國發展（一八七三－一九三二）。

水晶宮的設計不算繁複，卻有個令人意外的細節，提醒訪客當初在此處舉辦的舞會並非像老照片那樣發生在黑白場域——雖然窗玻璃大部分是普通的透明玻璃，但有些是藍色的。

在這水晶宮的春日，當自然光線穿過藍色玻璃時，似乎讓天空色彩加倍，形成豐富的海藍色調平行四邊形，斜照在這些悉心鋪設的磁磚地板上。當我慢慢走過水晶宮時，跨過磁磚或繞過去似乎是恰當之舉——或許是因為這顏色看起來好珍貴，也或許是因為眼睛會很自然把這些低處的藍色當作是水。

水晶宮是我去過最令人心平氣和的地方之一。這種寧靜的效果著實難以解釋，因為這裡除了水晶吊燈與低矮空蕩的舞台之外，什麼都沒有。或許只是因為，這簡單的鑄鐵輪廓，在城市的空中扮演著照片相框的角色，維持著原本可能失落的時光，否則這輪廓內的東西就和其他地方一樣。

無論理由為何，我從水晶宮走出來時，回頭一望，就知道永誌難忘：這個寧靜的地方有藍色形體從天空落下，著陸後宛如優雅的影子在移動；而這飄浮的量體會讓我們感到穩定，好像裡頭並不是充滿空氣，而是乾淨的水；這是一座開放給所有人的玻璃宮殿，雖然幾乎每個彼得城市的居民，都在別的地方忙碌著。

科威特

在天亮前一個小時，我們離開土耳其月光照耀的白首山巒，穿越伊拉克國界，沿著一條巨河航向南方。光的邊緣精準順著底格里斯河的曲線轉彎，宛如在日間航班上看見沿著河邊生長的綠色植被。而後方，只有沙漠的墨黑色。

往更南方前進，當我們接近底格里斯河與幼發拉底河交會處之時——我們正飛過美索不達米亞平原，也就是介於兩條河之間的土地——遠處出現如針孔般的血紅光芒。再靠近一點，會更清楚看出那其實火焰，在周圍沙漠上方頗高之處顫動。這些火光是從油井釋放出的天然氣在燃燒，其產生的毒氣會危害附近的群體，是夜裡在駕駛艙看到最詭譎的景色之一，也是在面對氣候危機的挑戰時，最令我揮之不去的提醒物——尤其是這些氣體並非為了任何生產目的而燃燒。

在某些地區，這些火光在地面上畫出的圖案看起來是隨機的；在其他地方，則可能像是線條畫過大地，好似一個一個接連點燃的烽火台。在前往科威特的途中，火焰通常和日出的最初跡象一起出現。從巡航高度，會看到天緩緩變亮，且只沿著天地的邊界蓄勢待發；最遙遠的火光（和伊朗沙漠一樣遙遠）似乎要碰到地平線，卻被拉住，直到星星被突然從旁湧現的大量光芒一掃而空：白日追上了。

通常來說，在有人居住的世界上空，當無雲的黎明降臨，空中的觀察者會看見，電氣化文明所發出的燈光會在很大程度上消失，而下方的景象會慢慢轉變為我們所熟悉的顏色與特徵，出現陽光照耀的大地。但是在科威特城市上方與附近的天空，破曉通常很不一樣。在這裡，越來越明亮的日光並不是由下方的地面捕獲，而是由越來越呈現金黃色調的空氣捕捉。隨著新的一天變得越來越明亮，稻草色的光線會強化，直到填滿我們的擋風玻璃；而在最極端的情況下，擋風玻璃看起來就像是布滿塵土的琥珀色窗戶。

在《太陽陰影》（*The Shadow of the Sun*）這部小說中，科威特作家塔勒布·阿爾法伊（Taleb Alrefai）透過海爾米（Helmi）這個角色訴說移工的境遇。這位經濟移民剛從埃及來到科威特，妻兒則留在埃及。海爾米第一次在科威特城行走時印象很深刻，因為「太陽和我認知的很不一樣」，而天空「有生銹的橘黃色玷染」。在科威特美國大學寫作與任教的克羅格·羅密士（Craig Loomis）的短篇小說中，天空則像是「淡茶」、「奶油糖」或「骯髒香草」，而「太陽依然是沙塵後方的紅色概念。」

那些經常從天空來到這座城市的人，就會知道那些話是什麼意思。不難想像，如果我們可以直接看到「熱」是什麼模樣，那就會是停留在地球這部分的金黃色；或者我們的視線穿過巨大高聳的海市蜃樓，俯視著一座沙漠。這種空氣－灰塵－光結合而成的物質有時會非常厚，讓地表幾乎看不清楚；而當我們穿過這層空氣，進入科威特時，常會出現在其他地方沒有過的感覺——在太陽尚未出現之前，反而能更清楚看到這城市周圍的世界。

引擎回到怠速設定，現在我們開始下降高度。四周一片金黃；那不是雲，也不只是清新空氣，但確實足以帶來一種感受：機翼正以數百英里的時速切開某種有形物質；只有在把那物質裝到玻璃杯中、放在白牆之前才能勉強看到。

飛機高度持續下降，並切換到科威特的航管員。在前往他們城市的最後一段路程中，都會由他們來指引。我們依循指示，轉彎到波斯灣的開放水域上空。此時在這樣的空氣中不會看到任何金屬光澤，或看見像在其他早晨與行經其他海洋時，會看到魚群轉身時那種閃閃發光的景象。周圍只有濛濛霧靄，以及可能是菲拉卡島（Failaka）的陰影。我們在島上轉彎，之後再轉一次，遂接近城市南邊的大陸。我低頭一看，慶幸有儀器存在，而沙漠表面和宛如石板厚重的黃褐色空氣難以區分，再度令我驚奇；就這層面來看，遠比任何科幻電影能喚起的驚奇還強烈——我們在未來的深處，幾分鐘後，我們就要來到沙漠星球的最大都會。

的確，在許多早上，這充滿氣氛的模糊光線與大地的顏色均勻融合，兩者看起來都缺乏表情，彷彿看電視時切換到沒有編號的空白頻道所看到的雪花。之後，你開始在霧靄中看見直線，還有寬廣的公路，以及海濱低矮的別墅屋頂，而城市倏然在無法容納其他元素的空中與時間出現。

我們停好飛機，打開艙門，迎向一座炎熱程度在世界上名列前茅的城市。

作家與旅行家札拉．弗瑞斯（Zahra Freeth）出生於一九二五年，童年時期在科威特度過很長一段時間。有一次，她陪一名官員進行調查，想根除沙漠中的蝗蟲。她寫道：「車子在移動時，微風讓我們保持足夠涼爽；但如果停下來，吉普車的金屬側身很快就會發燙，根本碰不得。」如今科威特和其他沙漠城市一樣，許多停車場會有遮棚，為停在下面的車子遮陽。科威特的機場也有突出的遮陽棚供小型飛機使用，我以前從未在其他地方見過。

同事與我拿取行李，通過入境審查，總算從航站出來後，來到有遮蔭的區域。這裡有不少衣著時尚的女子開車接送乘客，這讓我想起科威特的大教堂，以及教堂中活躍的信眾與阿拉伯聖母，也提醒著我，並非所有的波灣城市都差不多。

或許你和我一樣，是在自己房間或教室的地球儀上，或在戰爭期間新聞播報時的地圖上，初次看到波斯灣；也可能知道這深具地緣政治重要性的水域大約呈南北向，而科威特城就在北端。然而，在波斯灣的西北邊，還有個看不太到的小海灣，至少我剛得知的時候是如此。科威特就在那小海灣的南岸。所以，當你站在城市海邊，例如靠近賽義夫宮（Seif Palace）之處，並往外面對著海浪時，其實是面對西北。若有個外國人拿下太陽眼鏡，在長途旅程後揉眼睛，那麼波斯灣開闊水域的位置應該是他在最意想不到的方向：右肩的後方。

沿著海岸發展出貿易城市的例子很多，科威特則是在沙漠之海中發揮同樣的功用，雖然這裡沒有水。在科威特城的沙漠這一側，也就是城牆外，曾類似內陸港口，來自內陸的貝都因人與商人會讓駱駝像船舶一樣停留在此。另一岸則如澳洲作家與探險家亞蘭．威里爾斯（Alan Villiers）的說法，他在《辛巴達之子》（*Sons of Sindbad*）中，將「好城市」科威特的航海歷史依照時序娓娓道來，說這裡是「世上最引人玩味的海濱之一，」而世上有些最能幹的造船者與水手，正是來自此地。

這裡的孩子們曾得在下課前於手上以墨汁標記，回來上課後還要讓老師檢查，確保他們沒去游泳。的確，由於氣候嚴苛，科威特最初是沿著海岸呈帶狀發展，也讓一位傳教醫生說這座古城「格外修長狹窄」。這座城市非常修長，所以在開齋節的第一天，住在城市東部的居民會去拜訪城市西部的居民，第二天則由西部居民造訪東部居民；好像科威特誕生時只有一個維度，後來才擴張為兩個維度，最後終於往上發展，變成有許多摩天大樓的三維度城市——一個以這座城市為起點的城市研究者可能會想像城市都是如此開始的，之後再慢慢於空間與時間中開展。

有個科威特酋長曾告訴搭船來到科威特的威里爾斯，如果要離開這座城市，務必騎乘駱駝。這故事預示著卡爾維諾《看不見的城市》中，曾提到雅努斯般的城市狄斯比那（Despina）——要來到這城市，只能靠這兩種交通方式。這也說明在石油讓科威特暴富之前，這個轉運中心如何在沙漠與海洋貿易路線的交會點發展起來，並一度成為波斯灣最大的港都。科威特城的市集（*souk*）在整個東北阿拉伯半島無人不曉，而「此地生產的珍珠光澤」，威里爾斯記錄，「在巴黎與紐約皆馳名；從敘利亞到新加坡，從開羅到科澤科德（Calicut），都尊敬此城的商人。」

對我來說，科威特的空氣、以及空氣所形塑與攜帶的一切，都是這座城市最誘人的特質。科威特翻轉了我通常認為城市周圍土地與水為真實，上方的空氣卻是虛無的感受，即使對必定經常直視城市的飛行員來說也是如此。

我們把行李放上機組員巴士，步上車廂。我坐在前排，才能有最好的視野。通往科威特城的寬敞公路很壅塞，讓人想起洛杉磯，而在較涼爽的早晨，我的視線會隨著開著窗的車前進，看著駕駛把左手臂伸到門外，手指隨著音樂或塞車引發的無奈而敲著門。於是我聞到大海的氣味，金黃如薄紗的空氣和加州的早晨頗為類似。

之後，我看到公路上方路標的地名——有威風凜凜的「k」，例如凱坦（Khaitan）與開凡（Kaifan），還有甜美流暢的「s」，例如西迪克（Al-Siddeeq）與沙爾克（Sharq）。這些路標讓我想起自己身在何處，還感受到一股近乎不真實的溫熱正在升起；我們穿過這城市上空時看見的棕黃色高地正在甦醒，於是我越來越明白，自己離家鄉有多遠。

巴士停在飯店前方的空地。我拿出房卡，前往樓上，拉上遮光百葉窗，爬上涼爽的床。

§

幾小時後，我打開百葉窗，外頭是我難以直視的燦亮。我把手掌按在窗玻璃上，感覺已和跑車的引擎蓋一樣熱。我把手機翻面，發現已是中午。

以前在科威特，天氣炎熱時，人們會睡在屋頂上，如今在附近許多缺乏空調的地區仍舊如此。十九世紀末，有個科威特領袖正因此而遭殺害，因為刺客知道上哪兒去找他：他在屋頂上熟睡。同時，在以前的海邊，水手若在陸地上沒有家，則會在夏夜裡舒服地在戶外睡覺。威里爾斯曾寫道，海灘上滿是「年輕的單身漢，在他們忠誠服務的船隻陰影下」睡覺打鼾。

我的飯店房間就和今天科威特城內的所有屋子一樣，有很強的室內空調。然而早在現代城市出現之前，人們早就知道該如何巧妙控制科威特的空氣。

貝都因人傳統上會依照風向來紮營，帳篷內的分隔方式也能調節氣流；在菲拉卡島曾開挖出據信是七世紀的宮殿，顯示這裡有捕風塔（wind catcher）的證據——這種結構可運用自然的方法，讓其所歸屬的主建築冷卻下來——還有運河系統，其設計可能是為了讓宮殿的室內更涼，被稱為是最古老的空調範例。科威特的傳統住宅也有捕風塔，以及很容易抵達且設有女兒牆的屋頂，還有設有遮陽棚、水池與植被的露天庭院。透氣的陶器可讓流過其潮溼表面的空氣冷卻成裡頭的水，而在住宅與清真寺還設有精心設計、傳統上以棕櫚葉製成的扇子；城市有間博物館裡，曾展示早期相當普遍的桌上型電扇模型，說明電扇曾是多驚人的東西；只要扳個開關，就能讓這座城市的空氣流動，帶來清爽之感。

在前往波灣炎熱城市的夏季短程旅途中，我有時會說服自己，乾脆等天黑後再出門就好；於是，我到飯店的健身房，或在筆電上看《歡樂酒店》重播，直到發現出門已太遲。不過，今天我決定要走一段短短的路程前往海濱，之後再回房間，站到和披薩一樣大的蓮蓬頭下，以清涼且所費不貲的波灣淡化海水沖個澡，然後再和同事一塊兒吃晚餐。

我攪拌著第二杯即溶咖啡，喝到肚裡。我穿上淺色長褲與上衣，塗點防曬乳，抓起太陽眼鏡，戴上藍色的紅襪隊帽子，隨後下樓。

大廳的旋轉門把我帶出飯店，來到前方的空地；此時一股感覺襲來，那種感覺唯一可能出現的時機，是我想像自己並非置身於摩天大樓與公路間，遠一點也不是沙漠或波灣，而是四面都是平滑的芬蘭木材。然而就像桑拿浴，這經驗並未惹人不快，至少在一開始時是如此，尤其我緩慢移動，偶爾允許自己停下腳步。這真是太奇妙了——確實就是字面上的意思，這是令人驚嘆的事情。你感覺到周遭空氣在你身上流過，先是這裡，再來是那裡，突然間到處流動，好像成了池水，你就全身穿著衣服跳進裡頭。

在炎炎夏日走到科威特的戶外，就像在冬天走到新英格蘭的戶外一樣，我通常在第一個呼吸時會喘不過氣。其實每回讀到冥想帶來的平靜效果，還有冥想時要專注於呼吸時的身體感受，我都會想起科威特；以及在夏天時，這種覺察經常伴隨著我——畢竟很難把焦點轉移到別的地方。

我眨眨眼，再度看看科威特的這個角落——棕櫚林立的空地、計程車——之後才開始走動。就算不提炎熱，這城市也不是能輕鬆散步的地方。有時候，人行道會忽然不見，變成使用中的工地圍籬，或是變成開闊的沙地，毫不客氣地提醒人們這裡是沙漠之城；斑馬線的標線似乎不重要；駕駛不太注意行人，雖然行人並不多，尤其是夏天的驕陽烈日之下。

我到對面有遮蔭的街道上，並告訴自己：你沒事的！這炎熱沒那麼嚴重。慢慢來，不趕時間。之後我驚訝地發現，熱氣再度襲來——雖然不該驚訝，畢竟我在夏天初次來到科威特的戶外之後，每十到十五分鐘就一定會發生。我的身體似乎突然明白，它所感受到的不只是溫度感知一時出錯，不認真看待的話，汗水就白流了。我開始爆汗，好像大腦控制板上某處開始閃紅燈，上司花了幾分鐘，瘋狂嘗試彌補手下選擇不相信荒唐報告的結果，於是，我再度感受到那種在匹茲菲最苦寒的夜裡瘋狂快走的經驗；這感覺相當弔詭，我身處在熟悉的地方，也就是城市裡，但我明白，在缺乏補給與保護的情況下，於此的生存時間只能以小時計。而在這氣候變遷的時代，這樣的時刻會帶來強大且引人焦慮的感受，彷彿看見未來的日子不可能再讓人散步，且不光是科威特得面對；如果不考量如何發電，這種靠著空調度過的日子只可能更糟。

有時在科威特，這情況讓我擱淺在六線道中的島嶼；周圍盡是巨大、會散射日光的疾駛車輛，我的運動鞋覆蓋著灰塵，帽子溼透。我很擔心自己來了不該來的地方；我抹去眼前的汗水，擔心自己看起來和我的實際感受一樣暴躁。在這樣的時刻，我會提醒自己在童年時有多喜歡地球儀上這座城市的名字，還從我想像中的城市畫出路線，來到科威特。之後，如果我還是想抱怨，我會告訴自己：難道你希望只憑著想像，來了解這個地方？現在你周圍的不僅僅是事實，而且是一個地方引起的感受；你曾經夢想能夠飛來這個地方，走過這個地方。

我經過一間南亞餐廳的戶外座位區，今晚會和同事來到這用餐。那香氣令人垂涎，我一時考慮停在這裡吃午飯，不再繼續前往我鍾愛的咖啡館。科學解釋，在較溫暖的天氣下，我們的嗅覺會更清晰，部分原因是無論在我們附近的是什麼物質，熱都會讓它釋放出更多分子到空氣中。但我有時候還是記不住，酷熱本身不是氣味；我鼻子裡顯然就有熱氣。我常在經過餐廳、飄著煙的食物攤販，甚至城市老市集的香料舖子時，會感覺到熱氣或多或少掩蓋了這座城市的氣味。

很久以前就有人提過科威特空氣的本質。來自美國的埃莉諾．卡爾弗利[2]（Eleanor

2 埃莉諾．卡爾弗利（Eleanor Calverley），科威特首位獲得阿拉伯婦女信任的醫療傳教士（一八八七—一九六八）。

Calverley）是科威特第一位女醫師，在一九一二年於這座城市開設醫務室，她「預期著在二月的某個晚上，當風從沙漠的方向吹來，我們該站在樓上陽台，聞聞芬芳的氣味。之後，我們就會知道在冬雨滋潤下，花朵又再度綻放。」對我來說，這座城市最強烈的氣味是波斯灣的氣味，會隨著風向來來去去。如果沒有這股氣味，就一定會有沙漠的氣味。

吃了遲來的早餐之後，我繼續朝海濱走。沙灘上，有家庭在休息，還有男子在踢足球——和其他地方一樣，是穿上衣的和沒穿上衣的對決——而在岸邊道路堵塞的車陣中，開啟的車窗飄出的樂音流瀉到空氣裡。

我依循著海岸往西，前往城裡熱鬧的魚市場。幸好這裡的氣味相當溫和，並蕩漾到坐在長椅上，操著流利印地語和英語講手機的移工，也擴散到前往購物中心的名車，並飄到我面前。我彷彿聞到一絲遙遠的波士頓氣味——烘烤過，但還是認得出來。於是，我想起當年的辦公室，那是在海邊一座翻新過的倉庫；也想起從地鐵站走到辦公室的短短路程，還有在一月的早晨，港口有砂紙般的風吹過。想起這些事情的我，其實身在科威特，並鑽進魚市場吸了口氣——我不必懷疑自己在哪——我就在一排排的閃亮魚鱗，以及放在冰上、明亮靜止的魚眼之間慢慢行走。

另一年夏天，又一趟飛往科威特的過夜航班。我們在黎明後即降落，不久就來到城裡。我一來到房間，就把外套、長褲、上衣與鞋子放到門外的袋子。飯店提供免費的制服乾洗，還會把我們的鞋子擦得比新買時還亮；事實上，這間飯店甚至整座城市都擅長此道，因此我在希斯洛機場遇到看起來超有型的同事時，我可能會說：從科威特飛回來，對吧？

起床後，我到健身房、發訊息回家、寫點東西。我從手機看到外頭的溫度是三十八度。

我在天色暗了之後才離開飯店，與同事一起去吃晚餐；等我終於踏出戶外，此時已無烈日驕陽的光芒，然而這樣的氣溫反倒更令我驚訝。我透過熱氣看到的所有光線，都帶著沙沙的顆粒感，這質地讓遠處的街燈與摩天大樓更像照片，而且是在智慧型手機能清楚捕捉夜間畫面之前所拍攝的。

我們慢慢走到市集，商家櫛次鱗比，擠在洞穴般的市集中。同航班的機組員，我之前一個都不認得，這在大型航空公司是很常見的情況。其中有個人是半專業的廚師，她準備了長長的印度香料購物清單，其他人就跟在她後方，看著她發揮所長，從桶子裡略夾雜灰黃的七彩香料中挑選。她說，這些香料比英國賣的新鮮，更物美價廉。科威特和許多波灣國家一樣，有大量的外來人口，這當然或多或少說明了這裡販售的南亞食材品質好、數量大。之後，我們到市集邊緣，攤位與餐桌在露天食物廣場等待我們光臨。我們點了羊肉飯，聊到家人、在這一行歷經的過程、近期最難忘的飛行，以及下一趟要飛的城市。

晚餐後，我們走回飯店時，熱氣感覺像澡堂浴池般能支持身體，好像我們靠過去，就會發現它有點像水，能稍微支撐著我們。在這麼溫暖的空氣中，我甚至覺得有些暈眩，但還不至於不舒服，而我們輕鬆的笑聲與持續對話的嗡嗡聲，從遠處聽來，一定會讓人覺得這群人是老友。

另一回，我和其他機組員在科威特著陸時，冬季已近尾聲。到飯店之後，我小心設定鬧鐘。醒來時，馬上在包包裡裝好東西——好幾瓶水、穀麥棒、相機——旋即步入涼爽的空氣中。

探險家與作家芙瑞雅．史塔克[3]（Freya Stark）曾描述科威特的環境，是位於「龐大與快樂的孤單中」。當你從較涼爽或綠意盎然之處來到科威特——換言之，就是世上的任何地方前來——很容易把這現代大都會想像成從自然界一片巨大的荒蕪中所架設出的巨大人造物，其氣候是受到控制的。

不過，超過四百種鳥類物種會在科威特築巢，或是遷徙時經過此處（根據英國皇家鳥類保護協會〔Royal Society for the Protection of Birds〕預期，就算你在更大、潮溼且更綠意盎然的英國，能辨識到的鳥類數量也和這裡差不多；即使在英國，鳥鳴備受崇敬，在全國性的廣播中會定期播放。）科威特的豐富鳥類有翠鳥、雁、澤鵟、鶯、鷺、鴴、鸛、鸕鷀（包括侏鸕鷀與大鸕鷀）、禿鷲（埃及禿鷲與非洲肉垂禿鷹等等），以及至少九種鷹。科威特海岸邊可提供鳥類棲地與食物來源——泥灘、潮間帶、魚群豐富的珊瑚礁與淺水帶——鳥類在這裡能很幸運地覓食，在廣闊的沙漠邊緣也是。此外，地球上的候鳥飛行路線或主要遷徙路線當中，有一條會直接經過科威特城上空，其他路線也會經過附近。從地圖上來看，這些飛行路線的分支和飛機的飛航路徑非常類似，會擴張到離科威特很遠的地方，其中一條會從南非延伸到俄羅斯苔原。

我在當代科威特詩集中讀到生動的鳥類描繪時曾感到驚訝，但我錯了。例如在〈黑麻雀〉（The Black Sparrow）這首詩中，娜伊瑪・伊德里斯（Najma Edrees）寫道：「在傷口間飛翔的你／收起飛行的翅膀。」而在〈逃離昏迷牢籠〉（Escaping from the Coma Cage）中，甘尼瑪・賽德・哈伯（Ghanima Zaid Al Harb）在候鳥遷徙時，發現一種令人難忘的隱喻，能與她家鄉城市的天空相連：「海後方的鳥／承載著這些承諾……在那失親的夜晚／我跨越邊境，／並醒來。」

無論我到哪座城市，通常會做的三件活動就是睡覺、散步，去咖啡館，但今天不做這些事。今天我要和麥克・波普（Mike Pope）一起去賞鳥。波普是資訊科技的專案經理，熱愛賞鳥。到了中午，我們在他的休旅車上，離開市中心，前往要停下來一同賞鳥的五六個地點中的第一個。他很熟悉這條路，而當他說起在這座沙漠中最喜歡的地方時，我想起科威特並不是像新加坡那樣的城市國家，雖然我長久以來一直有這樣的印象。確切來說，雖然科威特不是大國，但陸地面積並不會和麻州或威爾斯差太多。在離開城市之後，還有許多地方可去，也有許多空盪盪的地方，可以回望城市。

3 芙瑞雅・史塔克（Freya Stark），英國和意大利的探險家和旅行作家，也是現代已知最早穿越阿拉伯南部沙漠的非阿拉伯人之一（一八九三—一九九三）。

麥克告訴我，夏天如果要出門的話，必須更早出發。在上午過了一半之後，外頭就會太熱，而空氣滾燙到拍攝鳥類會困難重重，甚至根本不可能拍到。「地平線的線條失去連續性，分裂成好幾段，島嶼漂浮在半空中，」丹麥探險家巴克萊．朗基耶[4]（Barclay Raunkiær）在談到一九一二年初，離開科威特的旅程時這樣說。或又如史塔克在談到離開這座城市的短途旅程時，曾說「水似乎就在我們眼前，但那只是海市蜃樓，是沙塵之水。」

有時降雨會讓真正的湖泊在沙漠中短暫出現，不只是海市蜃樓，這時鳥類會從天而降，在湖泊群聚。但麥克說，今年冬天沒有降雨的跡象。他解釋，風很怪異：如果查看天氣圖，看起來風的系統會來到科威特，之後就分裂了，好像這地方上空有吸塵器似地。他補充道，暴風在巴斯拉（Basra）上空累積，之後就消散了，他以一手畫出橫向一掃的手勢。

我們來到今天第一個停留的地方。我今晨在科威特降落時已清楚感覺到從北方吹來的風，現在則是益發強勁。在接近海岸，看得見科威特遙遠的摩天大樓之處，有大批鳥群在氣流中橫彎的草間形成自己的大都會。後來我在聽這天的錄音時，麥克和我的話並不多，鳥鳴也不多。我帶回家的泰半都是風聲。

我們觀察著一群大紅鸛。麥克說，牠們年年造訪，在冬季月份數量最多。其中有隻是小紅鸛，牠屬於不同物種，可以從深紅色的鳥喙來辨識。這隻鳥每年都和粉白相間的大紅鸛再一起。麥克認為，每年大駕光臨的是同一隻鳥，牠無法與新的族群雜交繁殖，可能是離開了自己的族群，或者迷失。

白鶺鴒也現蹤，牠們和我一樣，才剛從較寒涼的地方來到這。還有普通燕鷗與稀少得多的北極燕鷗。麥克笑著建議，如果分不出差異，就都叫「逗趣燕鷗」（comic tern）吧。他提到，北極燕鷗會在北極圈與南極圈之間遷移，是世界上最冷的兩個角落，而牠們在這裡的中途停留點，是最熱的角落之一。

有隻魚鷹在浪間抓了條魚，畫過空中。牠把這條魚翻轉成縱向，像抓著魚雷，顯然是為了降低午餐所帶來的空氣阻力。空氣並不是讓這條魚生來航行的液體，但水所雕塑的體型卻加速了牠最後一段旅程。一隻黃喉岩鷺追在魚鷹後方，想迫使於魚鷹丟下獵物。魚鷹停在鐵絲網圍欄後，距離波斯灣只有幾公尺，而這條魚如括號般的閃亮魚身，在沙子上不斷翻轉，間隔時間越來越長，最後終於靜止。

太陽變成白色，風更加溫暖強勁。每當麥克在一個新的地點停下車，我打開車門時，可能得拚命把車門拉回來，或使盡全力把門推開，端視於車子停的方向。新英格蘭人或許記不太住，此時正值冬季。在整個海岸，鳥類都會蹲低姿勢來抗風。麥克說，他見過兩次強烈沙塵暴（haboob）襲擊這城市。有一次沙牆逼近時，天空變成深黃色，而就在沙塵暴襲擊之前，所有鳥都著陸。

在阿爾法伊的小說中，對剛來到這裡的埃及移民海爾米而言，沙塵暴是科威特最駭人的特

4 巴克萊．朗基耶（Barclay Raunkiær），丹麥的探險家和作家（一八八九—一九一五）。

色：「討人厭的細沙從四面八方吹來，沒有任何屏障或遮蔽可擋住其通過……我有時覺得那就在我眼皮下、頭皮或齒間。」作家與植物學家薇奧萊特・狄克森（Violet Dickson）在一九二九年，和擔任殖民地行政官的夫婿哈羅德・狄克森（H. R. P. Dickson）一同來到這座城市。他們家如今是舒適、非正式的博物館與文化中心，位於城市的海濱。她曾描述道她在城外露營時碰上沙塵暴：「我以為是叢林大火，看起來就像火焰逼近。」和她一起紮營的貝都因人趕緊把帳篷的支撐桿拆掉，讓帳篷坍塌，之後他們躲到底下等待沙塵暴結束，歷時大約一個半小時。沙子是紅色的，「今天貝都因人仍會提到『紅色那年』，因為那場紅色沙塵暴實在太奇怪了。」

我們的機場圖表上清楚提出警告：沙塵暴在三月到七月盛行。沙塵暴可能會把能見度降到零，而在一九三〇與四〇年代，飛機越來越常出現在科威特時，沙塵暴造成墜機的事件並不罕見。曾有一架飛機載著伊拉克的皇冠珠寶，卻在海上的沙塵暴中消失，我甚至不知道沙塵暴會吹到海上去。

另一場沙塵暴是發生在一九三四年二月，襲擊科威特城牆外一片充作機場的沙地。當年駱駝也繫在近城牆之處，守衛還會詢問駱駝主人關於沙漠的消息。沙塵暴發生時，有架飛機停在這，於是覆蓋著布料的一邊機翼被扯得七零八落，花了六個星期才修理好，但另一場沙塵暴又重演一次。這架受損飛機的機長七竅生煙，他還沒料到能源輸出將很快讓眾多位於波斯灣的聚落風起雲湧，也會把能源供給在世界各地蓬勃發展的航空業。他建議，帝國航空[5]（Imperial Airways）永遠停止飛到科威特的服務。當然，我很慶幸並未如此。

麥克繼續開車、停妥，這一次我又得用力在風中把門推開。我們看見一隻漠鵰和一隻漠地林鴛在一起，麥克說他常看到這樣的共生關係。有個塑膠袋飛過，這時荒漠伯勞棲在樹枝上；麥克教我辨識這種鳥，指出牠的特色是過眼線不會碰到鳥喙。這隻伯勞鳥的眼神堅定，但身體的其他部分全都充滿活力，像衝浪者在狂風中試著保持平衡。

四隻花鵰在上方轉彎，幾十隻蒼鷺倏然起飛，令人眼花撩亂，敏捷俐落的影子似乎在下方沙地上粉碎成更多蒼鷺。之後，一大群紅嘴鷗也飛起，後方的背景是附近城市銀亮的高樓。麥克建議，如果想大膽計算鳥類數量，就以十為單位。

昨夜我登上七四七，準備另一趟前往科威特的飛行時，我知道幾個月內，我就要為新機種重新受訓——波音七八七。這變化代表要向許多事情道別，不光是七四七，還有一些原本多由七四七執飛的航線。我不知道何時才能再來科威特，甚至想，也許不會再回來了。

現在，從倫敦起飛後六個小時，我放下那裝著茶的馬克杯，輸入科威特航管員許可的高度，並按下高度選擇器按鈕，開始下降。在咖啡杯架的一圈咖啡漬下方與更遠之處，我看見大型發電廠的煙囪，那是位於名為蘇比亞（Subiya）的地方，煙囪往天際竄高大約兩百公尺，吐出的煙宛

5 帝國航空為英國航空公司（British Airways）前身。

如風向袋，向飛行員預示著之後在較低處會碰到的風向與風速。我們飛到波斯灣，在一連串順時針轉彎、朝著最終進場的路徑前進時，我俯視著看似動也不動，如行星般排列有序的油輪。

科威特的風向玫瑰圖——這種圖會把城市的風向與風速予以摘要說明——顯示西北有強風，東南邊的風則較小，大抵就是這樣。這麼罕見的簡潔情況並不會讓任何曾降落或航行此地的人驚訝（科威特的機場跑道就是由西北往東南延伸），只是掩飾了對城市空氣的描述中，我最鍾愛的說法。那是來自科威特民航總局（Directorate General of Civil Aviation），而一旦明白這只適用於科威特漫長夏天的一部分時，會覺得委實折騰人：「在某些期間，在中午之前是西北風，之後會因為海風吹拂而變成東北風，再變成北風，直到下午；之後會變成東南風，直到日落，在午夜之前則是南風，午夜之後成為西風，直到日出。」

在石油時代降臨之前，由科威特的風驅動的船隻，對於這城市的名聲與自我概念很重要。在提及科威特前現代時期的敘述中，鮮少會忽略這座城市的水手技能多麼高超。一八六〇年代，威廉·吉福德·帕爾格雷夫（William Gifford Palgrave，是英國探險家、外交官員，有時是耶穌會士，也是阿佛烈·丁尼生男爵〔Alfred, Lord Tennyson，英國桂冠詩人〕的朋友）記錄道，在整個波斯灣，「科威特的水手在膽量、技能，以及人格的堅實可信賴度堪稱一流。」「一旦男孩可以游泳，」哈羅德·狄克森寫道，「就會得到一艘小船……他可以搭船在港灣附近划，如果吹起溫和的微風，則可立起小船帆。」

的確，若研究起科威特的圖像誌，會發現關於仰賴風力的船隻圖像與鳥的圖似乎永遠在較勁，難分軒輊。在這座城市裡，我最喜歡的花園裡有悉心灌溉的綠色植物，似乎能讓氣溫下降至少五度。這公園裡有座「自由」（*Freedom*）雕像，完全是由金屬製的鳥構成，而鳥群的形狀也像科威特；附近有另一座雕像，名稱則是「揚帆」（*Raising Our Sails*）。在科威特國徽的老鷹上方，是一艘阿拉伯帆船（*boom*）。科威特的鈔票與郵票上，如果主角不是老鷹，就是帆船。

有時候，這座城市的兩個要角會合而為一：傳統科威特船隻有時候會有打造成鳥類樣貌的風向儀，甚至搭配真正的羽毛；更近期，位於科威特的航空公司已以鳥為標誌，但還是會為飛機取名為「布姆」[6]（*Al-Boom*）、「賈布」[7]（*Al-Jalboot*）、「桑布」[8]（*Al-Sanbook*）等，悉數是過去科威特的遠洋艦隊知名船型。

這次行程比較特別，有多達四十八個小時的時間可以待在這座城市。第一天我幾乎什麼都沒做，只有睡覺。隔天我在天亮前就起床，並站在住房的窗邊。我和平常一樣住在高樓層，窗戶的外層覆蓋著蒼白、如指甲花圖案的沙塵，那是夜裡落下的。我望穿這些灰塵，看到黑暗大樓頂上的紅燈。再遠一點，波斯灣水域也差不多是全黑，天空的顏色也一樣，只不過有一塊金色被一條紅線一分為二，那是靠近日出之處。

早餐後，我在科威特塔南邊的海濱漫步，走上長長的木造棧橋，來到波光粼粼的浪邊；我經

6 「布姆」（*Al-Boom*），阿拉伯木造帆船，船艏船尾都是尖的，有大有小。
7 「賈布」（*Al-Jalboot*），專為潛水員與漁夫打造的小船。
8 「桑布」（*Al-Sanbook*），這種船有槳也有船帆，在古代曾是戰船。

過漁人身邊，他們向我點頭示意。在沒有漁夫的地方，我的手滑過欄杆。越往波灣前進，風就越大，等我走到木棧橋盡頭時已冷得發抖，於是我把薄運動衫的帽子拉起繫緊，手則塞進口袋深處。

到了中午，天氣溫暖多了，於是我沿著海濱大道的另一個部分前進，這時我聽到小型噴射快艇的嗡聲速速掃過小海灣，以及駕駛者的歡呼聲。我在一間橋梁陰影中的餐廳停下腳步，下方就是熱鬧的遊艇停靠處的出口水道上。我點了薯條，還有拉昔[9]（*lassi*）；這是南亞的一種飲品，是加了香料的冰優格。我就這麼俯視著遊艇出海。那些遊艇的名稱有奧曼尼（Al-Omani）、薩巴藍（Saba Blue），不知怎地還有密爾瓦基（Milwaukee），每艘船上都有戴著太陽眼鏡的船長，那放鬆的模樣有如佛羅里達州的退休人員。

以往來到科威特時，我很喜歡逛逛海事博物館。我喜歡館內展示的地圖，尤其是一八二五年繪製得相當細密的〈科蘭因或桂德的港口三角測量平面圖〉（Trigonometrical Plan of the Harbour of Grane or Quade），其中科蘭因或桂德都是科威特的舊稱；這裡也看得到古老的帆船模型，上頭還有科威特的舊旗幟——血紅色的旗子上，以白色阿拉伯手寫字體寫著城市名——就放在缺乏生氣的玻璃展示櫃中，還擺著喀拉蚩燈具檢查員所核發的文件，證明科威特船隻的燈具是合格的。

我也喜歡關於繩結（knots）的雙語展示，那些繩結的名稱（例如「以套索扣繫著的牛」、「桶吊索」）肯定是學阿拉伯文或英文的學生都不太會學到的名詞，也讓我想起以前的水手會把打結的長繩索拋到船外，藉以衡量船隻的行進速度，於是節（knot）至今仍是船與飛機會使用的單位。我也愛看博物館的留言本，裡頭看得到參觀者不僅感動得簽下大名，還畫了船。「看到這麼多船實在很棒，又很驚喜！！」來自南韓的旅人彼得寫道。「有不凡的過往，才有偉大的未來，」一位名叫阿雅的訪客寫道。

科威特不僅跨越商路，海面下有珍珠，除此之外，還會為了更重要的理由啟航。這裡沒有河流或天然溪水，沒有湖泊。這座城市的採珠人相當知名，會從出海的船隻跳到海中，把海底冒出的淡水裝進皮囊；那泉源直接將淡水噴進鹹水深處，但是在這城市本身，卻沒有淡水冒出地表。區區幾口只存在於城牆外的井水，再也不足以供給日益發展的城市，因此飲用水是從阿拉伯河海運來的，亦即底格里斯河與幼發拉底河交會、注入波斯灣的淺處，而稱為水船的阿拉伯帆船會把水載來；這些船是以柚木打造，專門載運水。一九四七年，在科威特興建第一座海水淡化廠之前不久，大約有四十艘這種船隻會載運淡水到母港，而賣水的攤販會把水裝在錫製罐中，掛到扁擔（*kandar*）兩邊，挑到街上販賣，或堆在驢子背上，並覆以山羊皮，運到街上販售。

在前現代，科威特也沒有樹（「如果發育不良的檉柳群不算的話，」朗基耶寫道。）然而奇特的是，許多船隻在此興建，將這座城市的水手與造船師名聲廣傳天下，從「斯里蘭卡到尚比西河」都知道。科威特的船所使用的木材在此間的乾燥空氣下能曬得很好，然而，這些木材是從較潮溼的遙遠地帶運送過來的——通常是印度西南部的馬拉巴爾海岸，而科威特商人在十九世紀，

9 常有人譯為「拉西」，有鑒於其質地類似奶昔，因此選擇譯為「拉昔」。

就在此成立貿易公司。把這些木材送到科威特的船隻，本身也是以類似的木材打造：於是這木材的循環是源自於距離強壯樹木的生存地很遠之處，甚至離淡水也很遠，彷彿科威特的存在就只是提供生動的範例，說明一個能幹的城市能如何施展引力。

因此，這座城市的海邊也曾是一片造船廠。在炎炎夏日的晚上，居民在屋頂上睡覺時或許會聽到水手正勤奮工作，並唱著歌，正如薇奧萊特・狄克森所言：「有節奏的歌曲，幫助他們一同使出力氣，舉起重重的船桅，或轉動絞盤，把船拖到岸邊。」以前在科威特，據信如果女人沒有子嗣，則只要跳過剛裝好的龍骨就能懷孕，但代價是「一命換一命」；阿拉伯帆船船長阿里・賓・納瑟・耐吉迪（Ali bin Nasr al-Nejdi）說這會奪去船長或是某造船木匠的命。因此，一艘興建中的船會有多達二十人看管，整個晚上都有人提燈巡視。

我在遊艇停靠區的咖啡館吃完三明治，傳簡訊給馬克。心中掛念著這段濱水歷史的我想到，這可能是我最後一次整天待在科威特，於是決定最後一次走訪海事博物館。在一個英語地圖並不完整的城市，我花了一段時間才找到。我走了二十分鐘，又折返一點，之後繞過一塊空地；你可能沒料到在這種富有的大都會，空地比原想像的多。風吹過沒有鋪設的地面，把沙子吹進我的眼睛；我眨眨眼，那不舒服的感覺偶爾會強化我陣陣襲來的地差感，令我更狼狽：我這個老外，在日落時落單，沒有車子，怎麼看都像是迷路，任誰看了都會想問我是誰，可能要去哪？有時候，我也想問我自己。

因此當我看見三艘船像普通的觀光巴士在停車場排列時，就鬆了口氣，因為那一定就是博物館的外頭。我一走進博物館，打瞌睡的唯一職員和我打招呼，並指著告示板，上頭寫著免門票。他指示我通過接待台。

館內展覽著航海工具，每一種對我來說都是新的：*migsharah* 是「用來清潔吃水線下的船體」；*maibar* 是「長而粗的針，用來縫船帆」；*tarat manather* 則「用來裝飾船」。其他展示還包括樂器，那是科威特的船隻出航時，船上的海上歌者會演奏的樂器；其中 *yahlah* 與 *hawan* 是打擊樂器，*sernay* 則是管樂器。展覽品會打上很有品味的燈光，但沒什麼人的展間卻陰陰暗暗。我緩緩於展間移動時，唯一聽到的聲音就是我的腳步聲。

看完所有館藏之後，我謝謝守衛，於是離開。當我走到外頭，來到阿拉伯的黃昏時，很訝異看到三艘栗紅色的船停在停車場，我差點忘了它們。現在，除了回飯店之外，我沒有要去這城市的其他地方了，乾脆在船附近待久一點。我仰望沒有船帆的桅桿，並以手遮眼，以免從船身轉向的風沙朝我眼睛襲來；我站在原本該是水的地方。

厚實的木支撐確保船身打直，而我在這些木支撐之間找到一張告示牌，解釋其中一艘運輸船「哈比號」（*Harbi*）當年就是在目前所在地的鋪設龍骨，代表正式展開造船。「哈比號」約三十三公尺長，可載運約兩百公噸的貨物。在我最後一趟於科威特的獨處夜晚、仰望「哈比號」時，了解到無論如何，凡事皆會回歸該有的模樣：關於這艘船的故事，其中一種說法是這艘迎風航行的驕傲船隻，就擱淺在這沙地上，遠離波斯灣的波浪，也疏遠了城市的當下時光；而在另一個說法中，她已完成任務，回到家鄉。

第九章 藍色城市 開普敦

他歡天喜地，蹦蹦跳跳，
朝著東方空蕩蕩的藍色，
以及矮牆之外的城市露出燦笑。

——〈派特森〉（Paterson），威廉·卡洛斯·威廉斯（William Carlos Williams）

孩子總有本事提出最好的問題。他們常會問，為什麼空氣沒有顏色，但天空卻是藍的。父母或許搔首踟躕，不知如何回答，但如果發現亞里斯多德、笛卡兒與牛頓也曾感到疑惑，或許會寬慰些。（牛頓對色彩深感興趣，甚至拿粗針戳進自己的眼睛與眼窩之間，以觸發創傷所引起的色彩迸發）。至十九世紀，天空色彩從何而來，是科學界中不少人投入研究的熱門問題，橫跨多個學門，也引起哲學家、詩人與藝術家矚目。

在此先來一段簡短的解釋：陽光在碰到空氣的構成分子時，有些光會彈開，也就是散射。諸如藍色這種波長較短的顏色，較能有效散射。會抵達你眼睛的其他光因為已經失去了部分藍色，

因此會稍微偏黃。而天空滿是散射的藍，其色調常與藍寶石相提並論。

當太陽在天空低處時，光線必定得穿過更多空氣才抵達我們的眼睛。這表示，會有更多藍與其他顏色散射，其餘抵達我們眼睛的會以紅色調為主，亦即讓我們聯想到日出的顏色。（換言之，當我們抬起頭，看到白日天空的藍，我們看到的顏色其實是已散射的顏色；而當我們望著前方的黎明天空時，看到的是沒有散射的光。）紅光在空氣中的移動能力較強，很適合當作交通號誌燈，也適合裝在高樓頂作為航空警示燈，在夜間提醒飛行器。

通常來說，駕駛艙的窗戶很寬，就算西邊的天空仍黑，但東邊會已開始有火光燃燒似的紅色出現，而絕美的藍色光譜在中間的整個天空中慢慢顯現出來：從近乎灰的淺藍變成鈷藍，再變成深深的午夜藍，並依然有星子點綴。有時候，這些藍色會在幾乎難以察覺的情況下，隨著我們望著整個天際的過程中變化，連續地從一種變成另一種。在其他早晨，尤其是能感覺到高處的冰冷時，會覺得藍色似乎以獨特的帶狀畫過整個天空；說不定這是因為大腦設法為大自然中持續的變化做出區隔。

後來，光天化日下，我們往往忘記星星並未被太陽趕跑。（在太空，就算有陽光直射，仍會看到星星像夜晚時那樣排列，於漆黑天空中閃耀。）相反地，在白天時，藍色光會讓星星變得不清楚，那樣的藍是陽光碰到大氣層的特定構成要素與構成比例而散射所造成。在經過數十億年，並在生命本身開始發展、進而改變地球之前，大氣層的組成就出現過變化，天空的顏色也會變化——或許是蒼白或黃色；作家格茨．霍普[1]（Götz Hoeppe）在《天空為什麼是藍色》（*Why the*

Sky Is Blue）的一書中如此寫道。

最後，在晚間的「藍色時刻」[2]（blue hour），光線漸漸暗了下來，持續瓦解大白天時鮮豔的藍色，最後終於分解到讓星星再度露出；而在月夜裡，天空還會露出最細膩的藍色。我年幼時就鍾愛這種深藍。媽媽說過許多我小時候的故事，其中她非常喜歡的，就是我常大聲嚷道：我不要太陽亮亮，我要月亮發光！直到我長大成人，才知道月夜裡的午夜藍和晴朗白日的明亮蔚藍，來自相同來源——當然，月光就只是太陽光。這情況也提醒我，並非所有行星都有福氣能擁有藍天，而對於夢想能穿越藍天的人來說，對藍色的愛隨時都可能油然而生。

匹茲菲

我要前往匹茲菲的醫院探視蘇，那是伯克夏幫父母那一輩的人當中，少數還和我們在一起的成員。現在蘇生了重病，還要過個幾天，才能確定她能否度過難關。

在我三歲之前，我家和蘇是隔壁鄰居。回顧我童年時的照片，除了哥哥之外，最常與我合照的孩子就是蘇的女兒。（她女兒也是我第一個親吻的人，那時我六歲；每回想起我提議我倆先躲在櫃裡的往事，總會捧腹。）過了幾十年，爸爸與繼母搬家，媽媽把無法負擔的房子也賣掉之後，蘇就邀她同住；因此那些年，每當哥哥和我來到匹茲菲時，也會住在蘇的家，到了聖誕節早晨，就在我童年時經常玩耍的客廳打開禮物。說真的，光稱她是家族友人可不公平。

我開車經過爸媽的第一棟房子，然後經過蘇的家。此刻氣溫大約零下十度，連朝南的院子也覆蓋著灰灰的雪。我把車速放慢時，看得出蘇的花園裡被積雪堆平的部分；我無法理解她不在家的事實，而是在我將前往的醫院。蘇熱愛烘焙，在我成長過程中，她幫我做過幾個生日蛋糕，還做過圓球型的蛋糕行星，搭配蛋糕太空船。當年她載我去幼稚園上課時，我總在後座囉唆問道：妳為什麼離婚？妳為什麼離婚？妳為什麼離婚？但她老早就不計較。不久之後，我大概七歲吧，我興奮地告訴她女兒關於聖誕老公公的真相，蘇倒是花了比較久的時間才原諒我。

蘇和我一樣喜愛雪，把下雪當成理由，讓自己和所愛的人在家閉關幾天。她也和我一樣愛著匹茲菲。她相信這座城市，以及在這座城市中找到的在地感與社群感，也比我認識的人為這城市付出更多貢獻。她是熱忱的園丁，許多年來協助安排匹茲菲的花園之旅；而完全拜她之賜，我認為我的家鄉是花園之城，處處是人人鍾愛的花園。她知道我最愛藍色，因此在提到英國西辛赫斯特城堡（Sissinghurst Castle）薇塔・薩克維爾－韋斯特（Vita Sackville-West）的白花園時，我問，就她觀點來看，可不可能有一座全藍色的花園，如果可能的話，不是更美嗎？她翻翻白眼，我們兩人大笑。關於匹茲菲的三兩事，她最喜歡的一則倒是和城市裡獲得悉心照料的花園無關，不過，剛好也是我的最愛：有隻駝鹿闖進朋友的院子，直衝晾衣繩，後來犄角掛著內衣褲，在排

1 格茨・霍普（Götz Hoeppe），德國科學雜誌編輯與大學社會人類學講師（一九六九－）。

2 維基百科與一些報導譯為「華燈初上」，但視覺焦點似乎並不正確，因此不予採用。

滿廂型車的街道上，一邊踏著重重的步伐一邊吼叫。

經過蘇的家之後不久，我就來到以前住的街上；父母在匹茲菲的第二個家就在這，我的童年幾乎都在此度過。我每年會刻意開車經過這裡幾次，也會不經意地路過幾次，可能是想找前往某地的捷徑，卻赫然發現這棟房子已完整出現在眼前。

今天發現，新的屋主已重新漆過小前廊的天花板，現在呈現知更鳥蛋藍。還記得當年母親在考慮要買哪輛車時，我多努力說服母親選擇藍色那輛，這樣對她、對我、對大家、對世界都好。最後她選了淺藍色的奧茲摩比。

我童年的臥室位於房子的後側，因此從馬路上看不見那間房間面向後院的窗戶。我的床頭在兩扇面東的窗戶中最北的那扇窗旁，因此大約從十六歲，我每晚睡前會戴上耳機，播放最愛的歌，跪在床上，盡量把身體探出窗外，點根香菸。

我那時把身體探出去、聽音樂並抽菸時，會擔心讓下方的小樹著火，尤其那棵樹是我小時候親自種下的。我更擔心的是，如果香菸直接掉落，會飄過正下方的廚房窗戶，這樣就會被經常坐在窗邊的爸爸看見。我會依據風向，有時把身體探得更遠，如此也能確保煙不會飄回屋裡。（在那些歲月，我確定父母知道我是同志，卻不知道我抽煙；實情恰恰相反。）

即使在苦寒的冬夜，我也會這樣探出身子。事實上，在清朗寒冷的夜晚，我就最愛這種探出身子的短暫時光。耳機傳來的歌曲、漫天星斗，還有偶爾飛過高空的飛機燈光，似乎能讓我轉換視角，不再只顧著自己面對的任何問題。此外，我也喜歡冬夜空氣與菸散發的熱所形成的強烈對比。我會發抖，半個我窩在床上，另外半個我則在外頭的雪地上方；如果有適當的月光，我會透過吐出的氣，望著它冰冷的光，這麼一來也更容易想像，不只有這幾個住家，而是有成千上萬的住家，家家戶戶都關緊上鎖、溫暖洋溢，並在午夜藍的天空下構成大都會，於漫漫生命中的此刻安歇。

開普敦

南半球，夏

距離在開普敦降落大約還有一個小時，駕駛艙休息室的鈴聲響起。七四七機鼻以近乎超音速的速度分離空氣，發出颼颼移動聲；無窗的休息室門密密合合，完全無光，堪稱我見過最完美的黑暗環境，讓人得以入眠，倍感療癒——我得想一下自己在哪。我起身著衣，繫好領帶，從休息室出來，走進駕駛艙。

從倫敦飛到開普敦的班機，通常會從兩組路線中選擇其中一條：東線會穿越北非海岸，來到阿爾及利亞，剩下約十一個小時飛過陸地，前往開普敦的天空，飛行路線幾乎囊括世界第二大的大陸從北到南的整個範圍。西線通常較少暴風雨和亂流，同樣穿越撒哈拉，但會在大都市阿克拉（Accra）或拉哥斯（Lagos）離開西非（我的其他航班可能會以這兩大城市為目的地），之後繼續飛越幾內亞灣及南大西洋的開放水域，可能在快著陸前幾分鐘才再度見到陸地。

今夜我們走的是西邊航路。我在操作裝置後方坐好、熱咖啡一放到杯架上之後，馬上檢查進度與燃料、飛行時間與剩餘哩程。我戴上耳機，在短程無線電上只有一片靜默。我往前探看，之後往下方和右邊看，難以置信地發現，昨夜往下能清楚看到波爾多、巴賽隆納與阿爾及爾等地如迷你珠寶的燦爛燈光，竟然與眼前的景象屬於同一個世界。此刻我見不到任何村莊或大城市的燈，也沒有任何飛機或船舶的燈，只有漆黑大海上方的滿天星斗。

在這條航線，這個季節通常要飛到納米比亞荒蕪的骷髏海岸以西之後，黎明才會降臨。這片朱紅但常籠罩在霧中的沙漠，看起來就像火星軌道器拍攝的景色，在晴朗的早晨飛過其上方時尤其如此。據說這裡的地名如此陰氣森森，是因為海豹與擱淺鯨魚的骨骼很常見，且水手也面臨種種困難，最嚴重的就是缺乏淡水和食物。即使到了今天，這海岸依舊有船隻殘骸，而風、洋流與暴風雨會改變沙地的樣貌，很可能不斷讓某次船難的殘骸更難看見，或露出另一次船難的殘骸。

在高度高的地方，日出向來令人驚奇；但今早一如往昔，我的視線並未受到開始沿著地平線集結的紅黃色調吸引，反而注意慢慢填滿上空的藍色光譜。喬治・蓋希文（George Gershwin）知名的《藍色狂想曲》（*Rhapsody in Blue*，雖然曾有多年是航空公司的廣告配樂，但依然無妨）；湯姆・威茲（Tom Waits）描述在黎明時逐漸明亮的房間裡，顏色如何累積起（「所有東西都變成藍色」）；我筆電裡最愛的照片都收藏到「藍色」資料夾——藍色是唯一真正打動我的顏色。

我最愛的運動不是跑步，而是游泳；較常跑步的原因純粹是找場地比較容易，尤其是因為時差，我會在無法社交的時刻醒來。我在想，我的偏好很可能是因為游泳讓我有機會完全沉浸在藍色中。如果我和馬克一起在城市散步（他是色盲，但藍色倒是沒什麼問題），且我對幾乎所有事物都讚美——建築物、某個有趣的塗鴉、汽車——他會轉過頭，一臉茫然地問：你喜歡哪一點？後來我發現，無論回答什麼，大概都是那事物大部分或完全是藍色。偶爾我會穿別種顏色的衣服，於是朋友可能會問：你把馬克怎麼了？（我會說，如果把不是藍色的東西差不多排除，買東西會比較愉快，也比較簡單。）

我認為選擇進入這行業，是出於要讓人生充滿藍色的慾望。但如果如此，我也不算入錯行。飛行員總是會固定接觸到各式各樣可能出現的藍色調。長時間在晴天飛行時，我們能察覺到駕艙外的事物就只有鏡子般的海洋與天空，且兩者經常難以區別，這效果會讓我想起在維吉尼亞．吳爾芙（Virginia Woolf）的《燈塔行》（*To the Lighthouse*）中，我最愛的句子：「這天早上多美好，只有一縷風，海與天空看似同一塊布，彷彿風帆高掛在天空上，或雲朵掉入海中。」

二〇一五年的一項民調報告顯示，藍色在中國、印尼、泰國、英國、美國與其他五個國家，都是最受歡迎的顏色。然而，即使在這些國家中最熱愛藍色的英國，也有三分之二的應答者喜歡別的顏色。相對地，我還沒遇過哪個飛行員最喜歡的顏色不是藍色。我很訝異，飛行員多頻繁地在電子郵件的結尾寫下「藍天」，再寫下自己的名字。我也遇過飛行員去世時，會以同樣的字當作祈禱般的告別詞。

要解釋這個情況，除了藍色完整主導了我們工作場所的視野之外，還有一種說法是，這種顏色和飛行一樣，都能吸引我們天性中科學與浪漫的層面。舉例來說，瑞士科學家奧拉斯．貝內迪克特・德・索敘爾[3]（Horace Bénédict de Saussure）就曾發展出天藍計（cyanometer）；這個輪盤的顏色是從白色分布到將近黑色，中間包含約有五十種深淺不同的藍，這是為了記錄在不同時間與地點的天空色彩。然而，索敘爾把這種對精準度的要求，以及對藍色的「宏偉與令人目眩的純淨」之愛搭配起來。

的確，浪漫主義與藍色之間的連結很強——不妨想想藍花這種浪漫主義的主題，它代表真理與美，卻又總是從我們的渴望中逃脫。歌德曾進行詳細的半科學研究，他寫道，藍色會帶來「介於興奮與寧靜之間的矛盾」，因此「就像我們時時追隨從眼前飛離的迷人事物，我們也喜歡端詳藍色，這不是因為藍色超越我們，而是因為它吸引著我們追隨。」藍色散發出的寧靜深深吸引著我，而其所蘊含的深度與廣度，就和大海與天空的特質一樣；因此，藍色一定是具體化或強化了一種希望，我很久以前就把這份期望寄託在旅程中。

在南大西洋的高空，我在星光逐漸黯淡時啜飲咖啡。我們開始以短距離無線電，與南非的航管人員聯絡。這些航管中心會與距離出發地或目的地很遠的飛機聯絡；然而，其形象和電影上出現的大不相同。航管中心並不是在機場塔台頂端，飽受風吹雨打的玻璃箱中，而通常是在低處，沒有窗戶，燈光平凡無奇。航管中心裡有個操南非口音的女子呼叫我們，這時我們正穿越她國家西海岸越來越藍的天空。我們進入她的雷達範圍時，她給了我們一組特殊代號，供我們發訊號。她說，可以辨識出你們了。她說話的聲音好清晰，這是目前最清楚的跡象，說明我們漫長的海洋旅程接近尾聲。你在我們的雷達控制範圍了。

前方漸漸亮起的天空出現一道瑕疵。乍看之下，那只不過像泳池遠處牆面的深色裂縫，但越來越大。後來，其前後都出現更多線條，令人想起梅爾維爾曾寫道，「層巒疊嶂都在山邊的藍色中。」這是出自《白鯨記》的段落；他在那段文字要說的是，就連這般超凡脫俗的風景，也無法與水的自然吸引力相比。我們正前往一座稱為母城（Mother City）的海洋大都會，而在接近主導這座大城市景色的山脈時，山與海的藍，當然還有天空的藍，填滿了擋風玻璃。在駕駛艙，我們著手展開進場簡報；我向乘客宣布地面的天氣：大致可看到晴朗的天空，偶有晨霧，氣溫十八度。

氣象學家漢斯．紐貝格[4]（Hans Neuberger）曾比較過英國與南歐的風景畫派作品中，深藍色天空出現的盛行率；他發現在南歐的風景畫派中比較常見。潮溼會讓晴朗的天空略顯蒼白，而地中海盆地的空氣，正如許多度假者所知與所好，通常比歐洲北部乾燥。此外，最藍的天空大約是距離太陽九十度的地方；在低緯度的地方，這個位置通常就在地平線之上。（想像一下，你以雙手拿著一個盤子，讓太陽直直照在盤子上，之後想像一下盤子邊緣不斷擴張，直到在天空形成弧線。天空最深藍的地方通常就在這條弧線上；依據我的經驗，通常是如此。）

如果想依照科學指引，尋找都會世界中最壯麗的藍色，那麼第一個該造訪的地方或許就是開

3 奧拉斯．貝內迪克特．德．索敘爾（Horace Bénédict de Saussure），瑞士博物學家、地質學家，日內瓦貴族（一七四〇－一七九九）。

4 漢斯．紐貝格（Hans Neuberger），曾任賓夕法尼亞州立大學氣象系主任（一九一〇－一九九六）。

普敦；這裡通常無雲，緯度相當於北半球的標準地中海地區。相較於其他都市，這裡的天空沒有那麼多污染，還有乾燥純淨的風——稱為「開普醫生」[5]（Cape Doctor）。

然而我有時會擔心，這麼深愛這顏色實在不理性；我一心一意只想看開普頓種種的藍色，說不定此地居民根本沒這麼在意，也不那麼心動。因此不久以前，我寫信給住在開普敦，或在開普頓長大的親友、飛行員與通信者。

如果問他們，這城市最令人難忘的色彩是什麼，沒有人會對這問題感到驚訝（也沒有人認為是藍色之外的顏色）。有個開普敦人說著她多喜愛城市附近的天空與海洋，也提到南非原生植物百子蓮（*Agapanthus africanus*）有「絕美的藍」。（我們通信時是二月，她嘆道，離家最近的花朵差不多都謝了。）另一位開普敦人說，他熱愛「不可思議的藍色陣容，從大西洋的深靛藍，到淺灘最淺的綠松……目之所及盡是藍色水域，還有桌山（Table Mountain）的藍靄點綴著遙遠的地平線。」他甚至說了些我在讀他的話之前沒發現的現象：「在雲與陣雨間的各種藍，」那是冬天的強烈冷鋒襲擊開普敦時所帶來的藍，而冷鋒則是來自南邊緯度較高的「咆哮四十度」[6]（Roaring Forties）。

有些旅居在外的開普敦人告訴我，故鄉最令他們想念的就是藍。有個開普敦人現居住在赫爾辛基（Helsinki），那裡怎麼找都找不到他最初接觸的藍；而他認為，若一年能回去開普敦一次已算是幸運。他告訴我，在返鄉過程中，他最想念的顏色開始回歸之處，是穿越「納米比亞的邊界，大約在開普敦降落前的一個小時……那裡似乎有一條空中走廊，會把你直接放在海岸上方，深藍色的海就在右邊……我就是在這裡，會初次有『歡迎回家』的感覺。」他也提到，「桌山與霍屯督茨霍蘭山（Hottentots Holland）的岩石與其說是灰，不如說是藍……或許在很熱的大晴天裡最明顯；那時天空、海與山彼此映襯，讓自己藍上加藍。」

引擎收油門，機鼻往下，七四七開始下降。

在我駕駛七四七的這些年，會來回開普頓約二十多趟；當然，對許多乘客來說，他們只會來這座城市一次。但願那些坐在右邊的乘客能望向窗外，看看桌山宛若石梯，立在兩半藍色世界之間。海上飛行的漫長時光結束了，我們越過海岸，接近布勞山（Blouberg，意思是藍色之山。考古學家傑森．奧頓〔Jayson Orton〕指出，這裡有密度很高的考古遺跡及石器時代桑人〔San〕、科伊人〔Khoe〕等原住民的安葬之處，也是一八〇六年的戰爭發生地，促成這地方的殖民統治者從荷蘭轉變成英國）；後來的今日，這裡有數以百計的風箏衝浪者，在這城市最穩定也最強大的浪間滑行。

機場的管制員告知航向，我們會從中攔截無線電信號，引導我們前往開普敦唯一的長跑道。只是在這麼明亮的早晨，不太需要電子引導。這座城市的核心是沿著桌灣（Table Bay）發展，現在就在我們的右手邊，而機場南邊的福爾斯灣（False Bay）就在正前方。

5 此處指強勁的東南風，可以把污染物吹走，帶來清新空氣。

6 或稱為「咆哮西風帶」。

在導航螢幕上，每座城市都會以一圈藍色來標示，技術手冊上稱這顏色為青色；我後來得知其所代表的城市中，有些就是比其他城市更藍，而我們這架七四七在早上衝破雲霄，超越倫敦層層灰色的最上層之後，此時放下機輪，完成降落檢核表，並在我所知道最藍的城市著陸。

冬天

機組員巴士的對話聲漸漸消失，大夥兒紛紛不敵熟悉的疲憊感。這反應與其說是長時間飛行所造成，不如說是因為碰上交通尖峰，導致巴士走走停停。約莫一小時前，我應是第十五次從倫敦飛到開普敦。

若考量與其他主要機場的鄰近程度，開普敦仍然是我飛行過的最遙遠的地方之一。想像一下，這座城市的緯度線環繞地球一圈：百分之九十九的人類是住在這條線的北方。幾乎每轉個彎，都有一些東西提醒我——即使只是一個標誌著這座城市獨特名稱的路牌，或者是在機場的出發螢幕上的南極洲景象——我身在人類已知地區中最風景如畫的角落。在蘇伊士運河開通之前的幾個世紀，這裡的聚落發展得越來越大，宛如歐亞之間商業與權力的滑輪操作線，圍繞著非洲打轉，這對於形塑現代世界的帝國主義力量來說非常重要。

今天早上，開普敦名聞遐邇的藍天躲在厚雲及陣陣大雨中，正前方的桌山頂峰也是。而在這通常明亮的大都會，只有碰上這般惡劣的天氣時，我才會想起，這裡的地理位置固然會引發動蕩，然而這裡的日子多與其他成千上萬的城市一樣：平凡的低谷也會累積出疲憊感。

我最初愛上開普敦這個名字時還是個孩子；上了大學之後，一位教授非洲史的老師點燃我對此地更深的關注。她談論到在此地定居的牧民與狩獵採集者所構成的原住民民族，也談及這座城市複雜且通常動蕩不安的故事：從十七世紀歐洲人的入侵與移居，到遠近處的人們在這裡遭受到身體或法律上的奴役的悲劇；以及一九九〇年代初期，這座城市在終結種族隔離制度上所扮演的角色。

如今，這城市仍很大程度沿著種族界線而區分，還有在降落前即可清楚看到、令人暈眩的經濟差異。當然，經濟差異並非開普敦獨有的問題（經濟差異確實相當普遍，這不光是對都市化最嚴重的潛在缺失示警，也赤裸裸提醒我，即使我重複飛過那麼多城市，但和這些城市的互動卻那麼蜻蜓點水，甚至根本沒有融入其中。）如果開普敦的不平等對我來說十分顯眼，那是因為這座城市的氣候、實體地理、歷史、多樣性與文化生活對世界各地旅人的深具吸引力，於是我能常以飛行員的身分飛到這裡，看到這些現象。

在二〇一七年的一份研究報告中，西開普大學（University of the Western Cape）的人文地理學家布萊德利・林克（Bradley Rink）說到，蕭伯納[7]（George Bernard Shaw）在一九三二年曾搭機飛越開普敦，推廣這城市的觀光業。（蕭伯納說，飛行員「被我的帽子惹得很生氣，他說可能

7 蕭伯納（George Bernard Shaw），愛爾蘭劇作家與評論家，也積極參與政治（一八五六－一九五〇）。

會被吹走，卡在螺旋槳上。」）林克寫道，蕭伯納和妻子「是最早從空中享受開普敦的旅客，他們沒有其他目的，純粹是為了享受從空中看開普敦。」林克的報告和我一樣，盡力處理這個現象所蘊含的意義：前往如此遙遠的地方旅遊，只為探索你對某地比較鍾愛的幾個層面，但那個地方比你來的地方更加貧困，於是你輕鬆享受多數居民享受不到的事物。「從上方的藍天，」林克寫道，「這座觀光城市的奇景被照亮，但城市景觀的其他部分被扔進陰影中。」

最近，由氣候變化引起的乾旱，伴隨著越來越不祥的藍天，開普敦彷彿預示著諸多城市將面臨的問題，即使這座城市（又和我一樣）仍格外仰賴會排碳的飛機所帶來的旅遊業與商業。然而，即使這座「母城」的社會和經濟挑戰反映了整個世界的情況，而且它的環境狀況提出了我和其他人一樣難以輕易解決的問題，但與此同時，這座城市也體現出格外引人的希望。由此觀之，開普敦的經驗或許可供其他城市借鏡。隨著都市化持續發展（畢竟都市生活據說比其他選擇更具環境永續性），開普敦能成功回應短期乾旱，等於是告訴世界各地的群體該怎麼做；長遠來看，開普敦也有機會累積名聲，成為非洲綠化最成功的城市。身為外來者，我在想，在看待這座備受鍾愛的城市時，是不是該從中獲得其他經驗。在一次電郵對話中，林克告訴我，開普敦這個地方「有歷史、種族認同、宗教和語言的層次，造就出繁複豐富的文化地景。」從一個短暫停留，卻頻頻造訪的過客眼光來看，開普敦確實是我所見過最入世、最具多元文化與同志友善的大都會之一。

我小時候當然不知道這些事，只知道自己深深迷戀開普敦（Cape Town）這城市直白的名稱——是海岬（cape）、是城鎮（town）。我後來學到，這名稱代表的是這座城市的位置及早期目的：這個聚落會為某些船隻與水手提供新鮮食物、水與休息的地方，也給予他們權力，不把這些東西交給他人；這裡是個要塞——在建城後不久就興築堡壘——不光是要掌控在本地土生土長、以放牧維生的科伊人，以及他們的土地、牲口、水與附近海域，更要進一步掌控他們活動範圍外的土地。就我所知，沒有任何地方像這裡一樣，光是城市名稱就能讓人想起城市的地理特性，以及其故事中動盪的複雜性，尤其是在畫著城市市徽的標誌上，可看到三種語言呈現城市名字——City of Cape Town（英語）、*Isixeko Sasekapa*（科薩語）、*Stad Kaapstad*（南非語）；市徽則是以黃、紅、藍、綠構成的同心圓，彷彿一棵不會在其他地方生長的樹木內部。

春天

在這條令人暈眩的道路上，我們租來的小白車又轉了個彎，在座椅上的我朝一邊歪倒。我睜開眼，從車外後視鏡看見後方有輛敞篷車緊跟著我們，駕駛戴著墨鏡；在他後方的遠處，垂直石壁屹立。那座岩壁看似是威利狼（Wile E. Coyote）追著嗶嗶鳥（Road Runner）跑時，鳥會消失

8 威利狼與嗶嗶鳥是華納兄弟所推出的喜劇卡通角色，主要是描述威利狼總是追逐嗶嗶鳥，想把牠抓來吃掉的故事。

在岩壁上畫的隧道，而緊追在後的威利狼則撞上岩壁[8]。

我猜，我們大概放慢了他的速度；那就這樣吧。我看著馬克，他應該沒察覺到我醒著。他睜大眼睛，眼神明亮；他會這麼開心的原因想必不光是因為我們在開普敦，而是開車的是他。他是新手駕駛，三十好幾才學開車，這在世上的許多地方或許沒什麼大不了，但是對我這個世代的美國人而言幾乎是不可思議。

昨夜我駕著飛機，從倫敦飛來此地；我在駕駛艙時，馬克在睡覺。在航空界的行話裡，他是隨行乘客（Klingon，源自於「依附」〔cling-on〕），也就是和機組員同行的親友。開普敦很受歡迎，在北半球冬天是隨行乘客的熱門航線，但有時也壓力很大，因為折扣很低的親友票無法保證在去程或返程時會有空位。

在最後一刻，沒想到馬克還真的等到位子，於是他直奔安檢，搭上我已坐在駕駛艙的那班飛機，而我正小心設定前往世界彼端的航線。我們要好好利用待在這裡的區區幾天，因此並未依照我平時獨自出差的習慣，先睡四、五個小時再說，而是到飯店登記入住之後，沒幾分鐘就離開飯店，開車到這風景絕美的路，前往市中心的南部。這是馬克與我一同旅行以來，首度由他開車。我又再度閉上眼睛，直到下一個轉彎，那時我略睜開眼睛，看到一片鈷藍；如果這條路是往上的，那片鈷藍就是天空，如果這條路是往下，那就是遼闊的大西洋。

或許很難想像，在遠處山下波光粼粼的海水，溫度遠不及熱帶；事實上，這裡的大西洋海水冰冷得出名。有一回執飛後，我和一個朋友來到這片海灘，他是飛行員，也會風箏衝浪。他把自己的裝備泰半留在飯店，但還是帶了潛水衣準備游泳。我想起爸爸認為冰冷海水能讓人恢復元氣，他顯然也對大小感冒免疫，於是我笑道，我擁有在新英格蘭長大的體格，能保護我不怕冷。我游了十五、二十分鐘，自認不僅舒服，而且活力充沛。之後我試著起身走出海水時竟跌了一跤，雙腳幾乎麻木。

即使我們把租車公司的地圖攤開在兩人座位間，還是得花點時間，熟悉開普敦的地理環境。以我初次見到這座城市的尺度來看（當然是在地球儀上），開普敦這裡看起來是在非洲的尖端。然而，非洲的最南點其實不是這座城市，而是在開普敦東南邊一百多英里之處。同樣令人暈頭轉向的是，「開普」（Cape）這個字是海岬之意，但不光是指整個非洲大陸的南邊錐狀地區（現代南非有三個省的名稱中含有「開普」，其包含的面積比英國大上三倍。），也可能是指開普敦附近更小的突出物——開普半島（Cape Peninsula，這地名把岬角和半島這兩個很類似的字擺在一起，常讓我感到疑惑，而我不一定記得住這兩個字的差異）；開普半島會從開普敦市往南延伸，越來越窄，最後來到一處崎嶇的岬角。這邊樹立的標示上寫著「好望角」（Cape of Good Hope），為非洲「最西南點」；而更引人注意的是，附近的開普角（Cape Point）是更崎嶇的高地——這已是我看過最令人屏息的海岬——再過去，就是地球最波濤洶湧的險惡海洋，然後就是南極洲。

然而，桌山把開普敦的地理簡化了。我不知道還有哪座位於都市的山比桌山更具傳奇色彩或更上相：開普敦最好的照片與城市絕大多數的圖像都少不了桌山，而無論在街角怎麼轉彎，桌山都會出現，提醒你它的莊嚴威武。較富裕的幾個社區會略往山上發展，但大致而言，這座山分割這座大都會，把道路引導至不同方向，就像石頭讓溪水分流一樣俐落。伯克夏的擁護者可能會注意到，桌山只比格雷洛克山高出二十三公尺，不過，格雷洛克山是從大約已有三百公尺高的起伏地景上屹立；科伊語稱為海中山（*Hoerikwaggo*）的桌山，則是類似地理課本上的插圖，其形象恰可說明海平面的概念，好像從湛藍海洋中直接升起。

要登上桌山之頂，可加入熱門的登山活動，若想更省點力，也可搭纜車。來到山頂，會發現這裡是比較寒涼的不同區域；如果旅人的衣著是只想曬曬太陽度個假，恐怕不會喜歡這兒，甚至覺得危險與驚訝。最重要的是，這座山頂以風聞名，這些風在橫掃山頂時產生了一層白色的薄霧，而隨著它們的上升到溫度更低的高度，霧氣所含的水蒸氣會短暫地凝結成水滴——這種現象你也可以在飛機機翼上觀察到，通常是在起飛後不久，當溫度和濕度都達到某一點時出現。山頂上的風能強到讓纜車一次停駛好幾個小時，曾讓憂心忡忡的飛行員在山頂上找電話亭，提醒上司他可能來不及下山，載三百三十名乘客到倫敦。（所幸最後完成這項任務。）

在城市與山區之外，有一塊綜合郊區，從東北順時針往南扇狀擴散；這裡的密度、種族組合、微氣候、財富與地形之美極度豐富多變。機場位於東南邊，也就是開普平原（Cape Flats）——一塊位於福爾斯灣北邊的大片平地。（福爾斯灣的意思是「錯誤海灣」，會這樣命名是因為，這片有許多鯊魚出沒的水域曾讓往西的水手誤以為自己已繞過整個開普海角，就快抵達稱為「海洋酒館」的城市好好歇息。）大約有一百七十萬的開普市民（也就是超過三分之一的大都會地區人口）住在開普平原，其中包括多元種族社群，亦即開普有色人種（Cape Coloureds）——

在殘酷的種族隔離政策下，他們原本居住在較接近市區內部的社區，例如第六區（District Six），卻被迫搬來這裡，把開普敦的中心保留給白人。在抵達與離境班機的靠窗座位，除非是早晨起了濃濃大霧，否則可看到這地帶有密度很高的住宅，通常是違建（但絕不是只有違建）。有時候，來自國外的旅客只能從上空看到開普平原，其他人則在停留於開普敦期間造訪此地，通常是參加由當地居民帶領的旅行團。

在城市西部與南部的歷史核心區，諸如坎普斯灣（Camps Bay）等濱海社區——開普敦居民尤利斯娃．德韋恩（Yoliswa Dwane）在二〇一二年《紐約時報》的訪談中說，這裡依然不歡迎黑人：「感覺不到這是個種族融合的國家。」——到處是高檔咖啡館、餐廳及一些非洲最昂貴的房子，顫巍巍屹立在令人暈眩的地形上。沿著海岸線往南前進，會來到查普曼峰道（Chapman's Peak Drive），這是一個世紀前由服勞役的罪犯開鑿，讓那些付得起過路費的人，可以在城市附近感受一下類似加州太平洋海岸公路（Pacific Coast Highway）嵌巉的高地景觀。

但今天早上，剛來到此地的馬克與我仍盡量離市區近一點。我們沿著最明顯的觀光客路線前進，途中好多人和我們一樣，開著乾淨閃亮的小型租車，在這無與倫比的立體城市景觀中，排隊前往山上的道路。

後來我們會開玩笑道，租車公司應該把地圖揉成球再給我們，這樣比較能匹配地圖要提示的土地特色；我們也只能看著滑翔翼緩緩下降，提醒自己哪個方向是往上，以及眼前的藍到底屬於天空還是屬於海洋。我們會停下來吃三明治，之後和諸多單車騎士一樣，把車停到路邊，再走到邊緣，俯視大地在哪裡把起伏的藍色撞得頂部爆發出白色；而在高處看這一切時，只覺得像觀賞慢動作，且與天空一樣靜默。

夏初

我搭上繫在港邊的觀光船，在船上等；待會兒要體驗從這臨海城市駕船離開時，最簡短單純的滋味。

這裡和開普敦的任何地方一樣，隨處都見得到山在不遠處聳立。越遠的物體看起來就越藍，部分原因在於天空是藍的，無論看的是什麼，中間都會隔著大片天空。這效果恰好是一種線索，說明為何在世界各地的各種語言中，都有那麼多山脈叫「藍山」（Blue Mountains）；也解釋為為什麼達文西（Leonardo da Vinci）建議畫家，只要是距離五倍遠的東西，應該都要畫「五倍的藍」。當然，在飛機上，從起飛到降落之間，我們看到的東西都會因為距離相當遠而稍微染上藍色；而在開普敦，如歷史學家珍．莫里斯（Jan Morris，一九二〇～二〇二〇）指出的，即使在一八四〇年代，距離這座未來城市建成的將近兩個世紀之前，這座城市幾乎被其周圍的海洋所支配，「只有一條有鋪面的路」從海邊進入城市內部——對飛行員來說，試圖尋找水手曾在船上看到的視角，並觀察桌山在幾個世紀以來的水手眼中如何改變，確實不為過。

引擎發出怒吼，我們從碼頭離開。

這是我第二十次飛來開普敦。馬克與我同遊此地時，約莫是我第五次飛到這裡。我們搭船到羅本島（Robben Island），並聊起他在南安普敦市的家鄉。英國的聯合城堡（Union-Castle）航運公司，每週會有船班從南安普敦出發（每週四下午四點），往南前往母城。

有一班列車會與這些船隻銜接，把乘客載往東北，前往金礦、約翰尼斯堡，及這個國家的行政首都普利托利亞（Pretoria）。而這班列車稱為「藍色列車」（Blue Train）——列車車廂是在伯明罕打造，於一九三七年開始行駛，外表漆成飽和的大西洋藍，因而如此稱呼。如今，藍色列車依然從開普敦出發，前往普利托利亞，行程大約三十小時。同時，聯合城堡在南安普敦與開普敦之間的航線已於一九七七年劃下句點，部分原因是波音七四七。我就經常駕駛這型飛機，從希斯洛機場起飛，而僅僅過個幾分鐘，就會穿越馬克家鄉的燈光。

在那趟很久以前的旅程中，為了走一趟羅本島，馬克與我前往碼頭，經過層層堆疊的貨櫃。許多貨櫃在不使用之後會經過改造，送到城市的其他地方，成為供人遮風擋雨之處，或變成商店與髮廊等小場地。羅本島在好幾個世紀以前，就設立惡名昭彰的監獄，到一九六四年還囚禁納爾遜·曼德拉（Nelson Mandela）。他在自傳中曾描述，在沒有暖氣的軍機所看見的窗外景象：「過了不久，就會看到開普平原上的小火柴盒、市區閃亮的高樓，及桌山平坦的山頂。之後來到桌灣，在深藍色的大西洋海水間，可看出羅本島霧濛濛的輪廓。」曼德拉會在這裡遭囚十八年，至一九八二年移監他方，直到一九九〇年重獲自由。

不久後加入羅本島渡輪艦隊的，是雙體船克羅多阿號（*Krotoa*）；這艘船和其他羅本島渡輪同為藍色，而其命名是為了紀念十七世紀的一位科伊女子，也是歐洲人所寫下的開普敦紀錄中第一個留下名字的女人，我們得謹慎看待這些紀錄中關於她的片段。克羅多阿年紀輕輕時，就到發現開普敦的揚・范里貝克（Jan van Riebeeck）家做工，范里貝克重新幫她取名為伊娃（就算她有領薪資，也沒有留下任何相關紀錄）；她成為口譯與協商者，並與擔任醫生的丹麥夫婿生了三個孩子。在一六六〇年代晚期，她先生在掠奴的遠征中，於馬達加斯加島去世；後來幾年，克羅多阿的孩子被帶走，她又被反覆放逐到羅本島，並在一六七四年去世。時至今日，大家稱克羅多阿為「和平使者」，以及「會抵抗的女族長」，甚至有人建議開普敦機場以她來命名。

今天，馬克並未與我同行，而我搭的船也不是前往南安普敦，甚至不是羅本島，而是只離開幾哩就會折返，讓我們拍拍返航開普敦的照片。

我們經過停泊的漁船時，海風吹散了陸地的熱氣；這些船有碧翠絲號（Beatrice Marine）、伊莎貝拉號（Isabella Marine）等等，刮得白白的上層結構從天藍色的船身升起。我也看到體育場的未來感線條，那是為了二〇一〇年世界盃足球賽興建的，就位於在海帶林上方划槳的皮艇玩家，以及信號山（Signal Hill）之間。兩百多年以來，信號山會在每天中午發射午炮，目的是為了協助船隻設定時鐘，才能確認在未來危險航程的經度（「報時球」也是因為同樣的理由存在——想一下跨年夜在紐約時代廣場——水手可以在桌灣的錨地輕鬆觀察報時球），而即使我已離開普敦很遠，卻彷彿仍聽得到砲聲，因為他們每天中午會以推特帳號發出信號，以大寫字母寫下：BANG!（砰！）

隨著我們進入更深的水域，船的運動從二維轉變到有力的三維；船尾的六色南非國旗帶著長長的藍色梯形，緊密地飄掛在海浪之上，隨著風勢的增強而飄揚。我想到，雖然有許多城市在海岸線上升起，但我去過的其他大城市中，沒有一座城市能夠像開普敦一樣讓人有這麼臨近原始海洋的感受。十九世紀，倫敦老牌保險公司勞合社（Lloyd's）曾拒絕為在開普敦過冬的船隻承保，而今天在南非沿岸超過兩千三百起的船難中，大約有五分之一據說就沉沒在桌灣。我們這艘小觀光船就在這墓地上方滑行。

揚聲器傳來薩克斯風的演奏樂音，於是肯尼・吉（Kenny G）的爵士樂聲和興奮的德文對話交錯夾雜；或許那些人是聊著船另一邊的海豚。音樂變了，我發現水也是：有大浪，但是沒有裂成明顯的縫，更沒有碎成白浪。相反地，銀藍色海面蒙上近乎模糊的質感，好像是電動遊戲中的仿真特效；一旦你移動到超出畫質細膩的海岸範圍之外一段距離，解析度就會降低。

再過幾年，會有海洋學家跟我說明，在海灘鮮少會看到最深的藍，因為最深的藍是在更遠處；他會寫道，看到這種細膩色彩的幸運兒，多半是從飛機上看到的。但在這只距離開普敦幾英里的地方，藍色看起來和我從上空看到的一樣，那麼高貴莊嚴。

對好幾個世代的科學家來說，水的藍色成因就和天空的藍色一樣，是巨大的祕密。有時會聽人說，水的藍色是因為映照著上空的藍。還有人認為，天空是藍的，是因為空氣中本來就包含著水。不過正如作家彼得・派西克（Peter Pesic）曾寫下，在十九世紀，麥可・法拉第（Michael Faraday）計算過，如果天空的水全部凝結，只會在地表形成幾吋厚的一層水；而就像每次在浴缸裡裝水時一樣，並不足以讓水變成藍色。「我就讓你們判斷，要產生在這國家看見的藍，這樣的水是多麼不足，更別提還有義大利與世界其他地方的藍天。」

海洋顏色的解釋，和天空顏色的解釋是相輔相成。相較於空氣，水會吸收更多照在水中的光。不過水就和空氣一樣，較不容易吸收波長較短的光，例如藍光。藍色沒被吸收，於是能穿入更深的水，並和空氣的情況一樣，更可能散射回我們的眼睛。正如大氣科學家羅伯・平庫斯（Robert Pincus）寫信告訴我，這些都是「以詳盡的方式來說明水是藍色液體，或有藍色調。」

海洋的藍並非舉世一致，懸浮粒子、水深、海床與生命形態的特性都會造成影響，尤其是浮游植物。海的顏色著實多樣，因此科學家得仰賴衛星來監測與研究。而我喜歡想像，若把世界各大海岸城市的水加以嚴謹比較，就能確認我今天在聽薩克斯風的樂音，以及被海豹追逐的船隻折返時所清楚感覺到的事：開普敦的藍色大海，就像開普敦的藍色天空，是舉世無雙，無可匹敵。

晚春

我走過開普敦市中心的花園，這裡稱為公司花園（Company's Garden），意思是荷屬東印度公司的菜園；換言之，這裡曾經種植食物，供給行經此地的船隻儲備——但無論這多麼涼爽，多麼綠意盎然，我也得走了，因為方才看見安裝在台座上的日晷，提醒我該是喝杯咖啡的時候了。

開普敦周圍的景色著實壯麗，因此很容易讓人遺忘位於中心的城市。接下來，我來到城市中心，走在如巨岩般的摩天大樓陰影下時，我可能會感受到一股令人擔憂的奧茲曼迪亞斯[10]（Ozymandian）之感，今天就是如此：人類在這裡（甚至在任何地方）所建立的一切，都將如曇花一現；至少與此間的山與海，以及衡量山海存在的時間尺度（而不是我們存在的尺度）相比時是如此。對於以匹茲菲為中心的我來說，我無法忘懷的是，眼前這座大都市是我的世界邊緣，然而我剛剛思索此事的那一刻，一定也只是平凡無奇的一刻；這時周圍的開普敦人身影遍及街上，他們日復一日沉浸日常，對這裡的街道最了解：一小群鬆開領帶，下了班還在聊工作的年輕人；一名搭上計程車的女企業家；一名打開電信箱的工人，他以熟練的技術，處理如義大利麵般的七彩線路。

為了找咖啡，我往東北邊前進，而在城鎮街（Burg Street）與長市街（Longmarket Street）交叉口，我看到一家位於哥德式大教堂內，名為「天堂」（Heaven）的咖啡館，這樣的大教堂可能是英國村莊的中心所在。教堂在十九世紀末興建，如今由艾倫·斯多瑞（Alan Storey）牧師掌管；他是在種族隔離政策的政權下，最後一個良心拒服兵役者，也曾因此遭到審判。中央衛理公會教堂（Central Methodist Mission）向來是躲避陽光與人群的涼爽退避處，也是這座我可能最愛

---

9 麥可·法拉第（Michael Faraday），物理學家，對電磁學有重大貢獻（一七九一－一八六七）。

10 這是法老拉美西斯二世的希臘文名稱，堪稱古埃及歷史上最重要的法老之一。詩人雪萊曾寫過一首知名的十四行詩〈奧茲曼迪亞斯〉，描述這位法老即使有豐功偉業，仍不免在歷史洪流中遭人遺忘。

的城市中，最喜歡的建築物。這裡除了禮拜之外，也會在星期天晚上舉辦支持同志平權的宗教聚會；再過幾年，這裡會有幾個月的時間成為庇護所，收容來自非洲其他地方的難民。

在教堂外牆，有幾個剪裁成哥德式窗形的藍色標誌，其中一個標誌寫著：**中央衛理公會教堂是這座城市的教堂**。另一個標誌則寫道：**你在愛中出生、由愛呵護、為愛生活**。這句子讓我想起父母年輕時的宗教信仰，那份強烈的信仰足以主導他們的上半生；雖然爸爸後來中止這份信仰，媽媽也改信，但他們的信仰有幾個層面依然形塑著我的人生，甚至我對城市所抱持的希望；這深遠的影響應是他們始料未及。

中世紀歷史學家米歇爾・帕斯圖羅（Michel Pastoureau）在其著作《藍：色彩的歷史》（*Blue: The History of a Color*）中寫道，「在藍色彩繪玻璃於十二世紀創造出來之前，基本上基督教千年來的禮拜儀式中，藍色並不存在」，其中夏特[11]藍（Chartres blue）尤其值得注意，在陳年之後會比彩繪玻璃使用的其他顏色更加優雅。後來，眾所皆知，藍色和聖母瑪利亞的形象有深刻的連結，尤其是從青金岩（lapis lazuli）研磨出來的珍貴顏料群青（ultramarine）；這種顏料遠超過米開朗基羅的預算，也讓維梅爾（Vermeer）瀕臨破產。正如派西克在《瓶中天》（*Sky in a Bottle*）所言，群青這個名稱不僅指出大海的顏色[12]，更提到顏料的來源「來自比海更遠的地方」，通常來自阿富汗。

在中央衛理公會教堂，最漂亮的窗是以半透明的白色玻璃構成的，其邊緣是以藍色來與其他部分區隔；那些藍色會從早晨天空柔和、接近灰色的藍，漸變成玻璃清潔劑的藍，再變成接近海洋色調的深藍。我抬頭仰望時心想，若是被賦予要幫這些顏色命名的任務，我能想出多少讓人一望而知的名稱呢？我淺淺一笑，想起去年在遼闊的大西洋上空飛行時，一位客艙組員讓我和同事看一套淺棕色的布樣，那是向高檔的英國顏料零售商買來的，這樣我們就能更清楚說明自己想要的茶濃度及要加多少牛奶；之後我瞇起眼，想想這座教堂的小藍窗有沒有可能遺失，這麼一來，我以為只不過是砌石支持的窗戶玻璃，其實是後方的城市藍天。

冬

在一個灰暗的早晨，我來到好望堡（*Kasteel de Goede Hoop*），這是一六六六年由荷蘭興建者取的名字。五角形堡壘協助住在堡內的人更能對非洲社群呼風喚雨，甚至將力量發揮到遠近海域。好望堡是南非最古老的建築，若要說明兵力在這國家最古老的城市故事中所扮演的角色，好望堡依然是有力的象徵。這座城堡確實曾是精心設計的聯絡網絡核心，會發射烽火信號、砲火與樹立旗幟；其設計是要辨識出友善的船隻在往這座城市靠近、宣傳這城市在荷蘭的掌控之下依然安全，或者召喚人來保護。時至今日，這座城堡仍是由南非的國防部管轄。

11「夏特」指沙爾特大教堂，位於法國，是西歐重要的朝聖地點。
12「群青」（ultramarine）直譯為「超海洋」。

大門橫飾帶上方，以及進入城堡時所經過的拱形天花板，都是清澈的藍色。今天城堡幾乎只有我一個人，而我慢慢走到由從羅本島挖掘的藍色石板所打造的通道與樓梯，從充滿沙塵的黃牆出發。再走遠一點，我看到灰色變電箱上有小小的盾牌紋章——我想，那是屬於以此為總部的南非陸軍指揮部——上頭有跳羚、兩把劍，以及在海藍天空下的桌山。這紋章和開普頓大學的都能清楚呼應這座城市，後者的紋章上有錨、起伏的藍色大海背景則為黑色（在令人頭大的拜占庭紋章學術語中，這種構圖安排可稱為「分上下兩半，為波浪狀，使用黑與碧藍」），大學還與西開普省有相同的格言，帶來好兆頭：好望（*Spes Bona*）。

開普敦作家諾邦戈．格克索洛（Nobhongo Gxolo）初次造訪這座城堡時，還焚燒非洲蠟菊（*impepho*）；據信這種藥草能促成人與祖先接觸，為他們祈禱。在二〇一六年的文章中，她寫道：「在這些暗室中發生的謀殺與刑求，都會擴散進牆體，留下污痕。你會感受得到。」前來開普敦城堡的人會試著思索這段歷史，也會看到藝術收藏，那和南非在解放過程中的一個重要日子有關。這些收藏最初是在一九五二年公開展示，是由提出種族隔離的政府所安排的慶祝活動，紀念范里貝克在一六五二年四月六日登陸的三百週年。這項節慶活動引來抵制與抗議，非洲民族議會（African National Congress）與南非印度人議會（South African Indian Congress）呼籲，應該改稱之為「國家誓言與祈禱日」。在三百週年過了兩個半月之後，一九五二年的六月二十六日，發生了對抗種族隔離的反抗運動，其中一位發起人就是曼德拉[13]。

若以藝術與文化現象來看，藍色的古老歷史比多數顏色要零散。舉例來說，希臘陶瓷並未使用藍色；就連威廉．格萊斯頓[14]（William Gladstone）這位英國政治人物與古典學家也認為，雖然古希臘人在家鄉坐擁顏色絕美的天空與海洋，但他們卻是藍色色盲，看不到這種顏色，因為他們鮮少這樣描述海洋（在荷馬的措辭中，最知名的用語是「深酒色」。）相較之下，羅馬人則是把藍色與怪胎，以及塗抹靛藍的當地人聯想在一起。

在這座開普敦的城堡中，許多歐式繪畫會著重於海景；畫中會有一艘或多艘船以駭人角度棲在浪頭上，而船隻的荷蘭或英國艦旗受困於狂風中，就這樣前往桌山腳下的聚落。在某些繪畫中，這個未來的大都會看起來只不過是防禦加強的村莊；在其他現在掛著的繪畫中，這座城堡已經出現了。這些繪畫中的天空並不完全是藍的；更常見的是，天空是在天藍色的背景中，由波濤洶湧般的高聳雲景主導。同時，充滿不祥之兆的海通常是灰色、黑色或綠色，早期繪畫尤其如此。

後來，我有機會與諾穆莎．馬胡布（Nomusa Makhubu）談談，她是一位從事實際創作的藝術家，也是開普敦大學米凱利斯美術學院（Michaelis School of Fine Art）的教授。馬胡布出生在約翰尼斯堡附近，成長過程是住在金屬工業發達的區域，但污染也導致空氣變色。她告訴我，如今能在開普敦看到藍天有多開心，尤其是能在康士坦提亞山口（Constantia Nek）一帶健行，那

---

13 納爾遜．曼德拉（Nelson Mandela），南非反種族隔離革命家、政治家及慈善家，亦被廣泛視作南非的國父；曾任南非總統（一九一八－二〇一三）。

14 威廉　格萊斯頓（William Gladstone），曾擔任過十二年的英國首相（一八〇九－一八九八）。

是桌山南部一條東西向的山路。她也知道伯克夏附近有不少山丘，因為她曾為了工作，前往距離匹茲菲北邊不遠的威廉斯敦（Williamstown）。

她告訴我，開普敦這地方或許美麗，卻也是嚴重不平等。她告訴我藝術作品中的藍色例子，那些例子和她的城市與國家長久以來尚未結束的種種掙扎有關。她的學生布列貝茲薇・希瓦尼（Buhlebezwe Siwani）如今已是名聞國際的藝術家，作品橫跨多種媒介，包括影像、紙與雕塑。她二〇一五年的攝影作品〈浪潮〉（*iGagasi*，科薩語），是一名女性站在海邊，這片海是在藍灰色的山腳下，天空則是靛青。她手上拿著在科薩人傳統裡具有療癒效果的藍白色繩索，並往後仰，碰觸波浪。馬胡布告訴我，我們通常會把藍色視為是寧靜，但藍色也代表海洋帶來的剝奪與流離失所。

她也讓我看了一張《警察臨檢》（*Police Raid*）的圖，這是喬治・潘巴[15]（George Pemba）在一九七七年繪製的作品。他在東開普省長大，也在這裡的黑人城鎮上度過人生，如今已是公認南非最了不起的藝術家之一。這張畫描繪四個住在黑人城鎮的居民，以及兩名進入他們家中的警察；屋裡顯然有剛釀好的非法酒品，那是黑人城鎮某些居民的唯一收入來源。一名警察和一名女子在搶一瓶酒，另一名警察則舉起警棍。兩名女子的頭巾和一張翻倒的椅背是藍色的，酒瓶、一位居民的鬍子及警察的臉都是藍的。馬胡布也引導我注意畫中屋外的藍色山脈與天空，這些地方的美只能透過小窗戶以及警察打開的門窺探，這和歐洲式描繪南非的傳統中所採用的開放性視角及無人風景畫正好形成對比。

在開普敦的城堡，我從掛著繪畫的展廳漫步離開，前往另一個以陶製品為焦點的展覽；那些陶製品抵達此地的商路，恰是當初建立這座城市時要延伸與保護的路。這裡展示的陶製品多依循白底藍花的傳統安排，令人想起荷蘭城市台夫特（Delft）的陶器（這個地名也出現在開普敦機場正東方的黑人城鎮）。對一個因為地差感而暈頭轉向的飛行員來說，或許最令人困惑的，是從十八世紀上半葉開始從中國出口的製品。就這些製品來說，開普敦的山、天空與海洋，都是由一萬一千兩百六十五公里外的中國工匠繪製，他們永遠不會見到這城市，當然也無法想像我是在什麼樣的環境，於二十一世紀停下腳步，欣賞他們的作品；他們也不知道再過幾個月，我會從珠江三角洲的上空下降，飛往香港。

初夏

我從波卡普（Bo-Kaap）的街道往上走，走得渾身是汗，而樹上掛著的鞦韆在風中輕盪，又有樹的枝葉遮蔭，看起來好誘人。但朝著它走過去時，我還是不確定可不可以使用掛在墓園裡的鞦韆。

波卡普是開普敦的內城社區，就在我的下方展開，這裡是開普馬來人族群歷史的核心所

15 喬治．潘巴（George Pemba），南非畫家與作家（一九一二－二〇〇一）。

在——這個族群的祖先是從其他地方被帶來開普敦的人，尤其是穆斯林（通常是從荷蘭統治的領土帶來的奴隸或囚犯，那些領土如今屬於馬來西亞與印尼）；這群人所形成的族群核心在種族隔離的時代，被歸類為有色人種。即使到了今天，仕紳化的浪潮席捲波卡普，然而走在鋪著卵石的街道上，仍可聽見馬來語衍生的字。我原本一直以為，波卡普這個絕美地點的「波」（*Bo*），是「beau」的訛誤[16]，或許是一七八〇年代初期，法國軍隊短暫停留在開普敦時所留下的。但事實上，「bo」是南非語的「上」。無論如何，波卡普之所以美，主要就是因為居高臨下：這個地方在信號山的斜坡上，可眺望桌山，俯視下方的城市及遠方的海洋。

我穿過長長的草叢，往鞦韆前去，蝴蝶到處飛舞。一八〇四年，穆斯林在開普得到宗教自由；一八〇五年，塔納巴魯公墓（Tana Baru Cemetery）成為其正式取得的第一塊墓地——塔那巴魯是馬來文中的「新土地」之意——部分原因是荷蘭政府在即將面臨英國攻擊之際，希望能得到穆斯林的支持。

許多在此安息的，是開普敦穆斯林族群的重要人物。有些是從荷蘭殖民地被驅逐，因為遭控和政治活動有關；其他人是因為和英國人共謀，印尼王子圖安．古魯（Tuan Guru）就是一例——英國人和荷蘭人對遠東都有拓展商業與帝國利益的野心，因此雙方經常衝突。圖安．古魯被囚禁在羅本島，獲釋後在多爾普街（Dorp Street）成立南非第一座清真寺，並說這座清真寺將與世長久共存。

這裡也有圖安．賽德．阿洛韋依（Tuan Said Aloewie）的墳墓，解說牌上說他是開普的第一任正式伊瑪目。他來自葉門紅海海岸的摩卡（Mocha），可能是在這裡或印尼遭到逮捕，並被「驅逐到開普，終生要以鎖鏈鍊住。」不過，在羅本島當了十一年囚犯之後，他獲釋了。他留在開普敦，成為警察，這角色讓他可以照料奴隸的信仰。

波卡普很能象徵開普敦的多樣性，這裡的人來自五湖四海，也是最多色彩的地區。每當我問起開普敦人關於這座城市的藍色時，他們除了會提到海洋與天空之外，通常還會提到的就是波卡普。這裡的住家還會使用其他顏色，例如各種深淺的黃、紫、粉紅與紅（有一種普遍但有爭議的說法是，租屋必須要保持白色，而剛獲得自由，能購買房產的人，就會把房子漆成彩色來歡慶）。然而最能呼應與強化這座城市天空與海洋的顏色，莫過於藍，從近距離來看尤其如此。

有一棟房子最讓我印象深刻。那棟房子是深深的海藍色，在令人睜不開眼的烈日下，由亮眼的白色門窗、百葉與鐵欄杆，及隔鄰的黃色與紅色襯托出來。這藍色實在吸引人，因此我今天來回走過這屋子前面好多次，享受其魅力，後來才開始擔心我可能看起來太可疑，只好繼續往墓園前進。

我還是不確定要不要碰盪鞦韆，那只是一塊簡單的木板，以倒Y型的生鏽繩索掛著。因此在這座我有時會從早餐之後，一路走到晚餐時間的城市，我嘗試靜靜站著，就這麼一次。

我低頭看自己沾滿沙塵的鞋，再抬起頭看上方。我試著拍照，心想，媽媽會愛上這片天空

16 這個字在法文的意思是「美」。

的。不過，由於天空沒有物體，相機似乎無法聚焦，恐怕這顏色也超出了相機的能力。媽媽從不知道有一天我會飛長程航線，但無論她在哪，這都不是問題：如果她能保護我，就知道要上哪保護我。

後來我無法繼續站著不動，遂走到樹下，再次在樹枝的陰影下試試看。下方社區有個車庫門打開，保全警報一時大作。微風吹起。我聽到風穿過墳間長得高高的草，有那麼一刻，我閉上雙眼；在午後陽光下走了這麼久的上坡路，這時清涼的陣陣微風吹起來真舒爽。

鎖車的嗶嗶聲讓我回到現實。我睜開眼，看到一對男女在下方走著，朝他們家前進，手上拎著好多塑膠購物袋。我想，在一天的工作或逛完商店後，把車停在這裡並不是最糟糕的選擇；在這座小山上度過永恆也不是。這時我從口袋掏出手機，確認今晚班機的出發時間，以及從這座墓園到飯店的距離，於是發現，該是下山的時候了。

第十章

雪之城市

倫敦、伊斯坦堡、烏普薩拉、紐約與札幌

大約十五歲的某個夏末午後，我在房間。書桌上的窗戶開著，我聽到哥哥和他的朋友在我家與隔壁後院裡玩耍——幾分鐘前，哥哥就朝上喊我，說我該快點下去——這時的我轉動著地球儀，追蹤匹茲菲的緯度，繞著地球約北緯四十二．五度的地方轉一圈。那時，我還不知道匹茲菲居民和同樣住在這條緯線上的其他人有何相同之處——天空的星星、白日長度、暮光與夜晚，以及地球旋轉的速度。

我只知道，這樣畫出一趟旅程路線挺有趣的。如果往東延伸，那麼和匹茲菲相同緯度的線條會越過大西洋、安道爾（Andorra）、裏海中心及蒙古的南部。如果再往東延伸，尚未碰到遼闊的太平洋時，就會來到日本札幌市附近。札幌（Sapporo）是個好名字，聽起來有點類似西伯利亞，而從這個尺度與距離來看，札幌與西伯利亞確實沒有那麼遠。因此，我想，札幌的冬天一定很長，甚至比匹茲菲更多雪。

匹茲菲

一八八八年三月，在經過三天暴風雪，累積超過一公尺的積雪之後，來自加州的旅客受困在這裡的鐵路車廂中。此刻的積雪大約是：五公尺。

那一年，我大概九歲，哥哥十一歲。爸媽出門去了，或許是去伯克夏幫的某人家拜訪，也可能是去餐廳，雖然機會並不大。才剛傍晚，外頭天色已黑，想必是秋冬時節。

哥哥和我坐在客廳沙發上，中間是我們的保姆羅素。他住在隔壁街，大約十五、六歲，是個高個兒，身上穿著匹茲菲高中紫白相間的體育服。因為玻璃桌上檯燈厚厚的燈罩，房間的這個角落在夜幕低垂之後總是呈現金色。

爸媽在爐子上留了些菜，羅素幫我們加熱，讓我們吃飽。媽媽請他在我們睡前唸故事，從《納尼亞傳奇》（*The Chronicles of Narnia*）的後面幾集挑一本來。就目前為止，我最愛的是《獅子、女巫、魔衣櫥》（*The Lion, the Witch and the Wardrobe*），主要是因為露西進入衣櫥之後，發現納尼亞困在冬季。我實在好愛雪，因此不明白永無止境的冬天其實是在懲罰這個世界（雖然沒有聖誕節是條線索）。而當春天終於降臨納尼亞之後，我向媽媽坦承，我覺得有點失望。

羅素坐在客廳沙發，把書翻到媽媽上次唸完的地方。他唸了幾行就停下來，抬起眼，嘆了口氣。朗讀實在不是他的強項。或許問題是出在奇幻小說。無論原因為何，這些文字似乎讓他感到尷尬。他又讀了幾行，之後看著我，又看著哥哥，然後說：你們不會真的喜歡這些鬼話連篇，對吧？

我哥哥誠實地說，媽媽喜歡。但我已經出發了；我暫時身處在納尼亞，等待哥哥加入我；然後，當我從他和羅素的對話中了解到他仍然在我們的客廳時，我發現自己在雪中行走，那場雪只落在我能看到的城市中。

倫敦

一八九一年三月，一場暴風雪癱瘓了大都會，地方法官在調查酒館老闆供應蘭姆酒給執勤的警官之後，選擇判定兩人無罪，並動用更多人力，清理肯辛頓的積雪：六千九百六十三人。

在前往希斯洛機場的途中，我握著方向盤，穿過黑暗與雨水，朝著西路（Westway）前進。在執飛短程航線的那幾年，我經常開車到機場，因為火車或地鐵都無法讓我及時趕上飛往歐陸的最早航班。

和匹茲菲不同的是，倫敦和這個世界一樣，至少從最直白的意義來看是如此：越了解這個地方，就越覺得這裡好大。此刻白城（White City）這個路標讓我想起家鄉，那裡比倫敦晚五個小時，是下著雪的寒夜。我經過這個路標時也想起舊家、裝在車庫屋簷下的燈，以及周圍總有破損的四片窗戶玻璃。我在想，現在住那間屋子的人是不是徹夜開燈，加入我家鄉其他燈光的行列，集結起來的光芒就和倫敦中心區區幾百公尺所集結起來的一樣明亮。我試著想像在匹茲菲邊緣、月光照亮積雪的原野，後方黑暗森林在零度以下沒有動靜。

我的印象是，內向的人比外向的人更喜歡雪；或許是因為雪能為世界帶來靜默，或者只是能有真正的理由宅在家。我想，自己最初會愛上雪，純粹是因為夜裡的大雪能讓我隔天不必上學，這樣就不必面對學校的種種挑戰。（我有時在想，自己就是因為相同的理由，變成內向的人。）

不過，媽媽是個外向的人，也因為她，我才知道隨著年歲漸長，無論個性如何，雪都會讓人的日常生活更加辛苦。自從我離開麻州，前往英國之後，她就會把每一場大雪鉅細彌遺地敘述給我聽，也會定期更新院子的雪深，只因為她知道告知我這些訊息會讓我多麼開心，尤其是在聖誕節的腳步越來越近的時候。只是在這時候，冬天對她而言太過漫長：開車很困難，要剷雪，路上會打滑，和朋友的聚會取消，就醫時間延後。我知道，在我最愛的季節裡，她把時間花在等待春天。

伊斯坦堡

一六二一年初，在連續降雪之後，城市居民能靠著結冰的博斯普魯斯（Bosphorus）海峽，輕鬆往來歐亞，這場冬雪已下了：十六天。

從西班牙畢爾包（Bilbao）前往倫敦的途中，在法國大西洋岸的高空，機長麥克與我開始把思緒轉向東邊，思索伊斯坦堡的天空。

在希斯洛著陸之後，我們要開另一架飛機去那座城市，而在目前這班飛機安靜的巡航過程中，我們為下一班飛機填加油單。通常來說，要決定前往伊斯坦堡得加多少油並不困難，但今晚的天氣預報提出「降雪」（SN，這是雪在航空術語中的縮寫）警告，前面還附個「＋」，代表會是大雪，這樣的組合通常是出現在明尼亞波里斯（Minneapolis）或莫斯科。

在仔細讀過伊斯坦堡的標準備降機場天氣後——這些備降機場包括希臘克里特島的赫拉克良（Heraklion）、保加利亞黑海海岸的瓦納（Varna），以及土耳其內陸，群山環繞的首都安卡拉（Ankara）——麥克決定要多加油，讓我們足以在伊斯坦堡上空多等候一個小時，之後若需要前往上述的任何一座城市也沒問題。

這趟前往伊斯坦堡的航程較特別之處，只是動力設定要略高一些，需要較長的跑道，這樣才能在比平時更重的情況下升空，而不久之後，我們就來到巡航高度，在滿天星斗的冬夜穿越歐洲，享用晚餐。

剛進入這一行的那幾年，出於種種原因，我熱愛飛到伊斯坦堡；就連對世界最感疲憊的旅人，也難以抗拒這座曾被稱為「城市之后」與「統治天下」的大都會。還有些事實也是伊斯坦堡吸引我的原因，例如這裡重新成為歐洲最大城（過去曾連續八個多世紀擁有這項稱號），以及過往名字之多所具備的榮光（例如拜占庭〔Byzantion 或 Byzantium〕、君士坦丁堡，以及五、六種其他名稱，包括激動人心的新羅馬〔Nova Roma〕）。而我在擔任空中巴士A320的短程航線飛行員時，這也是最遙遠的城市之一，因此，若依照我小時候的單純想法，飛往伊斯坦堡的航班無疑就是我最重視的事。

我們每二十分鐘左右會下載最新天氣資訊，消息看起來並不是好兆頭。大雪比預報更早抵達，還伴隨強風，兩者加總之後看起來不太妙，符合暴風雪的官方定義。我們計算這種情況下降落時需要的降落距離、側風、能見度限度；然後天氣變糟，我們又重新計算。在下降之後不久，我們接到指示，要進入水平飛行及等待航線（holding pattrn）。之後，航管員說了飛行員最不想聽的話：延遲，時間未定。

現在大雪也襲擊赫拉克良，真難想像暴風雪竟也掃過希臘半島上位於海平面的城市。不過，瓦納與安卡拉機場仍開放。

我們聯絡在伊斯坦堡和倫敦的同事，大家都建議轉降安卡拉。麥克與座艙組員說話，告知他們他的決定。同時我開始爬升，將空巴導航到新設定的路線，前往一九二〇年代由凱末爾・阿塔圖克[1]（Kemal Atatürk）轉變成土耳其首都的古老聚落。不到十五分鐘之後，班機展開第二次下降。不久後我們降落在安卡拉，儘管這裡海拔較高，機場這邊又有陡峭的山脈拔地而起，但只下著冷冷的雨。

我們停好飛機，關閉引擎。不久，有個渾身淋溼但神情爽朗的地勤人員，敲敲機艙的前門。倫敦的人員打電話給他時，他已經在家，看來我們似乎打擾了一個安卡拉家庭的寧靜夜晚。

有一群日本旅客從東京出發，經由希斯洛機場飛往伊斯坦堡；他們以為自己已到達目的地，於是起身收拾個人行李。我以程度有限的日文，拼湊出要傳達的話語：抱歉，還沒到伊斯坦堡。之後我站在樓梯，眺望西北，看著加油車與停機坪燈光後的黑暗。這時和匹茲菲十一月一樣冰冷的雨，吹到我依規定穿著的黑鞋上。

不多久，消息傳來：伊斯坦堡的機場重新開放。在確認飛行時數限制後，我們又再度出發，沿剛才的航線折返。在馬摩拉海（Sea of Marmara）上空下降時，厚厚的雪花掃過擋風玻璃；當我們從雲層現身，來到進場燈光系統上方時，看得出跑道雖然才剛清過，但雪已開始累積。幸而雪積得不深，側風也在限制範圍內。我們近乎寂靜地著陸；在距離跑道夠近時，引擎聲也因為反射到路面變得更響，然而我今晚學到，原來在雪的覆蓋下，連渦輪扇發動機都能變安靜。

1 凱末爾・阿塔圖克（Kemal Atatürk），現代土耳其之父（一八八一—一九三八）。

我們花了將近一小時才抵達登機門，滑行道實在很滑。最後，我們終於停好，完成文書作業，向疲憊的乘客說再見。我們通過入境審查，登上巴士，在幾乎渺無人跡的機場公路上前前後後地打滑前進——好希望今晚能有個比較習慣下雪的駕駛，或許來自匹茲菲吧，而不是現代拜占庭——所幸不多久，我們已平安待在濱海摩天大樓裡的飯店。

我掛好制服，將手機連上充電座，換上睡衣；但我知道還得過一段時間才睡得著。我坐在窗邊，播放音樂。倫敦、畢爾包、安卡拉與伊斯坦堡：麥克和我應該算是創下紀錄，在同一天站在這四座城市。這時我望著暴風雪最後的雪花，在霧氣濛濛的窗戶外旋轉飄落，也望著更遠處會通往博斯普魯斯的黑暗水域，以及在等待的船舶燈光。

匹茲菲

一九一六年三月初，降下暴雪，當時部署了馬匹拉犁；「電車發車時刻受到嚴重波及」，這天的積雪達到：六十一公分。

獨木舟草原野生動物保護區（Canoe Meadows Wildlife Sanctuary）停車場的積雪已經太深，我無法停車，於是把租來的車改停在附近的小街道上。我童年時的朋友瑞奇就住在這條街，後來搬到康乃狄克州。我跨出溫暖的車，走進雪花紛飛的環境時，看著前方幾戶之遙的大房子。那棟大房子在興建時，瑞奇與我曾在過夜的聚會中溜出去，就著月光爬進基地，站上碎石小丘；那應該是工人堆存的砂石，現在應是地下室洗衣房或娛樂間。

我拆下車頂的雙板越野滑雪板[2]，這時的我在波士頓生活與工作，鮮少會用到滑雪板，因此把舊滑雪板放在匹茲菲媽媽家的地下室，只有冬天來城裡時才取出。這不是需要上蠟的那種滑雪板，但我把它們扔到有雪的路面上時，還是有括弧狀的白色嘆息從玻璃纖維邊緣飛出。這時我想起爸爸的木製滑雪版，以及各種顏色的蠟，就裝在類似體香膏的棒狀容器中。不同的蠟可供不同溫度與雪的類型使用：新的、細的、舊的、溼的、顆粒狀的。我也記得一張父母在佛蒙特州柏靈頓（Burlington）滑雪時所拍的照片，那時他們尚未搬到匹茲菲。媽媽穿著黃外套，看起來彷彿是因為自己穿著一雙木板站起來，準備推進，而露出得意揚揚的笑容。（我也很喜歡另一張照片，那是幾十年後在匹茲菲拍的，照片上的她也是同樣的表情，但情況比較駭人；她在森林中坐在朋友的全地形車上，剛學會如何駕馭這台車，表情泰然自若。）

另一台車在我後方停好。一名男子下車，卸下滑雪板。他招招手說：風雪真大，對吧？

他說得沒錯，已下了二十五公分，或許還會再下個二十公分。他說，不過，你已經習慣了吧？他手指著某個地方，我知道他指著我租的車的明尼蘇達州車牌，雖然我從波士頓租的。他看起來是滑雪老手；我想對這樣的人來說，明尼蘇達州有其名聲，只是我不了解。

2 本書提到的滑雪板皆為雙板，後文不再說明。

我原想解釋這輛車是租來的，而且我是匹茲菲人，真的，就住在幾個街區外。但我話留在嘴邊沒說出口——既然是本地人，又何必租車？於是我只點點頭說：是啊，下大雪。我肩膀略微放鬆；這時我換上新身分，宛如隔離罩：我是直男，來自明尼亞波里斯的郊區；是滑雪高手，對，以前還得過明尼蘇達州冠軍——然後把淺灰色的靴子與滑雪板上的帶子扣好。

我在霍姆斯路滑了幾十公尺，進入獨木舟草原。雪很大，要看到前方很難，所幸我夠清楚該怎麼走。我年幼時，這保護區就代表野外，但事實上這裡只畫出幾百畝的範圍。

我滑下山坡；與其說是靠能力，不如說是地球引力的推動，最後來到路盡頭的森林。我經過結冰的池塘，想起爸爸和我曾到龐圖蘇克湖（Pontoosuc Lake）觀看哥哥參加競速滑冰比賽，而我問爸爸這些溜冰者如何知道這樣安全——我一定把後院的金魚池意外謹記在心——他指向巨大的贊伯尼（Zamboni）洗冰車，那輛車如坦克般穿過令人目眩的白色湖面。他說，這對哥哥和他的競爭者來說應該都很安全。

雪在我的帽子、手套上結塊，即使我使力時，任何打到我臉上露出部分的東西都會融化。我的滑雪者愉悅感出現了，甚至勝過跑者愉悅感：這是冬季最美好的時刻，也是匹茲菲最美好的時刻。或許我不住在這裡，但今天我回到家了。在前方幾公尺，樹枝被雪壓得低垂——若是與哥哥同行，即使我們已二十多歲，兄弟倆肯定會有人把雪搖下來，嘻嘻哈哈抹到另一人的頸子上——終於超過了樹枝能承受的角度，於是雪滾落到空中，篩到森林地面，樹枝又彈回，繼續收集更多。

我或許看起來像明尼蘇達州的滑雪者，但現在已繞了一圈我最愛的路徑，感覺到疲憊。附近有座隱蔽的觀鳥屋，還有個觀景點可眺望周圍溼地。我脫下滑雪板，把它們靠在欄杆，再走幾步階梯下到木板步道，進入賞鳥屋。窗戶沒有裝設玻璃，望出去會看見沼澤已結冰，覆蓋著雪，灰藍色的原野和其他地方一樣空曠開闊。

我從百葉窗望著剛才走過的路，滑雪靴留下的腳印已快看不出來。這裡幾乎無風，沒有鳥；只有許多結晶碰觸時的沙沙聲，還有耳中血流加速搏動的聲音。

這趟運動下來，我還在深呼吸，但坐下來幾分鐘就覺得冷。我望著外頭冰封的沼澤，打個冷顫。我想，就是這樣開始的吧：一切靜止的時候，就會有這樣的反射動作。

我站起身，穿著靴子跺跺腳。感覺不該穿來室內的——如果可以稱這個無門、玻璃或暖氣的建築物內部為室的話。我走到外頭，把滑雪板重新扣好固定。我出發前又回頭看了一眼，粉雪飄到一呎之遠，穿進無門的門框；我停下來想像，未來該找個夥伴，試著讓這裡發揮功用：我們會盡力把窗戶封好，在沼澤邊緣的冰中取出石頭，之後找個角落，把石頭排列成壁爐。

烏普薩拉（Uppsala）

狂風暴雪的星期二（Yrvädерstisdagen）導致約百名瑞典人喪生，這場強力橫掃烏普薩拉的暴風雪，發生日期是：一八五〇年一月二十九日。

我從列車上走下來，這班火車帶我從斯德哥爾摩（Stockholm）前往北邊的烏普薩拉，亦即瑞典第四大城。現在不算晚，大概是晚上九點，但在每年的這時節，天色已暗好幾個小時。

幾十年前，我有個叔叔從比利時搬到斯德哥爾摩（他在這座城市的交通部門上班，看來我對城市、運輸與地圖的興趣有家族遺傳成分存在）。因此，自從我開始飛行，就會盡量來到這裡，把飛往馬德里機場（MAD）或柏林－泰格爾機場（TXL）的任務，和同事飛往斯德哥爾摩最大的阿蘭達機場（ARN）任務交換。

阿蘭達機場是個很容易讓人愛上的地方，原因不光是這裡有見到家人的機會。這名字的音節暢如流水，很難想像這是刻意打造出來的字，把古老的地名與動詞「landa」（意思是著陸）結合起來。正如我一名堂兄證實，你可以在這裡結婚，在貴賓室或在機場教堂皆可。（馬克或許擔心我會堅持要在這裡辦，趕緊先承諾要做個七四七型的蛋糕。）這座機場的政策是絕不會因為降雪而關閉，因此在這寒冷國度，除雪和除冰程序想必是更加先進的。

阿蘭達往南是斯德哥爾摩，往北是烏普薩拉，和兩座城市的距離差不多。通常在阿蘭達降落後，我會在最靠近駕駛艙的盥洗室換下制服，把行李托給先前講好的同事，請對方帶到烏普薩拉的機組員飯店；接著，我就搭乘造型優美的機場列車，前往斯德哥爾摩。我記得初次飛到這裡的情況：我在斯德哥爾摩中央車站搭地鐵，過了幾站，到一條林蔭大道上問路，於是來到一條較窄的街道。我一邊走，一邊尋找門牌號碼，然後過街，再後退一點，終於找到與其他建築物大同小異，但門鈴旁寫著我姓氏的房子。時至今日，我仍不敢相信有個和爸爸這麼像的人就在樓上等著，準備擁抱我，還備妥熱騰騰的佳餚（永遠有海鮮），以及我最期盼、最逗趣的瑞典文課程（*Var är mitt flygplan?*——我的飛機呢？）

今晚造訪叔叔一家人之後，我和平常一樣回到烏普薩拉，但尚未準備就寢。我踏過雪堆，走過每一盞路燈下一片擴散的白色，離開車站，往飯店反方向走，前往菲里斯河（Fyrisån）。

烏普薩拉有二十三萬居民，或許只是小都市，但在很久以前就鞏固其重要性。幾乎美國人以外的所有人都是使用安德斯．攝爾修斯[3]（Anders Celsius）所提出的溫標，各地飛行員更是皆採用攝氏溫標——很難想像，攝氏溫標原本是以相反的方式來表達溫度：水在攝氏一百度結冰，在零度沸騰。攝爾修斯在烏普薩拉大學擔任教授，這所大學是北歐地區最古老的一所。卡爾．林奈烏斯[4]（Carl Linnaeus）曾提出以拉丁文為基礎的物種分類系統，而他也是烏普薩拉大學的教授（他後來受封為貴族卡爾．馮．林奈〔Carl von Linné〕。在我小時候，叔叔曾造訪匹茲菲，並讓我看一百瑞典克朗的鈔票，上頭就有林奈的畫像；後來這面值的鈔票上變成女星葛麗泰．嘉寶〔Greta Garbo〕的畫像。）烏普薩拉也是瑞典教會（Svenska Kyrkan）的所在地，有超過八百年的時間裡是這個國家的宗教首都，而瓦薩王朝的創建者與瑞典獨立之父古斯塔夫一世（Gustav I，

3 安德斯．攝爾修斯（Anders Celsius），瑞典天文學家（一七〇一－一七四四）。

4 卡爾．林奈烏斯（Carl Linnaeus），瑞典植物學家、動物學家和醫生（一七〇七－一七七八），他奠定了現代生物學命名法二名法的基礎，被認為是現代生物分類學之父。

一四九六～一五六〇），也葬在這座城市的大教堂。

我來到在河邊延伸的道路，把外套扣上。在這樣寒冷的夜晚，對我來說，似乎不光是適合向攝爾修斯教授致敬，也該向另外一位之前居住在烏普薩拉的人致敬——烏勞斯．馬格努斯[5]（Olaus Magnus）。馬格努斯出生於一四九〇年，成為這裡的詠禱司鐸，後來被提名為最後一位烏普薩拉主教——雖然他是在很遠的地方[6]擔任這個職位，且只是徒留虛名；因為那時的瑞典已成為路德教派的王國，他也未曾從羅馬返國。

烏勞斯．馬格努斯曾參加特利騰大公會議（Council of Trent），另一名主教曾詢問他關於他北方家鄉的事。他後來說，這些對話促成他寫下二十二卷的北歐歷史與敘事《北方民族描述》（*Historia de Gentibus Septentrionalibus*，這部書的拉丁書名恰好讓人想起「septentriones」（北）這個字的詞源，也就是拉丁文的「七頭牛」，即北半球天空的北斗七星，能幫我們找到北極星），在接下來幾個世紀，歐洲人對這個區域的概念都深受這部作品影響。

烏勞斯．馬格努斯被放逐到羅馬時，曾這樣撰寫雪花：「如此柔軟微小的物質上，瞬間被壓出這麼多形狀與型態，究竟是為何及如何做到，可說是難倒所有藝術家——但與其說這是個疑問，不如說是驚奇。」他的巨著中以許多木刻版畫描繪這個世界，那像極了我童年時所熟悉的世界：冰柱從屋檐垂下、酷寒中有一片開闊水域罕見地冒著煙、一群男孩朝另一群躲在雪堡後方的男生扔雪球。其他畫面則與神話有關：一名男子騎在馬背上，離開客棧，然而這間客棧就只建立在冰上；東風（Oriens）帶來新的降雪；穿著滑雪板的獵人，在高聳的石像下方溜過，那些石像排列在前往挪威的朝聖之路上。在描繪烏普薩拉的冬夜時，有一張畫面令人難忘：一輪明月掛在菲里斯河陰暗的上空，販賣桶子、酒壺、弓、刀與斧頭的商人，在冰上忙著做生意。

熱愛冬天的人與科學史學家，或許會特別注意另一張版畫。那幅畫的左上角描繪著兩片結冰的窗格，左下角則是布滿雪的天空；那雪好像從五線譜上吹散而出的二分音符。這張作品的右邊滿是小小的圖，有些是箭、手或皇冠的形狀，或類似花朵與帽子；其他則像聖修伯里（Saint-Exupéry）的傑作當中，小王子尖尖的頭髮，或像是從這男孩最愛的星球附近的天空所拔下的星體。無論如何，這林林總總的圖案當中，我只認出一枚六角星，因此在這已近五百年歷史的書頁上，出現了最早的雪結晶形狀素描。

紐約

二〇〇五年三月八日，甘迺迪機場的風速達到最高，雪似乎「相當詭異，不受地球引力影響——被吹往上方、旁邊與下方」：風的時速為七十七公里。

---

5 烏勞斯·馬格努斯（Olaus Magnus），瑞典的神職、歷史學者、外交官（一四九〇－一五五七）。
6 此處指的是羅馬。

時值三月初。紐約很少到了這時節，還有這麼嚴重的冬季暴雪。

波音七七七停在原地，機艙裡昏昏暗暗，只有幾盞零星的閱讀燈，在為數不多的乘客座位上亮著。艙內悄然，僅有空調與怠速引擎傳出的嗖嗖聲。乘客若不是在睡，就是和我一樣疲憊，畢竟坐了好久的飛機，這下子又得延遲離機。

這次派飛了好幾天——先是愛丁堡（Edinburgh），之後是巴塞爾（Basel），最後往返位於爸爸故鄉比利時的布魯塞爾——今早我終於回到倫敦，卻收到爸爸中風的消息。爸爸與繼母住在北卡羅萊納州，那兒醫院的醫生說，他已無活下去的可能；醫生只能等我們家人到齊後，拔除爸爸的維生器。航空公司的同事火速幫我安排機位，讓我搭上今晚飛往紐約的最後一班飛機。現在我無法下機，因為雪擋住了登機門，飛機無法停靠。我擔心就快錯過轉往羅里的班機；不久之後，我會得知那班飛機已取消，今晚大部分從甘迺迪機場起飛的班機都取消。我在溫暖的機艙裡望著外頭的雪，麻木感油然而生：因為這場暴風雪，爸爸可以多活幾個小時。

我坐在飛機右邊的靠窗位置，窗玻璃中間的縫隙已結霜，暴風雪在外頭來回吹襲。飛機在皇后區的風勢中略為搖晃，我想起離開倫敦的下午是那麼溫暖，春光明媚；此刻想來宛若另一個人生、另一個世界。

我們等啊，等啊。我想起納尼亞的雪中森林，以及一條通往匹茲菲卻無法通行的道路。我也想到，我一抵達想像中的城市，那裡就降下冬季暴雪。

我從機艙望出停機坪，不知怎地——或許是構成雪的明亮立體幾何，從高高燈柱的錐形照明範圍下飄過——我回想起一九八〇年代中期的某一夜，那時爸爸與我一如往常，在匹茲菲的滑雪區停車，等著接哥哥和他的幾個朋友回家。當時約莫晚上九點，而從陰暗的車內望出去，泛光燈照明的路徑幾乎亮得難以逼視。爸爸沒將引擎熄火，暖氣也呼呼響。哥哥和他的夥伴出現時，會有幾扇車門打開，冷空氣與說笑聲會湧入。但在他們出現之前，爸爸以慎重的態度，解釋最近在科學雜誌上讀到關於人類免疫缺乏病毒（ＨＩＶ）的文章；那時十一、十二歲的我，是否直接問那是什麼？當然，爸爸通常說話的姿態就是那樣，但在座位上不敢動彈的我倒是確定，他謹慎的語調是為了避開我也想躲的話題。而我終於在過了七、八年向他出櫃時，我最先想到的就是這一夜，也就是在冰雪與燈光的山前面，他告訴我他不知道。

札幌

作為分類原則，重點在於結晶的結構，而不是外觀形體。要進行雪結晶的整體分類，則北海道是很適合的地方，因為這裡可觀察到非常多樣的結晶。

——中谷宇吉郎（Ukichirō Nakaya），《雪的結晶：自然與人造》（*Snow Crystals: Natural and Artificial*）

空橋上的警告標示說**道路溼滑**，因此當我剛踏上札幌時，步伐相當謹慎。這座城市位於日本第二大島北海道的西南隅，是日本第五大城。

其他標示則反映出這座機場與日本最北的大都會在冬季散發出的貴氣：在背光燈下，北海道機場株式會社的七星標誌散發著青色光芒，代表著這座島上的冰雪；有個以俄文書寫的指示，說明如何從機場前往距離海參威比距離東京還近的火車站，而航空博物館的標示則寫著「新時代黎明：北國航空都市的誕生」（DAWN OF A NEW AGE: BIRTH OF THE AEROPOLIS OF THE NORTH）。

在這座降雪又多又頻繁的城市，以北國航空都市來形容機場挺恰當的。在札幌，下雪的日子佔三分之一以上，從十二月到三月多半在下雪，一月更是幾乎每天下。這並不是全球降雪最多的城市（最多的應是日本本州島上的青森，平均年降雪量是大約八公尺）。但是降雪量最大的城市排名中，規模最大的應該是札幌：這裡人口為兩百萬人，是魁北克市的四倍；札幌的年降雪量約為五公尺，而魁北克的年降雪大約是這數字的三分之二。

不出意料，札幌在一九七二年主辦過冬季奧運會，最重要的年度盛事是雪祭，每年冬天迎來數百萬觀光客，可欣賞超過百尊的雪雕與冰雕，其中包括超過十五公尺高的作品。此外，史上最知名的雪科學家中谷宇吉郎也和這座城市有關。

中谷於一九〇〇年七月四日出生於石川縣，我高中時，就曾到日本西海岸的石川縣寄宿家庭度過暑假。他在東京與倫敦研讀物理，並在一九三〇年到札幌擔任教職，直到退休。他將雪花描述為「從天空寄來的信件」（letters sent from the sky）——這裡的 letter 指的不是字母，而是通信──而他大量關注的不光是札幌的降雪頻率，也重視雪為這座城市帶來的美。

雪花的結構很細緻，可看出它不只是結凍的水滴。雪的結晶是水蒸氣並未經過液態階段就凝固，或可說，雪是水蒸氣直接凝結成結晶的型態；這是霜的形式，但不是晴朗的晚秋夜裡在草葉上所形成，而是靠著凝結核，亦即冬天高空雲朵中旋轉的灰塵粒子。要在冰冷的雲中進行研究可不容易，因此要研究何種條件能形成雪，最好的辦法就是在實驗室複製條件，中谷正是開路先鋒。他在製作雪的結晶時，不是採用來自天空的結凍微塵，而是兔毛細絲。

雖然約翰尼斯·克卜勒[7]（Johannes Kepler）、勞勃·虎克[8]（Robert Hooke）與勒內·笛卡兒[9]（René Descartes）都曾小心觀察過雪，但是發展出雪花分類科學系統的是中谷，他把自己歷年的研究記錄在重要著作《雪的結晶：自然與人造》。這本書裡有數百張我看過最美的雪花照片，不僅是科學著作，也藝術之作。中谷也研究過飛機除冰的問題，以及在機場以人工方式除霧的可能性（後來他的女兒中谷芙二子會在相關領域努力，因而成名，還創造過霧雕）。他在北海道大學創辦低溫科學研究所（Low Temperature Science），其網站上還列出如納尼亞王國般的雪國大事紀，例如建立雪害科學組（一九六三年）、凍脹組（一九六四年）與降雪物理學組（一九八一

7 約翰尼斯·克卜勒（Johannes Kepler），德國數學家與天文學家，科學革命的重要人物（一五七一－一六三〇）。

8 勞勃·虎克（Robert Hooke），英國科學家（一六三五－一七〇三）。

9 勒內·笛卡兒（René Descartes），法國哲學家、科學家與數學家（一五九六－一六五〇）。

年）。

中谷一九六二年於東京逝世。加州科技大學物理學家肯尼斯・利布雷希特（Kenneth Libbrecht）曾寫過數本關於雪結晶的書籍，他以直白的方式告訴我中谷的遺澤：中谷是第一個「考量冰如何從水蒸氣轉變而成的細膩科學」。今天，中谷的名字嘉惠著一間他故鄉附近的雪博物館，以及一群南極島嶼。在札幌，也有一座六面紀念碑屹立，紀念他的成就：這紀念碑和札幌這座城市一樣，是愛雪者的朝聖地。

從機場航廈的窗戶，我望著停著的飛機引擎葉片，如風車一樣緩緩旋轉：冬季齒輪在轉，雪更大了，而我想到這可能導致要起飛的班機無法成行。不過，在札幌的停機坪與跑道，我只看到大型機場和平日一樣繁忙，在這裡工作的人，肯定是世界上最懂冬季航班運作的人。

我穿過機場，前往火車站。這裡的人群提醒著我一件很容易遺忘的事：東京是我很常飛的地方，那裡或許是世上最大的城市，但不是日本唯一的大城。我踏進列車，車門關閉，不久後列車就加速穿越白色原野、成排被雪壓低的冷杉及莊嚴的白樺木，並沿著看似沒有特色、卻是由深色平行線構成的乾淨鐵軌前進。

在大學的日文課，或許是在對話練習，或是在課本上的短篇故事裡，我很高興得知「雪」（yuki）常出現在名字中。我有個朋友的朋友叫做みゆき（Miyuki）。她出生在島根縣，那是位於日本本島西南邊的溫暖地帶，但是出生那天竟然下雪，因此取了這名字來紀念。みゆき可以寫成「深雪」、「美雪」等漢字，她母親則選擇較少見的作法，以假名書寫，這樣可代表更多種的雪。

みゆき現住在札幌；她母親開玩笑道，當初並不是故意要她住在札幌，才取這名字。我寫信問，住在世界降雪量最多的都市之一是什麼樣的情況。

「我們熱愛冬季之美，對大自然非常敏銳。我們喜歡雪景，」她回答。她還提到札幌附近會舉辦的冬日祭典，是把蠟燭放在雪景中（節慶的網站上寫道：「在這神祕森林，燈光與大自然反射的光彼此交融。」）而在距離市區更遠一點的地方還有由冰打造的村落，裡頭有演奏音樂的空間、麵包店甚至露天溫泉，悉數是在結冰的湖上雕刻與組裝。她還說在札幌會有熊出沒（匹茲菲也有熊現蹤），以及每年會有雪蟲（雪虫，yukimushi）出現：「我們會說，如果在晚秋看到雪蟲到處飛舞，就代表初雪即將降臨。」她還告訴我什麼是越冬高麗菜（越冬キャベツ，*ettō kyabetsu*），意即採收後還儲藏在田裡的高麗菜，上面覆蓋著一層雪，讓讓甜度累積，滋味更好。

窗外雪花飛過的角度慢慢傾斜，隨著火車速度放慢，從近乎水平變回垂直。正當我直直望出窗外時，我回憶起小時候在深夜裡會拉開臥室的百葉窗，看看原本該來的暴風雪是否已降臨，把世界改造成學校都不會開放的地方。這樣的話，哥哥和我只要把我家車道與人行道的雪鏟乾淨，說不定還可以幫鄰居鏟雪賺點零用錢，之後就可以吃鬆餅，整天在積雪的院子裡玩。

列車來到中途停靠站，我注意到鐵路員戴著黃色安全帽、身穿高能見度的背心，以草綠色的雪鏟在月台上推雪；我在新英格蘭沒見過這種鏟子。這裡用的雪鏟並不是一根棍子的形狀，而是有大大的勺子，並有橫棍連接著左右兩個把手，這樣可以讓人像推著除草機那樣前進，而不用舉起雪，把雪移開。步入中年的我發現，這樣對後腰比較溫和，對心臟也是；我想起在伯克夏總有故事牽涉到下起潮溼的大雪、盡責但上了年紀的鏟雪者，遇到心臟病突發的緊急狀況。後來我才知道，這種雪鏟又稱為「媽媽桑雪鏟」（Mama-san Danpu），有人說，因為有了這雪鏟，「媽媽桑也可和砂石車一樣，把雪運走。」

列車開始移動，雪減緩為小小的陣雪。我仔細聆聽火車的廣播，即使無需太過擔憂，因為也會有英文版：「新札幌的下一站——札幌站。」

> 針狀雪結晶至今仍被視為是罕見的結晶，在歐美似乎很少見……但是在北海道卻較常觀察到。在札幌，一個冬天平均可看到四、五次。

我放好行李，穿上保暖衣服，準備在札幌走一段長長的路；這時已是黃昏。我往南走，來到札幌車站與矩形的大通公園之間的一條街上。在歷經漫長旅途，來到這座新城市之時，我穿過冰雪半融的街道；這時的我並不信賴直覺，不確定該往哪個方向留意來車。

天空陰陰的，而我降落之後，雪還沒停過，但頂多是陣雪，也不特別冷，或許剛低於冰點吧。這裡的感覺像剛經過暴雪的波士頓夜晚，車流總算再度出現，幾條人行道夠暢通，可供漫步。我把帽子再拉低點，豎起領子，並提醒自己盡量別去想匹茲菲或波士頓：我周圍是個新的地方，對我來說並不熟悉，且雪能改變一切，也暫時幫這裡賦予新面貌。

日文的狀聲詞豐富得令人暈頭轉向，我剛開始學日文時挺害怕的。後來發現，這些詞彙其實沒那麼難（至少部分如此），因為多半是重複，就像英文的「汪汪」是「woof woof」，日文則是「ワンワン，*wan wan*」。或許最能說明雪在日本文化的重要性的，就是和雪相關的狀聲詞數量龐大。下雪時可說雪涔涔（しんしん），意思是靜靜落下；或者像在微風中旋轉（はらはら，*hara hara*，不過有個日本朋友說，她比較常以這個詞來形容落花）；或如今晚是輕飄飄（ふわりふわり，*fuwari fuwari*），是以隨機但大致上而言是環繞的方式——或可說跳舞——落到下方的城市上。

我到一間小咖啡館停留，讓自己溫暖一些。我點了一杯飲料，把鈔票放在小小的塑膠托盤。我時常忘記在日本就該把錢放在這小托盤，不是直接交給收銀員。之後我找張空桌子，脫掉帽子、解開厚重大衣的扣子，想起匹茲菲，以及油價飆升，因此柴爐成為主要熱源的那幾年。我滿腦子都是堆木材，除了堆在室外，也會堆在地下室，讓原木進一步風乾，就放在覆蓋著灰塵與碎裂石綿的管子下，有時哥哥和我會一而再、再而三地用力敲打石綿，並嚷道：讓七月也下雪吧！

我初次獲准自行在柴爐中生火時，實在開心極了，甚至比幾年後拿到駕照時還開心。（不過，或許太早獲得允許：有一次我火升得太旺太燙，把柴爐的門把燒得焦黑；還有一次，木柴就是無法點燃，於是我拿個馬克杯到車庫，從除草機旁的罐子裝石油，然後澆到火種上。）

但是，比起坐在花心思升起的柴火旁，我更愛到後院的柴堆，在懷裡抱著一堆圓木，舉步維艱回到明亮的屋子；上方是星空，下方則是冬季不會真正黑暗的地景。後來我明白，比起寒冷，我更愛的是取暖的經驗——這當然需要冬天，而對我而言，更是無法與回家的動作分離；無論是到苦寒的後院走走就返回，或是在學校度過辛苦的一天後回家。這些基本上來自身體的早年記憶，或許解釋為何身為旅人的我，在外國碰到能代表舒適環境的化身時會覺得賓至如歸，又覺得困惑——例如具有家庭溫暖，卻不是我家的地方。

我環顧咖啡館，再次提醒自己身處何處；喝完這杯咖啡後，又往外頭走。我前往公園，轉向東邊，朝札幌電視塔前進。許多城市會在通訊塔上設置觀景臺，最馳名的或許是多倫多與東京；一時間的科技需求，卻帶來了美景。在我進入大通公園時，行經顏色已變深，也有點融化的雪祭殘餘物。今年的雪祭需要幾千公噸的雪，是從全國各地以卡車運送過來的；同時間，氣候危機嚴重性的警告揮之不去，也提醒人們這危機在全球與地方尺度上，對仰賴旅遊與觀光維生的人所造成的挑戰。

我抬起頭，看到電視塔的金屬條此刻又消失在降雪中；雪就像知名童謠こんこ（*konko*）或こんこん（*konkon*）所唱的那樣，下個不停。我不確定自己能從觀景台看到多少，但既來之則安之，我還是買了票。告示牌上寫著這裡是「日本夜景遺產認定地」，這是由日本夜景遺產事務局成立的計畫，由成員合作選出；於是我想像一下，退休之後，我這飛行員會成為這委員會的初級成員，負責在冗長會議中，記錄下大家評判夜景的適當標準：塔的高度、城市的亮度、空氣清淨度。

我走進玻璃電梯；除了我以外，裡頭只有電梯小姐。她對我鞠個躬，按下英文自動說明——

「願您享受壯闊夜景」——電梯旋即開始爬升，經過黃色緊急樓梯，及這座架構如依雷克特（Erector Set）建築組裝玩具般，卻無法讓大雪減緩的紅色高塔。

我走出電梯時，覺得自己彷彿走進機場塔台，因為這裡出現昏暗的燈光、柔和的聲音、有物體在厚隔音窗外的迷霧中發光。只不過，希斯洛機場沒有「電視爸爸」（Terebi-Tōsan，*Terebi*是挪用英文的「television」），這個紅色塔型的吉祥物還戴著綠色腰帶。此時正值週間的安靜冬夜，雪祭也剛結束，在觀景台上與我相伴的電視爸爸吉祥物比人類還多，感覺有點詭異，尤其是我看到有標誌警告，要小心偽裝成電視爸爸的詐騙份子。

我望出窗外，夜色、雲與越來越強的雪勢正落到整齊規畫的格狀城市。建築物的平頂有如原野，成為清一色的白，如果直接俯視，這城市彷彿會完全消失。遠方的摩天輪打破了這魔咒，我想到啟動地球水文圈的一項循環：水分子蒸發到空氣中、上升到或許三公里高，形成結晶，花一個小時左右，又落回我們的地球表面，就在札幌市公園邊緣的雪堤上過冬，等待春天降臨，湧入大海。

表四：雪結晶的一般分類

……

第三類　板狀結晶

正規六花
三花四花
十二花
對稱破壞形
板狀立體組合

在那寒冷明亮的早晨，我要出門走走。

不光是媽媽覺得匹茲菲的冬天越來越難受，繼母在和我爸爸搬往南方之前，也曾在結冰處滑倒，跌斷手臂。我步步為營，想起朋友みゆき；我們通信時她坦白地告知札幌冬季的危險：「我每年冬天都要選雙好鞋，在鞋跟受損之前，就要買雙新的。」冬天會「隨著年紀增長，而覺得更難受」，みゆき肯定地說，而每年札幌春天都比前一年更受歡迎：「每回發現春天的跡象，例如款冬花（butterbur）冒出來，我們就會告訴親友，分享小確幸。」

札幌街道和匹茲菲不同，路上設置著砂箱，要是覺得路面太滑（つるつる，*tsuru tsuru*），就可以幫自己撒點止滑沙。砂箱上的標示寫著：**此沙在冰上使用，請自由取用**。路邊也有供行車道路使用的砂箱，讓心思細密的駕駛可停車，在結冰的地方撒沙。我偶爾會經過路面下裝有暖氣的人行道或車道路段；會看得出來有暖氣，不光是因為路面沒有雪，而且乾爽。我也很訝異看見卡車載著整齊的雪堆離開市區，經過日本傳統的錐形裝置「雪吊」（雪吊り，*yukitsuri*）；其中央有根木柱，並有輻射狀的吊索往下延伸，這樣能讓札幌的樹木更能承受每年冬季暴風雪的重量。

不過，人行道與街道路面相連之處，排水口被積雪堵住，連札幌也找不到辦法清除淹到小腿肚那麼高的泥濘雪水；我得要跑跳、登上到附近的雪堆，或繼續往前走，直到找到較高且乾燥的地方，才有辦法過街。無論如何，我只能踩著溼溼的鞋子，離開商業導向的城市中心，進入小商店與小住宅密密麻麻的地帶。這裡的雪似乎都是堆起，而不是由卡車運走；小小的雪山就排在停車場，約與婚禮帳篷一樣大。於是我想起在匹茲菲後院，雪堆會比我還高，還有童年時最快樂的景象與聲音：在天亮之前，掃雪機會發出怪異的黎明前黃光，出現在我家車道，並在我臥室的天花板舞動翻轉，巨大的金屬片會以刺耳的聲音悄聲說，你今天不必上學。

札幌所在的島稱為北海道，是十九世紀獲得的名字，意思是「北邊的海洋通道」（這和許多人認為「挪威」（Norway）的名稱由來差不多，挪威的景觀與北海道也相當類似）。這名稱也呼應著東海道——京都與東京之間的古道，即當今世上最繁忙的高速鐵路之一。對西方人來說，對札幌大名的熟悉感是來自同名啤酒，而在島上原住民阿伊努人的語言中，札幌的意思是一條長而乾枯的河。

這條河如今稱為豐平川（Toyohira），在城市形成之前，阿伊努人的聚落就沿著這條河分布。我想看看這條河的表面是否會結冰，於是查了地圖，朝這條河的西北岸前進。

在十九世紀中葉以後，許多日本人將北海道視為邊疆地帶——擁有豐富資源，但除此之外就是一片空白畫布；好幾世代在美國的歐洲後裔也是這樣看待美國西部。的確，日本政府很清楚美國西部持續拓殖的規模，及其所伴隨的原住民群體流離失所情景；因此克服萬難，找了幾十個美國人來協助北海道，包括麻州出生的霍勒斯．卡普隆[10]（Horace Capron）；他曾在華府的委託下，與美國西南部的北美原住民談條約。卡普隆為北海道提出美式的公地放領法，並在札幌設計出美式的格狀街道；如今他的雕像就屹立在大通公園。

後來，我詢問另一名在日本的朋友由香子關於阿伊努人的故事。她很熱心，特地到圖書館查了些書，因為她告訴我，她和許多日本人一樣，並不是特別熟悉阿伊努文化。她說，阿伊努人的神話故事大概和希臘神話有異曲同工之妙，神殿之內充滿著「擁有愛恨情仇的神，祂們會彼此或與其他人類爭鬥。」

在其中一則故事中，神正在打雪仗，這時有個雪球掉落到地球。而創世之神就提議，若有哪個神能以箭射中掉落雪球的神，就把人的地域送給祂。來嘗試的神很多，但只有一位成功——阿伊努拉克爾（Aynurakkur），亦即阿伊努族之父。另一則神話則是提到一把神奇的摺扇，其中一面描繪著雪，另一面則是描繪太陽。有一天，殘酷的風之女神看見一座寧靜的村莊，決定要摧毀這村莊。她開始跳舞，於是颳起風，吹垮房子，農作物與樹木也被吹走。之後一位具有神性的阿伊努英雄，以扇子搧這位女神，結果暴風雪扯破女神的衣服、割傷她的皮膚，而扇子一翻面又燙傷了她，這下子有摧毀力量的風再也沒回到這村子。

阿伊努文學中，有一部相當知名作品是史詩《飛馳的雪橇》（*Tobu Sori*），作者是北海道出生的詩人小熊秀雄[11]（Hideo Oguma）。這部作品是獻給阿伊努人，背景是在庫頁島（Sakhalin）；這座島現在屬於俄羅斯，但曾是阿伊努人的故鄉。作品的開頭是冬天降下初雪後的隔日：「來回越過天空／鳥兒困惑飛行。」阿伊努族會心懷感激迎接雪的降臨，因為他們認為，冬天是「新的主人，驅趕秋的孤寂」。這首詩還紀錄「象徵阿伊努生活方式的熊／消失蹤影／成為他們最大的傷痛」；詩中也寫著官僚國家日益強大，以及在一個沒有月光的黑夜，阿伊努國度東北角聚落上方的山坡發生雪崩。

我得知日本化運動[12]（Japanisation）的同化政策，導致阿伊努人的文化流失，遂難過地想起許多北美原住民群體所遭受的苦難；而這時，我也赫然發現，原來我渾然不知冬天在莫希干文化中的重要性，而莫希干人的居住地後來就發展成我的故鄉。日後我也會驚訝地發現，莫希干與阿伊努文化之間具備相似性，最明顯的是雪、星星的重要性與不同程度的熊崇拜，雖然兩者之間相距數千英里之遙。

早先明亮的天空轉變為陰沉，我繼續走向河邊；這條河與及胸高的雪堆平行，雖然有些雪堆更高，而街頭轉角的更是高。越遠離市中心，人行道暢通無阻的部分就越窄，因此我常得走到一旁，踩進更深的雪，讓旁人經過，就像我看到其他人也這樣對待我。我也在每一個街區鞠躬好幾

10 霍勒斯．卡普隆（Horace Capron），曾任美國農業部長（一八〇四－一八八五）。

11 小熊秀雄（Hideo Oguma），羅文學運動的日本詩人，以寫兒童故事，漫畫書和文學批評而聞名（一九〇一－一九四〇）。

12 日本化運動亦稱為「皇民化運動」。

次，想起在英國鄉間，人們在狹窄的鄉間小路上讓路給其他駕駛時，會舉手致意，即使他們別無選擇；也想到在美國塵土飛揚的鄉間道路，即使路很寬，大可讓兩台車經過，但司機還是會從方向盤上舉起食指，向超車的對方打招呼。

我來到豐平川時又開始下雪。路邊的標誌顯示有條小路傍著這條河，但這條小路沒有清理，從繁忙道路到這條開闊且快速奔流的黑色河水間，盡埋在一片白色中。我轉身時心想，也許該租個滑雪板。我往北前進，來到我認為是一座公園的地方，可惜很難確定，直到我看見雪的高度勉強可看出是野餐桌桌面。我繼續走，經過車輛，還有半埋在雪堆、宛如納尼亞傳奇中的路燈，以及只剩下門還清清楚楚的電話亭，彷彿這門檻有暖氣或自己的魔法。

觀察雪的結晶

……至於照明來源；白天使用日光，晚上則是燈光。當溫度低於攝氏零下十度，可不必安排吸收燈光熱的裝置，因此電燈不必改造即可使用。攝影時運用透視光是比較好的做法，可幫結晶的邊緣與內部結構拍出清楚照片；換言之，這樣可以拍出結晶圖案。

在這降雪量傲視群倫的大城市走了十一公里路之後，我往左轉，前往一條通往莫埃來沼公園（Moerenuma Park）的白色道路。

這座公園的設計者是野口勇[13]（Isamu Noguchi），一位二十世紀日裔美籍雕刻家與藝術家，這是他的最後一個作品。他最知名的設計是現代主義玻璃桌，以及對日式紙燈籠的詮釋（「堪稱是世界上最無所不在的雕塑，」紐約皇后區野口勇美術館的策展者說。）美國許多大城都以野口勇最大型的雕塑與景觀設計來裝飾，最知名的包括底特律。底特律有處噴泉我很喜歡造訪，原因正如海登・賀蕾拉（Hayden Herrera）在傳記《傾聽石頭》（*Listening to Stone*）中寫道，野口勇是航空迷，曾指出這噴泉代表的是飛機與噴射引擎，而其結構呼應著「機翼與機身的關聯。」

野口勇年輕時曾在日本居住，住家可望見富士山；一九三三年，他向紐約市提出興建一座「遊戲山」（Play Mountain）的建議，這是一座沒有圍籬的遊樂場，讓孩子能爬上山丘（這是此設計的核心特色），之後再以溜滑梯或搭雪橇的方式溜下來。他在談到這項提案時，說這是源自於很久以前的悲傷，以及在成年後盼能在美國大都會有家的感覺：「遊戲山是為了回應我那不愉快的童年……或許我透過遊戲山，設法融入紐約這座城市，得到歸屬感。」他曾向羅伯・摩斯[14]（Robert Moses）說明他的提案。摩斯曾秉持著以汽車為中心的想像，重新打造紐約，二十世紀全美的都市規畫者都受到他影響。「摩斯差點笑岔了氣，然後就把我們趕走，」野口勇憶道。

野口勇的遊戲山於是來到札幌。在豐平川的牛軛彎道處有一塊地，原本是廢棄物處理設施與

---

13 野口勇（Isamu Noguchi），二十世紀美國藝術家（一九〇四－一九八八）。

14 羅伯・摩斯（Robert Moses），二十世紀紐約和其市郊的建築大師（一八八八－一九八一）。

垃圾山，但後來改造成公園，遊戲山就會成為這座公園裡的重要元素。野口勇熱愛這個場址，在一九八八年十月最後一次來到此地；不久後，就在十二月底辭世，沒能看到公園完成。

我轉到通往一座橋的路，過河後，即可進入約四百七十畝的園區中心（面積約略大於紐約中央公園的一半）。我的第一站是野口勇設計的玻璃金字塔，一來是它離入口很近，二來是這裡可能有溫室帶來的溫暖。我一進入這宛如羅浮宮金字塔的建築內（野口勇是貝聿銘的朋友），的確感覺到這裡相當溫暖，但寂寥無聲，宛如坐擁金山卻不願大肆宣揚的基金會辦公室，又像是新的北歐機場，尚未對大眾開放，只不過我沒見過這麼漂亮的機場。

幾張線條清晰的木長椅，就擺在玻璃牆內的石造基地上。玻璃上的積雪很厚，大約有九十公分，令我想起那些眾人瘋傳的照片。那些照片通常來自水牛城等雪帶城市，裡頭是在一夜的暴雪之後，某個人早上打開家門，赫然發現遼闊的世界被一面毫無特徵的雪牆取代。看見玻璃金字塔的積雪，我不免思索這建築在興建時規畫了要承受多少的力量？畢竟這積雪連我都覺得太深厚。

由於這金字塔內著實溫暖舒適，我開始好奇，這裡在夏天會有多熱。但不多久，我就讀到相關資訊，原來這裡採用的是對環境友善的創新解決方案：每年冬天，大約有一千七百公噸的雪會被剷到隔離區，而在整個春夏，空氣會流經隔離區的管線再送出，讓金字塔冷卻。

我上了樓梯，來到一處寧靜的展區，欣賞野口勇的代表作紙燈籠。這些燈籠掛在玻璃牆前，牆外是無色大地，而燈籠散發出的黃光和低垂的月光相仿。玻璃金字塔中有間餐廳名叫「做夢的孩子」（ランファン・キ・レーヴ，讀音為*ranfan ki rêvu*），日本人可能把法文*l'enfant qui rêve*直接音譯。

「孩子的世界是個剛開啟的世界，清新澄淨，」野口勇曾寫道。

我離開金字塔，從冬季大衣口袋掏出帽子與手套，循著積雪的小徑來到遊戲山的山腳。在這灰濛濛的一天，很難分辨出這座山與雲，只能看出在天空下有兩條宛如鉛筆畫出的線，形成對稱山坡。我轉身，走向莫埃來山（Mount Moere）；這是另一座人造山峰，高度約六十二公尺，是遊戲山的兩倍。真不敢相信我會覺得山坡讓人害怕，原因只是已步入中年——這種感覺又因為山丘下橘色的防護網而更加深，不見減緩。遠處有穿著鮮豔雪衣的小小人影，正加速走下迷你版富士山，而我在雪中艱難行進，去讀告示板上所張貼的規矩。

本坡道是為雪橇設計，請勿跳躍或堆雪人。

享受雪景時請考量體力。

若選擇在公園的其他地點，打造一個生動的雪人，

請勿遠離作品，並確保在離開前清理乾淨。

我離開公園，準備走一段長路回到鎮上時，一間咖啡館吸引了我的目光。那間咖啡館的招牌上推銷著熱飲只要三百日圓，「**可借廁所！**」還有「**免費雪橇！**」有張桌子旁整齊放置著雪鏟，店家已小心不讓那張桌子碰到雪，而在外頭還有個一公尺高的冰淇淋甜筒，那捲起的塑膠香草霜淇淋和周圍雪白的環境很難分辨清楚。

我走到屋裡，這間小巧的咖啡館只有我一人。唱機正在旋轉，是肯尼・羅根斯（Kenny

Loggins）的〈危險地帶〉（Danger Zone），架子上擺滿黑膠唱片，包括球風火（Earth, Wind & Fire）、阿巴（ABBA）、木匠兄妹（The Carpenters）等樂團之作，也有一些古典音樂。除了我座位前的檯面，到處都放著一些小東西——陶瓷南瓜、紅屋頂的編織小屋、蕾絲緞帶與聖誕樹（我不是第一次回想起一則八成是虛構的傳說：東京某間百貨公司的聖誕展示中，是把聖誕老人釘在十字架上）；幾個繪製成小丑的小裝飾；幾盒高檔的威士忌；一個阿拉伯風的茶壺——一股感覺油然而生，想必許多來到日本的外國高個兒都很熟悉：只要動作一不小心，就會傳來東西打破的聲音。

我出神地望著遠處牆面的《羅馬假期》（*Roman Holiday*）電影海報，直到拖著腳步的腳步聲傳來，把我拉回札幌。咖啡店與住宅相連的那邊，一位年長女子現身招呼我。她問，想喝點什麼。我沒看到熱巧克力的標誌。日文的日巧克力是（ホットチョコレート，*hottochokorēto*）；但今天稍早想喝時，對方不太懂我要點什麼，我可不想重蹈覆轍，於是選擇很容易點的飲料：咖啡（コーヒー，*kō-hee*）。她微笑，我的舌頭不再打結，於是以不怎麼流暢的日文稍微聊天。她先生來了，他的英文比太太好，也比我的日文好太多。

他問我從哪來。我說，我是從東京來札幌，也說我家在紐約附近；在六千英里外，匹茲菲確實是在紐約附近。我知道他以為我是旅居東京的外國人，來到這一帶度個小假；但我沒有糾正，畢竟無論要以日文或英文說清楚都難度太高。也或許是因為，我喜歡想像一種生活：馬克與我在東京住了幾十年；我們來到東京的某個角落生活，而認識那個地方之後就深深愛上當地，雖然無法想像在那邊終老，但也無法想像會離開。

我問，他們喜不喜歡東京。他倆都笑了，彷彿寧可不回答，或者世上最大的都市已在全日本投下長長的影子，他們認為自己的答案不重要。過了一會兒，太太開始說，相較起來，東京較擁擠，我們比較喜歡這裡。她比畫出一個水平的空間，想必是代表北海道，以及相較於位於南方的首都本質，這裡空曠遼闊得多。

我也笑了一下，多半是因為理解而鬆了口氣。我雙手捧著杯子取暖時，發現那位太太一直看我的婚戒，好像要問些什麼，而我也準備好要回答。然而沒人說話，於是我問今夜札幌會不會下雪，才打破這沉默。「降りますよ（*furimasu- yo*），」她說，突然一臉正經，還加強句尾的「yo」：當然會。

先生聊到札幌與紐約，說這兩地氣候很相似，而比畫出的手勢，我認為應該就是緯度線。我還記不記得「家鄉」的日文怎麼說？我該查一下，之後讓他們看看匹茲菲。

我還有很多很多話想說：比如我剛開始學日文的時候，日籍老師來到新英格蘭，常把麻州的景觀與天氣和北海道比較。或者我可以在手機地圖上找匹茲菲，或許提到梅爾維爾——《白鯨記》在日本很受歡迎——以及以日本木材打造桅桿的皮廓號（Pequod）。方才看到他們架上有許多古典音樂，我可以告訴他們，匹茲菲旁的小鎮會舉辦檀格塢（Tanglewood）音樂節。在高中與大學的幾個暑假，我曾在樂器行與啤酒攤打工。檀格塢在日本也很有名，因為小澤征爾在波士頓交響樂團當了好幾年的音樂總監；我還可以告訴他們，我曾和高中同學溜進檀格塢活動時間結束後的派對，最後大家排隊跳起康加舞時，前面幾個就是我們要稱為「大師」（Maestro）的指揮家。在這大雪紛飛的日子，我甚至可用手機的照片，讓他們看看諾曼．洛克威爾（Norman Rockwell）的畫作，我那伯克夏的其中一位阿姨凱瑟琳就把這作品放在壁爐架上，畫中描繪鄰鎮斯托克布里奇（Stockbridge），而在聖誕樹的燈光下，一切看起來更美。

但這些事我都無法以日文說出口，手機電力又快耗盡，只得把另一個塑膠罐壺的牛奶倒進咖啡攪拌，並抬頭望著他們的臉；他們一邊說話，我一邊點頭，雖然未必能理解他們的話。我想，這位先生說的是我在人行道與車道發現的加熱設備，他說這樣很「便利」（*benri*），也就是方便的意思，但是所費不貲，也得付電費。

我們的對話斷斷續續。我確定自己已搬出所有認識的日文詞彙好幾次，而且店裡一直只有我這麼一個顧客，我擔心自己打斷他們本來在忙的事。我把咖啡喝完，婉拒他們請我再喝一杯。他們不敢相信我是從市中心走到這兒，更不敢相信我要步行回去。那位太太一聽就露出擔憂的神情，遂指著對街，說一定要在那站牌搭巴士，要我先待在這溫暖的地方等，而她去找張紙，把時刻表寫下來。

我從她手上拿了這張字條，盡力感謝他們兩人。我起身檢查手套、帽子、圍巾與背包，之後步出門外，來到凜冬的戶外，穿過馬路。這輛還有一半空位的巴士很準時到站，我上車，蜷縮著身子坐進座位。當巴士隆隆往南駛向札幌市中心時又開始下雪，這時我閉上眼想打個盹，或者想像一座城市，那個地方：

冬季氣溫鮮少高出零下四度，夜晚更是冷得多，這表示即使考量這城市的「熱島效應」，公園還是會充滿乾燥的粉雪好幾個月。

小小的拱橋放到路緣石上的缺口，那些缺口會在早春聚積著爛泥雪水。有了小拱橋，行人、單車騎士、輪椅使用者和推著嬰兒車的人就更容易穿越，並且保持安全與乾爽。若要申請這樣的橋，可致電電話熱線，也可使用應用程式，把有深而冰冷的水窪拍張標示著位址的照片，差不多等個一小時左右，就會有卡車過來，安裝這座暫時性的小橋。

東京成田機場的英文名稱曾是新東京國際機場（New Tokyo International Airport），如此較能簡單說明這不是新的東京國際機場，而是新東京的國際機場，替未來的大都會營造出新的意象。

新倫敦　新約克（紐約）　新羅馬

新航空城

氣象頻道說，這場大雪會在午夜降臨，起初是在市中心與島嶼降雨

但黃昏後會變成雪，整個大都會區域都會降雪

兩兄弟在兩架飛機上，一定是緩慢滑行的飛機

依照規定，在冬季天氣緊急狀況下，一次只能用兩條跑道，另外兩條會清理，之後

交換，這過程會不斷重複

他們的父母在入境大廳的天窗下等，那天窗在大雪下變成白色，之後變暗

市區與內島的積雪將達三十公分，機場預計會有四十五公分積雪

山腳下的郊區預期會有超過五十公分的積雪

所有學校關閉。

第十一章

環狀城市

倫敦、羅里、艾比爾、東京與匹茲菲

我三歲時，曾向住在伯克夏的阿姨凱瑟琳抱怨，這是我碰過最爛的感恩節。現在她站起身，走向匹茲菲市中心的教堂講台，打開手上的紙張。

她、馬克、我及伯克夏家族的其他成員來到這，參加席拉阿姨的追思禮拜，她在兩個月前過世。席拉阿姨的訃聞刊登在《伯克夏鷹報》，上頭的描述恰恰吻合我對她的記憶——機智幽默的女人，擁有熱情洋溢的靈魂。她年幼的外孫女就坐在馬克與我的前方。我在想，若期盼這小女孩年紀已夠大，能保有祖孫倆的回憶，會不會是奢望？

席拉在一九四〇年出生於麻薩諸塞州東部，後來成為修女，在波士頓最貧困的社區肩負起教育的工作。十三年後，她離開修道會，與卸下神職的前司鐸吉恩成婚。他們在波士頓結識我的雙親，後來搬到匹茲菲，那時我父母也離開波士頓，前往佛蒙特州。當年就是席拉與吉恩告知我爸爸匹茲菲有職缺，也托他們的福，我會出生在這。來到伯克夏之後，席拉是在公共住宅和教育領域服務，而且還是個詩人與劇作家（我小時候偶爾會讓她看看我寫的短篇作品，她會在上面標註許多鼓勵的話語和修正之處。）有幾年，席拉和家人並不住在匹茲菲，而是在附近的威廉斯頓。

她家的農莊有一部分是森林，而在伯克夏幫成員的住家當中，最適合在復活節大範圍尋找彩蛋的，就是席拉家。

凱瑟琳說話時，我想起十二年前，席拉的女兒在我母親的追思禮拜上發表悼詞，那天也是在這間教堂。現在的伯克夏家族成員中，父母那一輩的人已不多，大夥兒在假期聚會時，「小孩桌」又再度坐滿兒童。

凱瑟琳輕輕柔柔，最後以這幾個字，為悼詞畫下句點：席拉是好朋友。

她謹慎地把紙張折起，回到座位。我們以幾首讚美詩結束這場追思禮拜，隨後前往教堂聚會所。聚會所中央擺了張大桌，桌上有幾壺咖啡、牛奶、幾瓶氣泡水，還有幾盤蛋糕與手工餅乾。我擁抱席拉的女兒，說好想念她們的媽媽。我們聊到馬克初次和我前往伯克夏，在這裡第一次度過感恩節的旅程。那一年，伯克夏幫在席拉的小屋聚會，那是在龐圖蘇克湖東岸的山丘上。在這些聚會中，我們未必會玩桌遊，但那一年，我們玩起猜猜畫畫（Pictionary），馬克和席拉同隊。在感恩節晚餐之後的某時間點，我記得，席拉起身，比著窗外狂風吹拂的灰色湖面，還說只要冰變厚，漁夫們的彩色帳篷就會大批出現。

除了二十五個跨越三代的伯克夏幫成員之外，席拉的幾十位其他親友也來道別。大部分的人我不認得，但不少人記得我還是孩子時的模樣。有些人聽說我是飛行員，問我覺得自己的工作如何，最近飛到哪裡。有幾個人問候我的父母，但大部分的人知道他們已離世多年，並和我聊聊他們是在何種機緣與時間點，認識了我的雙親。

來到聚會所過了半小時左右，有一名男子來找馬克與我。他說，他不確定我還記不記得他。我不記得了，就連他報上名字，我也沒印象。我向他介紹馬克，他帶著笑容，有力地握了馬克的手，之後我驚見他開始流淚。

他解釋，他曾帶領我有時會參加的青年團契，那是三十年前在這間教堂的樓上舉辦。就是他唸出我在卡片上寫的問題，也給了回答。當年，我很擔心他知道卡片是我寫的，而我寫的問題是可不可能不成為同志。

他告訴我們，他從來沒停止想過那一天，並一邊搖頭，抹去臉頰上的淚水。能再次見到你真好，他說，能見到你真好。

倫敦

我二十二歲，這是我英國人生的第一個早晨。巴士離開希斯洛機場時，我看見M25高速公路的路標。這條路也稱為「倫敦外環路」（London Orbital），我不知道什麼叫外環路，也從沒聽過有人把Orbital這個字當作名詞，而不是形容詞。

巴士駛上高速公路，起初大約是往北；後來才明白，原來巴士是順時針繞行這個我沒看見的首都。

我知道這裡和原本的「皇家郡」伯克夏並不遠，因此這裡令我寬心，又覺得疏離。我還不知道這裡的地名發音會多麼不同，或很快會和某個人成為長長久久的朋友，而這位友人正是來自此郡的大城斯勞（Slough）；我只知道我想快點離開，而且要和家鄉的伯克夏幫回報此事，這樣肯定是趣事一樁。

巴士的引擎快速運轉，司機變換車道。我們快速從門架底下通過，上頭的標示說明通往其他城市的道路；有的通往伯明罕，也有通往牛津。前方有個標示寫著「北」，於是我知道自己在一座島嶼上，而這座島夠小，所以這樣的詞彙派得上用場，也讓我想起自己是在哪裡著陸的。

就我所知，現在巴士與公路已離開伯克夏與北邊。我們就和所有的藍色標示牌所指示的一樣，是在環狀軌道上。

我環顧其他乘客，全都是陌生人，大部分在打瞌睡。M25所包含的領域——大倫敦地區與其他地方——對我來說宛若謎團，只知道早上從飛機窗戶看到了一小部分而已。我不知道「在M25之內」的意思，就是簡略表達出這大都會的敏銳度與影響，就像「首都圈內」[1]（inside the Beltway）代表的是華盛頓特區的觀點。我還要再過一段時間，才會第一次行經倫敦的北環或南環路，這兩條是較屬於城內的環狀道路，而在幾年後，身為短程航線的新手飛行員，資歷尚不足以跳過希斯洛最早晨報時間的我，會屢屢於天亮前在這裡開車。

剛抵達的我還不知道這裡多靠近如今依然屹立的煤炭稅柱，那些柱子曾在倫敦周圍形成完整的一圈，宣揚首都的力量——首都至少可以收稅，也有力量在這大都會興建更多橋梁，這座首都就在仍可跨越泰晤士河的最低高度上興起。我只是來到這裡就讀研究所，還不知道再過幾年，我就會從同樣的機場搭上巴士，循著同樣的道路弧線，並下定決心，認為當飛行員的時候到了。

像我這樣習慣美國大都市的人，並不知道城市間的鐵路路線不會通過倫敦市中心，也沒有任何一條快速道路會從市中心穿過；相對地，這些道路猶如有缺陷的輪輻，最後會終止於擁擠的車站大堂，而這些車站的位置又可以形成內環；或者公路在太接近市中心時，會分裂成的普通道路。我當然不知道，沿著A1公路前進會有一座市政廳，再過十五年，我就會和先生在此交換婚戒。A1公路有部分是羅馬時代興建的，也是這個國家與倫敦外環路垂直交叉的最長道路，並往東南，朝這城市最古老的區域延伸。

我再度掃視窗下的汽車，車子越來越多；當然，現在是早上的尖峰時間。接著，我望著前方，看著比駕駛更遠之處，看出前窗，並沿著車道，設法看出車道的曲線。

羅里

深色的松樹林從機翼前緣掠過，之後又在機翼後方出現，這回看起來更大、界線更明晰。在飛機繼續下降的過程中，稀稀落落的燈光出現：商業園區、繁忙的道路、周邊圍欄，及快速從眼前奔離的混凝土建築。

1 Beltway是環繞華府的四九五號州際公路，又稱「首都環線」。

爸爸和繼母不再住在匹茲菲的老房子，也就是我長大的舊屋。繼母在匹茲菲的冰上跌了一跤之後，就和爸爸決定要找個較溫暖的地方生活。北卡羅萊納州的羅里天氣好、環境友善、醫療水準高，加上這區有許多大學，充滿文化活力，遂成為首選之地。我剛搬到英國不久，他們也搬到緊鄰羅里的小鎮上。

在他們離開匹茲菲之前，我最後一次回舊家看看。我把小時候的東西送到幾個街區外，媽媽住的小屋閣樓。之後，我就把其餘的東西丟棄，包括飛機模型、學校筆記本與課本、地圖與城市素描，還有不再發光的地球儀。

在這棟房子的最後一日午後，我在臥室外，兀自站了幾分鐘。隨後，我拿起行李走下樓，來到廚房，把鑰匙交給爸爸與繼母。在屋後，我曾抽菸的窗下，有棵我大約五、六歲時種下的冷杉。我與它道別，撫過針葉，默默道歉——在那些年，我讓燒燙的煙灰飄落到它身上，現在又要留下它離開。

爸爸與繼母帶我到匹茲菲寂寥的巴士站。我搭著巴士，上高速公路，前往波士頓，回到英國，在早上抵達希斯洛；然後再搭上巴士，沿著一條我漸漸熟悉的道路，最後來到學生宿舍。我進入前門時，慶幸地發現這裡滿是新朋友。

過了幾個月，隨著班機降落，現在我初次來到羅里。

飛機停好，安全帶燈號熄滅，我和其他人一樣望著柏油停機坪，起身把背包背好。

我很訝異地發現，爸爸看起來更蒼老了。他和我的繼母在大門旁等我。在前往停車場的途中，我試著把這座新機場的一切都盡收眼底。他們很熟悉這裡的停車票程序，還輕鬆說起大熱天的笑話，那是在這種氣候下生活的人才能心領神會的笑話。我聽了頗感訝異，或許還有點傷感。

爸爸知道，我是帶著緊張的心情來到這，也知道離婚一事對我而言並不好過。他把舊房子賣了，等於是對那棟房子與許多事畫上某種標點符號。

他也知道我愛城市，即使我從未告訴他關於我想像的城市。他當然熟知我熱愛地圖，以及穿梭其間。他把鑰匙交給我，我坐上休旅車駕駛座，這輛藍綠色的車上貼著迷你的比利時國旗貼紙，我們稱這輛車為「小凡霍納克」（Minivanhoenacker），但願過著來世生活的法蘭德斯列祖列宗，從豐盛餐桌上俯視時會覺得逗趣。爸爸坐前座，就在我旁邊，繼母在我們後面、小凡霍納克的中排座位。我把車駛出機場的停車場，依照爸爸的指示，還有最早出現的幾個路標往羅里前進。

開車時，爸爸和我聊起交通。我仔細聽他列出從羅里機場出發之後，可抵達的許多目的地（連倫敦也可直飛），還有美國國家鐵路從紐約到邁阿密的列車，會經過他們新家附近。他說起我並不熟悉的道路編號：一四七、四十、六十四，這是這一帶對他們而言最重要的道路，也說改天或許可從其中一條前往達勒姆（Durham），去他與繼母都認為我會喜歡的植物園和禮拜堂走走，之後再去他們最愛的餐廳吃晚餐。

爸爸在引導我如何前往他們的新房子時，我開始想像一座城市；那裡沒有人會在冰上滑倒，人行道乾淨無瑕，撒了鹽與沙，沒有任何人會跌倒。

我想像一座城市，誰都可以輕鬆重啟人生。

我想像一座城市，道路不會塞車。

羅里的內環路（Inner Beltline）與外環路（Outer Beltline）的路標出現了。爸爸早就料到我會多喜愛這些標誌，根本不等我提問。坐在中排座位中間的繼母一邊微笑，一邊聽我爸解釋這些詞彙的意思：這並不是指不同的道路，而是同一條環狀道路的內車道與外車道。

爸爸說，內環路是順時針環繞這座城市，外環路則是逆時針。爸爸又說，這種會讓人疑惑的狀況，已經成為此地居民常說的笑話；對觀光客與剛來到這裡的人來說尤其讓人摸不著頭緒，對靠左行駛的外國人來說，會覺得路標的意思根本相反。

過了幾年，爸爸離世之後，我會知道這慣用的道路名稱會被捨棄，而羅里內環路與外環路的路標都會拆除。但在當時，爸爸和我都同意，雖然這些術語乍看之下或許讓人疑惑，但精準程度一定會吸引純粹派，因為它在一條不斷轉彎的道路上，俐落地解決了南北方向標示的不確定性。

艾比爾（Erbil）

我們的七四七的航線差不多與底格里斯河平行，這條河時而黑暗，時而亮得刺眼，因為這條河在沙漠及巴格達黃褐色的大地上大轉彎數次，日照方向也大為不同；有時日光會被反射，有時被吞沒。

巴格達的第一個化身是在七六〇年代興建的，當時稱為圓城（Round City）。這座城是以環形規畫，在七六二年先是以灰在地上畫出新首都，之後又以火來燃燒油與棉花種子；這麼一來，阿拔斯帝國的哈里發曼蘇爾（al-Mansur）就更能想像新首都的樣子。這座城有四道城門，引導出四條大道通往城市中心，而城市中心有清真寺與宮殿，周圍還有軍火庫、國庫與函件局。

巴格達建城後僅僅過了半世紀，就躍升為世上最大城市，並跨越繁忙的商路與底格里斯河岸，發展為世上最繁忙的港口：不僅正如曼蘇爾所期待，是「世界水濱」，九世紀地理學家葉耳孤比（al-Yaqubi）更說是「宇宙的交叉路口」。

圓城什麼都沒有留下。不過，當我飛到巴格達上空時，有時會想到在南美洲的人類學家會搭乘輕型螺旋槳飛機，低空盤旋在森林上方，最後終能辨識出消失的聚落輪廓。於是我也忍不住想像，圓城在現代巴格達雜亂擴張的城區內留下了類似的圖案，但一直要到航空剛開始發展之後，才又變得明顯。

我初次見到巴格達已是十多年前的事，那是我完成七四七飛行訓練之後最早的固定航程。我們昨天深夜從巴林（Bahrain）飛往倫敦，在抵達巡航高度不久後，我注意到，在航圖上，我們正接近代碼為ORBI的機場。如果從巴格達的圓城歷史來看，很難不把這個代碼聯想到意為「圓」或「碟」的拉丁文字根，但這只是巧合罷了：「O」是用來標記中東絕大部分地區和部分南亞，「R」代表伊拉克（在這位置如果寫「I」，就代表伊朗），而「BI」應是巴格達國際機場（Baghdad International）。

現在，過了許多年，在這個晴朗明亮的冬天早晨，我們飛過巴格達上空不久，我往下一看，發現另一座城市；即使我飛了這麼多年的長程航班，卻沒見過這座城市。這城市位於一處看似平坦的平原，北邊是較高低起伏的棕色矮丘。再遠一點的北邊，則是幾道平行的山脈巍峨聳立，頂峰白雪皚皚。

我根據航圖推算，既然在導航螢幕上，這裡沒有任何代表機場的圓圈，那麼這座城市一定是艾比爾。我後來發現，這裡的高度和匹茲菲類似，然而匹茲菲市中心卻從來沒像艾比爾一樣，與建那種高起的結構：堡壘。

艾比爾的堡壘近乎圓形，而支撐著這堡壘的臺形遺址（tell，聚落土墩）有至少另外四個深色同心圓圈圍繞著城市景觀——當然包括道路，雖然從我們的高度來看，這些就和城牆一樣突出。城市內的建築相當密集，在這麼高的地方來看，彷彿是盲文點字的表面。然而最吸引我的並不是這圓圈裡的堡壘或建築物，而是圓圈本身，讓我想起精心堆疊的餐具擺設，也讓我想起父母的友人洛伊絲。父母把離婚打算告訴我和哥哥的那年夏天，洛伊絲就和我們同住，而她搬到離匹茲菲很遠的地方之後，也是我最忠實的筆友，有時會以橢圓的方式回信給我：先從信紙的左上角開始寫，之後把紙張打直，又再度翻轉，直到寫到中間時已沒有空間寫字，或是話都已說完。

倫敦

我調整藍色的醫療口罩，拉著有輪子的行李，朝著列車開啟的門前進。這班前往帕丁頓車站的車幾乎無人搭乘。我要前往希斯洛機場，登上飛往邁阿密的客機，機上會載運好幾公噸的貨物，而乘客不到十人。雖然客艙有幾區幾乎全空，但在每個座位上，仍悉心放置著包裝起來的毯子與耳機。

在疫情爆發後的幾個月，我沒有飛往任何地方。這段期間，有些朋友染上了COVID-19（嚴重特殊傳染性肺炎），還有一位長輩病逝。有同事提早退休，有同事（包括好些才剛進航空業的人）被迫休假或失去工作，世界各地諸多旅遊觀光業者都深陷困境。後來，我開始復飛，航班約是正常時期的一半；有些航班的客艙空無一人，機腹卻塞滿貨物：寵物、一袋袋郵件，而黃金及好幾個棧板的鈔票數量之大，再再提醒我世界的金融系統尚未完全虛擬化；還有數十公噸的蘇格蘭鮭魚，以及醫療物資。我和同事對彼此唸出這些醫療物資艙單的技術說明時，不僅唸得津津有味，還覺得挺驕傲的：「診療探針」、「試劑」、「易腐貨物——抗體」。同時，我曾執飛的七四七機隊也退役了，現在換成七八七等其他機型，飛往我以為不會再以飛行員身分回訪的城市。比方說，我又飛了幾次舊金山，因而有機會在那邊發些傳單，再次尋找亨利。

在地鐵車廂，我坐在髒髒的塑膠隔板旁，將行李擺在膝蓋之間，平衡放好。坐好之後，我看著對面車窗，再抬眼看上頭的詩，那是莉安．奧沙利文[2]（Leanne O'Sullivan）的作品。那詩句寫得好美：「城市的噪音太／喧擾，白日如此快速燃燒殆盡」，還有「就這麼一次，想像一個可存放在記憶中的字／它能超越肉體／環繞與點燃一切。」我在想，會在環狀線列車上看到這詩句究竟純屬巧合，或該反過來看——正因為這是環狀線，才選了這首詩。

我閉上眼，試著想像一座新城市，這座城市孤零零地在一座島嶼上。若無法想像，就轉而構思有好幾個圓形線條的城市。這些圓圈不是同心圓，也不是像齒輪那樣僅有邊緣互碰；它會彼此交會，像文氏圖上所畫的集合，每個圓都有個部分會與城市的歷史核心重疊。我睜開眼，重讀這首詩，這時我想到，或許重疊處的形狀未必和文氏圖的核心一樣完美；或許並不均勻對稱，但還是能為運輸系統的標誌帶來靈感。

東京

我向史蒂芬說再見，他是馬克的老友，之前得知他在六月有幾天會待在東京時，我相當開心。他是來開會的，這場會議很重要，足以讓他從太平洋的彼端來到此地。我不用開會，而且在飛回去之前還有幾天的時間。所以我不必強迫自己做些自認為該做的事，例如去新博物館，或者長跑；這些事可以等明天再說。

相反地，我走到車站，從販賣機買兩罐加糖的冰咖啡，之後暫停在兩道樓梯之間；我得從中擇一，然而要做決定可不容易，因為結果差不多。我選擇右邊的樓梯，來到島式月台，一列草綠色與亮銀色的列車正在接近中午的雨中等待，我趕緊趁著樂音停止、車門緊閉之前跳上車。

我面對著市中心，而這班列車所停靠的車站，本身接近一座城市。約有三百五十萬人每天會經過此地，比倫敦的三分之一還多。有個笑話是說，你在新宿（Shinjuku，新驛站之意，是日本古代公路網的諸多休息區）和某個人見面，然而這人沒有指明是在超過兩百個出口的哪一個。這笑話的前提是，你得設法在世上最繁忙的車站找到彼此。

我初次經過東京，是高中時要前往金澤的日本寄宿家庭。上大學後，有一年暑假我來到位於此城市核心地帶的永田町工作，我在交通尖峰時間搭上列車，下班後也會和同事出去。當時我常有一種感覺，好像在嘗試過著成年人生，也體驗著世界最大都會的生活。後來，我研究所畢業，到波士頓工作，憑著幾次造訪日本及大學課堂上學到的彆腳日文，我常被派到日本出差。

某一次出差時，我在午餐時間離開辦公室，前往一家唱片行。我買了張鋼琴獨奏專輯，雖然從未聽過這位鋼琴家，只是店員說他喜歡這音樂，希望我也會喜歡。我回到辦公室，和同事在很晚的時候去吃了好久的晚餐，最後回到距離這超大的車站不遠的飯店。

我沒有立刻倒頭大睡，反而想做點功課，為飛行訓練課程的招募考試準備。其中一項測驗是，要看著突然在螢幕上蹦出來的算式，例如「2,356 + 789 = 3,045」，並儘快按下「正確」或

2 莉安·奧沙利文（Leanne O'Sullivan），愛爾蘭當代詩人（一九八三–）。

「不正確」。我播放起新買的音樂，拿出紙本的模擬試題，雖然之後是要以電腦考試。後來我覺得無聊，就起身走到窗邊，看著大雨滂沱。於是，我掉了幾滴眼淚，這是脫離童年後第一次落淚。

我當時不明白原因何在，如今依然不知；當時我並不傷心，或許是因為鋼琴樂音太美。也可能是有些事觸動了我——可能是剛結束的飯局，雖然和友好的人一起用餐，卻讓我覺得好疲憊；也許是看到細心掛在衣架上的西裝，看來比我更準備好迎接另一天工作；又或者從飯店望出去，看見安靜、潮溼的高樓，這真實的東京和我小時候想像的並不同——不光是因為我確實已長大，更因為無論這轉折是何時發生，但我就是不知道確切的發生時刻。可能只有幾個小時與幾天，我做了某些事，而不是其他事；在那之前，也有類似的時時刻刻，之後也有類似的時光。

成為飛行員之後，我好幾年沒有回來東京，因為倫敦的短程飛行員不會飛這麼遠。我夢想著能學習執飛七四七，而東京就是我最期待能再度見到的城市。我一完成重新訓練，就盡力來到這裡。後來，七四七不再飛日本，就這樣過了幾年，直到我重新受七八七的飛行訓練。終於，我昨天駕駛七八七，來到這裡。這城市有點像是個遠親，比如不常見面的姨婆，而每回見面，我總無法分辨最大的變化是在她身上，或是我自己。

列車平緩駛離新宿，不受西邊漸強的雨勢影響，即使狂風把雨水打到車廂左邊的窗戶。

東京位於日本本州島的太平洋岸，西邊是日本阿爾卑斯，東南邊是東京灣。東京首都圈的人口超過三千七百萬人，大約是紐約都會區的兩倍，巴黎都會區的三倍。

這城市的正式名稱是為：

東京都

發音是

Tōkyō-to

意思是東京大都會。

我閉上眼，兀自重複這個正式名稱。我怎麼發揮想像，恐怕都無法想出更好的名稱。

但我還是想試試看，只是車上廣播報出下一站站名，打斷我的思緒：

新大久保（Shin-Ōkubo，意思是新的大窪地）。

神聖羅馬帝國皇帝查理五世（Charles V）曾頒發紋章給胡安・塞巴斯提安・艾爾卡諾[3]

3 胡安・塞巴斯提安・艾爾卡諾（Juan Sebastián Elcano），航海家，是麥哲倫船隊中的船長之一（一四八六－一五二六）。

（Juan Sebastián Elcano），他在麥哲倫去世後，率領遠征隊剩下的船員回到西班牙，這群人成了首批環繞世界的人。而紋章上寫著：你率先環繞我（*Primus circumdedisti me*）。然而比較能深刻打動我的，是「山手線」這個名字，以及這條路線在東京交通地圖核心的意象。或許對迷戀過地球儀，甚至對世界大城懷抱著夢想的人來說都是如此。

山手線是環繞東京中央的地上鐵路線，包含三十個車站，環狀路線大約三十四公里。要最直接衡量這條路線及它所環繞的城市有多大，不妨想想二〇一三年的一項記錄：全世界最忙碌的十個車站中，有六個就在山手線。下一站是在世上最忙碌的車站中排名第十，唸起來能感受到音節的律動：

高田馬場（Takadanobaba）[4]

在離開山手線的幾個車站時，會有預錄好的聲音說你在「外環」（*sotomawari*，外回り），這個日文字讓我想起在羅里較遠處的環狀路線中有趣的術語。「soto」的漢字是「外」。這個字若與「人」搭配，變成「外人」（*gaijin*），意思是外國人，這個詞堪稱美妙，但有時也挺令人洩氣；在這個國家，外國人固然有其優勢，但也有缺點。

在日本，列車和汽車一樣靠左行駛，所以外環是順時針運行。如果你不在外環，那就一定是在內環（*uchimawari*，內回り），指的是在內圈以逆時針方向行駛的列車。「Uchi」是「家」的同音字。換言之，如果你的日文和我一樣不靈光，或許會把這兩個字想成「外國圈」和「本國圈」。

今天，我選擇以順時針方向繞東京；或許這樣比較正確，因為山手線的列車需要花大約一個小時的時間，才能完整繞行這座城市，宛如行人跨著大步，走在今天仍環繞著約克（York）的城牆。

在山手線該搭乘哪個方向的列車，這問題就出現在村上春樹的短篇小說《開往中國的慢船》當中。在這故事中，一位年輕男子帶著年輕女子到新宿的迪斯可舞廳，他們跳舞時，菲律賓樂團在演奏卡洛斯．山塔那（Carlos Santana）的樂曲。在離開舞廳之後，他們漫無目的走了一段路，最後在新宿站彼此道別，並在山手線各自搭車，往反方向前進。這或許是最典型的東京式道別。後來這名男子在搭車離開時，驚覺他送約會對象搭車時搞錯了，讓她搭到反方向的列車。他想，若她很快發現搭錯方向，或許會趕緊換搭另一個方向，趕在嚴格的門禁時間之前回到家。但他也在想，或許女子會將錯就錯，因為她就是「搭車時會搭錯方向的人」。（他也後知後覺地發現，說不定她就是想與他分道揚鑣。）

我的朋友萌衣（Mei）是在東京長大的。我問起關於山手線的資訊時，她笑起來，也我們相

---

4 在原文中，此段落的每一站都會以英文說明站名中的漢字字面意思，但因中文讀者本來就看得懂漢字，也能更精準抓到真正的意義，這些說明反而顯得冗長或不夠精準，因此中譯版只保留漢字與唸法，英譯說明部分則刪除。但像「新大久保」這種無法從字面看出意思的，就會保留。

識以來，她第一次開口唱歌，那是一家相機店的廣告歌；我知道這曲調大概是以〈共和國戰歌〉（Battle Hymn of the Republic）改編而成，一開始是以興高采烈的聲音說「圓形，綠色、山手線……」，而這條鐵路線會通往此相機連鎖店在新宿站附近的旗艦店。萌衣唱完之後向我解釋，就連東京人也會覺得這座城市與密集的交通網路很令人疑惑。因此山手線（尤其是簡化成完美的圓形線條時）很容易幫你在每幅地圖及內心中的東京找到方向：你一定能理解自己的綠色圓圈。

萌衣還說了山手線的另一件事。它的路線是環繞東京，但沒有貫穿，而這條線會行經好些住宅區，因此許多朋友都搭這條線上學。放學後，孩子們都知道哪個方向能最快回到家，但也常會說服朋友搭另一個方向，好共度久一點的時光。

現在我們接近：

目白（Mejiro），

這一站最特別的地方是：無法轉乘到其他路線。山手線的其他車站幾乎都能讓乘客轉乘其他火車或地鐵路線，有時甚至還有五、六條路線可轉。

眾多的轉乘點也解釋了為什麼山手線的列車可能會帶有一些與通勤的重複相關聯的哀傷。與萌衣在童年時和朋友一起搭乘山手線的快樂回憶不同，另一位日本朋友由香子（Yukako）回憶起這條線路有時在成年後會喚起她的悲傷情緒。她和朋友們在晚上相約聚餐或其他聚會時，大家通常各自從上班的地方前來；但散會時，許多人會搭上山手線，在不同車站下車，轉乘其他路線回家。

由香子解釋：在這樣的夜晚，他們會一起上車，沿著城市的弧線前進，但這群人會越來越少，所以她認為這條路線有感傷的一面；她還說，山手線讓她想起道別。

下一站是世上在最忙碌的車站中排名第三的車站：

池袋（Ikebukuro）。

我初次來到日本工作時尚未成為飛行員，那時我很驚訝，為什麼我那麼容易就學會在火車與地鐵列車上打盹，像許多東京人那樣。此刻正值上午，天空灰濛濛的，我也一樣打瞌睡。火車正從雨中穿過，行經：

大塚（Ōtsuka），

以及：

巣鴨（巣鴨，Sugamo），

還有：

駒込（Komagome），

我在這裡醒來，揉揉雙眼，盯著數位螢幕上顯示的漢字地名。兩個字我都看不懂。

日文是我學過最難的語言，然而對我來說，其複雜度可能模糊了更實際的特色，書面文字的複雜程度尤其如此。舉例來說，我可能看見某個東京地鐵站稱為「御茶之水」（御茶ノ水，*Ochanomizu*），這站名堪稱我這輩子所見所聞中最陌生的一個。然而，這地名中有兩個字是學日文時，一開始就會學到的字：茶（*ocha*）與水（*mizu*）。因此這地名就像是茶水（Teawater，我常忘記這不是倫敦某個區域的名稱。）

山手線有許多車站的名稱不那麼複雜。幾個車站名稱都有「田」，或田字邊的複雜文字。田的大略意思是稻田。東京兩大機場的第二個字也都是田：羽田與成田，我這班車下一站即將駛進山手線的最北站，這一站的第一個字也是田：

田端（Tabata）。

日本作家室生犀星（Saisei Murō）就住在田端，距離山手線的軌道幾百公尺。他一八八九年出生於金澤，也就是我初次在日本度過暑假的地方，從他的作品中似乎可看出，他雖然定居在這廣大且周圍無人認識他的大都會，卻經常想起更寧靜蒼翠的故鄉。連東孝子（Takako Lento）是曾住在東京的文學譯者，翻譯過許多室生犀星的詩作，但未曾譯過他提及山手線的作品。在我這趟東京之旅後，過了大約一年，我寫信問能否請她幫我翻譯室生犀星的〈土堤〉（日文：土手），這是出自其著作《來自星星的人》（星より來れる者，*Those Who Came from Stars*）：

……

有時山手線的列車駛過，

窗戶光線明亮，

白衣閃爍

一名女乘客膝蓋渾圓

唯一的藍燈閃耀……

「山手線很特別，」她在電郵中同意。山手線「畫出一個圓，彷彿要把東京最重要的區域與地點連接起來，納入懷抱……我們似乎最後都是在這條線上旅行，無論前往何方。」她還說明這條鐵路線的名稱。山手線的字面意思是「山的手」，但更精準的意思是「往高處的方向。」這名字原本是指江戶的高原地區，而東京在一八六八年之前是稱為江戶，過去的寺宇神社與武士住所都是在這些地勢較高處，「相對之下，平凡百姓住的是鬧區。這名稱至今依然散發出講究的感覺。」

搭乘山手線的乘客大約是每週兩千八百萬人次，比整個倫敦的地鐵搭乘人數還多。在尖峰時間，約有五十班車繞行城市，每個車站在每分鐘都有車會發車，因此當我望出窗外，我可能會看到對向有和我一樣要前往東京的車彎曲駛過。其他時候，列車會與另一條軌道上的車平行，有一段時間我們的速度相同，後來在城市分道揚鑣。

現在我們來到：

西日暮里（Nishi-Nippori）。

據說這名字的意思是，在這個地方待一整天也不會膩。這裡的「日」字，是我學到的第一個日文字，代表「太陽」與「白天」，當然也出現在日本這國度的名稱。

我剛熟悉山手線時，曾和爸爸開玩笑，說如果這條鐵路再繁忙一點，鐵路公司就只需要在兩個方向放上連續不斷跑的列車即可。當然，山手線的列車不夠長，不足以圍繞整座城市，但仍長達兩百二十公尺；然而兩站之間的距離大約是五百公尺，換言之，只比兩班列車的長度多一點，形成圓圈中最短的間隔。因此，不多久我們又停靠在：

日暮里（Nippori）。

拓撲學提到一項事實是，在地球上必定有兩個對蹠點，亦即這兩個相對立的位置已達到地球上最長距離，但會有相同的氣溫與氣壓。這結論是源自於一種假設：如果函數不停變化（例如氣溫與氣壓等氣象現象就是如此），那麼你從一點往另一點移動時，一定會經過兩者之間的所有數值。

我把這道理放在心中，以山手線的分身為基礎想像出一套故事：在這大都會的每一天——比方說中午——兩個搭乘山手線不同方向列車的人會擦出火花，那一刻，他們正好在路線形成的圓的兩邊，突然出現了相互交織的下午計畫，這兩個人自己都不會想到；他們的記憶中出現了在他們各自的過去中同時發生的事件；或者出現了一個他們尚未見過的人的形象。這兩人的名字會構成每個故事的標題；這些故事可以說上一個月，每篇各以一個車站為題，或許第一篇會以名字比較有表現性的車站開始，例如：

鶯谷（Uguisudani）。

鶯是指日本夜鶯或樹鶯，在日本文學中佔有一席之地，是很受歡迎的寵物，悅耳的鳥鳴據說是模仿佛陀說的話。有一種「夜鶯地板」就是模仿這種鳥的聲音，若有人入侵房子，地板就會發出聲音來示警。幾個世紀以來，夜鶯的糞便也應用到製作面霜。山手線的列車車廂與品牌所使用的顏色是「黃綠六號」或「鶯色」。但令人疑惑的是，這鳥比較偏橄欖色，卻仍是報春鳥，代表嫩綠色的春天即將降臨。來到東京的旅人若想尋找動聽的鳥囀與樹蔭下的長椅，到下一站附近的蒼鬱公園會更適合：

上野（Ueno）。

上野已靠近山手線的最東點。附近的京成上野站（Keisei Ueno）是通往成田機場的繁忙入口，因此是許多外國人來到東京時第一個進入的區域。有些從成田機場發出的列車也會來到這；身為飛行員，成田是我很常停留的城市，數百位機組員都會在此過夜，而我們會在狹窄的巷子裡尋找一頓時間錯亂到無法確定的餐食——早餐？晚餐？小巷中形成了一個獨立、多變且全球性的夜間城市，就位於一座普通的日本城市內，而在我們身邊的城市幾乎都已進入夢鄉。

列車繼續行駛到：

御徒町（Okachimachi），

這裡曾是守護幕府將軍的徒步武士駐紮地。我玩弄著手上的戒指。馬克曾陪我到東京一趟，我好想拍一段短影片給他，可惜相機除了雨水潑灑的窗戶之外，拍不到城市的任何景象。正當相機的焦點在窗戶與城市之間顫動時，列車來到：

秋葉原（Akihabara）。

我看著車廂內的螢幕，讚嘆數位版本的路線圖曲線多麼平滑理想，就這樣延伸到接下來的幾站。

我閉上眼。下星期，馬克與我會一起前往匹茲菲。我們會在涼爽寂靜的森林散步，但還是在我家鄉城市的範圍內，而我知道，屆時在那裡，東京的真實程度並不會勝過我曾靠著想像以求慰藉的城市，那時年紀尚輕的我在家鄉感覺到孤單，或者羞恥。

我睜開雙眼，這時火車跨過一條河流，於是我們很快來到：

神田（Kanda）。

神田川往東注入隅田川；我在東京工作的那年夏天，就住在隅田川旁的公寓。在悶熱難耐的夜晚，我會沿著河岸走走，或停下來抽根菸，觀看許多駛過的駁船，如果有船員向岸上很容易看出是外國人的行人招招手，我也會點頭揮手。每艘船的船體上都有「丸」字，一位日本朋友日後解釋，這個字表「圓」，並成為船隻名稱的最後一個字——他承認，他也不明白箇中關聯。（根據一種理論，船曾一度被視為如城堡一樣，有防禦工事圍繞；另一種說法則和教人類造船的天神白童丸〔Hakudo Maru〕有關，而現在船名會附上「丸」這個字，就是希望能獲得祂的保護。）

對於對數字癡迷的人來說，標記他們在山手線和城市周圍的進程的一種方法，是記住各站的編號。下一站：

東京（Tōkyō）

就是一號站。

如果是以順時針的方向旅行，編號會在這裡開始重新設定。而根據我正前進的方向方向來看，下一站會是第三十站，也就是：

有樂町（有楽町，Yūrakuchō）。

接下來是二十九站，站名簡單明瞭：

新橋（Shinbashi）。

山手線最古老的部分是在一八八五年啟用。起初對行人與火車來說，都是一條方便的幹道。

（一九一三年的某天，作家志賀直哉[5]要回家，決定沿著鐵路走。接下來發生的事，就是在他的短篇故事《在城之崎》的第一句話：「我被山手線的電車撞倒在地。為了養傷，我獨自前往但馬的城崎溫泉。」）

山手線的環狀路線在一九二五年完成，雖然其在地圖上經常予人的印象是圓形，但其實並不是圓形。從上方來看，這條路線比較像是箭頭，或倒置的雨滴，北方較寬，而此刻我搭乘的往南路線會慢慢收窄，於是我們來到：

濱松町（浜松町，Hamamatsuchō），

這一站位於兩座知名公園之間，也距離東京灣的海埔新生地不遠。值得注意的是，站名的最後一個字「町」當中，也就是左邊為「田」字邊的這個字在下一站又會出現，但這裡的發音是「chō」，下一站的例子則是唸成「machi」。

許多日文中的漢字有多種讀法。這些漢字與部分漢字的發音是源自中文，但在日文中卻有創新的用法。通常來說，這些漢字會用來表達語義，但意義卻很多樣，偶爾也會出現純語音上的應用。日文會使用有點類似字母的「假名」，每個字母都代表一個音節；在火車站，通常會看到漢

5 志賀直哉，日本知名作家，有「小說之神」的稱號（一八八三－一九七一）。作品包括《暗夜行路》等。

字地名上以小小的假名來標示這些漢字，目的是提供指引；畢竟漢字的發音變化多端，尤其是對還在學習這些知名地名怎麼唸的外國人與孩童來說，可能很有用。

要在英文中找個合適類比，說明日文如何使用漢字，可不是一件簡單的事。表情符號的興起或許有幫助。或以算數學時的「＋」加號為例，加號的意思很清楚，但也沒有我們想像得那麼精準。關鍵在於，為了達到類比的目的，在不同場合要有不同讀法。比方說，如果看到「7＋8」，我們會知道「＋」是「加」，但如看到的是引領風潮的建築事務所名稱，例如「Jones ＋ Associates」會說是「瓊斯聯合事務所」，指的是瓊斯與其他建築師一同主持的事務所，「＋」就是「與」的意思。另一方面，在化學課上，老師可能在黑板上寫「+ve」，學生會很快知道這要唸成「陽性」（positive）。

由於日文不光是挪用漢字，也挪用了一些發音，因此可想像另一個類似的情況（雖然類比總是不完美）：諾曼人不光是遺留給英國人可觀的法文字彙，還留下完全獨特的書寫系統，後來許多英文字在書寫時，都是加以沿用與改變。或者可以想像，在英文，我們沿用的一套字母最初是在古羅馬時期標準化的（不然呢？），而其中一個符號是📕。比方說，我們看到「那本📕很古老」，我們會知道要把📕讀成「書」（題外話，在這個例子中，📕的英文「book」是來自日爾曼文）；但如果我們看到「她在學習如何成為📕員」，我們會唸的是「圖書館員」，而📕這時會變成拉丁文的發音「librarian」。我們會很自然而然地這樣讀，於是歷史的深度就從文字與書寫中展現出來，即使我們往往沒想到歷史深度。

列車繼續前進，停靠在：

田町（Tamachi）。

剛才經過一間多拿滋甜甜圈分店；這家連鎖店很受歡迎，我造訪的頻率實在超出該有的次數。我還考慮折返，因為想起爸爸曾答應我，只要學會自己在街上騎腳踏車，就買甜甜圈給我，數量不限，要多少就有多少；我想起在離他辦公室最近的唐恩甜甜圈店驕傲地和他坐在桌邊，三兩下就吃掉一個波士頓奶油甜甜圈，之後又吃一個。然後呢，他開始看起來有些擔憂，但我還是吃了第三個。

我瞥見逆時針方向列車上的幾張臉龐，這時正經過尚未開放的車站，於是我忘了甜甜圈：

高輪ゲートウェイ（Takanawa Gētowei），

這不僅是山手線最新的車站，也融入借自英文的外來語：「gateway」（門戶）。這一帶名為「高輪」（Takanawa），過去是進入東京的門戶；輪的意思是「環」或「圓」。這是巧合，畢竟這地名早在山手線車站興建之前就存在，但仍相當迷人，尤其是這個字也用來當作輪子的計算單位（例如麵包的條〔loaf〕，或是紙張的張〔sheet〕）。

洛伊絲是那位會以橢圓形的行文寫信給我的家族友人，她喜歡以瓢蟲的圖案在信件與信封上蓋印。山手線的每一站都和絕大多數的日本火車站一樣，會擺放紀念章，供收藏者在特殊的收集冊頁面上蓋印。下一站是全球第九繁忙的車站：

品川（Shinagawa），

這座車站的紀念章是十九世紀畫家歌川廣重[6]的木雕版畫，他最知名的作品就是東海道的五十三個宿場（驛站）——東海道是連接江戶（今東京）與京都之間的古老要道。這個繁忙的鐵路車站以日本最著名的道路上的第一個驛站命名。

下一站是：

大崎（Ōsaki），

為山手線最南端的車站。

真正的環狀路線是很難運行的，任何延遲都會引發漣漪效應，擴散到整個環圈，也沒有地方可以方便列車淨空，更換駕駛與清潔、修理或重新安排空間。我剛搬到倫敦時，發現環狀線很不可靠。現在不會那麼不穩定了，但這不是巧合，因為現在的列車會離開環狀線。這表示你不能持續環繞倫敦，我想，這對世上數一數二早出現的環狀線來說，實在是超乎想像的命運；思及至此，列車即將停靠：

五反田（Gotanda）。

這裡的「反」是日式面積單位，一反大約是一千平方公尺。

莫斯科的環狀線（Koltsevaya Line）在地圖上是以棕色顯示，據說剛好是史達林的咖啡杯留在平面圖上的印子；另一條則是大部分在地面上方運行的莫斯科中央環狀線（Moskovskoe Tsentralnoe Koltso）。在此同時，還有第三條線正在興建，其名稱很貼切：大環狀線（「Bolshaya Koltsevaya Line」，是世上最長的環狀線，這頭銜可維持到巴黎地鐵十五號線完成。）北京有兩條環狀線，其中一條是順著已拆除的明代城牆延伸；而柏林有環形鐵路（Ringbahn），山手線就是受其啟發。然而，我在其他地方看到的環狀線，都無法與東京環狀線的宏偉氣勢相比：它比多數環狀線更古老、更繁忙，且軌道不僅在地面上，在許多路段甚至是高架的；如此你在環繞城市時就能觀察城市，或是像我今天這樣單純觀看雨水在我剛踏上旅程時如何打在一邊車窗，現在又打在另一邊的車窗；此時我們就快接近：

6 歌川廣重，日本知名浮世繪畫家（一七九七－一八五八）。

目黑（目黑，Meguro）。

我在打瞌睡，此時列車罕見地猛然傾斜，把我驚醒，因此來得及看見這個地方的外圍區域：

惠比壽（恵比寿，Ebisu）。

我又閉上眼一會兒，之後又閉眼幾次，直到廣播傳來我們即將抵達世界第二繁忙的車站：

澀谷（渋谷，Shibuya），

這也是我朋友萌衣最愛的地點。她喜歡這熱鬧的車站，也喜歡附近的購物天堂，包括：

原宿（Harajuku），

這一站相當馳名，有日本現存最古老的木造車站建築（但不久之後就會拆除重建），也有私人月台，僅供皇室前往附近的明治神宮，是首都最宏偉的神社。下一站是：

代代木（代々木，Yoyogi），

這是山手線最高的車站，站名也最得我心。第二個字「々」意思只是重複第一個字，因此這個名字的意思是這棵樹已經存在了不止一代。

我已接近剛出發的地方，但準備下車時，我知道別從自動檢票閘出去，因為這邊未必能計算出這趟哪裡也沒去的旅程需要多少費用。我要到櫃台，以我那不太靈光的日文向站務人員解釋我剛才怎麼搭車的。他們會敲敲鍵盤，處理一下我的票卡，揮手讓我通過票卡閘。有時他們會露出微笑，但從來不驚訝，因為我不是第一個這樣搭車的人。這時，廣播傳來下一站：

新宿（Shinjuku），

證實我繞完了一整圈。

在整個日本，每當列車門開啟時，會開始播放發車音樂（発車メロディ，*hassha merodii*）。這是鐵路版的大風吹[7]（musical chairs）：當樂曲結束時，車門就會關閉，希望能催促通勤者快上

7 大風吹遊戲的玩法是播放音樂，等音樂結束時要搶椅子坐，椅子的數量會少於參與人數。

車，但又不給予過分壓力。

山手線大部分車站都有專屬的音樂，有些站甚至有兩首——順時針與逆時針行駛的班車有各自的發車音樂。這些音樂可能來自流行歌曲，或是每站附近地區流傳已久的音樂，也可能來自漫畫中的文化角色。這些旋律的名稱相當具有世界色彩，例如西班牙文的〈星空〉（Cielo Estrellado），或是英文的〈繼續跳舞〉（Dance On），以及「春」（haru）；而在新宿站所播放的音樂則提醒我終於還是該下車，讓其他人上車，這首曲子有個英文名稱：〈微光〉（Twilight）。

車站的樂曲變成交通藝術，是在整個城市播放的音樂循環，不僅悅耳好記，而且廣受歡迎。你可以購買山手線鈴聲，播放各個車站的歌曲，或當成鬧鐘——但看起來，我似乎不需要這些。我發現自己早上起床沖澡或泡咖啡時，會哼起發車音樂，即使我已在幾天前離開列車、忙碌的車站與最後一次聽見這音樂的大都會，並繞了大半個地球，回到家鄉。

匹茲菲

辛蒂傳簡訊給我和馬克，問道：要藍莓派還是草莓大黃派？還是都來一點？

辛蒂又傳訊息說，兩種派都是有機的。她解釋，藍莓、草莓與大黃是她和老公丹恩在自家後院種的，派也是自家親手從頭做起。不麻煩的，她寫道，都已放在冰箱，隨時可吃。還有香草冰淇淋，可以吃派配冰淇淋。

藍莓？還是草莓大黃？我想起小時候在我長大的房子後院，曾畫出一塊草莓田，現在這棟房子則屬於辛蒂和丹恩。我們還種過南瓜，以及好像從沒端上桌過的玉米；雖然在夏末時節，玉米桿似乎可在城市到處生長。我們還種植過高高的向日葵，那些花朵的臉龐之大，甚至被自己的重量壓低了頭。或許種過胡蘿蔔，但肯定沒種過大黃——同一條街的某個鄰居在花園種過，有一天她還告訴我哪些地方可安全食用；長輩給的這類建議，經過演化的人類必定會記得清清楚楚。

馬克與我都要藍莓。我說，我們會從匹茲菲市區的咖啡館帶三明治。辛蒂說，大約中午十二點半到一點半之間過來吧，天氣看起來不錯，我們在後院坐坐。

繼母常告訴我，她略略了解購買我們舊屋的那個家庭，因此她很確定，如果我想要造訪絕不成問題。我挺喜歡回到這房子的想法，但或許意願也沒那麼高，畢竟這麼多年來，我從來沒採取行動。

但最近，我突然心血來潮，想再看看舊家的房間。繼母知道現任屋主的名字，卻不知道他們的電郵或電話號碼，所以我不確定該如何聯絡，直到倏然想起，我當然知道他們家的地址。於是幾十年來，我第一次在信封上寫下舊家的門牌號碼，還有街道名稱。

辛蒂一個星期之後就寄了電郵給我，我想，那時我應該是在達拉斯，或者洛杉磯。她說：歡迎隨時光臨，除了星期天早上之外，因為我們會去望彌撒。無論你下次何時會來這邊，丹恩和我都期待與你相見。我們的孩子已長大離家，現在只剩夫妻倆住這裡。我們在你舊家的後院養了兩隻雞：波碧和艾薇。

馬克與我去領取說好要帶的三明治，接著朝我以前住的街坊前進。我們很不希望遲到，遂早早出發，早早抵達，於是先在隔壁那條街停車，開啟窗戶。

鳥兒啾啁，除草機轟鳴，一群大約十歲或十二歲的孩子大聲嚷嚷，騎著單車經過。過了十五分鐘，我重新發動車子，開車到舊家。我們停在街上，拿起三明治，還有一瓶以亮晶晶的袋子包裝的酒，那是商店貨架上唯一沒有為特定場合包裝的酒。

我們朝側門前去，以前我和家人幾乎都從這裡進門，但馬克提議或許該走前門。我懂，畢竟來者是客。不過我們還沒改變路徑，就看見辛蒂、她先生，以及我以前的鄰居在屋側等著，與我們打招呼。

側邊門廊沒有變，怪的是，連鄰居也一樣，看起來比真實年齡整整年輕二十歲。在溫暖貼心卻尷尬笨拙的介紹之後——我曾和鄰居很熟，但沒見過辛蒂和她先生；他們彼此認識，但都不認識馬克——辛蒂和丹恩示意我們到廚房。

我走過去，彎腰脫鞋，並抬頭張望。冰箱放的地方不對；爐子不一樣、流理檯面也不同。只有深色木質窗框及散熱器柵欄的橢圓開口，讓我確知自己曾住在這。

辛蒂比劃著整間廚房，說他們改過這邊。我真心誠意地說，看起來很棒。廚房現在更生氣盎然、忙進忙出也更有人味。木質感更強了些，白色部分減少。印象中，我家的流理臺總是空空的，雖然不可能沒東西。現在這裡有紙張堆疊，有更多裝飾品與廚房用具。記憶中，廚房南邊牆面是空白的，現在則掛著震顫教簡潔風格的樹木繪畫。

辛蒂問，以前廚房是不是有兩個房間？我說對，也很訝異她竟然知道如今只有我和哥哥掌握的祕密。這裡曾有間小辦公室，裡頭有嵌入式的槍枝櫃和書桌，爸爸會把裝著帳單的手風琴夾收在這裡。書桌上還曾擺著出紙計算機，他工作時計算機都會發出呼呼與喀啦聲。在一九八〇年代，附近的家庭紛紛擴大廚房，增購微波爐，我父母曾為了是否該比照辦理而起爭執，我想是因為又是一大筆開支吧！後來，爸爸終於答應，於是牆就打掉了。

我們穿過彈簧門，進入餐廳，記憶彷彿在此集結起來。我想起伯克夏幫經常舉辦的節日與生日派對，有一回就是在這裡舉辦。以前角落有嵌入式瓷器櫃，上方擺玻璃用品，下方則是酒類，現在倒是沒有改變。我還告訴辛蒂夫婦關於其他派對的事，例如哥哥和他朋友趁父母不在時大肆慶祝，偷喝爸媽收藏的酒，之後再小心加水到酒瓶中，讓內容物看起來沒有改變。

沿著窗戶下排列的矮櫃不見了——爸爸是否曾偶爾抽他收藏在此的雪茄？舊桌子及剩下的五張椅子（本來還有一張，但被我弄壞了，於是哥哥與我就把那張壞掉的椅子鋸掉扔了）也都不見。此外，書櫃也不見蹤影，原本我長時間閱讀的百科與地圖都收在那邊。有時候，父母會命令我，吃完蔬菜之前不准離開餐桌——最難解決的就是菇類，至今依然如此——我會先等爸媽回廚房，然後把蔬菜扔到書櫃上方，之後再想辦法收拾。有一次我忘了收拾，直到爸媽發現那些乾縮如木乃伊的殘渣，周圍還有乾掉的醬汁光環。爸媽想生氣，但卻忍不住笑了出來。

這當然是同一個房間。

我們走出來時，要找到門把可不容易。一個小時前，我恐怕無法描述情況，但現在一股療癒的熟悉感油然而生。我想，若我的身高遠不及現狀，就會看到門把就在眼前。走廊上的壁紙沒變，帶點灰白，有水平質地的圖案。在貼上壁紙之前，我們可以在牆上畫畫寫字（孩子不可能忘記那樣的時光），但我不記得自己究竟寫了什麼。

辛蒂邀請我打開一扇門，進入小小的玄關；媽媽曾在這扇門上掛著模樣詭異的聖誕老人刺繡，他會以如潮溼煤炭的閃亮眼睛瞪視。在十二月的早晨，要是忘了在下樓前開燈，這聖誕老人可會嚇著我。我看著玄關下方，當年筆友們寄來的信都會從這裡出現——包括香港的莉莉，我經常飛到她的家鄉島嶼附近；還有雪梨的艾瑪，我第一次以飛行員身分前往澳洲時曾拜訪她。在這些平凡的地磚之間，有幾塊曾是城堡的輪廓，就像屋裡的所有門把一樣，讓我覺得好熟悉；只不過如果少了提示，我恐怕也不會想起這地磚的細節。另一棵震顫教風格的樹是由淺綠色葉子構成，並搭配橘色點點和深綠色圓圈精心裝飾，幾乎佔滿南面牆。辛蒂說，這是她自己畫的，而我告訴她，我的母親經常造訪匹茲菲西邊的前震顫教村莊保留地，她一定會很喜歡這幅畫。

我們左轉到客廳。我曾小心翼翼添加柴火的木柴爐不見了，但壁爐還在，還精心擺上秋天的裝飾。兩邊都有南瓜，磚頭上有個玻璃罐，裡頭點著香氛蠟燭。壁爐架上方擺著照片、瓜果與老爺鐘。我看著客廳另一邊，那裡有通往戶外的落地玻璃門。我告訴辛蒂，如果有客人造訪，那後面的房間就是我的臥室，而爸爸再婚之後，我也住在那裡；父母離婚之前，媽媽有時會在那裡和語言治療的個案見面。那些個案通常是中風老人，我知道他們的語言問題比我嚴重好幾倍，在那些時段，哥哥和我不能看電視，甚至連在附近房間大聲說話都不可以。

十五分鐘之後，我們會走到屋子外看看車庫，我會拍一張照片，那是哥哥與他的好友在一九八〇年代於牆上畫的接吻樂團（KISS）標誌。馬克會說，他們畫得很好，我也會把照片傳給哥哥嫂嫂。鄰居會笑著提醒我，她和家人買下隔壁的房子並入住之後，初次見到哥哥和我的那天還挺擔心的：我們把一顆網球浸泡石油、點火，用曲棍球桿在車道上傳球。之後，我們會到後院，坐在桌邊飲食談笑，這時，雞隻啄著桌邊的草，而辛蒂的老狗把頭靠在我的腳上休息。我發現，這邊沒有木柴堆了，而我們搬進來時我種下的小冷杉也失去蹤影——辛蒂說，那棵樹病了——還有一棵山楂樹也是，母親每年冬天會在那棵樹上掛肉脂給鳥兒。我的視線尋找草地上幾乎看不太出來的低窪處，那是某年春天我跌進結冰的小金魚池塘後，被父母填起的區域。我三不五時會從桌上抬起頭，望進房子的後半部，有那麼一瞬間，那畫面對我來說不陌生，甚至和以前一樣熟悉；彷彿哥哥和我在葉子與雪之間遊戲，父母在屋子裡準備食物，不久就會叫我們。

但現在，我們會離開客廳，回到走廊。樓梯間放了一把椅子在中間。

辛蒂微笑道：那是要擋住狗的，不是不讓你過。要上樓嗎？馬克看著我，但我不確定。我轉身，繼續在走廊上前進，但突然停下腳步。我問：嗯，如果不介意的話，我能不能看一下我以前的房間？

辛蒂笑著說，她不知道我的房間在哪裡，但想去哪都行。我走上樓梯，摸著底部方方正正的樓梯欄杆柱，那些欄杆的柱身下寬上窄，上方會變得圓滑細窄，支撐沿著樓上走廊延伸的扶手。我記得自己以前會邊爬樓梯邊數數，現在也是。

最接近樓梯頂端的房間是櫃子大小的縫紉間，媽媽確實在這裡擺過縫紉機，後來時代變了，於是我們買了第一台電腦。我那時常在這裡寫功課，也在這裡玩早期的模擬飛行器。那時或許是一九八五年：我正努力聽流行音樂，希望能在學校和其他同學聊樂團時更能打成一片。我會把門關上，把收音機調到本地電台，之後爸爸會進來問我在聽什麼——我現在明白，他只是好奇，因為這和我的個性不合。我會轉身嚷道：**我在聽收音機！**接著，他會疑惑地默默看著我，輕輕把門關上。或是在一九八六年，我聽不一樣的收音機，那台短波收音機會連接到草坪高處到車庫的電線，於是來自大西洋彼岸的英國腔，會在劈啪聲中傳來。那是英國廣播公司國際頻道（BBC's World Service），來自我不知道我有朝一日會落腳的城市，也會駕著七四七降落好幾百次，並和現在與我同行，倚著門框的男子結婚。播音員正在談論的不是倫敦，而是紐約，談到那裡閃亮的天際線，還說美國人經常在港口施放煙火：這天是自由女神像一百週年。

沿著走廊，隔壁就是我的房間。房子裡的其他部分對我來說似乎不會顯得很小，但是當我查看自己的臥室時，卻覺得好小，我幾乎不敢相信也不明白為何這裡可以擁有這麼多回憶；這些回憶宛如驚弓之鳥，倏地飛起並轉彎，從馬克站著的狹窄走廊上各自飛走。哥哥和我為了萬聖節打扮成吸血鬼；我在炎熱的八月午後生病，聽到街上的其他孩子在叫嚷時，我就走下溼濘的床來到窗邊，拉下百葉窗遮陽，但磨損的邊緣透出光線；我孤單一人——孤單地組合飛機；在高中某一年的跨年夜，爸爸和我未來的繼母出門，於是一個算是和我約會過的大學男子（也就是和我第一次在龐圖蘇克湖邊開車的那一位）過來陪我消磨時間；我在書桌旁畫地圖，寫下我想像城市的最新地名，以後也會保留這名字；洛伊絲和我們住幾個月，而她住在我房間，我則睡樓下。那年夏天爸媽決定離婚，這時她伸出雙臂，穿越木質地板朝我走來，因為她看到我的表情，就知道父母剛告知我此事。

馬克與我走進房間，暫停一下，環顧四周。我告訴自己不該停留太久，以免造成人家困擾。房間發出滴答聲；什麼都沒有，什麼都在。當然，我該覺得悲傷，但我驚訝發現，我並不特別難過。爸媽最後一同住在這裡的時光，已是三十年前的事，而我站在這裡，也是將近二十五年前的事了。現在馬克和我在一起，哥哥好端端的與他的家人一起在家，而我和繼母的關係也算是密切。這天溫暖乾爽，辛蒂和丹恩在後院擺設餐桌。

什麼都有，什麼都不在。我試著回憶起那顆發光地球儀的光芒，以及如果緩緩旋轉地球儀，待它慢慢靜止時，哪個半球會面對這房間。

我在心裡把東西重新排列：這張床原本是我擺五斗櫃的位置，書櫃是原本放床的位置。書桌靠近的窗戶，也是我擺書桌的地方。我又想起曾在那張書桌上畫地圖，於是我轉向馬克；他離英格蘭南部海岸的童年家鄉好遠好遠，我想起之前幫他做的禮物，那是我初次帶他來這裡之前送的：一張虛構城市的地鐵圖，上頭的車站都是我們剛一起去過的地方。

一個房間會認識你嗎？認識了之後，會遺忘你嗎？我發現一個模糊的「P」釘在佈告欄上，代表著這座城市與高中；一個紅襪隊的馬克杯；一張《星際大戰》（*Star Wars*）海報，我原本在那裡掛的是飛機駕駛艙發光的海報。這是個孩子的房間，但好乾淨好整齊，而我看到書櫃上整齊排列的課本時，我懂了：再一次，住在這間房間的人已經離家。

我傾聽媽媽或爸爸從樓下喚我吃晚餐的聲音，或哥哥沒有敲門就突然闖進門來的笑聲。我試著想像一隻史努比，有一天，牠掉到我的夜燈上，導致鼻子燒焦，於是媽媽修補牠的鼻子。我還想起所有靜靜不動的飛機，直到被我拿起來，在五斗櫃上方水平移動；這裡是我想像中的跑道，飛機彷彿正要起飛。我看著開啟的窗戶，鳥鳴與微風流入；我試著回憶起冬夜，我對冬夜的愛勝過夏天，那時窗戶內層的玻璃會結出如山脊的霜，窗外大雪紛飛。我放低視線，看著窗框內的金屬把手，以及低處散熱器同樣熟悉的轉盤。

我眨眨眼，設法想像我的城市。我試著構思出那城市的任何東西：疾馳列車的模糊光芒在放慢時，化成一排圓窗；在港口上方甫以灰色鋼索懸吊起的最長吊橋上，有剛畫好分隔線的車道；還有尚待完成的新高樓略顯昏暗的架構。

我又眨眨眼，眼前只有這房間，還有從開啟的窗戶透進的微風，以及辛蒂、丹恩與老鄰居在走廊的對話聲。過了一分鐘，又一分鐘。

我再度看著窗戶，望向戶外花朵盛開的花園上方，看著車庫及後方，並望向東邊，看看天氣會延伸到多遠。我轉身朝門邊，看著馬克。我牽起他的手，他露出微微的笑容，問我是不是準備好要離開了。

致謝

除了感謝在每一章的說明所提到的人士之外，也要對下列的人士表達我的感激。

要深深感謝我的編輯——克諾夫（Knopf）出版社的丹恩・法蘭克（Dan Frank）與湯姆・波德（Tom Pold），以及夏托與溫德斯（Chatto & Windus）出版社的克萊拉・法默（Clara Farmer）；他們在這段漫漫長路中總是持續給予鼓勵、溫暖的支持與明智的引導，讓這本書誕生。法蘭克在二〇二一年五月過世；我知道無比感激他的作家、讀者與同事多不可數，我只是其中之一，但依然深深懷念他。我也要感謝夏洛特・杭弗瑞（Charlotte Humphery）與亞曼達・沃特斯（Amanda Waters）細心編輯本書。謝謝凱倫・湯普森（Karen Thompson）與莎莉・薩爾金（Sally Sargeant），她們對細節的注重無與倫比，也謝謝史蒂芬・帕克（Stephen Parker）、泰勒・康姆利（Tyler Comrie）、安娜・奈頓（Anna Knighton）、安德魯・多克（Andrew Dorko）與佩姬・山姆迪（Peggy Samedi）發揮一流的能力，設計與製作本書。當然要謝謝公關人員潔思敏・馬許（Jasmine Marsh）與潔西・史派威（Jessie Spivey），協助這本書吸引讀者的矚目。

獻上感激給我的經紀人——彼得斯、佛雷瑟與鄧洛普（Peters, Fraser and Dunlop）文學經紀公司的卡若琳・米歇爾（Caroline Michel）在多年前就找上我。我好感激她的協助，以及她同事提姆・拜丁（Tim Binding）的引導，讓這本書成形。也謝謝該公司的同事瑞貝卡・維爾莫斯（Rebecca Wearmouth）、奇姆・梅利蒂亞（Kim Meridja）、羅絲・布朗（Rose Brown）與蘿莉・羅伯森（Laurie Robertson）。謝謝高手哈莉葉・波尼（Harriet Powney），偶爾給予嚴厲指教、努力教我少即是多的原則，並鑄造「遙遠事實」這個詞（也善加發揮）。謝謝眼光敏銳的希拉莉・麥克雷倫（Hilary McClellen），協助詳視我無法釐清的事實，並溫和指教，讓我注意——例如鶆鶓與鴕鳥的差異。感謝在匹茲菲與伯克夏曾幫助我的每個人，尤其是伯克夏圖書館的安－瑪麗・哈里斯（Ann-Marie Harris），以及伯克夏歷史學會（Berkshire County Historical Society）的艾琳・杭特（Erin Hunt）。

謝謝AP211飛行訓練課程的同學——傑茲（Jez）、邦柏（Bomber）、賽布（Seb）、凱特（Cat）、尼爾（Neil）、戴夫（DAVE!）、亞德里安（Adrian）、亞當（Adam）、柯斯坦（Kirsten）、克里斯（Chris）、巴爾博（Balbir）、林賽男孩（Lindsay Boy）、林賽女孩（Lindsay Girl）、莫（Mo）、哈利（Hailey）、卡文（Carwyn）與詹姆士（James）——謝謝你們迄今已二十多年的友誼，而大家的職務階級與飛機的機型範圍也越來越壯大。謝謝我的同事艾利斯特・布利傑（Allister Bridger）與安東尼・凱恩（Anthony Cane），善良地支持我最新的寫作計畫。很感謝所有的機組人員與地勤同事，讓我的工作能這麼愉快，無論是在倫敦，駕駛艙，或是外站的城市街道上。幾乎每個飛行員在退休時，都會說最美風景的就是人；雖然我熱愛飛行與城市，但退休時，我也會同意這樣的說法。

謝謝安加莉（Anjali）、蘿拉（Lola）與席拉斯（Silas）；還有蘇菲（Sophie）提醒我寫作是多令人振奮的事。謝謝德魯・塔格里雅布（Drew Tagliabue）與彼得・卡塔帕諾（Peter Catapano），不僅有敏銳的眼光，也能在我不確定本書的方向時，提供非常有用的建議。還要感謝希塔・席薩拉曼（Seeta Seetharaman）、海倫・亞娜克普洛斯（Helen Yanacopulos）、艾琳諾・歐姬芙（Eleanor O'Keeffe）、傑米・凱許（Jamie Cash）、泰利亞・勒維克（Thellea Leveque）、吉姆・奇羅（Jim Ciullo）、喬登・提奎特（Jordan Tircuit）、梅瑞迪斯・霍華（Meredith Howard）、多和和子（Wako Tawa，音譯）、喬治・格林斯坦（George Greenstein）、艾德瑞安・坎貝爾－史密斯（Adrian Campbell-Smith）、朱利安・巴瑞特（Julian Barratt）、薩瑞爾・達達昌吉（Zareer Dadachanji）、傑森・凡霍納克（Jason Vanhoenacker）、安妮卡・凡霍納克（Anika Vanhoenacker）與南西・凡霍納克（Nancy Vanhoenacker）；當然還有瑞奇（Rich），以及辛蒂（Cindy）與丹恩（Dan）。

許多家族成員、朋友與通信者，在過去三年花了許多時間閱讀本書草稿，且是整份讀完。他們慷慨提供時間，這麼仔細閱讀本書，我怎麼表達感謝都不夠。謝謝史蒂芬・席黎恩（Steven Hillion）展現敏銳的智慧，為城市與書籍的大小事給予坦誠但溫暖的建議；謝謝我在匹茲菲的老友與同學艾力克・麥吉利斯（Alec MacGillis），在百忙之中抽空看這文本；也感謝湯姆・佐爾納（Tom Zoellner）在與我於洛杉磯散步，一起討論真實的或想像的城市時，思慮如此周密。謝謝黛絲瑞・朗迪西（Desirae Randisi），一同感受我對都市的愛，也提供該如何撰寫的想法；謝謝艾倫・狄波頓（Alain de Botton），他不僅慷慨，還寫了那麼多精彩又有啟發性的好書；謝謝李奧・米朗尼（Leo Mirani），剛好就在希斯洛機場與我建立起友誼，並惠予協助。謝謝賽巴斯提安・史都夫斯（Sebastien Stouffs），從飛行員與朋友的角度，閱讀這本書。還要感謝奇蓉・卡布爾（Kirun Kapur）的付出，從一次又一次的書稿中，引導這本書，就像當年引導我開始寫作一樣。真感激我們擁有這段友誼，以及一起踏上的旅程。

最後，要表達對父母的愛與感激，也要感激傑森（Jason）、洛伊絲（Lois）與南西（Nancy）；還有凱瑟琳（Kathleen）、蘇（Sue）以及伯克夏家族的每個人；有他們在，是我人生中的一大福氣。最重要的是，謝謝馬克：謝謝你帶來這麼多喜悅，也為這些寫下的文字，提供鼓勵與明智的建議，還有，幫助我回家。

說明

給讀者的說明

我改了五個人的名字，這是因應他們的要求，或是因為聯絡不上他們。其中有一人的生平細節也改過。除此之外，在本書中我會盡量精準描述我的經歷。有時候，我會重新踏上一段難忘的漫步旅途，或是造訪博物館，盼能留下更仔細的紀錄，或者確認之前的紀錄是正確無誤；而在我第一次重訪過往的腳步時（或者第二、第三次），有時也會發現其他新事物。

許多組織會為LGBTQ+的年輕人及支持者，提供建議與社群。美國同志家屬親友會（PFLAG，網址：pflag.org）與特雷弗專案（Trevor Project，網址：thetrevorproject.org）是很好的出發點，對身在美國的人尤其如此；石牆組織（Stonewall，stonewall.org.uk）則會提供數個英國資源。我也推薦「會好起來專案」（It Gets Better Project，itgetsbetter.org）。

如何支持旅人群體，是個不易解答的問題，無論是否在都會都一樣。不過，即使是經驗豐富的旅人，出發之前不妨先閱讀孤獨星球（Lonely Planet）近年（二〇二〇年）推出的《永續旅遊手冊》（*The Sustainable Travel Handbook*），會很有幫助。當然，在旅遊期間與旅遊之後，當地人的建議非常有用。這本書也會提供指南，說明在旅遊時該怎麼做，才對環境友善——這對航空與更廣泛的旅遊觀光業來說，應是念茲在茲的事——並處理生物燃料與碳抵銷的議題。

除了最後一章關於倫敦的部分（也就是我寫我戴著的口罩的部分），本書最後的幾趟旅程是二〇二〇年二月發生的事——大部分則是在更早以前發生。在此之後，航空業的世界已風雲變色。新冠疫情對城市有何長期衝擊，以及日後要進行的相關研究與引導，無疑是一整個世代的都市學家、建築師、規畫者與領導者要處理的。若有興趣知道新冠疫情與氣候危機對都市界的影響，我推薦彭博社（Bloomberg）見解精闢的城市實驗室（CityLab）網站（bloomberg.com/citylab）。

除非特別指名，否則本書的度量衡單位是英國常用的單位。

雖然有他人的幫助，但我仍得在不同情況下，思考如何把外文轉化為英文，這樣用起來才有趣或有幫助，因此我會在日文拼音之外，也附加日文字。如果我的作法似乎太過有彈性，請讓我回歸約翰・朱利葉斯・諾瑞奇[1]（John Julius Norwich）在《四君主：亨利八世、弗朗索瓦一世、查理五世、蘇萊曼大帝的糾葛與現代歐洲的締造》（*Four Princes: Henry VIII, Francis I, Charles V, Suleiman the Magnificent and the Obsessions That Forged Modern Europe*）開頭所言：「我認為，我們在一致性的聖壇上已犧牲太多……在每一個案例中，我會因為聽起來正確而受引導——希望對讀者來說，聽起來也是正確的。」

旅人若想知道更多匹茲菲的資訊，可上城市的網站查詢（lovepittsfield.com 與 cityofpittsfield.org），如果要造訪伯克夏郡的訪客，可參考以「傾聽生命呼喚」為箴言的網站（birkshire.org）。

希望這些章節附註與參考資料，能讓讀者了解我的參考指引，也成為延伸閱讀的建議。

深深感謝曾協助我確認本書的事實與詮釋的人，如果有任何問題，當然由我負責。

我很喜歡收到讀者的來信，尤其想聽見讀者推薦以最愛的城市為題的書籍中，你最愛的一本——雖然可能得花點時間，我才會回覆。歡迎上我的網站聯絡：markvanhoenacker.com。

序言　記憶城市

插畫是依據匹茲菲的榆樹繪製。

柯勒律治的「就像黑夜一樣，從一處土地漂至另一處」，是引自〈古舟子詠〉（The Rime of the Ancient Mariner）。

關於我成為飛行員的決定，更多詳細說明可參見我的第一本著作《飛行的奧義》（*Skyfaring: A Journey with a Pilot*）。

我參考的聯合國數據，是來自《世界都市化展望：二〇一八年修正版》（*World Urbanization Prospects: The 2018 Revision*）及從中彙整出的報告《世界城市：二〇一八年版》（*The World's Cities in 2018*）。這份報告的第一頁，標題是「什麼是城市？」，這裡詳細說明了在比較定義不同的城市與都會區人口時，會出現什麼問題。

我父親曾印自傳給家人與伯克夏幫。但願有一天我能出點力，把它印出來，讓更多人看。

1 約翰・朱利葉斯・諾瑞奇（John Julius Norwich），英國歷史學家（一九二九－二〇一八）。

朱塞佩．加里波底關於羅馬的話，出現過幾種義大利文與英文版本，但本質是一樣的。

第一章：起始城市

威廉．卡洛斯．威廉斯「人本身就是一座城市……」這段話，是摘自〈帕特森〉的引文，而在這段引文之前，作者的聲明也相當引人：「我希望能有更接近家的東西、且可以知道的東西，」威廉斯在討論他於〈帕特森〉的選擇時，曾如此寫道。

吉卜林的〈獻給孟買城〉版本不只一種。我的是摘自《吉卜林詩選》（*Collected Verse of Rudyard Kipling*）。

「你們是世上的光……」我不確定自己最初聽到這段的翻譯是哪個版本。這裡的文本是一五九九年的日內瓦聖經；一般來說，溫斯羅普是仰賴日內瓦聖經來宣道。可參考亞伯拉姆．范．恩根（Abram C. Van Engen）的〈起源和最後的告別：聖經戰爭、文本形式和美國歷史的形成〉（Origins and Last Farewells: Bible Wars, Textual Form, and the Making of American History），收錄在《新英格蘭季刊》（*The New England Quarterly*）。

約瑟夫．史密斯說「當這座廣場如此規畫時……」這句話有許多來源，例如《耶穌基督後期聖徒教會的歷史》（*History of the Church of Jesus Christ of Latter-Day Saints*）第一卷。這位基督教歷史學家的網站（Historian's Press josephsmithpapers.org）的引言，是以「這座廣場在何處規畫」，取代「當這座廣場如此規畫時」。

理察・法蘭西斯・波頓的引言——「曼非斯、貝那拉斯、耶路撒冷、羅馬、麥加」——是出現在《聖人之城》第一頁的小章節「為何我去大鹽城湖」（Why I Went to Great Salt Lake City），其開頭是：「在遊歷山姆大叔的地盤，卻沒有造訪遼闊遙遠的大西部時，若以新的類比來說，就像看《哈姆雷特》，卻忽略丹麥王子的角色。」

我苦思該為楊百翰的名言選擇哪個版本，尤其是「這是正確的地方。」我的理解是，從辛西雅・福斯（Cynthia Furse）與傑佛瑞・卡爾斯卓姆（Jeffrey Carlstrom）的《大峽谷移民史：鹽城湖谷地通道》（*The History of Emigration Canyon: Gateway to Salt Lake Valley*）第四十五頁來看，楊百翰話語最早的版本：「這就夠了。這是正確的地方。」

班納迪克・安德森關於「新」城市名稱的討論，就是第十一章談到《想像的共同體》（*Imagined Communities: Reflections on the Origin and Spread of Nationalism*）。我在二〇二〇年秋天修改本書書稿時，「最爛的感恩節」的一個版本也獲刊登至二〇二〇年十一月二十四日的《紐約時報》（*New York Times*）讀者來函中，標題是〈在奇特地方的感恩節〉（Thanksgiving in a Strange Land）。

奧維德對羅馬與世界的說法收錄在許多地方，例如米凱萊・勞里（Michèle Lowrie）的〈羅馬：城市與帝國〉，刊登在《古典世界》（*The Classical World*）：「他們給予其他民族的土地，是有固定的疆界的：羅馬城市與世界的範圍是一樣的。」

我和馬克的羅馬之旅，在整個城市到處看到SPQR。後來研讀瑪莉・畢爾德（Mary Beard）

的《SPQR：璀璨帝國，盛世羅馬，元老院與人民的榮光古史》（*SPQR: A History of Ancient Rome*），覺得應該大力推薦此書。李維的話多引用自《羅馬早期史：城市興建，第一到四卷》（*The Early History of Rome: Books I–V of the Ab Urbe Condita*），英文譯者是B．O．佛斯特（B. O. Foster）。

匹茲菲棒球章程的故事，最精彩的說法是來自艾力克．麥吉利斯（Alec MacGillis）的〈故鄉全壘打〉（Home- town Home Run），刊登在二〇〇四年五月十八日的《巴爾的摩太陽報》（*Baltimore Sun*）。

每當提起匹茲菲的過往時，我就格外仰賴卷帙浩繁的《匹茲菲歷史，麻州伯克夏郡，一七三四～一八〇〇年》（T*he History of Pittsfield, [Berkshire County,] Massachusetts, from the Year 1734 to the Year 1800*），以及接下來的三卷，分別涵蓋一八〇〇～一八七六年、一八七六～一九一六年，以及一九一六～一九五五年。我從地方歷史學家得知，雖然這些作品大致上可信，但關於北美原住民的段落要格外秉持批判眼光。百萬伏特閃電的敘述，是在《匹茲菲歷史，麻州伯克夏郡，一九一六～一九五五年》的第八頁。發明在匹茲菲布斯凱特山滑雪場夜間滑雪也有明文記載，例如在伯克夏郡歷史學會於二〇一六年出版的《匹茲菲》（*Pittsfield*），曾寫道，克拉倫斯．布斯凱特（Clarence Bousquet）「發明一種拖拉繩索的手柄，並取得專利」。

荷蘭地圖製圖師對伯克夏地區與佛蒙特的敘述，出現在《匹茲菲歷史，麻州伯克夏郡，一七三四～一八〇〇年》的第十五頁。我把高中歷史課本中對於北美原住民的描述，記錄在〈匹茲菲高中課文不符史實〉（*PHS Text Doesn't Measure Up*）這邊文章中，後來寄出與刊登在一九九一年十月十六日的《伯克夏鷹報》。

麻薩諸塞州議會頒布「龐圖蘇克鎮〔Poontoosuck〕定居地所有權」是出自《匹茲菲歷史，麻州伯克夏郡，一七三四～一八〇〇年》的九十一頁；第十六頁則有莫希干人的英文翻譯；關於威廉・皮特的描述（在對法抗戰中的勇敢行為……）則是摘自一百三十二頁。

關於城市建立的早上降雪是「來自上方的祝福」，這描述出自於〈我們的新城市〉（Our New City），是一八九一年一月八日《伯克夏鷹報》的頭版。巴克法官的演說，收錄在《一八九一年一月五日市府就職紀錄》（*Proceedings of Inauguration of City Government – January 5, 1891*），可從伯克夏圖書館找到。「我們在家鄉……」在第五頁；「過去的秩序即將結束……」在第九頁；「美好的情境、優美的風景……」在第十四頁；「羅馬坐在美麗的寶座……」則是第十四到十五頁。

「母性尊嚴」與「陽剛穩重」，以及「一千盞燭光」是出自收藏在伯克夏圖書館的一本筆記本，裡頭有原版的就職舞會剪報。在這篇剪報上方有手寫的「晚報」（Evening Journal），想必是刊物的名稱。這篇文章開頭寫：「一八九一年一月五日，確實是匹茲菲重要的一天。」

李維說「古老的優勢在於……」是出自前述佛斯特譯本的第四頁。賽絲・詹斯女士（Mrs. Seth Janes）對付狼的故事，則是出自《匹茲菲歷史，一七三四～一八〇〇年》第一百四十頁的註解。匹茲菲「革命服務記錄」也是從同一卷的四百七十七頁開始。諾亞迪亞是莎拉・戴明的兒子，另外兩位姓戴明的人分別為班傑明（Benjamin）與約翰（John），但我無法確認他們與莎拉的關係。

莎拉．戴明的大理石方尖碑屹立在威廉斯街東墓園（East Part Cemetery），而這條街在美國革命之前，稱為胡納薩達街（Honasada Stree）。《匹茲菲歷史，一七三四～一八〇〇年》在八十六到八十七頁的註解中曾記錄，原本埋葬地點是「靠近一七五二年她把住家固定下來的地點」，因此「革命之母、以色列的母親。」這幾個字原本是面東，今天則是朝西。

本章要特別感謝伯克夏圖書館地方歷史與譜系部門（Local History and Genealogy Department）的安－瑪麗．哈里斯（其實全書都要感謝他的協助），她不僅溫暖歡迎我，帶我到處看看，並在接下來幾個月，透過電郵回答了幾十個問題。能夠再花許多時間，重回我童年時對我與家人來說都無比重要的圖書館，實在非常榮幸；當然也提醒我，可以到附近的唐恩甜甜圈店吃個點心休息一下。也謝謝戴夫，很高興我們又連絡上了。

第二章：夢想城市

我在二〇一五年十二月二十六日《紐約時報》的〈一封未開啟的信〉（The Unopened Letter）中，提到媽媽寄到我飛行訓練學校的信件。之後，我收到一些讀者來信，提到信件失而復得的精彩故事，相當動人。

榮格的話引自《榮格自傳：回憶・夢・省思》（*Memories, Dreams, Reflections*）的一百九十七到一百九十八頁。今天在利物浦的馬修街（Mathew Street in Liverpool）有榮格的胸像，上頭刻著「利物浦乃是生命支持」，以及「C．G．榮格，一九二七年」。

爸爸說的話是引用自他盾牌背面的文字，或是自傳。尋找巴西利亞水果的應用程式名稱為水果地圖（Fruit Map）。利斯佩克托「為雲朵計算過的空間」出現在一九七〇年六月二十日的《巴西日報》（*Jornal do Brasil*）中，文章篇名為〈巴西利亞的起始〉（Nos primeiros começos de Brasília）」，瑪麗亞．卡特琳娜．平切萊（Maria Caterina Pincherle）的著作《編年史作為紀念：克拉麗賽．利斯佩克托的巴西利亞（以及看不見的暫時消失）》（Chronicles as Memorials: The Brasília of Clarice Lispector [and the Temporary Dis- appearance of the Invisible]）中曾提及。

霍斯頓在《現代主義城市：巴西利亞的人類學評論》（*The Modernist City: An Anthropological Critique of Brasília*）中提到，巴西利亞在剛開始建城時，人口密度是每平方公里少於一人。二〇一八年，蒙古（世上人口密度最低的國家之一）人口密度約為每公里兩人。

庫比契克「透過內陸化來整合」的說法，出現在《現代主義城市》的第十八頁。托克瑟斯對庫比契克的描述是出自《神祕主義者，現代主義者和巴西利亞的建構》（*Mystics, Modernists, and Constructions of Brasília*）第四十八頁。霍斯頓聲稱這是「最完整的興建範例」，乃引用自其著作中的第三十一頁。尼邁耶「聖修伯里的大教堂」是出自《尼邁耶回憶錄》（*The Memoirs of Oscar Niemeyer*）第一百零九頁。

家父剛到薩爾瓦多時搭著飛機鳥瞰時的描述如下：

在貧困地區，街道沒有名稱。我也找不到任何地圖，於是我到機場，很快找個飛行員，讓我飛到這區域兩千五百呎的上空，幫這社區拍照……在這些照片上，我可以一間間確實計算房子。結果一平方英里內有五千五百座房子，我很快估計人口約兩萬三千人。每個星期都有新的泥屋興建，因為只要製圖員一追蹤到土地，開發者就立刻把地皮賣掉。人們主要是從鄉間小鎮來到這裡，距離國家首都約十幾英里，而只要找到朋友能住在附近，就會形成小鎮。

霍斯頓提到飛行滿足了「現代化的理想……」是援引自我和他的個人通信。加加林說「登陸不同的行星」是引自托克瑟斯著作中的第五十六頁。有個不太一樣的譯法，出現在〈巴西地標週年紀念讓建築師「悲哀」〉（Landmark Anniversary for Brasilia Leaves Architect "Sad"）一文中，這是法新社（AFP）一篇未署名的報導，二〇一一年九月十七日刊登在《獨立報》（*Independent*）。（也可看出巴西利亞〔Brasília〕第一個i上方的重音符號在英文多常被省略。）

霍斯頓著作的第十六頁，也摘錄鮑思高大人的夢境翻譯。若要查閱完整的段落與不同的翻譯，可參考尤金尼奧．切里亞（Eugenio Ceria）的〈聖約翰．鮑思高傳記回憶錄〉（The Biographical Memoirs of Saint John Bosco），可在鮑思高慈幼會網站（donboscosalesianportal.org）上找到。

將巴西利亞描述為「希望的首都」的資訊，出現在〈希望首都〉（O Capital da Esperança）這篇論文中，撰文者是古斯塔沃・林斯・李貝羅（Gustavo Lins Ribeiro）。英文文章可參考一九八〇年十月二十六日《紐約客》（*New Yorker*）由艾利克斯・舒馬多夫（Alex Shoumatoff）所寫的〈希望之都〉（The Capital of Hope）。

要感謝霍斯頓，不僅撰寫這麼好的書，也花時間在我造訪巴西利亞前後，協助我做研究，並惠准我引用我們的私人通信。很感激艾杜瓦多一輩子疼愛我們兄弟倆，也告訴我們關於家父的故事。謝謝費南多讓我聯繫上薇薇安，要格外謝謝她如此慷慨大方，幫助我這個陌生人在她的城市度過幾天。薇薇安與費南多也協助確認事實，還有艾迪利亞・布羅托（Andrea Brotto）也伸出援手。此外要感謝瑞貝卡・愛爾德瑞奇（Rebecca Eldredge）、強納森・拉克曼（Jonathan Lackman）、丹・麥克尼克（Dan McNichol）、利物浦約翰藍儂機場的羅賓・杜鐸（Robin Tudor）、波士頓公共廣播電台（WGBH）的凱倫・卡利亞尼（Karen Cariani）與保羅・格隆達爾（Paul Grondahl）；還要感謝詹姆斯・賈德納（James Gardner），我是透過英國鮑思高慈幼會的網站（salesians.org.uk）聯絡到他。

第三章：路標城市

洛杉磯最早的名稱是有爭議的；可參考二〇〇五年三月二十六日《洛杉磯時報》（*Los Angeles Times*）由鮑勃・普爾（Bob Pool）撰寫的〈「天使之城」的早早名稱仍困擾歷史學家〉。

我所使用的版本是摘自一本我很喜歡的書籍：雷米・納多（Remi Nadeau）的著作《洛杉磯：從宣教到現代城市》第七頁。

我是在基朋的《親愛的洛杉磯》，讀到科斯坦索說的「提供我們確定的點與地方」；一八八〇年代，愛德華・霍頓（E. D. Holton）把這座城市的空氣和古埃及相比——這也是參考基朋書中第六十五到六十六頁的資訊。愛蓮娜・羅斯福的話則是引自她的專欄〈我的日子〉（My Day）一九四六年三月二十三日的文章，可透過愛蓮娜・羅斯福著作計畫（Eleanor Roosevelt Papers Project：erpapers.columbian.gwu.edu）找到。

紐約報紙關於洛杉磯的評語——「距離海洋太遠，永遠不可能成為大型商業中心。」——是取自《紐約論壇報》（*New York Tribune*），納多的著作中以註解提及此事，但我無法找到原始文章或日期。在一九〇九年，洛杉磯仍附屬於聖佩德羅（San Pedro）這座港口城市。

通往城市或市區（city或 the city）的路標往往令我印象深刻，可以想見，當我在湯瑪士・麥登（Thomas F. Madden）的《榮耀之城・伊斯坦堡：位處世界十字路口的偉大城市》這本書，得知「『伊斯坦堡』是源自土耳其人聽到希臘文的「στην Πόλη」，是『在城市，或者前往這城市』的意思。」，這資訊著實令我興奮。

稱波士頓為「美國雅典」是很常見的說法，例如托瑪士・奧康納（Thomas H. O'Connor）的《美國雅典：波士頓，一八二五～一八四五》（*The Athens of America: Boston, 1825–1845*）。「宇宙樞紐」顯然是出自曾居住在波士頓的老奧利弗・溫德爾・霍姆斯。在一八五八年在《大西洋月刊》（Atlantic Monthly）所刊登的文章，他寫道：「波士頓州議會大廈是太陽系的中心。」（參見〈從「豆城」到「樞紐」，波士頓的暱稱從何而來？〉〔From “Beantown” to “The Hub,” How Did Boston Earn Its Nicknames?〕，這是二〇一七年八月三十日艾德加·赫維克三世〔Edgar B. Herwick III〕在WGBH的文章。）的確，大家會好奇，在霍姆斯的年代，他之前在匹茲菲的鄰居會如何看待波士頓。

《歡樂酒店》第一季第十六集的片名為〈酒吧的男孩〉（The Boys in the Bar）。布雷德·懷特（Brett White）在二〇一七年三月二十八日的《決策者》（*Decider*）中〈同志那一集：山姆·馬龍在《歡樂酒店》酒店接受同志，展現男子氣概〉（‘That Gay Episode: How Sam Malone Showed Acceptance Is Macho on “Cheers”），提到編劇是受到格倫·伯克（Glenn Burke）的啟發；《紐約時報》在一九九五年六月一日的訃聞中說，伯克是「第一個公開承認同志身分的大聯盟球員。」

費瑟·克雷協助熱愛伯克夏的焦慮飛行者，是《歡樂酒店》第六季第十九集「V機場」內容。

羅馬金色里程碑的確切功能，我認為依舊不明朗。在塞繆爾·波爾·普拉特納（Samuel Ball Platner）的《古羅馬地形詞典》（*A Topographical Dictionary of Ancient Rome*）當中，會讀到「上面刻著帝國主要城市的名稱，以及和羅馬的距離，雖然這些距離是從塞維安城牆（Servian wall）計算，而不是從金色里程碑。」相對地，在約翰·克拉莫（J. A. Cramer）的《古義大利地理歷史說明》（*A Geographical and Historical Description of Ancient Italy*），會讀到金色里程碑是「古羅馬廣上上的一個點，到城市幾道城門的距離，都是從這裡開始計算。」

加州安波伊的口號——尚未死亡的鬼城——出現在這城市的網站（visitamboy.com），建議上網查詢。在加州達蓋特通往遙遠城市的路標，就豎立在六十六號公路上的埃爾蘭喬行動屋營區（El Rancho Mobile Home Park）前。「駐紮在洛杉磯」的植物學家是威廉・布魯爾（William H. Brewer），在基朋著作中的四百到四百零一頁有提到。納多「發現的奶與蜜之地」是出自《洛杉磯：從宣教到現代城市》第一百六十二頁。

穆赫蘭的名言之一——如果你現在不取得水，就永遠不需要了——有各種版本。我採用的是出自瑪格麗特・萊斯里・戴維斯（Margaret Leslie Davis）在《沙漠之河：威廉・穆赫蘭與洛杉磯的創新》（*Rivers in the Desert: William Mulholland and the Inventing of Los Angeles*）第三章，她在這本書中對穆赫蘭與洛杉磯有精湛的研究；二〇一五年十二月十八日，在《洛杉磯書評》（*Los Angeles Review of Books*）中，約瑟夫・喬凡尼尼（Joseph Giovannini）在〈除水之外：洛杉磯河流，以及擁有珍・雅可布靈魂的羅伯特摩斯〉（Just Subtract Water: The Los Angeles River and a Robert Moses with the Soul of a Jane Jacobs）這篇文章中提到的版本是「如果不取水，就不需要了。」（他也提到，在電影《唐人街》〔*Chinatown*〕洛杉磯與水戰扮演重要角色。）穆赫蘭更知名的話「『來囉，拿去吧！』」則在戴維斯著作中的第七章。

「現在進入洛杉磯市區界線」的遙遠路標，以及基朋提到「就算你長途跋涉……」，都在他著作中前言的第十五頁（xv）。

納多提到的「附屬地」，是在他著作中的第一百八十頁。史達格納「在空無一物……」是出自艾德・馬德利（Ed Madrid）對他進行的訪談，出自一九九三年四月十八日的《俄勒岡人報》（*Oregonianon*）。保齡球與蹦床的類比，起初是吉爾伯特先生（Mr Gilbert）在匹茲菲高中物理課上告訴我們的，並在一些有趣的文章中出現，例如二〇二〇年十一月二十三日，渥太華物理教師協會（Ontario Association of Physics Teachers，oapt.ca）網站的文章〈廣義相對論：超越保齡球和彈跳床之外〉（General Relativity: Beyond the Bowling Ball and the Trampoline）。

關於塔馬拉這座城市「很少突然看見……」，是引用自卡爾維諾《看不見的城市》當中，「城市與符號之二」這個章節中。《道路交通管理標誌統一守則》是二〇〇九年版，包括第一與第二修正版，可在美國聯邦公路管理局（Federal Highway Administration）網站上看到（mutcd.fhwa.dot.gov）。「若要有效」是源自於1A.02節的第二條；「在引導路標上……」是2D.08節的第十八條；「距離垂直邊緣……」則是2E.15節的第二條；「缺乏獨立照明……」是2E.06節的第一條。

「我們是許多城市中的大城市」是樞機主教羅傑・馬霍尼（Roger M. Mahony）在天使聖母大教堂講道提出的，時間是二〇〇二年九月二日，存檔於教堂網站（olacathedral.org）。

感謝美國國家公路與運輸官員協會（American Association of State Highway and Transportation Officials）的包伯・庫蘭（Bob Cullen）、潔米拉・海耶斯（Jameelah Hayes）與東尼・多賽（Tony Dorsey）；麻州運輸部（Massachusetts Department of Transportation）的克莉絲登・潘努奇

（Kristen Pennucci），以及亞利桑那州運輸部（Arizona Department of Transportation）的強・布洛德斯基（Jon Brodsky）耐心為我解答控制城市的問題。也要感謝莉芙・歐姬芙（Liv O'Keeffe），她之前任職於加州原生植物學會（California Native Plant Society，cnps.org），以及植物學家與攝影師史提芬・英格朗（Stephen Ingram，ingramphoto.com），慷慨協助辨識植物。謝謝詹姆斯・多以爾（James D. Doyle）解釋歐文斯谷的天氣。也感謝都恩・凡霍納克（Toon Vanhoenacker）、彼得・施雷格（Peter Schrag）、安德烈斯・尚克（Andreas Zanker）、迪特・莫雅爾特（Dieter Moeyaert）與東恩・賀夫爾曼（Ton Heuvelmans）的指引。

第四章：前景城市

我不是很確定當年在匹茲菲高中，是不是只有三、四年級生可以外出午餐，但有大約五、六個同學的印象和我一樣。〈雪南多亞〉這首曲的取名有時是〈喔，雪南多亞〉（Oh, Shenandoah）。T太太波蘭餃子可在全美超市的冷凍食品區找到（mrstspierogies.com）。

高層建築的統計數字，是來自世界高層建築與都市人居學會（Council on Tall Buildings and Urban Habitat）——其網站有個絕佳的箴言「促進永續的垂直都市主義」。但這數字是一時的，因此偶爾看看其統計數字如何變化（at ctbuh.org）很有趣。近年的高層建築百大名單都是由非西方都市主導，令人印象深刻。值得一提的是，我使用的樓層高度等式一定是不精準的；這關係不僅仰賴不同的樓層與樓層高度，也得看大廳的性質、樓頂設備的螢幕，以及頂樓。舉例來說，大約一百五十公尺的現代寬敞辦公大樓可能有三十五層樓，但同樣高度的飯店可能就有四十五層樓。

橋梁數量的統計數字可能不僅是個問題——如果是幾乎察覺不到的結構，承載著一條普普通通的道路，就這樣放在一條鐵路線上，那麼這結構應該和布魯克林大橋放在同一個類別嗎？——而且很難更新。匹茲堡最常見的橋梁總數為四百四十六座，例如二〇一七年五月五日亨氏歷史中心（Heinz History Center）在線上發表的文章〈匹茲堡：橋梁之城〉（Pittsburgh: The City of Bridges），而如果談到跨河的橋樑——也就是大家最會自然而然會想到的橋——〈匹茲堡究竟有多少橋樑〉（Just How Many Bridges Are There in Pittsburgh?），則二〇〇六年九月十三日於WTAE-TV網站公布的文章中指出，匹茲堡有「超過二十九座橋跨越三條河。」在大英百科全書的網站上，穿越威尼斯運河的橋（ponti）也差不多是這個總數（大約四百）；在紐約市，一般認為橋梁總數是超過兩千座；在二〇一七年十一月一日的《每日電訊報》（*Telegraph*）中，漢堡的數字（兩千三百）出現在〈二十五座打破紀錄的城市：最高、最便宜、最古老、最擁擠〉（25 Record-Breaking Cities: Highest, Cheapest, Oldest and Most Crowded）一文中。麻州運輸部資料庫的數字顯示，如果把各式橋梁納入計算，則匹茲菲有六十四座。

我是在美景大道（Grandview Avenue）上的聖瑪利山大教堂（Saint Mary of the Mount），看到「為我們及這座鋼鐵之都祈禱，讓這座教堂成為燈塔與保護者。」匹茲菲的馬哈納卵石小徑（Mahanna Cobble Trail）是由伯克夏自然資源保護委員會（Berkshire Natural Resources Council）養護；我在二〇二〇年十月二日的《紐約時報》曾寫過一篇〈賞葉不取消：今秋推薦六條自駕和徒步路線〉（Leaf Peeping Is Not Canceled: 6 Drives and Hikes to Try This Fall）。梅爾維爾把新小說《皮耶：或曖昧》（*Pierre; or, The Ambiguities*）獻給「最壯麗雄偉的格雷洛克山」。豪薩托尼河的污染與清理過程在《伯克夏鷹報》中有紀錄，也可參考第七章的註解。我喜歡的匹茲菲市區咖啡店是多提咖啡館（Dottie's Coffee Lounge，dottiescoffeelounge.com）；對街是「燈籠」（Lantern；thelanternbarandgrill.com），這裡「供應最美味的薯條。」世界上最美味的蘋果汁甜甜圈，是來自里奇蒙（Richmond）的巴雷特蘋果園與農夫市集（Bartlett's Apple Orchard and Farm Market；bartlettsorchard.com）。

在這一章，我一再重訪匹茲堡的官方網站（pittsburghpa.gov），以及《匹茲堡雜誌》（*Pittsburgh Magazine*；pittsburghmagazine.com）、《匹茲堡郵報》（*Pittsburgh Post-Gazette*；post-gazette.com）等。

謝謝安德魯與馬修・波帕里斯（Andrew and Matthew Popalis）大方分享關於雪南多亞的回憶；謝謝伯克夏自然資源保護委員會（bnrc.org）的珍妮・韓瑟爾（Jenny Hansell）與瑪莉亞・歐門（Mariah Auman）；也謝謝麻州奧杜邦學會（Massachusetts Audubon Society；massaudubon.org）的貝琪・可欣・格普（Becky Cushing Gop）等人，協助我關於本章提到的各種匹茲菲資訊，亦感謝他們致力於保存伯克夏最美好的部分。感謝世界高層建築與都市人居學會的尚恩・鄂希尼（Shawn Ursini）提供建議，說明如何把摩天大樓與樓層數相連結。我要謝謝吉姆・奎羅（Jim Ciullo）與家父的長年友誼，也謝謝他提供資訊，讓我能寫爸爸辦公室的段落。感謝羅伯・

昆恩（Rob Koon）、強恩・米爾博（Jon Millburg）、瑪格麗特・麥克恩（Margaret McKeown）與艾倫・歐康諾（Ellen O'Connell）協助本章寫作。

第五章：大門城市

插圖是依據布魯塞爾的五十週年紀念三拱拱門（Cinquantenaire Arcade）。

卡爾維諾「什麼線條可以分開……」是摘自《看不見的城市》中「城市與符號之三」。我在《飛行的奧義》中，提過自己熱愛布蘭登堡與喀什米爾等城門名稱。我在這裡提到的寵物店男孩歌曲是〈國王十字〉（King's Cross）。在我搬到倫敦之後，以為這首曲子是在國王十字聖潘克拉斯地鐵站（King's Cross St Pancras）失火之後寫的，但後來得知，是在那以前兩個月即已推出。芬蘭車站在〈西區女孩〉曾提過。

奧蘭加巴德被稱為「城門城市」是廣為流傳的說法；請參見奧蘭加巴德區網站（District Aurangabad：aurangabad.gov.in）的旅遊部門。弗里蒙特希望說英語的人在提及金門時，採用希臘文名稱「克里索色拉斯」，這想法對我來說很迷人；在厄文・葛德（Erwin G. Gudde）的《加州地名詞典》（*California Place Names: The Origin and Etymology of Current Geographical Names*）中提到：「弗里蒙特決心要在入口固定採用這希臘名稱。」我父親的話是摘自他寫下尋找亨利時的短篇文章。

本章提到的吉達是本書中最困難的部分，原因之一在於，關於這城市的英文資源不多，部分原因則是我在文中提到，許多城門已經遷移重建，或重新命名。我特別依賴三大資源。第一個是安傑羅・佩西的《吉達：一座阿拉伯城市的畫像》，有幾位歷史學家向我保證，這本書很可靠。此書中有清晰的文字與許多精彩圖片，強烈推薦給任何想要更了解這座城市歷史的人。第二部分則是各種聯合國教科文組織的文件，包括〈歷史吉達、通往麥加之門：世界文化遺產提名文件，第一卷〉（Historic Jeddah, the Gate to Makkah: Nomination Document for the Inscription on the World Heritage List, Volume 1），接下來我都會以「聯合國」稱之。（不出意料，吉達是沙烏地阿拉伯都會區第一個名列其中的地點。）第三項資源是烏爾麗克・弗賴塔格（Ulrike Freitag）資訊豐富的《吉達史：十九與二十世紀通往麥加之門》（*A History of Jeddah: The Gate to Mecca in the Nineteenth and Twentieth Centuries*），也是這三項資源中最新的一項（二〇二〇年出版）。

佩西著作中的第一百三十一頁，提到一九三八年，出現第一批搭飛機前來的朝聖者；然而弗賴塔格在著作中的兩百二十七頁寫道，「一九三六年，埃及航空（Egypt Air）載運朝聖者到吉達。」吉達名稱的諸多拼音，出現在佩西著作的十三頁（xiii），相同段落的其他引言也是出自這一頁，包括巴克利的引言。佩西在第三頁提到「頂多是漁人的小村莊」；第六十一頁則提到「追隨者加入」。吉達城牆狀況不良，是由卡斯騰・尼布林（Carsten Niebuhr）提出的，引用自詹姆士・布肯（James Buchan）的《吉達：古老與嶄新》（*Jeddah: Old and New*）。我會很想知道更多阿拉伯文濱海道路（*corniche*）這個詞的歷史。

「紅海新娘」是出自洛林・丹佛斯（Loring M. Danforth）《穿越王國：沙烏地阿拉伯的畫像》

（*Crossing the Kingdom: Portraits of Saudi Arabia*）第六章的標題。「領事城鎮」出自佩西著作的第一百三十五頁；「領事館城鎮」則出自聯合國文件的第七十三頁；「通往麥加之門」則在聯合國文件多次出現。朱貝爾訴說從海邊抵達的描述，是羅斯・鄧恩（Ross E. Dunn）的《伊本・巴圖塔探險》（*The Adventures of Ibn Battuta*）第六章記錄的。很抱歉文章裡沒有足夠的篇幅，納入更多伊本・巴圖塔在吉達停留的情況，比如整完整的戒指傳說：伊本・巴圖塔把戒指送給賣家的一名乞丐。等到伊本・巴圖塔來到吉達時，「有個男孩帶領的盲人乞丐來找他，以他的名字向他打招呼。雖然我不認識他，他也不認識我。」盲人乞丐抓起伊本・巴圖塔的手，摸索著遺失的戒指。伊本・巴圖塔告訴他，他離開麥加時已把戒指送人。乞丐告訴他「回去找出來，因為上頭寫的名字藏有巨大的祕密。」疑惑的伊本・巴圖塔結論是：「上天才知道他是誰，以及是什麼樣的人。」（摘自《伊本・巴圖塔遊記，西元一三二五——一三五四年》（*The Travels of Ibn Battuta, A.D. 1325–1354.*）第二卷第七章。

馬奎迪西的「非常熱」是在聯合國文件的六十八頁提及。庫薩的尼古拉的話語記錄在威廉・施密特－比格曼（Wilhelm Schmidt-Biggemann）的著作《永恆哲學：西方精神史的歷史輪廓在古代、中世紀和現代早期思想中的西方靈性歷史概要》（*Philosophia Perennis: Historical Outlines of Western Spirituality in Ancient, Medieval and Early Modern Thought*）的第十九頁。霍斯魯「一道門通往東邊……」出自聯合國文件第七十七頁。一位不知名的奴隸所提出的三道門說法，出現在佩西著作的第三十一頁；這紀錄在理察・哈克盧伊特（Richard Hakluyt）（參見〈帝國開端：哈克盧伊特與非洲建構〉〔Imperialist Beginnings: Richard Hakluyt and the Construction of Africa〕，作者為艾米莉・巴特爾斯〔Emily C. Bartels〕，刊登於《評論》〔*Criticism*〕期刊。）

萊拉・朱哈尼的「你已知道，我們喜愛的東西會具備更強的……」是摘自小說《荒蕪天堂》（*Barren Paradise*），出現在《沙丘之後：現代沙烏地文學選集》（*Beyond the Dunes: An Anthology of Modern Saudi Literature*）第兩百九十七頁。溫斯羅普「成為山巔之城」，是出於《基督教慈善的模範，於大西洋上阿拉伯拉號上撰寫，一六三〇年》（*A Modell of Christian Charity, Written on Boarde the Arrabella, on the Atlantick Ocean, 1630*）的第三十九頁，可在紐約歷史學會網站上找到；我明白宣道是在馬克的故鄉南安普敦的是在荷里路德教堂（Holy Rood Church），但在丹尼爾・羅傑斯（Daniel T. Rodgers）的《山丘城市：美國最知名的非神職宣道故事》（*As a City on a Hill: The Story of America's Most Famous Lay Sermon*）第十八到十九頁，提到這是比較複雜的故事。

魯克提到吉達的咖啡館「總是客滿」以及「老百姓……」——這是摘自佩西著作的第三十六頁。咖啡館牆上掛的雜誌文章，是一九二六年六月十二四出版的《畫報》（*L'Illustration*）第六百零六到六百零七頁。十一世紀注意到「完全沒有植被」的旅人是霍斯魯，紀錄在《吉達：古老與嶄新》（*Jeddah: Old and New*）的第八頁；在十六世紀寫下「這塊土地根本鳥不生蛋，無法產出任何東西。」的旅人是盧多維哥・德・維爾特馬（Ludovico di Varthema），紀錄在《盧多維哥・德・維爾特馬之旅程：埃及、敘利亞、阿拉伯荒漠和阿拉伯樂園、波斯、印度和衣索比亞的旅行，西元一五〇三到一五〇八年》（*The Travels of Ludovico Di Varthema in Egypt, Syria, Arabia*

Deserta and Arabia Felix, in Persia, India, and Ethiopia, A.D. 1503 to 1508）的第六十頁。

我寫了封信寄到「樹旁的房子」，那封信花了三個月回到我身邊；上面蓋有阿拉伯文的郵戳，英文是「沙烏地郵政－麥加區－地址不完整」。珍・莫里斯的迷人詩句——「每排房子裡……」是摘自《再想想：日記》（*Thinking Again: A Diary*）的〈第十七日〉（Day 17）。

感謝弗賴塔格的慷慨與耐心，回答關於吉達與城門的問題，並分享她書中的地圖，即使尚未出版。也要感謝伊布拉希姆（Ibrahim）、阿里（Ali）與薩米爾（Samir）在即迪或在遠方的協助，以及鐵路網公司（Network Rail）的克里斯・丹南姆（Chris Denham）、珍・李薩（Jen Lesar）、彼得・卡洛（Peter Carroll）與迪特・莫雅爾特（Dieter Moeyaert）。

第六章：詩之城市

帕塔薩拉蒂翻譯的〈德里暮光〉發表在二〇〇六年四月的《詩歌》（*Poetry*）。

我本來想寫安格倫兄弟倆都是出生在巴伐利亞。摩西斯確實是，但我不確定路易斯是否也是。我有一張明信片，上頭寫著，安格倫兄弟是「『大』城市百貨公司，位於伯克夏中心」；這是由北亞當斯（North Adams）的麻州皇冠專業廣告公司（Crown Specialty Advertising, Inc.）發行，在一九七二年取得版權。二〇一九年一月二十五日的《伯克夏鷹報》，珍妮佛・胡貝多（Jennifer Huberdeau）在〈搭乘電梯、會說話的馴鹿羅伯，以及其他讓英格倫兄弟特別的事物〉（Escalator Rides, Robert the Talking Reindeer and Other Things That Made England Brothers Special）

這篇報導中，曾記錄到「少了安格倫百貨，北街就不是北街」。至於該稱為「英格倫百貨」或「英格倫兄弟」？前者是寫在其招牌的藍色紙盒，後者則是百貨公司北街立面上的字母。我們伯克夏幫的成員，對於該用哪一個，意見相當分歧。

夏夫的〈給匹茲菲的話，論從城鎮變為市政府〉在伯克夏圖書館的《一八九一年一月五日市府就職紀錄》第六十四頁有紀錄，而這事件是在一八九〇年十二月三十日發生的；這首詩也包括在一八九一年一月吧人《伯克夏郡鷹報》對一月五日慶祝活動的報導中。

梅爾維爾的「我在這鄉間有航海之感……」在伯克夏很馳名，並記錄在二〇一九年七月二十二日的《紐約客》中，由吉兒・李波（Jill Lepore）撰寫的〈赫曼・梅爾回爾在家〉（Herman Melville at Home）。赫曼維爾在〈克拉雷爾：聖地的詩與朝聖〉（Clarel: A Poem and Pilgrimage in the Holy Land）的第二部第十一章，描述開羅的勝利者之門（Gate of Victors）；他的「帕德嫩神殿昂然聳立在岩石上，挑戰雅典來訪者之視野」是摘自詩作〈幽靈〉（The Apparition）；他寫著「在絕壁之頂」是來自詩歌〈龐圖蘇克〉。這些作品都可以從《赫曼・維爾梅爾詩作全集》（*Herman Melville: Complete Poems*）找到，也可在文本的註釋中，看到梅爾維爾在未收錄的詩歌〈龐圖蘇克〉中，「並不打算再標題中的最後寫個『e』」。

以「龐圖蘇克鎮」這個詞來代表匹茲菲，出現在「一七五二計畫」（Plan of 1752）中，在《匹茲菲歷史，一七三四～一八〇〇年》的八十八到十九頁。

席佛對畢曉普說的話有許多版本。「下地獄吧，伊莉莎白」出現在布蕾特・米列爾（Brett C.

Millier）寫的傳記《伊莉莎白・畢曉普：人生與記憶》（*Elizabeth Bishop: Life and the Memory of It*）。老奧利弗・溫德爾・霍姆斯的「死亡天使……」是來自〈獻給匹茲菲墓園〉（Dedication of the Pittsfield Cemetery），收錄於《奧利弗・溫德爾・霍姆斯詩歌全集》（*The Complete Poetical Works of Oliver Wendell Holmes*）。（說到霍姆斯與他的城市詩歌，匹茲菲算是逃過一劫：想想看「對寫詩的人來說，芝加哥聽起來很粗糙；／但還是有個安慰——辛辛那提聽起來更糟」）；摘自他的〈歡迎來到芝加哥商業俱樂部〉（Welcome to the Chicago Commercial Club）。

朗費羅的〈樓梯上的老爺鐘〉可在詩歌基金會（Poetry Foundation，poetryfoundation.org）找到。

「比船帆更大……」是摘自塞克斯頓的詩作〈給一位功成名就的朋友〉（To a Friend Whose Work Has Come to Triumph），出現在《安妮・塞克斯頓詩歌全集》（*Anne Sexton: The Complete Poems*）第五十三頁；「出走」的定義在四百八十一頁；「這條街道是找不到的／一輩子都遍尋不著」是摘自她的詩作〈悲憫街四十五號〉（45 Mercy Street），在第四百八十三頁。「夢想都變成現實」是彼特・蓋伯瑞〈悲憫街〉（Mercy Street）的歌詞。卡爾維諾的「會，小時候會……」是與威廉・維弗（William Weaver）與達米安・派提格魯（Damien Pettigrew）的〈伊塔羅・卡爾維諾，小說的藝術第一百三十號〉（Italo Calvino, The Art of Fiction No. 130），刊登於《巴黎評論》（*Paris Review*）一九九二年秋季號。

我母親給過我幾本溫德爾・貝瑞的書；我最珍藏的是《溫德爾・貝瑞詩歌選集，一九五七——一九八二》（*Collected Poems of Wendell Berry, 1957–1982*）。在書中，她寫道「溫德爾・貝瑞是我最喜歡的詩人之一。或許這些書能給你許多樂趣——愛你的媽媽——一九九三年聖誕節。」貝瑞的「重要的體驗，現代的體驗……」是摘自《我的立場：溫德爾・貝瑞散文集，一九六九－二〇一七》（*What I Stand On: The Collected Essays of Wendell Berry, 1969–2017*）；然而我第一次讀到時，是二〇一九年五月二十日《紐約時報》上，由德懷特・加納（Dwight Garner）寫的〈溫德爾・貝瑞的散文中，以微小的殷切走上漫漫長路〉（In Wendell Berry's Essays, a Little Earnestness Goes a Long Way）。

「所有進入德里終端管制空域〔TMA〕的航空器……」與其他英迪拉・甘地國際機場的機場操作資訊可在電子式飛航指南（eAIP）文件第三部的「VIDP/Delhi」找到，這文件在印度機場管理局的飛航資訊管理辦公室（Aeronautical Information Management office of the Airports Authority of India；aim-india.aai.aero）；但是我們機上文件都是全大寫的縮寫字，就像我在本文的紀錄一樣。

米爾「德里的街道……」出現在賽義夫・馬穆德（Saif Mahmood）的《摯愛德里：蒙兀兒城市與偉大的詩人》（*Beloved Delhi: A Mughal City and Her Greatest Poets*）當中〈米爾・塔吉・米爾〉這章節的開頭。我推薦這本書給任何想要入門德里詩歌傳統的人。（我在其他地方看過米爾的出生年份為一七二三年。）庫斯洛的「純淨天堂的孿生手足……」是《愛的市集：阿米爾・庫斯洛詩選》（*In the Bazaar of Love: The Selected Poetry of Amir Khusrau*）引言。「奎師那停頓一下……」是摘自《摩訶婆羅多：現代演繹》（*Mahabharata: A Modern Rendering*）卷一第五十五章，作者是拉梅什．梅農（Ramesh Menon）。烏平德．辛格的「亞穆納女神……」出自《古德里》（*Ancient Delhi*）的第十一章。

莎綠琴尼．奈都的「帝國城市……」是出自她的詩作〈帝國德里〉（Imperial Delhi），收錄於她的詩集《斷翅：愛、死亡與命運之歌，一九一五——一九一六》（*The Broken Wing: Songs of Love, Death & Destiny, 1915–1916*）。尼赫魯的「一顆多面的寶石……」是一九五八年在德里大學的畢業演講中提及，收錄在《賈瓦哈拉爾．尼赫魯：演講精選》（*Jawaharlal Nehru: Selected Speeches*）第四卷。奇蓉．卡布爾的〈抵達，新德里〉摘自《拜訪英迪拉．甘地的手相師》（*Visiting Indira Gandhi's Palmist*）九十四頁。

德里是詩人之城的說法廣為傳播；可參見的例子包括二〇一九年一月《印度書評》（*Book Review*〔India〕）中，由尼克希爾．庫瑪（Nikhil Kumar）寫的〈復興詩人之城〉（Resurrecting the City）。「詩歌之城」出現在二〇一八年十一月三日的《印度教徒報》（*Hindu*）中，由馬茲．賓．畢拉爾（Maaz Bin Bilal）撰寫的〈評《摯愛德里：蒙兀兒城市與偉大的詩人》：詩歌之城〉。（*Beloved Delhi – A Mughal City and Her Greatest Poets Review: The City of Verse*）。庫什萬特．辛格的「更悠久的歷史……」是出自《不可思議的城市：德里寫作選集》（*City Improbable: An Anthology of Writings on Delhi*）前言的第11頁（xi）。伊本．巴圖塔的「遼闊壯觀的城市」，是鄧恩的《伊本．巴圖塔探險：十四世紀的穆斯林旅人》（*The Adventures of Ibn Battuta: A Muslim Traveler of the Fourteenth Century*）當中第九章〈德里〉（Delji）。

把德里和雅典相比——「其有紀念性、崩潰破碎的歷史……」是出自魯克米尼・巴亞・奈爾（Rukmini Bhaya Nair）的〈城牆之城、城門之城〉（City of Walls, City of Gates），收錄在《不可思議的城市》第兩百八十一頁。「印度的羅馬」出自戈登・瑞斯利・赫恩（Gordon Risley Hearn）《德里七城》（*The Seven Cities of Delhi*）的第一章。斯皮爾的「德里可顯示出……」是出自他的著作《德里：歷史素描》（*Delhi: A Historical Sketch*）。如今我們稱「舊德里」為「現代德里」的描述，出現在賀伯特・范沙（H. C. Fanshaw）一九〇二年出版的《德里古今》（*Delhi: Past and Present*）插圖列表等段落。

「城中之城」出現在德里胡馬雍之墓外，由印度考古研究所（Archaeological Survey of India）設立的標示中。帕特旺特・辛格的「世上沒有一座首都像德里……」則出自一九一七年二月二十五日的演講〈第九德里〉（The Ninth Delhi），收錄在《皇家藝術學會期刊》（*Journal of the Royal Society of Arts*）。魯琴斯「夢想著興築紀念碑式的建築」的描述，則是出自賈格莫汗（Jagmohan）的著作《第九德里的勝利與悲劇》（*Triumphs and Tragedies of Ninth Delhi*）。哈丁男爵（Lord Hardinge）的「有魔法般」有很廣泛的記載——例如在二〇一六年一月二十日《印度教徒報》上，由紀亞・薩蘭（Ziya Us Salam）寫的〈生命圓滿之處〉（Where Life Comes a Full Circle）。「必須像羅馬一樣，為永恆而建」是出自喬治・伯德伍德（George Birdwood），收錄於特里斯特拉姆・亨特（Tristram Hunt）的《帝國城市：英國殖民地與都會世界的創造》（*Cities of Empire: The British Colonies and the Creation of the Urban World*）。

和德里有關的片語或表達方式很精彩，但即使有幾個德里人的幫助，對我這個老外來說，依然難以描述。我知道自己的版本「你無法擺脫你所愛……」，沒有提到佐克的名字，是原版的非正式改編版。「都可以當成口語上的慣用語，且可以不提他的名字，」一位朋友告知。「德里還很遠」背後的故事有幾種版本。我或幾個通信者都無法在英德去世之前，找出他說到的那首歌，也就是他在一九四七年聽到，有「德里不再遙遠」歌詞的歌曲（不過一九五七年有一部電影的名字是《德里並不遙遠》〔*Ab Dilli Dur Nahin*〕，二〇〇三年，拉斯金・邦德〔Ruskin Bond〕也寫了一部小說《德里不遠》〔*Delhi Is Not Far*〕）。如果讀者知道這首歌曲，請聯絡我。

「主導這城市的文化與智慧景觀」出處，是賈利爾為馬穆德的《摯愛德里》所寫的前言。庫什萬特・辛格說「德里人以彬彬有禮的言語……」是摘自他《不可思議的城市》第十四頁（xiv）。以與詩人等重的貴重金屬或寶石當作報酬是很奇特的風俗，出現在哈迪・哈桑（Hadi Hasan）的《蒙兀兒詩歌：文化與歷史價值》（*Mughal Poetry: Its Cultural and Historical Value*）。馬穆德說「烏爾都詩歌多半是」、「最常被引用的詩人……」以及法魯奇的話，都出現在馬穆德《摯愛德里》的引言。

卡提雅的「這個地方……」與「允許我……」收錄在〈阿克希爾・卡提雅的詩之城〉，這是在二〇二〇年三月二日刊登在《印度教徒報》的訪談，訪問者是西凡妮・卡爾（Shivani Kaul）。卡提雅的「對某些人很無情」與「不同人……」則是出自〈「德里可以有解放的時刻」，阿克希爾・卡提雅談在首都當個酷兒詩人以及永不停止的愛〉（Delhi Is Capable of Its Moments of

Liberation": Akhil Katyal on Being a Queer Poet and His Undying Love for the Capital），這篇文章刊登在二〇一八年四月十五日的《印度快報》（*Indian Express*）。他的工作坊「是城市造就詩人……」是出自〈概論：與阿克希爾．卡提雅談詩歌與城市〉，二〇一八年十一月十六日刊登在主宰（Juggernaut）的部落格網站（juggernaut.in）。

迦利布的「『世界是個身體，德里則是其靈魂」有幾個版本，這裡引用的是二〇一七年十二月二十七日的《印度斯坦時報》（*Hindustan Times*）上，由古拉姆．吉拉尼（Gulam Jeelani）寫的〈紀念迦利布兩百二十歲：『世界是個身體，德里則是其靈魂』〉。這篇文章的標題是〈迦利布就是德里，德里就是迦利布！〉（Ghalib is Delhi and Delhi Is Ghalib!）刊登在二〇一六年二月十五日的Ummid.com網站上，作者是費羅茲．巴克特．雅穆德（Firoz Bakht Ahmed）。迦利布的「在堡壘中……」是出自帕萬．瓦馬（Pavan K. Varma）精彩的傳記《迦利布其人與時代》（*Ghalib: The Man, the Times*）第一章。

「前進德里……」是鮑斯在一九四三年八月二十五日的演講中提到的，收錄在休．托伊（Hugh Toye）的《虎躍：印度國民軍與蘇巴斯．錢德拉．鮑斯研究》（*The Springing Tiger: A Study of the Indian National Army and of Netaji Subhas Chandra Bose*）的附錄中。（在一九四五年五月二十一日的後續演講中，鮑斯說：「條條大路通德里，正如條條大路通羅馬。」）尼赫魯說「聚集於……」是來自演講，收錄於加內什．庫戴西亞（Gyanesh Kudaisya）與陳大榮的《南亞分治的餘波》（*The Aftermath of Partition in South Asia*）第59頁。

科赫的詩歌〈一列火車可能隱藏另一列火車〉收錄在《肯尼斯・科赫詩選》（*The Collected Poems of Kenneth Koch*）。帕斯的「玫瑰的高大火焰」是出自〈胡馬雍陵墓〉（The Mausoleum of Humayun），收錄在《奧克塔維奧・帕斯詩選，一九五七～一九八七》（*The Collected Poems of Octavio Paz 1957–1987*）。

在本章，我特別仰賴他人協助。誠摯感謝拉古・卡納德（Raghu Karnad）與卡提雅接連好幾個星期，以善良的心，仔細地回答我所有關於德里、德里的詩人與俚語等問題。謝謝倫敦大學學院的蘇菲亞・普瑟拉（Sophia Psarra）花時間與我討論卡爾維諾的《看不見的城市》。也要謝謝馬穆德、帕塔薩拉蒂與拉娜・薩菲（Rana Safvi），以及《詩歌》雜誌的安吉兒・岡薩雷斯（Angel Gonzales）；斯基德莫爾學院（Skidmore College）的特雷莎・尼克波克（Theresa Knickerbocker），阿南德・維維克・坦尼亞（Anand Vivek Taneja）、琳達・葛雷・薩克斯頓（Linda Gray Sexton）、伯克夏郡歷史協會的艾琳・杭特與同事。英德・卡布爾（Inder Kapur）與唐・麥吉利斯（Don MacGillis）是兩位摯友的父親，協助我了解德里與匹茲菲的詩。我會懷念他們兩人。

第七章：河流城市

「豪薩托尼」（Housatonic）有諸多不同譯法；《新英格蘭美洲印第安地名詞典：含諸多解釋》（*Dictionary of American-Indian Place and Proper Names in New England: With Many Interpretations,*

Etc）在豪薩托那克（Housetunack）這條目中列出：「伯克夏的豪薩托尼河。『在山後後方』。」「韋斯滕胡克」（Westenhook）出現在〈麻薩諸塞和紐約邊界地圖：顯示古殖民地和地方授予和聚落〉（Map of the Boundary between Massachusetts & New York: Showing the Ancient Colonial and Provincial Grants and Settlements），可參見德州大學阿靈頓分校（University of Texas at Arlington）的線上地圖集。「從不靜止的水之民族」出現在斯托克布里奇－門西莫希干印地安部落的網站上（mohican.com）。

「家鄉美國大遊行」是從匹茲菲播放到各地，至少在一九八九到一九九四年如此。老奧利弗・溫德爾・霍姆斯曾稱「沒有任何補藥像是豪薩托尼河」廣為流傳，但證據不多。在《山間詩人：在伯克夏的奧利弗・溫德爾・霍姆斯》（*The Poet Among the Hills: Oliver Wendell Holmes in Berkshire*）中，作者約瑟夫・史密斯（J. E. A. Smith）在九十八頁寫道，只有霍姆斯「認可歷史悠久的地方雙關語：豪薩托尼河是最好的補藥。」（史密斯也寫到，霍姆斯在前往英國劍橋的旅程中，把康河的寬度和獨木舟草原的豪薩托尼河相比較。）

我提到卡莉・賽門的歌曲是〈讓河奔流〉（Let the River Run）。我寫過關於匹茲菲的文章是〈伯克夏的布魯克林〉（The Brooklyn of the Berkshires），刊登在二〇一〇年九月十一日的《金融時報》（*Financial Times*）。在這篇文章中的倒數第二段，我提到匹茲菲曾有時被稱為「伯克夏的布魯克林」，而我在最後一段則懷疑是否有需要這樣比較，以及這樣比較究竟能否讚揚什麼優點。但是最後一段在最後一刻被刪除了，因為編輯覺得太冗長，而從後來刊登出來的文章來看，這篇似乎是在支持「伯克夏的布魯克林」這個別稱，如今這已在維基百科上關於匹茲菲的條目中出現，我的文章連結也在參考資料中。

通過麻六甲海峽的貿易量在全球貿易量的佔比，並不容易精準估算。三分之一算是相當常見的答案，例如二〇一五年九月刊登在《經濟學人》（*Economist's*）的姐妹刊物《一八四三》（*1843*）中，一篇〈究竟是誰的海〉（Whose Sea Is It Anyway?）這篇文章。

麻六甲極限型是一種分類，而我這不是一種標準化或規則化的限制，覺得很有意思。麻六甲海峽的深度最少是二十五公尺；我從新堡大學的保羅．斯托特（Paul Stott）得知，龍骨底下最好還有一米以上的深度，但兩米更好。

皮雷斯的話是收錄在以下來源：「食道」出自麥克．范恩（Michael G. Vann）《亞洲航海》（*Maritime Asia*）的〈當世界來到東南亞：麻六甲與全球經濟〉（When the World Came to Southeast Asia: Malacca and the Global Economy）；「目前沒有商港」出自《托梅．皮雷斯的東方總論，一到五卷》（*The Suma Oriental of Tomé Pires, Books 1–5*）的七十四頁（lxxiv）；「無論誰是麻六甲的主人」則是出自同一本書的的七十五頁（lxxv）。

我在麻六甲提到的錫製動物貨幣與繪畫，是在位於荷蘭紅屋（Stadthuys）的歷史與民族志博物館（History and Ethnography Museum）。有大英帝國紙張的打字機，是收藏在峇峇娘惹古蹟博物館（Baba & Nyonya Heritage Museum）。麻六甲河的照片在馬來西亞皇家海關博物館（Royal Malaysian Customs Department Museum）展示。

首爾清溪川說明的範例包括：「奇蹟」是引自朴仁浩（In-ho Park，音譯）的〈清溪川的奇蹟發生……預計帶來二十三兆韓元的經濟影響〉（Miracle of Cheonggyecheon Begins . . . Expecting 23 Trillion KRW Economic Impacts），二〇〇五年九月二十七日刊登在《POP先鋒》（*Herald POP*）；「綠洲」則是出自姜慶珉（Kyung-min Kang，音譯）的〈清溪川復育十週年……成為首爾的「文化綠洲」〉（10-Year Anniversary of Cheonggyecheon Restoration . . . Becoming a "Cultural Oasis" of the City），刊登在二〇〇五年九月二十九日韓國經濟日報（Hankyung）；「作為人造噴群，其流水是把水打上來，沿著河道流動」是朴恩善（Eunseon Park，音譯）所撰寫，引自〈城市故事第五十回：首爾中心的溪流重現生機〉（Story of cities #50: The Reclaimed Stream Bringing Life to the Heart of Seoul），作者是柯林·馬歇爾（Colin Marshall），刊登於二〇一六年五月二十五日的《衛報》（*Guardian*）；「巨大的混凝土魚缸」則是崔秉成在〈『混凝土魚缸』：清溪川的錯誤復育應予修復〉（'Concrete Fish Tank': Cheonggyecheon's Wrongful Restoration Will Be Repaired）提出，刊登在二〇一二年二月二十七日的《韓民族日報》（*Hankyoreh*）。安藤忠雄的讚揚（「在重整過的清溪川附近散步，令人印象深刻……」紀錄在盧馨淑（Hyung-suk Noh，音譯）的〈環保建築師安藤忠雄珍視清溪川？〉）刊登在二〇〇七年十一月十五日的《韓民族日報》。

卡加利行人橋東南邊的騎警雕像，在Google地圖上是以肘河通道（Elbow River Traverse）為標示。

深深感謝許多人的協助，以完成本章節。尤其感謝海瑟・伯魯蓋爾的慷慨，願意花時間伸出援手，很期盼在不久的將來能有機會在伯克夏或威斯康辛州見面。也謝謝繼任伯魯蓋爾是斯托克布里奇－門西莫希干印地安部落文化事務總監的莫妮克（Monique Tyndall）。誠心感謝康俊浩（Junho S. Kang，音譯）協助研究與翻譯，並快速回答我的詢問。謝謝卡加利大學的林正貴教授（Masaki Hayashi）給予熱心引導與建議，我很樂意在未來造訪這座城市時，接受他的建議，帶他上去弓湖。也謝謝道格拉斯・趙（Douglas Jau）、雷娜・史基波（Lena Schipper）、葛蕾絲・穆恩（Grace Moon）、保羅・史托特（Paul Stott）以及韓國觀光公社。

第八章：空氣城市

SKYbrary（skybrary.aero）對高溫高海拔飛行提出完整的解釋；氣候變遷意味著，飛行員在未來更有必要思考，在這種環境下如何操作及其影響。畢曉普的引言——「雲飄進又飄出……」以及「高得不切實際」——出現在伊莉莎白・畢曉普與愛麗絲・昆恩（Alice Quinn）的〈失落的藝術〉（The Art of Losing），一九九四年三月二十八日刊登於《紐約客》。前者使用的「宮殿」（Palácio），在《帝國博物館年鑑》（*Imperial Museum Yearbook*）十九卷中有描述，可上博物館網站參考（museuimperial.museus.gov.br）。

阿爾法伊的引言——「太陽和我認知……」與「有生銹的橘黃……」——出現在《太陽陰影》的第一百零八頁。

羅密士的短篇故事引言，摘自《薩米亞選集：現代科威特生活與時代的故事》（*The Salmiya Collection: Stories of the Life and Times of Modern Kuwait*）的以下段落：「淡茶」在七十四頁、「奶油糖」在一百五十六頁、「骯髒香草」在一百八十四頁，而「太陽依然是沙塵後方的紅色概念」在一百九十八頁。

弗瑞斯的「車子在移動時，微風……」摘自《科威特是我家》（*Kuwait Was My Home*）第十一頁。

威里爾斯的《辛巴達之子》是談論波斯灣的航海傳統，是我讀過最精彩的書籍之一；我不記得曾有那本書，讓我如此沉醉在朝向我先前一無所知的世界開的窗戶。他的「好城市」是在三百五十九頁，而「最引人玩味」則是三百零八頁。

路易斯・史古德（Lewis Scudder）在描述古科威特時稱之「格外修長狹窄」，收錄在法拉・納基布（Farah Al-Nakib）的《科威特變遷：石油和城市生活的歷史》（*Transformed: A History of Oil and Urban Life*）第八十五頁。

酋長建議威里爾斯騎乘駱駝離開科威特的故事，是在《辛巴達之子》的三百一十二頁：「此地生產的珍珠光澤……」在三百五十九頁；「年輕的單身漢……」在三百二十二頁。卡爾弗利「預期著在……」是在她精彩的著作《我的阿拉伯日與夜：到古老的科威特行醫宣教》（*My Arabian Days and Nights: A Medical Missionary in Old Kuwait*）第一百一十頁。史塔克「龐大與快樂的孤單中」是取自《巴格達速寫：穿越伊拉克的旅程》（*Baghdad Sketches: Journeys Through*

Iraq）第一百二十三頁；她也提到波灣，這裡的孤單必定融入了她站立的土地，以及她此刻可以看到的純正環境。

科威特鳥類（Birds of Kuwait，kuwaitbirds.org）的網站上有超過四百種鳥類物種。英國究竟能看到多少鳥，是個值得探詢的好問題。英國皇家鳥類保護協會（rspb.org）的線上鳥類識別列出四百零六種。該協會的安娜・費尼（Anna Feeney）告訴我，在英國繁衍的鳥類物種共有兩百七十二種，但曾看過的鳥類有六百二十七種。「誠如你所言，英國鳥類的數字有點難說，有些候鳥與鳥類只是很偶爾經過。」六百二十七的數字，「比方說，可能包括黑眉信天翁，但可能沒有人看到任何一隻。」

伊德里斯的詩〈黑麻雀〉收錄在《科威特創意的回音：科威特詩歌翻譯集》（*The Echo of Kuwaiti Creativity: A Collection of Translated Kuwaiti Poetry*）第一百一十三頁，以及哈伯的〈逃離昏迷牢籠〉在一百零二頁開始。朗基耶的「地平線的線條……」出現在《騎駱駝穿越瓦哈比地區》（*Through Wahhabiland on Camelback*）的六十八頁；史塔克的「水似乎就在我們眼前……」則是《巴格達速寫》的一百二十七頁。

阿爾法伊「討人厭的細沙……」是在《太陽陰影》的第一百零九頁。薇奧萊特・狄克森的「我以為是叢林大火……」與「今天貝都因人……」都記錄在與威廉・崔西（William Tracy）的訪談中，刊登在《阿美世界》（*Aramco World*）一九七二年十一／十二月號。「沙塵暴盛行……」出現在科威特國際機場的機場營運資訊網頁。皇家航空機長的故事，是由薇奧萊特・狄克森紀錄在《在科威特四十年》（*Forty Years in Kuwait*）的一百二十二到一百二十三頁。「在某些期間……」出自科威特民航總局氣象部的網站（met.gov.kw）。

帕爾格雷夫的「科威特的水手……」出現在《中東和阿拉伯東部一年之旅，一八六二～一八六三年》（*Narrative of a Year's Journey Through Central and Eastern Arabia, 1862–1863*）第二卷的三百八十六頁。哈羅德・狄克森的「一旦男孩可以游泳……」則出現在他《科威特與鄰國》（*Kuwait and Her Neighbors*）的第三十八頁。我提到的第一間海洋博物館是哈希米海洋博物館（Al Hashemi Marine Museum）；第二間是海事博物館（Maritime Museum）。採珠與地下噴泉的精彩，是賽義夫・馬茲克・沙姆蘭（Saif Marzooq al-Shamlan）在其扣人心弦的著作《阿拉伯灣的珍珠採集：一個科威特人的回憶錄》（*Pearling in the Arabian Gulf: A Kuwaiti Memoir*）第一百零三到一百零四頁。

朗基耶「如果發育不良的檉柳群不算的話，」是在《騎駱駝穿越瓦哈比地區》的五十一頁。「斯里蘭卡到尚比西河」是沙姆蘭的譯者在《阿拉伯灣的珍珠採集》引言中提到的，在第十二頁。薇奧萊特・狄克森的「有節奏的歌曲……」出自《在科威特四十年》的第八十二頁。耐吉迪說的「一命換一命」，記載在威里爾斯《辛巴達之子》的三百一十二頁。

特別感謝伯明罕大學（University of Birmingham）蘇菲雅・瓦沙魯（Sophia Vasalou）的研究與翻譯阿爾法伊的《太陽陰影》引言，以及耐心回應其他問題。謝謝安德莉亞・布羅托（Andrea Brotto）協助研究與翻譯彼得羅波利斯相關段落。很感謝麥克・波普（Mike Pope）陪我度過在世界各地中，相當難忘的外站時光；謝謝赫伯．克萊因（Herbert S. Klein）提供關於彼得羅波利斯的想法。謝謝羅賓．伊凡斯（Robin Evans）與道格．伍德（Doug Wood）協助思考飛機性能；謝謝費尼協助計算鳥的數量。

第九章：藍色城市

本章開頭的引言是威廉斯〈帕特森〉（Paterson）的第二卷第二部。

本章有些部分（尤其是解釋天空與海的顏色）之前曾經刊登或改編自在〈從海洋到天空——飛行員的各種藍色生活〉（From Sea to Sky – A Pilot's Life in Shades of Blue），這篇我寫的文章最初是二〇一九年九月二十日刊登在《金融時報》。

派西克的《瓶中天》（*Sky in a Bottle*）提供引人入勝的敘述，說明人們如何開始探索天空的顏色從何而來；我也同樣仰賴霍普的《天空為什麼是藍色》（*Why the Sky Is Blue: Discovering the Color of Life*），以及帕斯圖羅的《藍：色彩的歷史》（*Blue: The History of a Color*）。航空警示燈也可能是閃白光，我的理解是，紅燈在夜裡最有效率，白天則是閃白光。霍普討論地球古代天空的顏色，大約是在其著作中的兩百七十二頁。

我提到湯姆．威茲的歌曲，指的是〈露比的手臂〉（Ruby's Arms）。吳爾芙寫出海與天空一樣美的段落，是在《燈塔行》（*To the Lighthouse*）第三部的第七章（但我的電子書版本則不知怎地，是第八章）。最受歡迎的色彩數據，是來自YouGovAmerica的文章〈為何藍色是世人最愛的顏色？〉（'Why Is Blue the World's Favorite Color?），於二〇一五年五月十二日刊登。我找不到南非人最愛的顏色資料。

我對於索敘爾的認知，主要是來自派西克的《瓶中天》；我在本章引用的索敘爾相關資訊，是來自那本書的六十頁。就我所知，浪滿主義的藍花主題，是諾瓦里斯（Novalis）一八〇二年的小說《海因里希・馮・奧弗特丁根》（*Heinrich von Ofterdingen*）；我是透過一九九五年蓓納蘿・費茲吉羅（Penelope Fitzgerald）的《憂傷藍花》（*The Blue Flower*）才認識。關於歌德對於藍色的描述，是我讀到二〇一二年八月十七日的《大西洋》（*Atlantic*）上，由瑪莉亞・波波娃（Maria Popova）寫的〈十九世紀對色彩心理學與情感的洞見〉（19th-Century Insight into the Psychology of Color and Emotion）。

梅爾維爾的「層巒疊嶂都在山邊的藍色中」，是出現在《白鯨記》第一章第六段。他提到索科谷（the valley of the Saco）——想必是新英格蘭東北部的河流——但沒有延伸太多資訊，讓人想像他在寫這些文字時，抬眼望向伯克夏的山巒。

為何開普敦會有「母城」這個別稱，有許多解釋；或許最直接的，就是這座城市被廣泛認為是這是南非第一座城市。（「海洋酒館」想必不用解釋。）

紐貝格一九七〇年的研究報告〈藝術裡的氣候〉（Climate in Art）說，他調查超過一萬兩千幅繪畫，以及這些繪畫透露出不同地區的氣候訊息。

文中提到考古學家奧頓的資訊，是依據我們的電郵通信，以及〈來自南非桌灣布魯堡海岸的特殊前殖民時期墓葬〉（An Unusual Pre-Colonial Burial from Bloubergstrand, Table Bay, South Africa），這份報告是他在《南非考古學報》（*The South African Archaeological Bulletin*）與人共同完成的。

要計算開普敦以北的世界人口比例，起出看起來很費工，其實很簡單。首先，我把世界人口找出來，扣掉所有和開普敦緯度一樣的國家人口，之後再加回顯然在開普敦以北的城市人數。後來哥倫比亞大學國際地球科學資訊網（International Earth Science Information Network）的蘇珊娜．亞達莫（Susana B. Adamo）告訴我，可以使用線上工具（sedac.ciesin.columbia.edu/mapping/popest/pes-v3/），使用者可以選定地理區，這工具就會告訴你人口。我發現探索世界上人口居住分配多麼不均，相當有趣。

林克的研究報告〈航空旅客的事件：從「上方」理解觀光業〉（The Aeromobile Tourist Gaze: Understanding Tourism 'From Above'）刊登在二〇一七年的《旅遊地理學》（*Tourism Geographies*）。關於蕭伯納的話語，是刊登在一九三二年一月二十五日的《開普時報》（*Cape Times*）。

旅客一定明白，開普敦仰賴長程旅遊業；其他文獻也記載了類似的事情，例如世界旅遊觀光協會（World Travel & Tourism Council）的〈二〇一九年城市旅遊觀光衝擊〉（City Travel & Tourism Impact 2019）。

城市生活比較具有環境永續性的觀念或許違反直覺，但似乎有明確的支持。舉例來說，請參見理查．佛羅里達（Richard Florida）的文章〈為何大城市比較環保〉（Why Bigger Cities Are

Greener），二〇一二年四月十九日發表於彭博網站。不過，要看不同觀點，可參考二〇一六年八月二十一日《科學美國人》（*Scientific American*）網站上的〈永續城市的迷思〉。

開普敦近期的綠色經濟方案，可在綠色開普（GreenCape）的網站上找到（greencape.co.za）。經濟學人信息社（The Economist Intelligence Unit）的綠色城市指數（Green City Index）把開普敦列為名列前茅的非洲城市。從旅人的觀點，Tourlane公司把開普敦評比為非洲永續旅遊排名第二的城市（僅次於奈洛比）。

我對於南冰洋的認知，是靠著喬伊．麥肯（Joy McCann）的《荒海》（*Wild Sea*）。一般認為格雷洛克山的高度通常是三千四百九十一呎（例如格雷洛克山州立保護區〔Mount Greylock State Reservation〕官網數字），但有時候也會看到三千四百八十九呎。

開普平原的人口數字很不容易找到。開普平原規畫區（Cape Flats Planning District）的文件是依據二〇一一年的人口普查數據而來，給的數據是大約五十八萬三千人。米切爾斯／凱耶里夏（Mitchells Plain/Khayelitsha Planning District）的數字是一百一十一萬三千人，許多人認為這個區域是開普平原的一部分。如此一來，總數是一百六十九萬六千人。在二〇一一年，大都會區的人口是三百六十九萬八千人，這是依據聯合國世界人口展望（在二〇二一年是四百七十一萬人）。

達文西關於比較遠的物體會比較藍的引言，是來自《達文西筆記本：大師的寫作與藝術》（*Leonardo's Notebooks: Writing and Art of the Great Master*），編輯為安娜．蘇（H. Anna Suh）。

「每週四下午四點」和聯合城堡的航班關係密切，參見《南安普敦港》（*The Port of Southampton*），作者是伊恩・柯拉德（Ian Collard）。我在第一本書《飛行的奧義》曾提過聯合城堡的歷史。

曼德拉對於從上空看開普敦與羅本島之間的情景，出現在《漫漫自由路：曼德拉自傳》（*Long Walk to Freedom: The Autobiography of Nelson Mandela*）第八部第五十九章。（謝謝我的繼母在許多年前的聖誕節，送了我這本書。）

把克羅多阿稱為「和平使者」的，是諾邦戈・格克索洛在〈范里貝克的奴隸克羅多阿的歷史：從主人觀點來看〉（The History of Van Riebeek's Slave Krotoa Unearthed from the Masters' View）提及，這是在二〇一六年九月五日發表於《郵政衛報》（*Mail & Guardian*）。把克羅多阿描述為「會抵抗的女族長」，出現在〈克羅多阿的特殊角色，科伊人「會抵抗的女族長」〉（Special Role of Krotoa, Khoi Matriarch of Resistance），這篇文章是二〇一九年八月三十日出現在《開普時報》（*Cape Times*）的文章。要把開普敦機場重新命名克羅多阿，是出自二〇一八年六月五日美聯社的〈名字裡有什麼？開普敦機場爭議越演越烈〉（What's in a Name? Cape Town Airport Debate Gets Heated）

信號山大炮的推特帳號是@Signal_Hill_Gun。珍・莫里斯提到從開普敦只有一條好的道路，是出自《天堂命令》（*Heaven's Command*）的第三十二到三十三頁。這是她的佳作《大不列顛和平三部曲》（*Pax Britannica Trilogy*）的第一部。關於桌灣的沉船數，以及勞合社決定不為冬季開普敦的船承保，是在開普敦伊其科海洋中心（Iziko Maritime Centre）看到的資訊。

我是在派西克的《瓶中天》看到法拉第的說法。若想知道科學界對海洋顏色的研究，可參見：oceancolor.gsfc.nasa.gov.

在回想起大衛・費德曼（David Feldman）《鐘錶為何順時針轉》（*Why Do Clocks Run Clockwise?*）這本多年前母親送給我的書之後，我決定要好好看公司花園的日晷，察覺影子順時針移動，因為南半球一定會是如此，可惜我克制不住喝咖啡的慾望。

帕斯圖羅《藍：色彩的歷史》的引言，是出自者本書的第三十四頁，而希臘瓷器缺乏藍色，則是在二十五頁；群青的餓翻億，則是在派西克《瓶中信》的二十五頁。

好望堡的圖印（例如在迎賓標誌上）是使用荷蘭文的 *Casteel*（城堡），而不是現代南非文的 Kasteel。會說這座堡壘是聯絡網路核心，是依據好望堡博物館內的展示品的資訊得來。

克洛格索談到她造訪這座城堡的經歷，刊登在上述的《郵政衛報》。

希瓦尼二〇一五年的攝影作品〈浪潮〉與其他作品，可以在網站上buhlebezwesiwani.com找到。

圖安・古魯的生平資料，是取自奧瓦清真寺（Auwal Mosque）的網站，以及〈圖安・古魯：王子、囚犯、先鋒〉（Tuan Guru: Prince, Prisoner, Pioneer），這篇文章是由蓋瑞・盧布（Gerrie Lubbe）轉寫，刊登在《南非宗教》（*Religion in Southern Africa*）。圖安・賽德・阿洛韋依的生平資訊，是依據墓園的標示，而「驅逐到開普，終生要以鎖鏈鍊住」也是由此而來。

除了上述引用的新聞來源之外，我也常看南非歷史網（South African History Online，sahistory.org.za）、《國家地理》（*National Geographic*）、《BBC科學焦點》雜誌（*BBC Science Focus*：sciencefocus.com）以及BBC。如果想得知世上最有趣的國度之一有何歷史，建議閱讀李歐納・湯普森（Leonard Thompson）備受讚揚的《南非史》（*A History of South Africa*）。

感謝林克與馬胡布對我的問題給予引導、協助與耐心。我也要感謝希瓦尼、安德魯・富勞爾斯（Andrew Flowers）、蘇珊・朗恩（Suzanne Lang）、保羅・波尚（Paul Beauchamp）、亞達莫與奧頓；我也要格外感謝平庫斯，對於我在《金融時報》以及本章解釋天空與海的藍色時所給予的詳細回饋。

第十章：雪之城市

關於伊斯坦堡的部分，是改寫自〈一日四城市〉（Four Cities in a Day），這是二〇一五年夏天為《逃脫者旅遊誌》（*The Monocle Escapist*）所撰寫的文章。

關於伊斯坦堡「統治天下」的描述，出現在麥克・克隆德（Michael Krondl）的《征服的滋味：三大香料城市的興衰》（*The Taste of Conquest: The Rise and Fall of the Three Great Cities of Spice*），這本書是談香料貿易；這裡描述的「城市之后」是摘自麥登的《榮耀之城・伊斯坦堡：位處世界十字路口的偉大城市》（*Istanbul: City of Majesty at the Crossroads of the World*）的前言，這裡列出了部分伊斯坦堡的名稱：「拜占庭（Byzantion）、新羅馬、安東尼尼亞那

（Antoniniana）、君士坦丁堡、城市之后、米克拉格（Miklagard）、沙格雷德（Tsargrad）、斯坦堡（Stamboul）、伊斯蘭堡（Islambul）、幸福之門（Gate of Happiness），或許最傳神的是『城市』。」

在我們通信時，麥登博士指出，伊斯坦堡已經當了千年的歐洲最大城——雖然不一定是連續的。

「電車發車時刻受到嚴重波及」的相關引言，是出現在一九一六年三月九日的《伯克夏鷹晚報》（*Berkshire Evening Eagle*）的第二版。近期地方報導有時會給出這場一九一六年的暴風雪，總共降下了二十吋的雪；但在隔天，總降雪量更新到二十四吋。獨木舟草原野生動物保護區是我在世上最愛的地點之一；其養護是仰賴麻州奧杜邦學會（massaudubon.org）的付費會員。

「狂風暴雪的星期二」（Yrväderstisdagen）該如何翻譯，既令人苦惱，但也相當精彩。瑞典親戚與通信者提供不同建議，包括：旋風星期二（Whirlwind Tuesday）、瘋狂天氣星期二（Crazy Weather Tuesday）、天氣令人暈眩的星期二（Dizzy Weather Tuesday）與暴雪星期二（Blizzard Tuesday）。一位堂兄建議，這個詞會讓人想到「強風與水平的雪」，而且這個詞也可以描寫一個人很狂野，或者像旋風一樣。烏勞斯・馬格努斯的引言「不如說是驚奇……」是摘自〈「讓人驚嘆而非審視的事物」：奧勞斯・馬格努斯和《北方民族描述》〉（'Things to Be Marveled at Rather than Examined': Olaus Magnus and 'A Description of the Northern Peoples'），作者是芭芭拉・修賀姆（by Barbara Sjoholm），收錄於《安提歐克評論》（*Antioch Review*）。

本章有些句子是改寫自〈享受雪吧，趁著還有雪的時候〉（Enjoying Snow, While We Still Have It），這篇文章是我在二〇一三年一月二十六日發表在《紐約時報》的文章。我在文中提到了非營利組織「保護我們的冬天」（Protect Our Winters，protectourwinters.org），這組織的焦點是以冬季戶外活動愛好者的眼光，看待氣候變遷問題。

關於家父去世前一夜的紐約雪況引言——「相當詭異，不受地球引力影響——被吹往上方、旁邊與下方」——以及甘迺迪機場最強風速，是摘自〈風、雪、寒冷與怨念，一場危險的暴雪〉，是二〇〇五三月九日刊登在《紐約時報》的文章。

我雖然很樂於分享中谷宇吉郎的《雪的結晶：自然與人造》，但很抱歉，雖然那本書上有許多照片，但我無法納入，即使納入之後會讓他的著作更顯珍貴。的確，對於愛雪的人說，這是最適合的禮物。我在本章裡四個關於札幌的部分，使用了四段引言，分別來自中谷宇吉郎著作的三百零六頁、五十四頁、八十頁與第七頁。「從天空寄來的信件」有許多種版本，分別來自不同來源，包括〈中谷宇吉郎——一九〇〇～一九六二〉（Ukichiro Nakaya – 1900–1962），這篇訃聞是一九六二年，由東晃（Akira Higashi）在《冰河學報》（*Journal of Glaciology*）發表。「從天空寄來的信件」在有些英文版本中，會使用「象形字」（hieroglyphs）而不是「信」（letters），但就我了解，在翻譯中谷宇吉郎提到雪的那段話所參考的日文版本，都是只通信，而不是書寫系統的單位。

就我所知，北海道機場株式會社雪花形狀的標誌原本是參考北海道旗，因此也是北極星；今天，該公司的網站說那是七芒星，意思是指北海道的七座機場。「新時代黎明：北國航空都市的誕生」出現在機場歷史博物館。

要列出世界上降雪最多的城市名單很困難，因為統計數字未必更新，而且這樣的名單主要是由降雪量很大的地方主導，但未必是很大的城市。話雖如此，青森仍是許多列表的榜首，無論這些列表採用何種方式，而我也沒看過任何降雪量最大的城市列表上，會少了札幌。

媽媽桑雪鏟的照片可上mama-dump.com網站查看，可看到「媽媽桑也可和砂石車一樣，把雪運走」的廣告口號。雪吊不光出現在札幌，在日本其他許多地方也可以看到，包括我暑假的寄宿家庭所在地金澤市。

麻州與北海道的重要連結之一是麻州北海道協會（Hokkaido Association of Massachusetts），這組織提過：「一九九〇年之後成為姐妹州，一八七六年之後即曾締結友誼。」這連結是威廉・史密斯・克拉克（William S. Clark）所締造的。他在一八六二年出生於艾士菲（Ashfield），這個小鎮大約在匹茲菲以東大約四十八公里，即使到了今天，居民仍不到兩千人。克拉克帶頭發展日後成為麻州大學（University of Massachusetts）的計畫。日本政府在十九世紀末，邀請他到札幌，協助建立未來將成為北海道大學的學校，而中谷宇吉郎日後也會在這所大學，成為雪的研究先鋒。

神的雪球之戰是由工藤梅次郎在《阿伊努民間故事》（*Ainu Folk Tales*）紀錄的。魔法扇子的故事標題是〈創世神的妹妹〉（The Younger Sister of Kotan- kor-kamuy），記載於淺井亨編纂的《阿伊努神謠集：神與阿伊努族的故事》（*Ainu Yukar: The Stories of Gods and the Ainu*）；小熊秀雄的〈飛馳的雪橇〉，由大衛・古德曼（David G. Goodman）翻譯成《長長秋夜：小熊秀雄詩選，一九〇一～一九四〇》（*Long, Long Autumn Nights: Selected Poems of Oguma Hideo, 1901–1940*）。三個引言分別出自八十四頁、八十六頁和九十六頁。

皇后區野口勇博物館策展者的話——「堪稱是世界上最無所不在的雕塑」——是引用自二〇一七年六月十八日的《建築文摘》（*Architectural Digest*）於網站上刊登的〈為何野武勇的燈籠備受鍾愛〉（Why Isamu Noguchi's Lanterns Are So Beloved）。

本章要特別感謝海登・埃雷拉（Hayden Herrera）動人的著作《傾聽石頭：野武勇的藝術與生命》（*Listening to Stone: The Art and Life of Isamu Noguchi*）。野武勇的「飛機與噴射引擎」是引自該書第四十六章；他的「『機翼與機身的關聯』出現在同一章的註五；「摩斯差點笑岔了氣」在第十六章，「孩子的世界是個剛開啟的世界……」在第四十一章。

「遊戲山是為了回應……」是摘自播客〈99%看不見〉（99% Invisible）第三百五十一集、關於遊戲山的線上簡介。貝蓮（Liane Pei）描述了雙親和野武勇與其他藝術家的友誼，刊登在〈佳士得受託拍賣盧淑華與貝聿銘收藏品〉（Christie's to Offer the Collection of Eileen and I.M. Pei），這新聞稿在二〇一九年八月二十七日，於佳士德網站公布。我也讀了〈野武勇最後作品的參訪之旅程〉（A Journey to Isamu Noguchi's Last Work），這是由亞莉珊卓拉（Alexandra Lange）撰寫的文章，刊登在：curbed.com。

聖誕老人、十字架與百貨公司的故事在日本的外國人圈子中盛傳。這被歸類為「傳說」（也就是「基本上無法求證」），參見〈聖誕老人在日本被釘在十字架上？〉（Santa Hung on a Cross in

Japan?），刊登在一九九九年十月二十三日的

皮廓號的日本元素，在《白鯨記》的第十六章提到——「桅杆——是在日本海岸砍下的，因為原本的桅杆在狂風中掉入海中——她的桅杆僵硬戰力，猶如科隆三位老國王的脊柱。」凱瑟琳壁爐上擺的洛克威爾畫作，就是深受喜愛的〈回家過聖誕〉（Home for Christmas）。

在撰寫這張的時候，我反覆查看《日本時報》（*Japan Times*，japantimes.co.jp）與《南華早報》（*South China Morning Post*，scmp.com），以及下列諸多網站：野口勇基金會（Isamu Noguchi Foundation）與庭園博物館（Garden Museum）網站（noguchi.org）、烏普薩拉大學（Uppsala University，uu.se）、日本旅遊網站（Japan-guide.com）、瑞典教會（Church of Sweden，svenskakyrkan.se）、瑞典航空管理公司機場（Swedavia Airports，swedavia.com）、大英博物館（British Museum，britishmuseum.org）以及北海道大學低溫科學研究所（lowtem.hokudai.ac.jp）。

很感謝岡本由香子（Yukako Okamoto）與黑田理沙（Lisa Hofmann-Kuroda）協助仔細研究與翻譯本章的札幌部分。感謝千葉みゆき（Miyuki Chiba）樂意協助陌生人；願有朝一日能相見。謝謝娜塔麗・厄斯托姆（Nathalie Ehrström）協助研究與翻譯烏普薩拉的部分，還有肯尼斯・利布雷希特（Kenneth Libbrecht）的指引，以及他關於雪的優秀著作。還要感謝迪卓伊克・凡霍納克（Didrik Vanhoenacker）、伊娃・索得帕姆（Ewa Söderpalm）、納汀・威廉斯（Nadine・Willems）、珍妮・格拉瑟（Jenni Glaser）、摩根・吉爾斯（Morgan Giles）、彼得・吉布斯（Peter Gibbs）、艾杜華多・恩格斯（Edouard Engels）、柴田萌衣（Mei Shibata，音譯）、德魯・塔格里

亞布（Drew Tagliabue）、喬治・葛林斯坦（George Greenstein）、約翰・維拉山諾（John Villasenor）、連納・韋恩（Lennart Wern）、愛德華・陸（Edward Lu）與凱文・卡爾（Kevin Carr）。

第十一章：環狀城市

席拉・貝瑞（Sheila Barry）的訃聞刊登在二〇一八年三月三十一日的《伯克夏鷹報》。倫敦碳稅柱的圖片可在北敏姆斯歷史計畫（North Mymms History Project。northmymmshistory.uk）的網站中看到。當我看到倫蒂尼恩（Londinium）的位置——「在泰晤士河可搭橋的最低點」——在羅伯特・圖姆斯（Robert Tombs）精彩的《英格蘭的史詩》（*The English and Their History*），感到相當驚訝。今天A1公路和羅馬時代的銀貂大道（Ermine Street）與北大道（Great North Road）有連結，但不完全一樣，還包括伊斯靈頓（Islington）的上街（Upper Street）。

巴格達的歷史中，我最仰賴的是賈斯廷・馬羅齊（Justin Marozzi）的《巴格達：和平之城、血腥之城》（*Baghdad: City of Peace, City of Blood*），我是在這本書上看到葉耳孤比稱這城市為「宇宙的交叉路口」。曼蘇爾希望巴格達會成為「世界水濱」，是引自林肯・潘恩（Lincoln Paine）精彩的《海洋與文明：世界航海史》（*The Sea and Civilization: A Maritime History of the World*）；潘恩也寫道，巴格達僅僅建成五十年，已是中國以外的世界最大城。我尚未確認ORBI機場代碼中的「BI」究竟是從何衍生，但「巴格達國際機場」（Baghdad International）應該會是很安全的猜測。之前的代碼（ORBS）與名稱（薩達姆國際機場〔Saddam International Airport〕）在伊拉克戰爭於二〇〇三年之後就改為現在的稱呼。

在本章中，倫敦的第二個部份次改編自〈飛行員歡喜回歸跨大西洋航程〉（A Pilot's Rapturous Return to Transatlantic Flight），這篇文章是我在二〇二一年十一月十一日發表在《金融時報》（*Financial Times*）的一篇。奧沙利文的絕佳詩作〈筆記〉（Note）可以在倫敦地鐵詩歌（Poems on the Underground）的網站（poemsontheunderground.org/ note）上找到，現在或許也在列車上。這首詩收錄在她的著作《四分之一小時》（*A Quarter of an Hour*）中。

為了捕捉山手線站名的英文意義，是相當大的挑戰：我的日文能力有限，而許多地名的起源又有爭議，有些只在某些文化脈絡下有意義，幾乎無法簡潔扼要地傳達；有些字母的是發音用途，幾乎沒有意義，因此意譯會有問題。這些還只是問題的一部分而已。

正如我在其他地方說過，要把城市與低會區的人口相比並不容易，因為定義可能很不相同。不過，聯合國《世界城市：二〇一八年版》當中，指出東京人口有三千七百五十萬，並指出到二〇三〇年，德里將會超越東京，成為世界第一大城。

第一個環繞世界的人，可能不是麥哲倫的船員（麥哲倫本人在菲律賓遭到殺害），而是一個叫亨利（Enrique）的奴隸，他是麥哲倫在一五一一年於麻六甲買來的，並把他帶到歐洲，之後在一五一九年展開往西的遠征。亨利在東南亞離開了麥哲倫的船員行列，但還是來到麻六甲東部——之後的故事就沒有紀錄了。

我稱為世界最忙車站的名單，在二〇一三年出現在日本的幾個刊物上（例如二〇一三年二月六日的今日日本〔Japan Today〕）。這名單廣為流傳，遲至二〇一八年，一些知名的資訊來源（例如彭博社）仍仰賴這份名單。姑且不論新冠肺炎疫情對大眾運輸造成的影響，總之這份名單顯然已過時。雖然我無法找到更新的名單，我也沒有充分的數據，自行排列名單，但可以確定的似乎是，新名單會列出一些中國的車站，也就是我經常造訪車站（例如北京），這些車站似乎比東京許多車站更大、更繁忙。

接近新宿車站的相機店是有都八喜（Yodo bashi Camera）；其有洗腦效果的廣告歌可以在YouTube上找到。

〈土堤〉是摘自室生犀星《來自星星的人》（*Those Who Came from Stars*）。連東孝子的完整翻譯如下。（室生犀星也曾寫過一首詩〈山手線〉。）

土堤（日文：土手）

在田端站，遠遠那邊有條通道
通道兩邊有土堤
現已蒼翠蓊鬱，草木叢生
我決定早上到那邊漫步
下午工作疲憊時

甚至晚餐後，都要去散步

怪的是，晚間會看到對面土堤
突起、結實
這一側的土堤也又長又暗
讓我想起一處深谷
對面的住家屋頂
群樹環繞
美麗的星星在樹間閃爍
柔軟溫暖的風撫過我
彷彿植物的氣息

在土堤間，有時山手線的列車駛過，
窗戶光線明亮，
白衣閃爍
一名女乘客膝蓋渾圓
唯一的藍燈閃耀……

即使疲憊不堪
來到土堤，也會神清氣爽
沒有人在夜裡通過
唯有風聲輕語……

我剛開始學日文時，對於漢字在日文中扮演的角色深感驚訝，這在英文中幾乎找不到一樣的情況。要找類比並不簡單，然而這份努力依然令人心嚮往之。不過，英文也有衍生自希臘文的字（當然有些是以拉丁文的型態進入英文。）

山手線的發車音樂可以上網查詢（例如eki.weebly.com/yamanote-line.html）。

這一章我特別仰賴一些網站：BBC與日本時報（*Japan Times*，japantimes.co.jp），以及出自下列網站的資訊：英國旅遊局（VisitBritain，visit britain.com）、WRAL-TV（wral.com）、日本觀光局（Japan Visitor，japanvisitor.com）與日本旅遊資訊網站（Live Japan，livejapan.com）。

加來幸子（Sachiko Kaku，音譯）首度讓我注意到室生犀星的作品，而過程中也慷慨與我通信，讓我更能深刻理解到山手線相關的歷史與故事。感謝連東孝子翻譯室生犀星的作品及生平研究，希望她對我的善意，能讓更多英語讀者注意到室生犀星。深深感謝黑田理沙耐心與事實查核，回答我所有和地名翻譯有關的問題，也謝謝柴田萌衣與岡本由香子分享對山手線的記憶。謝謝伊利亞・波曼（Ilya Birman），協助我描述莫斯科的幾條環狀線。黛比・凱恩斯（Deb Cairns）、多和和子（多和わ子〔Wako Tawa〕，音譯）、凱文・卡爾與嘉瑞特・沃克（Jarrett Walker）也提供無比珍貴的協助。

文字不足以表達我對辛蒂與丹恩的感激，他們那麼溫暖慷慨地接待我們。很高興能認識他們。

參考書目

Addis, Ferdinand. *The Eternal City: A History of Rome*. Pegasus Books, 2018.
al-Hazimi Mansour, and Salma Khandra Jayyusi and Ezzat Khattab. *Beyond the Dunes: An Anthology of Modern Saudi Literature*. Palgrave Macmillan, 2006.
Al-Ḥijji, Yacoub Yusuf. *Kuwait and the Sea: A Brief Social and Economic History*. Ara-bian Publishing, 2010.
Al-Nakib, Farah. *Kuwait Transformed: A History of Oil and Urban Life*. Stanford University Press, 2016.
Al-Sanusi, Haifa. *The Echo of Kuwaiti Creativity: Collection of Kuwaiti Poetry*. Center for Research and Studies on Kuwait, 2006.
Al-Shamlan, Saif Marzooq. *Pearling in the Arabian Gulf: A Kuwaiti Memoir*. London Center for Arabic Studies, 2000.
Alharbi, Thamer Hamdan. 'The Development of Housing in Jeddah: Changes in Built Form from the Traditional to the Modern', PhD thesis, Newcastle Uni- versity, 1989.
Ali, Agha Shahid. *The Half-Inch Himalayas*. Wesleyan University Press, 2011. Allawi, Ali A. *Faisal I of Iraq*. Yale University Press, 2014.
Allison, Mary Bruins. *Doctor Mary in Arabia: Memoirs*. University of Texas Press, 2010.
Almino, João. *The Five Seasons of Love*. Host Publications, 2008.
Alrefai, Taleb. *Zill al-shams (The Shadow of the Sun)*. Dar Al-Shuruq, 2012.
Alshehri, Atef, and Mercedes Corbell. 'Al-Balad, The Historic Core of Jeddah: A Time Travelogue', *Once Upon Design: New Routes for Arabian Heritage,* exhibi- tion catalogue, 2016, 17–28.
Anderson, Benedict. *Imagined Communities: Reflections on the Origin and Spread of Nationalism*. Verso, 2006.
Anderson, Robert Thomas. *Denmark: Success of a Developing Nation*. Schenkman Publishing, 1975.
Angst, Gabriel Freitas. *Brasília Travel Guide: English Edition*. Formigas Viajantes, 2020.
Annual Reports of the Officers of the Berkshire Athenaeum and Museum. Berkshire Ath- enaeum and Museum, 1903.
Anthony, John Duke, and John A. Hearty. 'Eastern Arabian States: Kuwait, Bahrain, Qatar, the United Arab Emirates, and Oman'. *The Government and Politics of the Middle East and North Africa,* edited by David E. Long and Bernard Reich. Westview, 2002, 129–63.
Arkeonews. https://arkeonews.net/bosphorus-was-frozen-people-crossed-by-walking/. Accessed September 20, 2021.
Asai, Tōru. 'The Younger Sister of Kotan-kor-kamuy'. *Ainu Yukar: The Stories of Gods and the Ainu*. Chikumashobo Ltd., 1987.

Baan, Iwan et al., editors. *Brasilia-Chandigarh: Living with Modernity*. Prestel Publishing, 2010.
Banham, Reyner. *Los Angeles: The Architecture of Four Ecologies*. University of California Press, 2009.
Bartels, Emily C. 'Imperialist Beginnings: Richard Hakluyt and the Construction of Africa'. *Criticism*, vol. 34, no. 4, 1992, 517–38.
BBC Science Focus Magazine. https://www.sciencefocus.com/space/what-colour-is-the-sky-on-an-exoplanet/. Accessed September 14, 2021.
Beal, Sophia. *The Art of Brasília: 2000–2019*. Springer International Publishing, 2020.
Beard, Mary. *S.P.Q.R.: A History of Ancient Rome*. Liveright, 2015. Berkshire County Historical Society. *Pittsfield*. Arcadia, 2016.
Berkshire Natural Resources Council. https://www.bnrc.org/land-trusts-role-expanding-narrative-mohican-homelands/?blm_aid=24641. Accessed August 16, 2021.
Berry, Wendell. *Collected Poems, 1957–1982*. North Point Press, 1985.
———. *Wendell Berry: Essays 1969–1990*. Library of America, 2019.
The Bible, New King James Version. Thomas Nelson, 2005.
The Bible, 1599 Geneva Version. https://www.biblegateway.com/. Accessed May 1, 2021.
Bidwell House Museum. https://www.bidwellhousemuseum.org/blog/2020/06/16/the-last-skirmish-of-king-philips-war-1676-part-ii/. Accessed August 16, 2021.
Bloom, Harold, editor. *John Steinbeck's The Grapes of Wrath*.' Chelsea House, 2009.
Boltwood, Edward. *The History of Pittsfield, Massachusetts: From the Year 1876 to the Year 1916*. City of Pittsfield, 1916.
Bose, Subhas Chandra. *Famous Speeches and Letters of Subhas Chandra Bose*. Lion Press, 1946.
Boston Public Library. https://www.bpl.org/news/mckim-building-125th-anniversary/. Accessed June 5, 2021.
Boston: An Old City with New Opportunities. Boston Chamber of Commerce, Bureau of Commercial and Industrial Affairs, 1922.
Breese, Gerald. 'Delhi-New Delhi: Capital for Conquerors and Country'. *Ekistics,* vol. 39, no. 232, 1975, 181–84.
Bruchac, Margaret, and Peter Thomas. 'Locating 'Wissatinnewag' in John Pynchon's Letter of 1663'. *Historical Journal of Massachusetts,* vol. 34, no. 1, Winter 2006.
Buchan, James. *Jeddah, Old and New*. Stacey International, 1991.
Buhlebezwe Siwani. https://www.buhlebezwesiwani.com/igagasi-2015-1. Accessed August 31, 2021.
Bulkeley, Morgan. *Berkshire Stories*. Lindisfarne Books, 2004.
Burton, Isabel, and William Henry Wilkins. *The Romance of Isabel, Lady Burton: The Story of Her Life*. New York, 1897.
Burton, Richard Francis. *The City of the Saints: And Across the Rocky Mountains to California*. New York, 1862.
———. *Personal Narrative of a Pilgrimage to Mecca and Medina*. Leipzig, 1874.
Calgary River Valleys. http://calgaryrivervalleys.org/wp-content/uploads/2014/12/Get-to-Know-the-Bow-River-second-edition-2014.pdf. Accessed August 17, 2021.

California Historic Route 66 Association. https://www.route66ca.org/. Accessed June 5, 2021.
Calverley, Eleanor. *My Arabian Days and Nights*. Crowell, 1958. Calvino, Italo. *Invisible Cities*. Houghton Mifflin Harcourt, 2013.
Carlstrom, Jeffrey, and Cynthia Furse. *The History of Emigration Canyon: Gateway to Salt Lake Valley*. Lulu, 2019.
Cathedral of Our Lady of the Angels. http://www.olacathedral.org/cathedral/about/homily1.html. Accessed June 6, 2021.
Ceria, Eugenio. *The Biographical Memoirs of Saint John Bosco*. Volume 16. Salesiana Publishers, 1995.
Cheonggyecheon Museum. https://museum.seoul.go.kr/eng/about/cheongGyeMuse.jsp. Accessed August 17, 2021.
Christie's. https://www.christies.com/about-us/press-archive/details?PressReleaseID=9465&lid=1. Accessed October 19, 2021.
City of Boston. https://www.boston.gov/departments/tourism-sports-and-entertainment/symbols-cit y-boston#:~:text=the%20motto%2C%20% E 2% 80%9CSICUT%20PATRIBUS%2C,1822.%E2%80%9D. Accessed June 3, 2021.
City of Pittsburgh, Pennsylvania. https://pittsburghpa.gov/pittsburgh/flag-seal. Accessed May 26, 2021.
Cleveland, Harold Irwin. 'Fifty-Five Years in Business'. *Magazine of Business* 1906, 455–66.
Collard, Ian. *The Port of Southampton*. Amberley Publishing, 2019.
Corne, Lucy, et al. *Lonely Planet Cape Town & the Garden Route*. Lonely Planet Global Limited, 2018.
Cortesao, Armando, editor. *The Suma Oriental of Tomé Pires, Books 1–5*. Asian Educational Services, 2005.
'CPI Profile – Jeddah'. Ministry of Municipal and Rural Affairs and United Nations Human Settlements Programme, 2019.
Cramer, J. A. *A Geographical and Historical Description of Ancient Italy*. Clarendan, 1826.
Crowley, Thomas. *Fractured Forest, Quartzite City: A History of Delhi and Its Ridge*. Sage Publications, 2020.
Crus, Paulo J. S., editor. *Structures and Architecture – Bridging the Gap and Crossing Borders: Proceedings of the Fourth International Conference on Structures and Architecture*. CRC Press, 2019.
Curbed. https://archive.curbed.com/2016/12/1/13778884/noguchi-playground-moerenuma-japan. Accessed September 2, 2021.
Dalrymple, William. *City of Djinns: A Year in Delhi*. Penguin, 2003.
———. *The Last Mughal: The Fall of Delhi, 1857*. Bloomsbury, 2009.
Danforth, Loring M. *Crossing the Kingdom: Portraits of Saudi Arabia*. University of California Press, 2016.
Daoud, Hazim S. *Flora of Kuwait*. Volume 1. Taylor & Francis, 2013.
Davis, Margaret Leslie. *Rivers in the Desert: William Mulholland and the Inventing of Los Angeles*. Open Road Media, 2014.

Dayton Aviation Heritage. https://www.nps.gov/daav/learn/historyculture/index.htm. Accessed May 26, 2021.
Delbanco, Andrew. *Melville: His World and Work*. Knopf Doubleday, 2013. Dickson, H .R. P. *The Arab of the Desert: A Glimpse into Badawin Life in Kuwait and Saudi Arabia*. Taylor & Francis, 2015.
———. *Kuwait and Her Neighbours*. Allen & Unwin, 1956. Dickson, Violet. *Forty Years in Kuwait*. Allen & Unwin, 1978. Dinesen, Isak. *Seven Gothic Tales*. Vintage International, 1991.
District Aurangabad. https://aurangabad.gov.in/history/. Accessed July 2, 2021. 'Djeddah – La Ville de la Grand'mere'. *L'Illustration,* June 12, 1926.
Douglas-Lithgow, Robert Alexander. *Dictionary of American-Indian Place and Proper Names in New England*. Salem Press, 1909.
Dowall, David E., and Paavo Monkkonen. 'Consequences of the "Plano Piloto": The Urban Development and Land Markets of Brasília,' *Urban Studies*, vol. 44, no. 10, 2007, 1871–87.
Drew, Bernard A., and Ronald Latham. *Literary Luminaries of the Berkshires: From Herman Melville to Patricia Highsmith*. Arcadia Publishing, 2015.
Dunn, Ross E. *The Adventures of Ibn Battuta: A Muslim Traveler of the Fourteenth Century*. University of California Press, 2012.
East Village. https://www.evexperience.com/blog/2019/9/19/behind-the-masks-katie-greens-bridge-installation. Accessed August 17, 2021.
Edwards, Brian et al., editors. *Courtyard Housing: Past, Present and Future*. Taylor & Francis, 2006.
1843. https://www.economist.com/1843/2015/09/30/whose-sea-is-it-anyway. Accessed October 18, 2021.
Eleanor Roosevelt Papers Project. https://www2.gwu.edu/~erpapers/myday/displaydoc.cfm?_y=1946&_f=md000294. Accessed June 3, 2021.
Emblidge, David. *Southern New England*. Stackpole Books, 2012.
Environmental Protection Agency. https://www.epa.gov/ge-housatonic/cleaning-housatonic. Accessed August 16, 2021.
Facey, William, and Gillian Grant. *Kuwait by the First Photographers*. I. B. Tauris, 1999.
Fanshawe, H. C. *Delhi: Past and Present*. John Murray, 1902.
Feldman, David. *Why Do Clocks Run Clockwise? An Imponderables Book*. Harper-Collins, 2005.
Fireman, Janet R., and Manuel P. Servin. 'Miguel Costansó: California's Forgotten Founder', *California Historical Society Quarterly*, vol. 49, no. 1, March 1970, 3–19.
Fitzgerald, Penelope. *The Blue Flower*. Flamingo, 1995.
Flood, Finbarr Barry, and Gulru Necipoglu. *A Companion to Islamic Art and Architecture*. Wiley, 2017.
Florida Department of Transportation. https://www.fdot.gov/docs/default-source/traffic/trafficservices/pdfs/Pres-control_city.pdf. Accessed June 5, 2021.
Foreign Affairs. https://www.foreignaffairs.com/reviews/capsule-review/2007-11-01/

last-mughal-fall-dynasty-delhi-1857-indian-summer-secret-history. Accessed August 9, 2021.
Forster, E. M. *Howards End.* Penguin, 2007.
Fort Calgary. https://www.fortcalgary.com/history. Accessed August 17, 2021.
Fortescue, John William. *Narrative of the Visit to India of Their Majesties, King George V. and Queen Mary: And of the Coronation Durbar Held at Delhi, 12th December, 1911.* Macmillan, 1912.
Fraser, Valerie. *Building the New World: Studies in the Modern Architecture of Latin America, 1930–1960.* Verso, 2000.
Frazier, Patrick. *The Mohicans of Stockbridge.* University of Nebraska Press, 1994.
Freeth, Zahra Dickson. *Kuwait Was My Home.* Allen & Unwin, 1956.
Freitag, Ulrike. *A History of Jeddah: The Gate to Mecca in the Nineteenth and Twentieth Centuries.* Cambridge University Press, 2020.
Frémont, John Charles. *Geographical Memoir Upon Upper California, in Illustration of His Map of Oregon and California.* Wendell and Benthuysen, 1848.
Gladding, Effie Price. *Across the Continent by the Lincoln Highway.* Good Press, 2019.
Globo. http://especiais.santosdumont.eptv.g1.globo.com/onde-tudo-terminou/amorte/NOT,0,0,1278057,Uma+historia+cheia+de+misterio.aspx. Accessed September 5, 2021.
Grondahl, Paul. *Mayor Corning: Albany Icon, Albany Enigma.* State University of New York Press, 2007.
Gudde, Erwin Gustav. *California Place Names: The Origin and Etymology of Current Geographical Names.* University of California Press, 1960.
Gupta, Narayani, editor. *The Delhi Omnibus.* Oxford University Press, 2002.
Gyeongbokgung Palace. http://www.royalpalace.go.kr:8080/html/eng_gbg/data/data_01.jsp. Accessed August 17, 2021.
Handbook of Rio de Janeiro. Rio de Janeiro, 1887.
Hasan, Hadi. *Mug_ h_ al Poetry: Its Cultural and Historical Value.* Aakar Books, 2008.
Hearn, Gordon Risley. *The Seven Cities of Delhi.* W. Thacker & Company, 1906.
Heinly, Burt A., 'The Los Angeles Aqueduct: Causes of Low Cost and Rapidity of Construction'. *Architect and Engineer*, vol. XIX, no. 3, January 1910.
Heinz History Center. https://www.heinzhistorycenter.org/blog/western-pennsylva nia-history/pittsburgh-the-city-of-bridges. Accessed September 4, 2021.
Herrera, Hayden. *Listening to Stone: The Art and Life of Isamu Noguchi.* Farrar, Straus and Giroux, 2015.
Higashi, Akira. 'Ukichiro Nakaya – 1900–1962'. *Journal of Glaciology,* vol. 4, no. 33, 1962, 378–80.
'Historic Jeddah: Gate to Makkah'. Saudi Commission for Tourism and Antiquities, January 2013.
'History of Pittsfield'. City of Pittsfield, https://www.cityofpittsfield.org/residents/history_of_pittsfield/index.php. Accessed May 14, 2021.
Hitchman, Francis. *Richard F. Burton: His Early, Private and Public Life; with an Account of His Travels and Explorations.* London, 1887.

Hoeppe, Götz. *Why the Sky Is Blue: Discovering the Color of Life*. Translated by John Stewart. Princeton University Press, 2007.
Holmes, Oliver Wendell. *Poetical Works*. London, 1852.
Holston, James. *The Modernist City: An Anthropological Critique of Brasília*. University of Chicago Press, 1989.
Homer. *The Iliad*. Penguin Classics, 1991.
Honig, Edwin. 'Review: The City of Man'. *Poetry,* vol. 69, no. 5, February 1947, 277–84.
Honjo, Masahiko, editor. *Urbanization and Regional Development, Vol. 6.* United Nations Centre for Regional Development, 1981.
Hornsey Historical Society. https://hornseyhistorical.org.uk/brief-history-highgate/. Accessed July 2, 2021.
Housatonic Heritage https://housatonicheritage.org/heritage-programs/native-american-heritage-trail/. Accessed May 13, 2021.
House of Representatives. https://www.govtrack.us/congress/bills/110/hres1050. Accessed August 16, 2021.
House, Renée. *Patterns and Portraits: Women in the History of the Reformed Church in America*. Eerdmans, 1999.
Hunt, Tristram. *Cities of Empire: The British Colonies and the Creation of the Urban World*. Henry Holt and Company, 2014.
Ibn Battuta. *The Travels of Ibn Battuta, A.D. 1325–1354.* Volume 2. Taylor & Francis, 2017.
Ice. British Glaciological Society, International Glaciological Society, Issues 32–43, 1970.
Investigation of Congested Areas. US Government Printing Office, 1943.
'Islamic Culture'. *Hyperbad Quarterly Review*, Islamic Culture Board, 1971.
Jagmohan. *Triumphs and Tragedies of Ninth Delhi*. Allied Publishers, 2015.
Jain, Meenakshi. *The India They Saw, Vol. 2*. Ocean Books, 2011.
James, Harold, and Kevin O'Rourke. 'Italy and the First Age of Globalization, 1861–1940'. Quaderni di Storia Economica (Economic History Working Papers), 2011.
Janin, Hunt. *The Pursuit of Learning in the Islamic World, 610–2003*. McFarland Publishers, 2006.
Jawaharlal Nehru: Selected Speeches Volume 4, *1957–1963*. Publications Division, Ministry of Information & Broadcasting, 1996.
Jeddah 68/69*: The First and Only Definitive Introduction to Jeddah, Saudi Arabia's Most Modern and Varied City*. University Press of Arabia, 1968.
Johnson, David A., and Richard Watson. *New Delhi: The Last Imperial City*. Palgrave Macmillan, 2016.
Johnson, Rob. *Outnumbered, Outgunned, Undeterred: Twenty Battles Against All Odds*. Thames & Hudson, 2011.
Judy: The London Serio-Comic Journal. April 8, 1891.
Jung, C. G. *Memories, Dreams, Reflections*. Knopf Doubleday, 1963.
Jütte, Daniel. 'Entering a City: On a Lost Early Modern Practice'. *Urban History,* vol. 41, no. 2, 2014, 204–27.

Kang, Kyung-min. '10 Year Anniversary of Cheonggyecheon Restoration . . . Becoming a "Cultural Oasis" of the City'. *Hankyung* (Seoul) September 29, 2015, https://www.hankyung.com/society/article/2015092935361. Accessed September 2, 2021.

Kapur, Kirun. *Visiting Indira Gandhi's Palmist*. Elixir Press, 2015.

Karan, Pradyumna. *Japan in the 21st Century: Environment, Economy, and Society*. Press of Kentucky, 2010.

Kaul, H. K., editor. *Historic Delhi: An Anthology*. Oxford University Press, 1985. KCRW. https://www.kcrw.com/music/articles/anne-sextons-original-poem-45-mercy-street-the-genesis-of-peter-gabriels-mercy-street. Accessed August 7, 2021. Keane, John Fryer. *My Journey to Medinah: Describing a Pilgrimage to Medinah*. Lon-don, 1881.

Khusrau, Amir. *In the Bazaar of Love: The Selected Poetry of Amir Khusrau*. Translated by Paul E. Losensky and Sunil Sharma. Penguin, 2011.

Kim, Eyun Jennifer. 'The Historical Landscape: Evoking the Past in a Landscape for the Future in the Cheonggyecheon Reconstruction in South Korea'. *Humani- ties*, vol. 9, no. 3, 2020.

Kipen, David. *Dear Los Angeles: The City in Diaries and Letters, 1542 to 2018*. Random House, 2019.

Kipling, Rudyard. *Collected Verse of Rudyard Kipling*. Doubleday, Page & Company, 1916.

Koehler, Robert. *Hangeul: Korea's Unique Alphabet*. Seoul Selection, 2010.

Kramer, J. A. *A Geographical and Historical Description of Ancient Italy*. Oxford, 1826. Krondl, Michael. *The Taste of Conquest: The Rise and Fall of the Three Great Cities of Spice*. Ballantine Books, 2008.

Kudō, Umejirō. 'The Divine Snowball Fight'. *Ainu Folk Tales*. Kudō Shoten, 1926. Kumar, Nikhil. 'Resurrecting the City of Poets'. *Book Review* (India). January 2019, vol. 43, no. 1.

Kwon, Hyuk-cheol. ' "Concrete Fish Tank" Cheonggyecheon's Wrongful Restoration Will Be Repaired'. *Hankyoreh* (Seoul), February 27, 2012, https://www.hani.co.kr/arti/area/area_general/520891.html. Accessed September 2, 2021.

Landscape Performance Series. https://www.landscapeperformance.org/case-study-briefs/cheonggyecheon-stream-restoration. Accessed August 17, 2021.

Leavitt, David. *The Lost Language of Cranes*. Bloomsbury, 2014.

Le Corbusier. *The City of Tomorrow and Its Planning*. Dover Publications, 2013. Libbrecht, Kenneth, and Rachel Wing. *The Snowflake: Winter's Frozen Artistry*. Voya-geur Press, 2015.

Lilly, Lambert. *The History of New England, Illustrated by Tales, Sketches, and Anecdotes*. Boston, 1844.

Livy. *The Early History of Rome: Books I–V of the Ab Urbe Condita*. B. O. Foster, trans- lator. Barnes & Noble, 2005.

Lloyd, Margaret Glynne. *William Carlos Williams's 'Paterson': A Critical Reappraisal*. Fairleigh Dickinson University Press, 1980.

Loh, Andrew. *Malacca Reminiscences*. Partridge Publishing, 2015.

Loomis, Craig. *The Salmiya Collection: Stories of the Life and Times of Modern Kuwait*. Syracuse University Press, 2013.

'The Los Angeles Aqueduct, 1913–1988: A 75th Anniversary Tribute'. *Southern California Quarterly*, vol. 70, no. 3, 1988, 329–54.

Lowrie, Michèle. 'Rome: City and Empire'. *The Classical World*. vol. 97, no. 1, 2003, 57–68.

Lubbe, Gerrie. 'Tuan Guru: Prince, Prisoner, Pioneer'. *Religion in Southern Africa,* 1986, vol. 7, no. 1, 25–35.

Madden, Thomas F. *Istanbul: City of Majesty at the Crossroads of the World*. Penguin, 2017.

Magnus, Olaus. *A Description of the Northern Peoples, 1555*. Edited by P. G. Foote. Taylor & Francis, 2018.

Mahmood, Saif. *Beloved Delhi: A Mughal City and Her Greatest Poets*. Speaking Tiger Books, 2018.

Mail & Guardian. https://mg.co.za/article/2016-09-05-00-the-history-of-vanriebeeks-slave-krotoa-unearthed-from-the-slave-masters-view/. Accessed October 19, 2021.

Mandela, Nelson. *Long Walk to Freedom: The Autobiography of Nelson Mandela*. Little, Brown, 2013.

Mann, Emily. 'In Defence of the City: The Gates of London and Temple Bar in the Seventeenth Century'. *Architectural History,* vol. 49, 2006, 75–99.

Manzo, Clemmy. *The Rough Guide to Brazil*. Apa Publications, 2014. Marozzi, Justin. *Baghdad: City of Peace, City of Blood*. Penguin, 2014.

———. *Islamic Empires: The Cities That Shaped Civilization – From Mecca to Dubai*. Pegasus Books, 2020.

Mason, Michele M. *Dominant Narratives of Colonial Hokkaido and Imperial Japan: Envisioning the Periphery and the Modern Nation-State*. Palgrave Macmillan, 2012.

McCann, Joy. *Wild Sea: A History of the Southern Ocean*. University of Chicago Press, 2019.

Melville, Herman. *Herman Melville: Complete Poems*. Library of America, 2019.

———. *Redburn, White-Jacket, Moby-Dick*. Library of America, 1983. Menon, Ramesh. *The Mahabharata: A Modern Rendering*. iUniverse, 2006.

Merewether, E. M. 'Inscriptions in St. Paul's Church, Malacca'. *Journal of the Straits Branch of the Royal Asiatic Society*. no. 34, 1900, 1–21.

Miller, Sam. *Delhi: Adventures in a Megacity*. St. Martin's Publishing, 2010.

Millier, Brett C. *Elizabeth Bishop: Life and the Memory of It*. University of California Press, 1995.

Ministério da Educação e Saúde. https://museuimperial.museus.gov.br/wp-content uploads/2020/09/1958-Vol.-19.pdf. Accessed September 5, 2021.

Molotch, Harvey, and Davide Ponzini. *The New Arab Urban: Gulf Cities of Wealth, Ambition, and Distress*. NYU Press, 2019.

More, Thomas. *Utopia*. Penguin Books, 2012. Morris, Jan. *Heaven's Command*. Faber & Faber, 2010.

———. *Thinking Again: A Diary*. Liveright, 2021.
Mulholland, Catherine. *William Mulholland and the Rise of Los Angeles*. University of California Press, 2000.
MultiRio. http://www.multirio.rj.gov.br/index.php/assista/tv/14149-museu-aeroespacial. Accessed September 5, 2021.
Murakami, Haruki. *The Elephant Vanishes: Stories*. Knopf Doubleday, 2010.
Murō, Saisei. 'Earthen Banks' and 'The Yamanote Line'. *Those Who Came from Stars*. Daitokaku, 1922. Privately translated by Takako Lento.
Nadeau, Remi A. *Los Angeles: From Mission to Modern City*. Longmans, Green, 1960.
Naidu, Sarojini. *The Broken Wing: Songs of Love, Death & Destiny, 1915–1916*. William Heinemann, 1917.
Nakaya, Ukichirō. *Snow Crystals: Natural and Artificial*. Harvard University Press, 1954.
Naravane, Vishwanath S. *Sarojini Naidu: An Introduction to Her Life, Work and Poetry*. Orient Longman, 1996.
National Catholic Register. https://www.ncregister.com/blog/why-don-bosco-is-the-patron-saint-of-magicians. Accessed June 1, 2021.
National Geologic Map Database, US Geological Survey, https://ngmdb.usgs.gov/topoview/viewer/#14/40.8210/-76.2015. Accessed May 17, 2021.
National Museum of Korea. https://www.museum.go.kr/site/eng/relic/represent/view?relicId=4325. Accessed July 2, 2021.
Nawani, Smarika. 'The Portuguese in Archipelago Southeast Asia (1511–1666)'. *Proceedings of the Indian History Congress*, vol. 74, 2013, 703–8.
Neaverson, Peter, and Marilyn Palmer. *Industry in the Landscape, 1700–1900*. Taylor & Francis, 2002.
Neimeyer, Oscar, and Izabel Murat Burbridge. *The Curves of Time: The Memoirs of Oscar Niemeyer*. Phaidon Press, 2000.
Netton, Ian Richard, editor. *Encyclopedia of Islamic Civilization and Religion*. Taylor & Francis, 2013.
Neuberger, Hans. 'Climate in Art'. *Weather*, vol. X XV, 1970, 46–66.
New-York Historical Society. https://digitalcollections.nyhistory.org/islandora/object/islandora%3A108209#page/1/mode/2up. Accessed September 4, 2021.
99% Invisible. https://99percentinvisible.org/episode/play-mountain/. Accessed August 31, 2021.
Noh, Hyung-suk. 'Tadao Ando, an "Environmental Architect", Cherishes Cheonggyecheon?' *Hankyoreh* (Seoul), November 15, 2007, http://h21.hani.co.kr/arti/society/shociety_general/21151.html. Accessed September 2, 2021.
Norwich, John Julius. *Four Princes: Henry VIII, Francis I, Charles V, Suleiman the Magnificent and the Obsessions That Forged Modern Europe*. John Murray, 2016.
Novalis. *Heinrich von Ofterdingen*. 1802.
O'Connor, Thomas H. *The Athens of America: Boston, 1825–1845*. University of Massachusetts Press, 2006.
Oguma, Hideo. *Long, Long Autumn Nights: Selected Poems of Oguma Hideo, 1901–1940*. Translated by David G. Goodman. University of Michigan, 1989.

Orcutt, Samuel. *The Indians of the Housatonic and Naugatuck Valleys*. Hartford, Conn., 1882.

The Oregonian. https://www.oregonlive.com/oregonianextra/2007/07/wallace_stegner_the_heart_of_t.html. Accessed June 5, 2021.

Orton, Jayson, et al. 'An Unusual Pre-Colonial Burial from Bloubergstrand, Table Bay, South Africa'. *South African Archaeological Bulletin,* 2015, vol. 70, no. 201, 106–12.

Osborne, Caroline, and Lone Mouritsen. *The Rough Guide to Copenhagen*. Rough Guides Limited, 2010.

O'Sullivan, Leanne. *A Quarter of an Hour*. Bloodaxe Books, 2018.

Ovenden, Mark. *Metro Maps of the World*. Captial Transport Publishing, 2003.

Ovenden, Mark, and Maxwell Roberts. *Airline Maps: A Century of Art and Design*. Particular Books, 2019.

Paine, Lincoln. *The Sea and Civilization: A Maritime History of the World*. Vintage, 2015.

Palgrave, William Gifford. *Narrative of a Year's Journey Through Central and Eastern Arabia: 1862–1863*. London, 1866.

Parini, Jay. *The Passages of H.M.: A Novel of Herman Melville*. Doubleday, 2011.

Parish and Ward Church of St. Botolph Without Bishopsgate, https://botolph.org.uk/who-was-st-botolph/. Accessed July 2, 2021.

Park, In-ho. 'Miracle of Cheonggyecheon Begins . . . Expecting 23 Trillion KRW Economic Impacts'. *Herald POP* (Seoul), September 27, 2005, https://news.naver.com/main/read.naver?mode=LSD&mid=sec&sid1=102&oid=112&aid=0000017095. Accessed September 2, 2021.

Parliamentary Papers. Volume 59, H.M. Stationery Office, United Kingdom, 1862.

Pastoureau, Michel. *Blue: The History of a Color*. Translated by Mark Cruse. Prince ton University Press, 2001.

Paz, Octavio. *The Collected Poems of Octavio Paz, 1957–1987*. New Directions, 1991. Pesce, Angelo. *Jiddah: Portrait of an Arabian City*. Falcon Press, 1974.

Pesic, Peter. *Sky in a Bottle*. MIT Press, 2005.

Pet Shop Boys. https://www.petshopboys.co.uk/lyrics/kings-cross. Accessed July 2, 2021.

———. https://www.petshopboys.co.uk/lyrics/west-end-girls. Accessed May 25, 2021.

Peterson, Mark. *The City-State of Boston: The Rise and Fall of an Atlantic Power, 1630–1865*. Princeton University Press, 2020.

Philippopoulos-Mihalopoulos, Andreas, editor. *Law and the City*. Taylor & Francis, 2007.

Pincherle, Maria. 'Crônicas Como Memoriais: A Brasília de Clarice Lispector (e o temporário desaparecimento do invisível)'. *Revista da Anpoll,* vol. 51, 2020, 11–15.

Pittsburgh History & Landmarks Foundation, https://www.phlf.org/dragons/teach ers/docs/William_pitt_city_seal_project.pdf. Accessed May 26, 2021.

Pittsfield Cemetery. https://www.pittsfieldcemetery.com/about-us/. Accessed August 6, 2021.

Platner, Samuel Ball. *A Topographical Dictionary of Ancient Rome*. Cambridge University Press, 2015.

Plat of the City of Zion, Circa Early June. https://www.josephsmithpapers.org/paper-summary/plat-of-the-city-of-zion-circa-early-june-25-june-1833/1. Accessed March 17, 2021.

Proceedings of Inauguration of City Government. Pittsfield, Massachusetts, January 5, 1891.

Rabbat, Nasser O. *The Citadel of Cairo: A New Interpretation of Royal Mamluk Architecture*. E. J. Brill, 1995.

Ramadan, Ashraf, et al. 'Total SO2 Emissions from Power Stations and Evaluation of Their Impact in Kuwait Using a Gaussian Plume Dispersion Model'. *American Journal of Environmental Sciences,* January 2008, vol. 4, no. 1, 1–12.

Raunkiær, Barclay. *Through Wahhabiland on Camelback*. Routledge & K. Paul, 1969.

Regan, Bob. *The Bridges of Pittsburgh*. Local History Company, 2006.

Ribeiro, Gustavo Lins. *O Capital Da Esperança: A Experiência Dos Trabalhadores Na Construção De Brasília.* UNB, 2008.

Rink, Bradley. 'The Aeromobile Tourist Gaze: Understanding Tourism "From Above" '. *Tourism Geographies,* 2017, vol. 19, 878–96.

Rodgers, Daniel T. *As a City on a Hill: The Story of America's Most Famous Lay Sermon*. Princeton University Press, 2018.

Rooke, Henry. *Travels to the Coast of Arabia Felix: And from Thence by the Red-Sea and Egypt, to Europe*. London, 1784.

Rush, Alan. *Al-Sabah: History & Genealogy of Kuwait's Ruling Family, 1752–1987.* Ithaca Press, 1987.

de Saint-Exupéry, Antoine. *The Little Prince*. Translated by Richard Howard. Mariner, 2000.

Schmidt-Biggemann, Wilhelm. *Philosophia Perennis: Historical Outlines of Western Spirituality in Ancient, Medieval and Early Modern Thought*. Springer, 2004.

Schuyler, George Washington. *Colonial New York: Philip Schuyler and His Family*. New York, 1885.

Schwartz, Lloyd, and Robert Giroux, editors. *Elizabeth Bishop: Poems, Prose, and Let- ters*. Library of America, 2008.

SCVTV. https://scvhistory.com/scvhistory/costanso-diary.htm. Accessed June 3, 2021.

Sexton, Anne. *The Complete Poems*. Open Road Media, 2016.

Sharma, Ajai. *The Culinary Epic of Jeddah: The Tale of an Arabian Gateway*. Notion Press, 2018.

Sharma, S. R. *Ahwal-e-Mir: Life, Times and Poetry of Mir-Taqi-Mir*. Partridge Publishing, 2014.

Shiga, Naoya. Lane Dunlop, translator. 'At Kinosaki', *Prairie Schooner* 56, no. 1 (1982): 47–54.

Simon, Carly. 'Let the River Run'. 1988.

Singh, Kushwant, editor. *City Improbable: An Anthology of Writings on Delhi*. Penguin, 2010.

Singh, Patwant. 'The Ninth Delhi.' *Journal of the Royal Society of Arts,* vol. 119, no.

5179, 1971, 461–75.
Singh, Upinder, editor. *Delhi: Ancient History*. Social Science Press, 2006.
Sjoholm, Barbara. ' "Things to Be Marveled at Rather than Examined": Olaus Magnus and "A Description of the Northern Peoples" '. *Antioch Review,* vol. 62, no. 2, 2004, 245–54.
Skidmore, Thomas E. *Brazil: Five Centuries of Change*. Oxford University Press, 2010.
Sklair, Leslie. *The Icon Project: Architecture, Cities, and Capitalist Globalization*. Oxford University Press, 2017.
Smith, J. E. A. *The History of Pittsfield, (Berkshire County,) Massachusetts, from the Year 1734 to the Year 1800*. Boston, 1869.
———. *The History of Pittsfield, (Berkshire County,) Massachusetts, from the Year 1800 to the Year 1876*. Springfield, 1876.
———. *The Poet Among the Hills: Oliver Wendell Holmes in Berkshire*. Pittsfield, Mass., 1895.
Smith, Joseph, and Smith, Heman C. *History of the Church of Jesus Christ of Latter Day Saints*. Lamoni, Iowa, 1897.
Smith, Richard Norton. *On His Own Terms: A Life of Nelson Rockefeller*. Random House, 2014.
Soucek, Gayle. *Marshall Field's: The Store That Helped Build Chicago*. Arcadia Publishing, 2013.
Springer, Carolyn. 'Textual Geography: The Role of the Reader in "Invisible Cities" '. *Modern Language Studies,* Autumn 1985, vol. 15, no. 4, 289–99.
Stamp, Gavin. 'The Rise and Fall and Rise of Edwin Lutyens'. *Architecture Review,* November 19, 1981.
Stark, Freya. *Baghdad Sketches: Journeys Through Iraq*. I. B. Tauris, 2011.
Starr, Kevin. *Golden Gate: The Life and Times of America's Greatest Bridge*. Bloomsbury, 2010.
———. *Material Dreams: Southern California Through the 1920s*. Oxford University Press, 1991.
Steinbeck, John. *The Grapes of Wrath*. Penguin Books, 2006.
Stephen, Carr. *The Archaeology and Monumental Remains of Delhi*. Simla, 1876.
Stierli, Martino. 'Building No Place: Oscar Niemeyer and the Utopias of Brasília', *Journal of Architectural Education,* vol. 67, no. 1, March 2013, 8–16.
Stockbridge-Munsee Community. https://www.mohican.com/origin-early-history/. Accessed August 16, 2021.
Suh, H. Anna, editor. *Leonardo's Notebooks: Writing and Art of the Great Master*. Run- ning Press, 2013.
Swanton, John Reed. *The Indian Tribes of North America*. Genealogical Publishing Company, 2003.
Tan, Tai Yong, and Gyanesh Kudaisya. *The Aftermath of Partition in South Asia*. Taylor & Francis, 2004.
Tauxe, Caroline S. 'Mystics, Modernists, and Constructions of Brasília'. *Ecumene,* vol. 3, no. 1, 1996, 43–61.

Thompson, Leonard. *A History of South Africa*. Fourth edition, revised and updated by Lynn Berat. Yale University Press, 2014.
Thornes, John E. *John Constable's Skies: A Fusion of Art and Science*. University of Birmingham, University Press, 1999.
Tombs, Robert. *The English and Their History*. Knopf Doubleday, 2015.
Toye, Hugh. *The Springing Tiger: A Study of the Indian National Army and of Netaji Subhas Chandra Bose*. Allied Publishers, 2009.
Tracy, William. 'A Talk with Violet Dickson'. *Aramco World,* November/December 1972.
Trevelyan, George Macaulay. *Garibaldi's Defence of the Roman Catholic Republic*. T. Nelson, 1920.
Ummid. https://www.ummid.com/news/2016/February/15.02.2016/ghalib-is-delhi-and-delhi-is-ghalib.html. Accessed September 4, 2021.
UNESCO City of Design. http://www.unesco.org/new/fileadmin/MULTIMEDIA/HQ/CLT/images/CNN_Seoul_Application_Annex.pdf. Accessed August 17, 2021.
United Nations. https://www.un.org/en/events/citiesday/assets/pdf/the_worlds_cities_in_2018_data_booklet.pdf. Accessed August 31, 2021.
University of Texas at Arlington. https://texashistory.unt.edu/ark:/67531/metapth231670/m1/1/. Accessed September 5, 2021.
USCDornsife. https://dornsife.usc.edu/uscseagrant/5-why-we-have-two-major-seaports-in-san-pedro-bay/. Accessed June 5, 2021.
US Department of Transportation, Federal Highway Administration. https://www.fhwa.dot.gov/infrastructure/longest.cfm. Accessed June 3, 2021.
US Department of Transportation, Federal Highway Administration. *Manual on Uniform Traffic Control Devices*. Revised edition, 2012.
Van Engen, Abram C. 'Origins and Last Farewells: Bible Wars, Textual Form, and the Making of American History', *The New England Quarterly,* vol. 86, no. 4, 2013, 543–92.
Vanhoenacker, Mark. *Skyfaring: A Journey with a Pilot*. Knopf Doubleday, 2015.
———. 'Four Cities in a Day'. *The Monocle Escapist*. Summer 2015.
Vann, Michael G. 'When the World Came to Southeast Asia: Malacca and the Global Economy'. *Maritime Asia,* vol. 19, no. 2, Fall 2014.
Varma, Pavan K. *Ghalib: The Man, the Times*. Penguin Group, 2008.
Varthema, Lodovico de. *The Travels of Ludovico Di Varthema in Egypt, Syria, Arabia Deserta and Arabia Felix, in Persia, India, and Ethiopia, A.D. 1503 to 1508*. London, 1863.
Vatican News. https://www.vaticannews.va/en/saints/10/12/our-lady-of-aparecida.html. Accessed June 1, 2021.
Villiers, Alan. *Sons of Sindbad: An Account of Sailing with the Arabs*. Hodder & Stoughton, 1940.
WBUR. https://www.wbur.org/radioboston/2016/06/29/ge-and-pittsfield. Accessed August 16, 2021.
Waits, Tom. http://www.tomwaits.com/songs/song/114/Rubys_Arms/. Accessed August 31, 2021.

WCVB.https://www.wcvb.com/article/boston-s-iconic-hancock-tower-renamed/8225046. Accessed May 25, 2021.

Weaver, William, and Damien Pettigrew. 'Italo Calvino: The Art of Fiction No. 130'. *Paris Review,* no. 124, Fall 1992.

Werner, Morris Robert. *Brigham Young*. Harcourt, Brace, 1925.

White, Sam. *The Climate of Rebellion in the Early Modern Ottoman Empire*. Cambridge University Press, 2011.

Willard, Charles Dwight. *The Herald's History of Los Angeles City*. Kingsley-Barnes & Neuner Company, 1901.

Williams, William Carlos. *Paterson.* Revised Edition. New Directions, 1995. Willison, George Findlay. *The History of Pittsfield, Massachusetts, 1916–1955*. City of Pittsfield, 1957.

Wilson, Ben. *Metropolis: A History of the City, Humankind's Greatest Invention*. Knopf Doubleday, 2020.

Wilson, Richard Guy. *Re-Creating the American Past: Essays on the Colonial Revival*. University of Virginia Press, 2006.

Wolf, Burkhardt. *Sea Fortune: Literature and Navigation*. De Gruyter, 2020.

Woodruff, David, and Gayle Woodruff. *Tales Along El Camino Sierra*. El Camino Sierra Publishing, 2019.

Woolf, Virginia. *To the Lighthouse*. Harcourt, 1981.

World Travel & Tourism Council. https://wttc.org/Portals/0/Documents/ R e por t s /2019/C it y %20 Tr a vel%20 a nd%20 Tou r i s m%20I mp ac t %20 Extended%20Report%20Dec%202019.pdf ?ver=2021-02-25-201322-440. Accessed August 31, 2021.

World Urbanization Prospects: The 2018 Revision. United Nations, Department of Economic and Social Affairs, Population Division, 2018.

WTAE. https://www.wtae.com/article/just-how-many-bridges-are-there-in-pittsburgh/7424896. Accessed September 6, 2021.

Wyler, Marcus. 'The Development of the Brazilian Constitution (1891–1946)'. *Journal of Comparative Legislation and International Law,* vol. 31, no. 3/4, 1949, 53–60.

Yavuz, Vural, et al. 'The Frozen Bosphorus and Its Paleoclimatic Implications Based on a Summary of the Historical Data', 2007.

YouGovAmerica. https://today.yougov.com/topics/international/articles-reports/2015/05/12/why-blue-worlds-favorite-color. Accessed August 31, 2021.